W0059649

Fantasy

Herausgegeben von Friedel Wahren

IM WALD
VON AVALON

**Zweite Chronik
von Ynis Aielle**

Roman

Deutsche Erstausgabe

**WILHELM HEYNE VERLAG
MÜNCHEN**

HEYNE SCIENCE FICTION & FANTASY
Band 06/9094

Titel der Originalausgabe
THE WITCH'S DAUGHTER
Übersetzung aus dem amerikanischen Englisch
von Michael Morgental
Das Umschlagbild malte Eric Peterson

Umwelthinweis:
Dieses Buch wurde auf chlor- und
säurefreiem Papier gedruckt.

Deutsche Erstausgabe 11/2000
Redaktion: Ralf Oliver Dürr
Copyright © 1991 by R. A. Salvatore
Erstausgabe bei The Ballantine Publishing Group
(A Del Rey® Book)
This translation published by arrangement with The Ballantine
Publishing Group, a division of Random House, Inc.
Copyright © 2000 der deutschsprachigen Ausgabe
by Wilhelm Heyne Verlag GmbH & Co. KG, München
http://www.heyne.de
Printed in Germany 2000
Umschlaggestaltung: Nele Schütz Design, München
Technische Betreuung: M. Spinola
Satz: Schaber Satz- und Datentechnik, Wels
Druck und Bindung: Elsnerdruck, Berlin

ISBN 3-453-17237-X

INHALT

KAPITEL 1

Bastion der Finsternis

Das Meer stieg an und brandete gegen die Felsklippen der Kored-dul-Berge im Westen von Aielle. Unaufhörlich peitschte es gegen den grauen Stein. Immer wieder rollten die Wogen heran, doch jedes Mal prallten sie ab, unfähig, die unnatürliche Härte des Gesteins zu besiegen.

Hier herrschte Magie, mächtiger Zauber, stärker als der Fels oder das Meer. Die Magie entsprang der Erde selbst, stieg hunderte Meter durch die steilen Klippen empor, bis hin zur eisernen Festung des Schwarzen Hexers. Talas-dun wurde die Burg genannt und dieser Name weckte – mit Recht – Schrecken in den Herzen aller redlichen Bewohner von Ynis Aielle. Wenige nur waren jemals hierher gekommen und keiner außer einem einzigen Zauberer war je wieder zurückgekehrt.

Brustwehr um Brustwehr umgab den massigen Bergfried, eiserne Turmspitzen ragten in den stets grauen Himmel empor, in die immerwährende Düsternis, welche für die Kored-dul kennzeichnend war. Diesen Palast hatten keine Maurer und Zimmerleute gebaut; er war nicht das Werk geschickter Hände. Talas-dun war das Herz des Schwarzen Hexers, die Verkörperung der bösen Seele des Zauberers, die Festung, die Morgan Thalasis Magie in einem lange vergangenen Zeitalter errichtet hatte.

Und nach all den Jahrhunderten war Talas-dun immer noch eindrucksvoll. Die Burg lugte von der Spitze einer Halbinsel herab, die auf drei Seiten steil ins Meer abfiel und auf der vierten Seite durch eine breite und tiefe Schlucht vom restlichen Gebirge getrennt war. Eine einzige Straße schlängelte sich vom einsamen Burgtor über den Berghang hinab, verlassen und so öde wie der Tod. Hier wuchs kein Strauch, keine Kletterranke, kein Vogel kreiste in den Aufwinden dieser Felswände und über die Steine flitzte keines der Nagetiere, die im Gebirge so weit verbreitet waren.

Denn dies hier war Talas-dun, Morgan Thalasis Bastion der Finsternis.

Doch wenn sich jetzt ein Held in ihre Nähe gewagt hätte, wenn einer der anderen Zauberer von Aielle gekommen wäre, um die sagenhafte Festung des Schwarzen Hexers in Augenschein zu nehmen, so wäre er überrascht gewesen und zumindest ein Teil der Hoffnungslosigkeit, die der Anblick dieses üblen Ortes ausgelöst hätte, wäre hinweggefegt worden. Nach mehr als einem halben Jahrtausend begann Talas-dun zu verfallen. Das Böse, das die finstere Bastion zu einer einzigartigen eisernen Einheit zusammenballte, konnte seinen Griff nicht länger aufrechterhalten. Sprünge durchzogen die eisernen Mauern und das Gestein des Berges; Türen knarrten in verrosteten Angeln; auf einem Turm stand nutzlos eine große Steinschleuder, deren Sehne schon verrottet war. Und so ging es mit dem ganzen Gemäuer, vom Fundament bis zum obersten Geschoss des höchsten Turms.

Verfall griff um sich.

Brustwehren, über die einst die Marschtritte von tausend Talons, der üblen Soldateska des Schwarzen Hexers, hinweggedonnert waren, hörten nur noch das Säuseln des Meerwindes oder das gelegentliche Schlurfen abgetragener Stiefel. Ein einziger Schuss aus einer Waffe aus einem anderen Zeitalter hatte auf einem Schlachtfeld, das eine halbe Welt entfernt lag, dem Wesen, das einmal Morgan Thalasi gewesen war, ein plötzliches und katastrophales Ende bereitet und in den seither vergangenen zwanzig Jahren hatte der unverkennbare Niedergang seiner Hinterlassenschaft Talas-dun begonnen.

Jenseits der hochgezogenen Zugbrücke, des offenen Hofes und der massigen Türen des Bergfrieds – deren eine locker an einer einzigen verbogenen Angel hing – hauste die Macht, die einmal Talas-dun gewesen war, gefangen in einem Geflecht aus Verwirrung, das sie nicht durchbrechen konnte.

Dort saß das körperliche Wesen, das einst Martin Reinheiser gewesen, einer der Uralten, der aus dem Meer gekommen war, aus einer vergangenen Welt, als das zweite Zeitalter von Ynis Aielle heraufdämmerte. Die anderen drei Männer, die damals mit ihm gekommen waren, hätten ihn nicht mehr erkannt. Hager und bleich, mit einer Haut, die sich über die hohlen Wangen spannte, und Augenhöhlen, die mehr den leeren Löchern in einem Totenschädel glichen, erschien Reinheiser als etwas völlig anderes als der Mensch, der er einmal gewesen war. Als etwas Nichtmenschliches, als etwas, das kein Leben in sich hatte.

Die Augen huschten hin und her und versuchten vergeblich, zwei Dinge gleichzeitig zu betrachten. Eine knochige Hand zuckte auf der steinernen Armlehne des schwarzen Throns, ein Muskel zog gegen den anderen, bis ein weiterer abstoßender blauer Fleck erschien, einer von einem Dutzend allein schon an diesem Arm.

»Halt!«, verlangte der lippenlose Mund mit kehliger Stimme.

»Das gehört mir«, widersprach derselbe Mund in einem etwas höheren Ton. Und so ging es fort, Stunde um Stunde, Jahr um Jahr. Das Wesen, das einmal Martin Reinheiser gewesen war, kämpfte gegen sich selbst, mit jeder Bewegung, mit jedem Wort, und es war ein heftiger Kampf, der Muskel gegen Muskel einsetzte.

Denn jetzt bewohnten zwei Willen diesen einzigen Körper, zwei starke Willen, die nicht einen Moment lang dem anderen die Herrschaft überlassen würden.

»Es gehört mir!«, ertönte es erneut im höheren Ton und der zitternde, verzerrte Mund betonte jede Silbe. »Ich bin Martin Reinheiser!«

Eine Grimasse der Qual zog sich über das Gesicht, als der andere Wille sich des Mundes bemächtigen wollte.

»Hinaus!«, forderte Reinheisers Wille. Wie oft hatte Reinheiser diese Worte schon geschrien, laut und in Gedanken, seit jenem schicksalhaften Tag auf dem fernen Schlachtfeld namens Bergtor?

Es war alles so viel versprechend gewesen, als der Geist Morgan Thalasis sich zu seinem eigenen gesellt hatte und der schwarze Juwel des Hexers, das Kennzeichen der Macht, durch die Haut von Reinheisers Stirn gewachsen war. Welch große Taten hätten diese beiden Wesen vollbringen können, da sie nun vereint waren?

Doch Thalasi lag nichts daran, diese Möglichkeiten zu erkunden. Er hatte seinen sterblichen Körper abgestreift, sein beherrschender Geist hatte sogar die grimmigen Klauen des Todes besiegt und in dem ihm am nächsten befindlichen lebenden Wesen eine neue Behausung gefunden, im Körper von Martin Reinheiser. Und jetzt wollte Thalasi, dass Reinheiser diesen Körper verließ. Der Schwarze Hexer hatte nie vorgehabt zu teilen, hatte von Anfang an geplant, diesen Körper ganz zu besitzen. Doch Thalasi hatte die Willenskraft seines Wirtes unterschätzt und der Geist von Reinheiser widersetzte sich noch immer hartnäckig.

»Du fährst aus!«, konterte Thalasi. Dies war seine übliche geknurrte Antwort, sobald er sich die Herrschaft über den Mund errungen hatte. Die Hand erhob sich von der Armlehne des steinernen Throns und schlug heftig in das Gesicht.

Natürlich brauchten sie den Mund nicht, um sich zu verständigen. Sie konnten die Gedanken und Empfindungen des jeweils anderen ausnahmslos lesen. Aber der Mund war zum zentralen Schlachtfeld ihres Kampfes geworden und erinnerte den jeweils Unterlegenen daran, dass er im Nachteil war.

Die Hand erhob sich wieder, doch da schoss die andere Hand hoch, um sie abzufangen, und beide verklammerten sich fest. Und die ganze Zeit griffen sich die gegensätzlichen Willen im Inneren an und rangen einander Muskeln ab. Mehr blaue Flecken erschienen, weitere Sehnen dehnten sich, der Körper wurde misshandelt. Der Mund öffnete und verzerrte sich, während beide Seiten die brennende Qual spürten.

Doch selbst der Schrei drang nur als Gegurgel hervor.

»Er ist wieder dabei«, krächzte Burgul, einer der beiden Talons, die vor dem Thronsaal Wache standen. Er rieb sich mit dem Fuß an der Innenseite des anderen Beins und kratzte so die Läuse ab, denen es immerzu gelang, sich bei ihm gemütlich einzurichten.

Der andere Wächter lauschte stumm und lächelte dann boshaft, als ein qualvolles Stöhnen von jenseits der Tür drang. »Immer damit beschäftigt«, erwiderte er grunzend im gleichen kehligen Ton. »Der hat den Verstand verloren und stürzt uns alle ins Verderben!«

»Elender Zauberer«, entgegnete Burgul. »Verspricht uns die Welt und findet dann nicht einmal aus seinem eigenen verdammten Sessel heraus.« Er beäugte listig sein Gegenüber und grinste. »Aber Grok wird das richten.«

»Und nicht zu früh, wenn du mich fragst«, stimmte ihm der andere Talon bei. »Er soll seit heute wieder in der Burg sein. Hab gehört, er sucht nach dem Boss.«

»Der ist nicht schwer zu finden«, sagte Burgul. »Der verlässt nie sein Gemach!«

Erschöpft fanden die beiden Wesenheiten des Schwarzen Hexers einen Augenblick des Waffenstillstands, der lange genug ausreichte, um den Körper gemeinsam wackelig vom Thron zu erheben. Sie taumelten gegen die Wand, wo sie nach einem zerschlissenen Wandteppich griffen, um sich zu fangen, während sie sich dem einzigen Fenster in dem Gemach näherten.

Warum?, wollte Martin Reinheiser wissen und benutzte dabei die innere Kommunikation – es bestand keine Notwendigkeit, den Kampf um die Herrschaft über den Mund zu erneuern. Er spürte, wie ein Teil des Körpers sich entspannte, eine Bewegung, die er als ein resigniertes Achselzucken seines Gegenspielers zu deuten gelernt hatte.

Zwanzig Jahre, erwiderte Morgan Thalasi aufs Neue in ihrem Inneren. *Wie lange werden wir noch kämpfen, bis der Geist eines von uns erlischt oder ausgetrieben wird?*

Zuerst wird der Körper sterben, gab Reinheiser zu bedenken.

Und wir werden weiterhin kämpfen, versicherte ihm Thalasi. *Wir werden die Leiche in einen untoten Zustand zwingen, damit unsere Kämpfe ein materielles Schlachtfeld haben.*

Reinheiser bezweifelte nicht einen Augenblick lang, dass ihre Willenskraft auch nach dem Tod weiterleben würde. Der Körper hätte schon längst tot sein sollen, da er nur selten Nahrung bekam und immerzu gequält wurde, nur genährt von der Stärke ihrer Geister und dem Hass, der sich weigerte, dem anderen die Herrschaft zu überlassen.

Wenn ich dir etwas antue, dann tue ich es mir selbst an, höhnte Reinheiser. *Aber dennoch kämpfe ich – kämpfen wir!* Thalasi musste ihm zustimmen. Diese Unwägbarkeiten des gemeinsamen Wohnens in einem Körper hatte er nicht vorhergesehen, ihm war das tiefe Gefühl der Verletzung nicht klar gewesen, das nicht aufgelöst werden konnte, oder die endlosen Kämpfe, welche die beiden Wesen auszufechten gezwungen waren. Instinkte, die zu urtümlich waren, als dass man sie hätte erkennen können, lenkten ihren Kampf, Instinkte, die zu niedrig waren, als dass ein rationales Denken sie besiegen könnte.

So waren sie ein dem Untergang geweihtes Wesen.

Sie taumelten und fielen und dann krochen sie wieder zum steinernen Thron von Talas-dun zurück und wussten, dass der Krieg aufs Neue beginnen würde.

Doch gerade als das verräterische Zittern einsetzte und ein Schmerz durch Glieder und Rumpf zuckte, sprang die Tür des Throngemachs auf und diese Störung konnte keines der beiden Wesen ignorieren.

Die Augen des verwüsteten Körpers richteten sich flugs auf die Gestalt, die kühn genug war, ohne Erlaubnis den Raum zu betreten. Ein Talon kam herein, der für einen Spross seines buckligen Volkes ungewöhnlich groß und gerade gewachsen war. Der Schwarze Hexer kannte den Namen dieser Kreatur, »Grok«, obwohl er schon seit vielen Jahren mit diesem Talon nichts zu tun gehabt hatte. Einst war jedoch Grok der Befehlshaber des dahinschwindenden Talon-Regiments von Talas-dun gewesen – und vielleicht war er dies noch immer. Der große Talon trat herausfordernd zum Thron und blieb vor dem Schwarzen Hexer stehen.

Der Mund des Zauberers krümmte und verzerrte sich und schließlich gelang es ihm, den Namen des Talons auszusprechen.

»Grok.«

Grok beäugte das erbärmliche Ding. Er war für einen Talon ein schlauer Kerl und er kannte die Ursache für den geschwächten Zustand der Festung: die schwindende Macht ihres Herrn. Schon weigerten sich viele der verschiedenen Talon-Stämme in den nahen Bergen, ihren Zehnt zu zahlen, und bald mochte sich die ganze Gegend offen gegen Talas-dun wenden. Groks Streitmacht konnte eine solche Erhebung nicht niederschlagen, nicht einmal mit Hilfe der hohen Mauern der Burg, die sie umgaben. Nur der düstere Ruf des Schwarzen Hexers hatte bislang die Abtrünnigen in Schach gehalten, doch die Kunde verbreitete sich schnell. Dieses Wesen, den hasserfüllten und gnadenlosen Anführer namens Morgan Thalasi, der einst die Rasse der Talons zu mächtigen Heeren geformt hatte, gab es nicht mehr.

Nur dieses jämmerliche Ding war übrig geblieben, das jetzt auf dem Thron von Talas-dun saß.

Grok würde dies ändern, hier und jetzt. Grok würde der Herrschaft des erbärmlichen Menschen ein Ende setzen und den Thron für die Talons beanspruchen. Als neuer König von Talas-dun würde er die anderen Stämme einen nach dem anderen unter seine Herrschaft bringen.

Überlasse mir den Mund, bat Thalasi stumm Reinheisers Willen. Da Reinheiser die Bedrohung spürte, die von dem Eindringling ausging, und das Thalasi besser geeignet war, mit den Talons umzugehen, überließ er ihm die Kontrolle.

»Warum bist du gekommen?«, stieß Thalasi hervor, doch der Mund krümmte sich immer noch, da Reinheiser unbewusst widerstand.

Ein böses Lächeln umspielte Groks Lippen, ein Grinsen, das Tod versprach. »Du bist erledigt«, zischte der große Talon zwischen spitzen gelben Zähnen hervor und deutete mit einem Wurstfinger auf seine Brust. »Grok ist jetzt der Anführer!« Er zog eine krumme, rostige Klinge aus der Scheide an seiner Hüfte.

Wut brodelte im Schwarzen Hexer auf. Arme und

Beine fuchtelten heftig und schlugen gegen den harten Thron.

Grok und die beiden Wachen verfolgten das Schauspiel mit großen Augen. Grok überlegte, ob der Schwarze Hexer einfach explodieren oder sich zu Tode schlagen würde, bevor er selbst eine Gelegenheit dazu hätte.

Die Finger des Schwarzen Hexers bluteten und knackten. Der Mund wurde weit aufgerissen und gab spuckend Gegurgel und unverständliches Geknurr von sich. Der ganze Körper bebte in dem großen Sessel.

Grok hatte genug gesehen. Sein Vergnügen wandelte sich in Abscheu – ein Gefühl, das in einem Talon nicht leicht zu wecken war –, und er hob seine tückische Klinge zum tödlichen Streich.

Und in diesem Augenblick des Schreckens und der Wut fanden zum ersten Mal in zwei Jahrzehnten die gegensätzlichen Willen von Morgan Thalasi und Martin Reinheiser völlige Übereinstimmung. Die geschundenen Muskeln bewegten sich in Harmonie, die Augen richteten sich auf ein einziges Ziel und aus dem Wesen auf dem Thron brach ein Schrei urtümlicher Wut und magischer Raserei hervor.

Reinheiser hatte das Gefühl zu fallen, als er dem Geist Thalasis hinab in das neblige Reich der Magie folgte, in jene andere Dimension, aus der die Zauberer von Ynis Aielle ihre Stärke bezogen. Reinheiser spürte sich von flirrender Energie umgeben, die in der natürlichen Harmonie ihres Tanzes dahinfloss. Er hatte allerdings keine Ahnung, wie Thalasi auf sie zugreifen würde.

Dann ging Martin Reinheiser ein Licht auf. Thalasi war der Meister der dritten Schule der Magie, der Herrschaft. Der Schwarze Hexer langte mit seinem Willen nach der magischen Energie, brach ihren Widerstand und zog sie zu sich heran.

Grok hatte den Hieb noch nicht begonnen und würde auch nie mehr Gelegenheit dazu bekommen. Ströme von Blut spritzten in jede Ecke des großen Raums, Knochenstücke und zerfetztes Fleisch fielen wie ein vom Wind getriebener Hagel herab. Der Mantel des Talons flatterte in der Luft und senkte sich dann flach auf den Steinfußboden.

»Ihn hat's zerrissen!«, kreischte Burgul.

»Und was ist mit euch?«, brüllte der Schwarze Hexer. In der andauernden Harmonie der Wut klang seine Stimme kristallklar und unaussprechlich mächtig.

Die beiden Wachen flohen aus dem Raum, schlugen die Tür hinter sich zu und begaben sich klugerweise wieder auf ihre Posten.

»Kein Stück ist größer als mein kleiner Finger«, murmelte Burgul. Sein Kamerad schauderte und nickte – und hoffte, der Schwarze Hexer würde mit dem einen Toten zufrieden sein.

Wir müssen die anderen bestrafen, überlegte der Geist von Thalasi. *Es darf kein Zweifel darüber aufkommen, wer hier die Befehle erteilt.* Er begann sich aus dem Sessel zu erheben.

Doch das Zittern war zurückgekehrt.

»Warum widersetzt du dich?«, fragte Thalasi mit bebender Stimme.

Das tu ich nicht! entgegnete Reinheiser stumm. *Die verräterischen Wachen müssen bestraft werden!*

Immer noch fand der lädierte Körper nicht die Kraft zum Aufstehen, da Muskel gegen Muskel arbeitete. Beide Willen strengten sich in ihrem gemeinsamen Verlangen an, aber der Brennpunkt der kristallklaren Wut, dieser einzigartige Augenblick des Schreckens, als der große Talon seine Klinge erhoben hatte, war stumpf geworden. Ihre momentane Einheit bestand nicht mehr, ganz gleich, was sie bewusst wünschten. Nach einigen quälenden Minuten sackte die Gestalt hilflos auf den Thron zurück und beide gaben ihre Hoffnung auf, hinauszugehen und die Wachen zu bestrafen.

Die schmerzenden Augen huschten entgegengesetzt umher und nahmen den blutgesprenkelten Raum wahr, während beide Geister sich an den Moment der Harmonie zu erinnern suchten, an diesen einen Moment, als andere Emotionen – zu elementar für kleinliche Streitereien – den Schmerz hinweggefegt hatten.

Weißt du, was das bedeutet?, überlegte Thalasi.

Wir haben uns etwas Zeit erkauft, entgegnete Reinheiser. *Die Nachricht von Groks Schicksal wird sich schnell verbreiten. Andere werden nicht so bald versuchen, den Thron zu erobern.*

»Ich habe ihn vernichtet«, höhnte Thalasi mit dem gekrümmten Mund.

»Nicht du, elender Narr«, konterte Reinheiser laut. Thalasi spürte, wie der andere versuchte, die Mundwinkel zu einem schiefen Lächeln zu verziehen, und machte schnell einen Gegenangriff. *Ich habe deinen geheimen Zugang zu der dunkleren Magie entdeckt*, fuhr Reinheiser stumm fort. *Auch ich habe den Widerhall der universalen Mächte vernommen. Ich bin mit dir mitgegangen, Thalasi, hinab in jenes geheime Reich, und ich habe deine Reise so deutlich mitbekommen, als hätte ich sie ganz allein gemacht. Es war Martin Reinheiser, der den widerspenstigen Talon in sein scheußliches Grab geschickt hat!*

»Niemals!«, zischte Thalasi, aber den Worten fehlte die Überzeugung. Selbst auf dem Höhepunkt seiner Macht war Morgan Thalasi nie in der Lage gewesen, eine so vollständige Vernichtung wie Groks Explosion zustande zu bringen. Die Energie, die den unglückseligen Talon in winzige Stücke zerrissen hatte, war rein und mächtig durch die wunden Glieder des lädierten Körpers des Schwarzen Hexers geflossen.

Zu mächtig.

Ich weiß, dass ich an der Hinrichtung Anteil hatte,
dachte Thalasi. Er gab die mühevolle Herrschaft über
den Mund auf und eine ungewohnte Ruhe überkam
ihn. Er hatte gespürt, wie die Macht aufgestiegen war,
die er aus jenen Tagen vor seiner Vereinigung mit Reinheiser kannte. Doch obwohl er ein Teil des Wesens
gewesen war, das den explosiven Energiestoß ausge-
schickt hatte, war er eben nur ein Teil davon gewesen.

Und doch irgendwie überhaupt kein Teil, als ob das
Ergebnis der Verbindung der zwei Geister, die sich
angesichts der Drohung des Talons verbunden hatten,
eine völlig neue Wesenheit gewesen wäre, etwas Grö-
ßeres als sie beide zusammen.

Ich gebe jedoch zu, dass es über meine Kräfte hinausging,
fuhr Thalasi fort und darin lag ebenso viel Frage wie
Erklärung.

Was also?, fragte Reinheiser ebenso unsicher.

Einheit, antwortete Thalasi. *Hast du sie gespürt? Natürlich hast du sie gespürt und du kennst die Wahrheit. Es
war weder Reinheiser noch Thalasi, was Groks Fleisch zer-
fetzt hat.*

Es waren beide, vervollständigte Reinheiser den Gedanken.

Sie mussten nicht bewusst kommunizieren, um zu
wissen, dass sie weiterhin ähnliche Gedanken und Gefühle hegten. Wie gut hatte sich dieser Moment der
Macht angefühlt! Wie Freiheit. Die Verheißung einer
Kraft, die über alles hinausging, was jeder von ihnen
für möglich gehalten hätte, schwebte über ihnen wie
eine vor einem Esel baumelnde Karotte.

Wenn sie die Kraft nur erreichen und zu fassen bekommen könnten!

Schnalze mit den Fingern der linken Hand, bat Thalasi
Reinheiser. *Schließe dich mir in dieser Handlung an.*

Reinheiser zwang die Hand, sich zu bewegen. Sie
hob sich vor dem Gesicht und zitterte bei jedem Zenti-

meter. Beide Geister ignorierten den Schmerz und konzentrierten sich allein auf die Aufgabe. Daumen und Mittelfinger bewegten sich zögernd, ihre Spitzen ruhten aneinander.

Sie kreuzten und krümmten sich, während der Arm sich schmerzvoll straffte. Bei dem verzweifelten Versuch, diesen Moment der Ekstase wiederzufinden, zogen beide Willen hektisch an den Fingern und befahlen ihnen, was sie zu tun hätten. Muskeln verkrampften sich und rissen, am Handgelenk erschien ein neuer blauer Fleck. Immer noch kämpften die Geister weiter, um diese schlichte Aufgabe zu erfüllen. Aber die Unmöglichkeit der Harmonie war hartnäckiger als ihre Willenskraft. Trotz all ihrer Bemühungen zitterten die Finger nutzlos.

Wieder öffnete sich der Mund zu einem stummen Schrei der Enttäuschung.

»Er hat ihn in kleine Stücke zerrissen, ja, wirklich!«, erzählte Burgul der versammelten Menge. »Ich habe es gesehen, ich sag's euch! Hoffentlich muss ich nie wieder so etwas sehen!«

»Bah, deine Worte sind doch nur Spucke«, sagte ein anderer, ein großer, stämmiger Talon, der als einer von Groks Stellvertretern gedient und erwartet hatte, einen hohen Posten zu bekommen, sobald Grok den schwachen Menschen erledigt hätte.

»Burgul hat Recht!«, schrie wieder ein anderer. »Ich habe den Saal gesehen. Fetzen und Blut, als hätte ein Krieg stattgefunden.«

»Das beweist nichts!«, schrie Groks Stellvertreter.

»Wo ist dann Grok?«, entgegnete Burgul. Er deutete auf den Turm, um sein nächstes Argument hervorzuheben. »Und warum sitzt der Thalasi immer noch dort?«

Ein Dutzend missgestalteter Talonköpfe folgte Burguls Blick zu den hohen schwarzen Mauern von Talasdun.

An diesem Tag und in der nächsten Zeit würde es keine Drohungen mehr gegen den Schwarzen Hexer geben.

Es hat keinen Zweck, dachte Reinheiser schließlich. *Zu viele Handlungen sind an jeder Bewegung beteiligt. Es besteht keine Hoffnung, dass wir unsere Gedankenmuster vollständig aufeinander abstimmen.*

Sind wir dann zum Untergang verurteilt?, erwiderte Thalasi. *Verurteilt zu einem so höllischen Dasein?*

Es scheint so.

»Nein!« Diesmal war Thalasis Antwort hörbar, da seine Enttäuschung ihm vorübergehend den Mund in seinen Alleinbesitz brachte. Reinheiser erholte sich jedoch schnell, bevor Thalasi ungehindert weitere Worte von sich geben konnte.

Hinaus!, verlangte Thalasis Wille. Die Muskeln des lädierten Körpers setzten sich wieder in Bewegung, nahmen ihren Kampf wieder auf.

Reinheisers Antwort traf Thalasi völlig unvorbereitet. Zuvor war Reinheiser der Herausforderung immer mit gleicher Energie begegnet und hatte verlangt, dass Thalasi den Körper verlassen und seinem rechtmäßigen Besitzer zurückgeben sollte. Diesmal jedoch stellte Reinheiser keine Gegenforderungen.

Sollen wir erneut die Qual unseres Kampfes erdulden?, fragte Reinheiser ruhig.

Thalasis Wille gab nach und der Körper sackte wieder auf den Steinsessel zurück. *Es hat sich so gut angefühlt*, jammerte er.

Die Macht, fügte Reinheiser hinzu. *Niemals habe ich eine solche Macht gespürt!*

Aber wie?, überlegte Thalasi.

Verteidigung, antwortete Reinheiser. *Der Augenblick*

der Gefahr, so scheint es, hat Emotionen ausgelöst, die zu mächtig für die Zwietracht unserer Willen waren. Der kritische Augenblick hat uns Harmonie beschert.

Harmonie, sinnierte Thalasi. *Ja, und wie wunderbar war das.* Einen Moment später wiederholte er das Wort, diesmal als Frage. *Harmonie?*

Reinheiser verstand nicht, doch er spürte an Thalasis zunehmender Erregung, dass seinem Gegenspieler plötzlich eine Idee gekommen war.

Harmonie, dachte Thalasi erneut und hartnäckiger. *Musik.*

Was meinst du damit?

Thalasi war sich nicht sicher, ob er nur nach einem Strohhalm griff, ob in seiner Verzweiflung falsche Hoffnungen durch seinen Geist zogen. *Musik, Harmonie.*

Immer noch verstand Reinheiser nicht.

Es gibt einen Ort im Obergeschoss des zentralen Turms, erklärte Thalasi. *Einen Ort, wo Emotionen sich über bewusste Gedanken hinwegsetzen. Hilf mir, ich bitte dich, unseren lädierten Körper dorthin zu bringen.*

Reinheiser schirmte eine Weile seine Gedanken vor Thalasi ab und bedachte die vagen Hinweise seines Konterparts. War dies nur ein weiterer von Morgan Thalasis hinterlistigen Tricks? Gab es in diesem Obergeschoss eine Waffe, die ihm unbekannt war und die Thalasi benutzen konnte, um seinen Willen aus seinem eigenen Körper zu vertreiben, um vollen Besitz von der sterblichen Gestalt zu ergreifen, die sie beide bewohnten?

Hilf mir!, bat Thalasi. *Wir müssen Harmonie erreichen; ich muss wieder dieses Aufbrodeln der Macht spüren.*

Die Verlockung war einfach zu groß und die Alternative zu bitter, als dass Reinheiser hätte ablehnen können. Langsam und qualvoll erhob sich der Körper von dem Thron und taumelte zur Tür.

Dutzende gelber Talon-Augen verfolgten den schlurfenden Gang des Schwarzen Hexers und fragten sich, wie jemand, der so gebrechlich war, eine so unaussprechliche Macht ausstrahlen konnte. Doch falls sie einer Ermahnung bedurften, um bei der Stange gehalten zu werden, während das zwiefache Wesen, das der neue Schwarze Hexer war, Zentimeter um Zentimeter elend seinem Weg über den Steinfußboden von Talasdun folgte, so brauchten sie nur durch die offene Tür des Thronsaals zu schauen.

Auf die blutige Lache, die einmal Grok gewesen war.

KAPITEL 2

Rhiannons Tanz

Weit weg von der Düsternis von Kored-dul funkelte der letzte Sonnenuntergang des Winters über den Zweigen des magischen Waldes von Avalon. Der Wald wimmelte von Leben, denn er schüttelte in einem Ausbruch freudiger Lebendigkeit den schläfrigen Mantel der Schneemonate ab. Singvögel verkündeten das Ende des Tages und die Nachttiere erwachten in ihren stillen Höhlen.

Ein kalter Wind wehte, wenn auch weniger schneidend als an den Tagen zuvor von den Kristallbergen herab und erinnerte an die vergangene Jahreszeit. In diesem Jahr war der Frühling zeitig in den Wald gekommen.

Nahe der Ostgrenze des ausgedehnten Waldes, auf einem großen Feld, das von Mauern hoch ragender Nadelbäume vor den Nordwinden geschützt wurde, betrachtete eine junge Frau den dunkler werdenden Himmel und wartete atemlos auf das erste Sternenlicht. Und als es auffunkelte, lächelte sie zufrieden und verfiel in ihren sorglosen Tanz, in den Tanz der Rhiannon.

»Bei einem solchen Anblick sehen meine Augen gleich besser«, sagte Bellerian, der ehrwürdige Lord der Waldwächter. Er stand am Rand des Feldes unter den Zweigen einer großen Kiefer.

Der Zauberer Ardaz, grauhaarig und mit einem struppigen Bart, schniefte und wischte sich die Feuchtigkeit aus den Augen, was Bellerian dazu veranlasste, mit der dritten Person in der Gruppe, einer Frau von unsterblicher Schönheit, ein Lächeln auszutauschen. »Mein Bruder ist ein wenig sentimental«, erklärte Brielle dem Lord der Waldwächter.

»Zwanzig Jahre!«, rief Ardaz. »Dabei weiß ich doch genau, dass es erst einen Tag her ist, seit ich das kleine Kind in den Armen hielt. Schaut sie an! Jetzt ist sie eine Frau!«

»Einem Zauberer und einer Zauberin mögen zwanzig Jahre unbedeutend erscheinen«, erwiderte Brielle. »Gewiss hat die Zeit meine Tochter zur Frau gemacht, aber uns hat sie überhaupt nichts angetan.«

»Was für ein Glück ihr habt«, brummte Bellerian unbeschwert und straffte ächzend seinen alternden Rücken. »Ich wünschte mir, das Verstreichen der Zeit ließe meine Knochen in Ruhe.«

»Eben noch ein Säugling«, fuhr Ardaz fort. Er war zu tief in seinen Erinnerungen versunken, um die Worte seiner Begleiter zu hören.

Brielle blinzelte Bellerian zu und schickte sich an, sich ihrer Tochter anzuschließen. Der Lord der Waldwächter wollte ihr folgen, doch Ardaz, der wusste, was kommen würde, hielt ihn zurück.

Sogleich gesellte sich die Mutter, die Zauberin des Waldes, zu ihrer Tochter im Tanz. Ihre anmutigen Bewegungen, die vom geheimnisvollen Fließen der Gewänder aus feinem Stoff noch betont wurden – Brielle trug Weiß, Rhiannon Schwarz –, fingen das Wesen der Waldnacht ein und übertrugen ihre Schönheit in eine Kunst, die auch den Augen derjenigen verständlich war, die weniger über das Leben der Waldwelt wussten. Brielle und Rhiannon zu beobachten hieß, den Tanz der Erde in all ihrer Herrlichkeit zu schauen, einen uralten Tanz, der älter war als das Menschengeschlecht. Es war der Tanz des Lebens selbst.

Sie wirbelten umher und kreuzten ihre Bahnen, erhoben sich hoch in die Luft und schwebten so sanft zu Boden, dass sich nicht einmal die neu sprossenden Grashalme unter ihren bloßen Füßen bogen. So ähnlich wirkten sie, an Seele und Leib, doch wenn Brielle mit ihren schimmernden goldenen Locken und funkelnden grünen Augen das Licht des Tages war, dann stellte Rhiannon das Geheimnis der Nacht dar. Während sie sich drehte, floss schwarzes Haar über ihre Schultern, weich wie das Mondlicht und unglaublich dicht. Doch selbst wenn es über die elfenbeinernen Züge ihres schönen Gesichts fiel, dämpfte es nicht das Licht in ihren Augen, die von blassestem Blau waren, aber zugleich von einer Tiefe, die der Helligkeit der Farbe widersprach.

Bellerian und Ardaz konnten nur stumm verzückt zuschauen, wie die Zauberin und ihre Tochter ihren Tanz fortsetzten. Der größte und schwerfälligste Drache hätte hinter ihnen durch den Wald brechen können und sie hätten es nicht gemerkt.

Und dann, nach einer langen Zeit, die den Betrachtern viel zu kurz erschien, sprang Brielle eine Pirouette und erstarrte bei der Landung, mit weit geöffneten Armen und ohne mit der Wimper zu zucken. Rhiannon wirbelte einen vollen Kreis um sie herum und kam dann in einer ähnlichen Haltung zum Stehen. Sie kehrte ihrer Mutter das Gesicht zu und blickte in Brielles grüne Augen, in ihre Seele.

Mutter und Tochter standen nur eine Handbreit voneinander entfernt und fanden in ihrer Verbindung unerschütterliche Ruhe.

»Wenn mein Leben jetzt zu seinem Ende käme, dann würde ich gewiss zufrieden sterben«, ertönte eine Stimme, als der mystische Augenblick zu vergehen begann. Zwischen den Zweigen trat Arien Silberblatt hervor, der König der Elfen. An seiner Seite war ein Mann mit brauner Hautfarbe. Sie überquerten das Feld und gesellten sich zu der Zauberin und ihrer Tochter.

»Sei gegrüßt, Herrin von Avalon«, sprach der edle Elf Brielle an. »Gesegnet sind wir, da wir in die Schönheit deines Reiches eingeladen wurden.« Er verbeugte sich tief und voller Aufrichtigkeit vor ihr.

Ardaz und Bellerian schlossen sich der Gruppe an. »Großartig!«, rief der graubärtige Zauberer. »Jetzt sind wir alle hier versammelt. Diese Einladung bereitet mir unbändiges Vergnügen! Welchen Spaß würde einem das Leben schließlich machen ohne eine solche Feier?«

»Ich bin froh, dass ihr kommen konntet, um den Geburtstag meiner Tochter zu feiern.« Brielle hielt inne und lächelte, als sie Billy Shank bemerkte, den Mann an Ariens Seite, der schweigend und mit großen Augen – zum ersten Mal in fast zwei Jahrzehnten – Rhiannon betrachtete, das Vermächtnis seines liebsten Freundes.

Brielle fuhr mit der Hand über die Stirn ihrer Tochter und schob die dichte Mähne zurück. Rhiannon hielt den Blick auf den Boden gerichtet, wozu sie nicht Unhöflichkeit, sondern Verlegenheit veranlasste. So sehr unter den Bewohnern des Waldes zu Hause, war die junge Frau nicht an menschliche Besucher gewöhnt.

»Das ist Billy Shank«, sagte Brielle zu ihr. »Die anderen kennst du bereits. Er war ein Freund deines Vaters, ein lieber und wahrer Freund.«

Rhiannon blickte aus den Augenwinkeln auf Ardaz, ihren Onkel Rudy, und fühlte sich von seinem beruhigenden Lächeln ermutigt. Dann schaute sie Billy an und las Freundschaft in seinen dunklen Augen. Er war schon über das mittlere Alter hinaus, inzwischen etwas rundlich, und hatte silberne Fäden in seinem schwarzen Haar. Aber die Fältchen um Mund und Augenwinkel beteiligten sich an seinem Lächeln und selbst Rhiannons tiefe Schüchternheit konnte eine solche aufrichtige Zuneigung nicht übersehen.

»Ich danke euch«, flüsterte die Tochter der Zauberin.

»Ich danke euch allen, dass ihr zu meiner Feier gekommen seid.« Während sie sprach, wurde ihre Stimme lauter und gewann an Selbstvertrauen aus dem Wissen, dass sie sich unter Freunden befand.

Ardaz sprang zu ihr hinüber und küsste sie geräuschvoll auf die Wange. »Und auch wir danken dir, liebes Mädchen!«, rief er.

»Wofür?«

Der Zauberer lachte auf. »Nun ja, für diesen schönen Abend!« Er hob sie hoch und wirbelte sie herum.

Und so begann das Fest.

Arien, Ardaz und Bellerian waren mit großen Erwartungen in den magischen Wald gekommen. Sie hatten schon vorher an solchen Feiern teilgenommen und wussten, dass sie nicht enttäuscht würden, gar nicht enttäuscht werden konnten, wenn sie einen Abend mit den schönen Herrinnen von Avalon verbrachten. Aber für Billy Shank war der Abend etwas Besonderes. Er war bei verschiedenen Gelegenheiten in Avalon gewesen, aber dies war das erste Mal, dass er sich an der Köstlichkeit des verzauberten Waldes wahrhaft erfreuen konnte, jener urtümlichen Magie, die diesen Ort vor allen anderen auf der Welt auszeichnete.

Ein Tisch aus Eichenholz wurde auf die Wiese gebracht, dazu ein Festmahl aus Gebäck und Obst, und es wurde ihnen Wasser von kristallener Klarheit kredenzt, dessen prickelnde Kühle den Leib belebte und auch die Seele erwärmte. Doch wenn schon das Mahl wunderbar war, so verschlug die Art, wie es serviert wurde, Billy völlig den Atem.

Vögel flogen von den Bäumen herab und hielten goldene Teller und Trinkbecher in ihren Klauen. Ein großer Hirschbock tauchte zwischen den Bäumen auf, an dessen Geweihspitzen Krüge mit Getränken hingen, und ein riesiger Bär brachte das Tablett mit den Speisen herbei.

Alle Versammelten lachten über Billys überraschten Gesichtsausdruck, als der Bär ein Gedeck vor ihn hinstellte und sich dann neben ihm zu seiner eigenen Mahlzeit niederließ. Nur einen Moment später kam eine große Eule aus den Baumkronen herabgeschwebt und landete auf Billys Schultern. Sie reckte den Kopf, starrte nur einen Fingerbreit von Billys großen Augen auf die Versammelten und heulte: »Huu?«

Und wieder brach Fröhlichkeit aus, der sich diesmal auch Billy anschloss. Brielle schlug ihrer Tochter ausgelassen auf die Schulter. »Du hast dem Vogel gesagt, dass er das tun soll!«

Rhiannon biss sich auf die Lippe und wandte sich lachend ab.

Ardaz hatte die Bemerkung mitbekommen. Er lachte weiter, aber insgeheim überdachte er die Andeutung, die in den Worten seiner Schwester enthalten war. Rhiannon hatte es dem Vogel gesagt? War sie also wie ihre Mutter mit den magischen Gaben gesegnet?

Als das Mahl sich dem Ende zuneigte, waren Billy und der Bär zum Vergnügen aller dicke Freunde geworden, wenn auch der Bär weiterhin seine Pfote in den Honig auf Billys Teller steckte. Rhiannon, die sich im Verlauf des Abends immer behaglicher fühlte, fasste Ariens Hand. »Tanz mit mir«, bat sie ihn und der Elfenkönig hatte nicht vor, ihr diese Bitte abzuschlagen.

Und sie alle tanzten und sangen und auch die Tiere und selbst der Wald schlossen sich ihrem Gesang an. Sie riefen zu den Sternen empor und bekamen Antwort; sie flüsterten einem unsichtbaren Seetaucher zu und hörten als Antwort seinen langen, traurigen Schrei.

Und als Mitternacht vorüber war, erschien ein helles Licht in den Regenbogenfarben mitten auf dem Feld neben dem Tisch. Ardaz und die anderen schauten Brielle fragend an, doch die Zauberin wusste keine Antwort.

Das Licht wirbelte und drehte sich und nahm eine verschwommen menschliche Gestalt an. Dann war es verschwunden und wo es geleuchtet hatte, stand ein weißbärtiger Mann mit runzligem Gesicht. Sein alter, gebeugter Leib war mit einem wallenden weißen Gewand bekleidet, auf dem Kopf trug er den spitzen Hut eines Magus.

»Istaahl!«, riefen Brielle und Ardaz wie aus einem Munde.

»Ich sehe, ich bin spät dran«, sagte der Weiße Magus von Pallendara, jener großen menschlichen Ansiedlung weit im Süden, und verbeugte sich. »Ich bitte vielmals um Entschuldigung.«

»Aber du hattest gesagt, du könntest nicht kommen«, erwiderte Brielle.

»Ja, denn in Pallendara wird die Tagundnachtgleiche gefeiert, wie ihr wisst.« Er blinzelte den anderen zu. »Aber sterbliche Menschen wissen einfach nicht, wie man richtig feiert. Die meisten von ihnen schnarchen schon behaglich in ihren Betten. Oder im Bett eines anderen«, flüsterte er und zwinkerte, als hätte er ein großes Geheimnis verraten.

Rhiannon errötete und blickte beiseite, nur Ardaz kicherte amüsiert.

»Die Nacht ist erst zur Hälfte vorbei«, sagte Brielle und warf ihm einen strengen Blick zu, der ihn ermahnte, in Gegenwart ihrer unschuldigen Tochter seine schlüpfrigen Bemerkungen für sich zu behalten.

»Ja… nun gut«, stotterte Istaahl. »Dort drunten geht das Vergnügen seinem Ende zu und man wird mich nicht vermissen.«

»Und wie geht es deinen alten Knochen?«, fragte Ardaz den Neuankömmling. »Die meinen knirschen jeden Morgen.«

»Du bist wirklich über deine Jahrhunderte hinaus alt, Silber-Magus«, neckte ihn Istaahl. »Aber ich habe noch die Lebenskraft des Frühlings in meinen Beinen.«

»Das ist doch leeres Geschwätz, Weißer«, entgegnete Ardaz. »Müßige Prahlerei von Müßiggängern, wie ich immer sage.« Er sprang von seinem Sitz auf. Der Sprung war magisch verstärkt und trug ihn hoch in die Luft, dann landete er weich auf der anderen Seite des Eichentischs. »Meine Füße könnten auf Mondstrahlen dahinfliegen, Weißer, während du durch den Schlamm schlurfst.«

»Rudy«, rief Brielle ihren Bruder und benutzte dabei seinen ursprünglichen Namen, den Namen aus einer anderen Welt, bevor er Ardaz geworden war. »Hören meine Ohren da eine Herausforderung?«

»Dann zurück zum Tanz!«, forderten Ardaz und Istaahl, die beiden ältesten Freunde, gemeinsam.

Mit Istaahls Ankunft gewann die Feier für Rhiannon eine neue Tiefe. Er war der Zauberer am Hof des Königs Benador in Pallendara, der größten Stadt der ganzen Welt an der Südküste von Ynis Aielle. Wann immer er im Wald von Avalon zu Besuch kam, erzählte er Rhiannon Geschichten von der Welt jenseits des Waldes, Geschichten von den sanft gewellten Ebenen von Calva und den Sitten des guten Königs Benador und seiner Leute. Die junge Frau tanzte oft mit dem Weißen Magus und forderte ihn ständig zu Liedern über die weite Welt auf.

Brielle beobachtete ihre Tochter mit wachsender Besorgnis.

»Du beschützt sie zu sehr«, raunte Ardaz seiner Schwester ins Ohr, als er ihr Stirnrunzeln bemerkte. »Sie ist jetzt eine junge Frau und möchte von Dingen jenseits der Grenzen deines Reiches erfahren. So gesegnet es auch sein mag«, fügte er schnell hinzu, als er Brielles finsteren Blick sah.

»Das tue ich keineswegs!«, erwiderte Brielle. »Ich

lasse euch alle herein, wann immer ihr in Avalon sein wollt. In diesem Augenblick seid ihr alle meine Gäste!«

»Alle?«, fragte Ardaz mit einem leisen Lachen und blickte sich unter den fünf anderen Teilnehmern der Feier um. »Wo sind die restlichen von Ariens Leuten, das halbe Tausend fröhlicher Elfen aus dem Tal von Illuma, das kaum zwei Meilen von den Tagen deines Reiches entfernt liegt?«

»Zu viel Aufwand für eine einfache Feier«, wehrte Brielle ab. »Ich wollte sie nicht belästigen.«

»Belästigen?« Ardaz lachte mit sanftem Spott. »Sie wären vor Freude gehüpft, liebe Schwester, wenn die schöne Brielle sie eingeladen hätte, und das weißt du auch. Und Bellerians Waldwächter! Welche die Forsten von Avalon durchwandern, hin und her, hin und her, hin und her…« Er verlor sich einen Moment lang im Echo seiner eigenen Worte, dann schnalzte er mit den Fingern, als er seine Gedanken wieder in die Geleise brachte. »Die wünschen sich nichts sehnlicher, als einen Blick auf dich zu erspähen oder auf dein zauberhaftes kleines Mädchen! Nein, Jenny, du hältst sie nicht deshalb fern, weil du sie nicht belästigen möchtest, es ist wegen Rhiannon. Oder noch mehr wegen dir selbst, jawohl!«

Brielle schaute ihren Bruder an. Sie wusste, dass er hinter seiner fröhlichen Miene besorgt war. Er hatte sie Jenny genannt, mit ihrem alten Namen, den Ardaz gewöhnlich ernsten Momenten vorbehielt. »Du glaubst, ich behüte sie zu sehr?«

»Jawohl, das glaube ich wirklich.«

Wie aufs Stichwort kam Rhiannon zu ihnen herbeigewirbelt. »Mein Herz hat das Geschenk gefunden!«, sagte sie zu Brielle. »Du hast mir versprochen, du würdest es mir gewähren, wenn es in deiner Macht steht.«

Brielle nickte argwöhnisch.

»Ich möchte ins Südland reisen«, erklärte Rhiannon

und blickte zu Istaahl hinüber. »Nach Pallendara und zu den Vier Brücken und in die ganzen Landschaften, die dazwischen liegen.«

Brielle blickte Ardaz kühl an. »Du hast es gewusst«, zischte sie.

Dem Zauberer gelang es, Rhiannon zuzuzwinkern, bevor er beiseite schaute.

»Du begleitest also den Weißen Magus auf seiner Rückreise?«, fragte Brielle wieder an Rhiannon gerichtet. In ihrem Ton klang unverkennbar Missbilligung an.

»O nein, Mutter!« Rhiannon versuchte, angesichts Brielles aufkeimendem Ärger ihre Fröhlichkeit zu bewahren. »Auf diese Weise ginge es zu schnell. Mir würden alle Sehenswürdigkeiten entgehen!«

»Mit wem dann?«, wollte die Zauberin wissen. »Die Welt ist nicht so sicher, meine Kleine. Ich möchte nicht, dass du herumwanderst…«

»Belexus und Andovar«, platzte Rhiannon heraus, bevor Brielle zu Ende sprechen konnte. »Sie reisen in den Süden und beabsichtigen, in zwei Wochen aufzubrechen. Ich weiß, du könntest Bellerian dazu bringen, dass sie mich mitnehmen. Bitte, Mutter!«

»Hast du schon mit den Waldwächtern gesprochen?«, fragte Brielle listig. »Kennst du die Absichten von Bellerians Sohn und Andovar?«

»O nein«, erwiderte Rhiannon. »Niemals würde ich so etwas gegen deinen Wunsch tun! Ich weiß, du möchtest, dass ich mich von den Wanderern im Wald fernhalte.«

»Woher weißt du dann, dass sie reisen wollen?« Brielle klang nicht mehr ärgerlich, denn sie glaubte ihrer Tochter.

»Meine Freunde haben sie im Wald reden hören«, erklärte Rhiannon. »Die Vögel haben es mir erzählt.«

Mit einem neugierigen Blick lenkte Ardaz Brielles Aufmerksamkeit auf sich. Also ist es wahr, dachte der

Silber-Magus. Rhiannons Kraft begann tatsächlich zu erblühen.

»Bitte, Mutter. Ich würde gerne mit ihnen reisen.«

Brielle betrachtete nachdenklich ihre Tochter.

Rhiannon war jetzt eine junge Frau und nicht mehr ihr kleines Mädchen. Jedoch fürchtete die Zauberin, ihrer Tochter könnte etwas zustoßen, wenn sie auf sich allein gestellt fortging ließe. Rhiannon hatte ihr ganzes junges Leben in Avalon verbracht und wäre auf die raue Welt außerhalb des schützenden Waldes nicht vorbereitet.

»Würdest du nicht lieber nach Osten reisen, in die fernen Lande?«, fragte Brielle einem plötzlichen Gedanken folgend. Rhiannon schien nicht zu verstehen, doch Ardaz öffnete die Augen weit und starrte seine Schwester ungläubig an. »Dein Onkel Rudy wird dorthin ziehen. Sicher würde es dir gefallen, ihn auf der Reise zu begleiten?«

Als Brielle auf der Suche nach Unterstützung Ardaz anschaute, schüttelte dieser nachdrücklich den Kopf.

»Du hast gesagt, du würdest dorthin reisen«, protestierte Brielle. »Um Ruinen zu untersuchen, die dein Schoßtier gefunden hat. Das hast du selbst gesagt!«

»Und ich werde reisen, ja, das werde ich«, entgegnete Ardaz. »Aber nicht mit ihr, o nein!« Er zwinkerte Rhiannon listig zu, um sie wissen zu lassen, dass er dies nicht sagte, weil er an ihrer Gesellschaft etwas auszusetzen hätte. »Warum sollte ein junges Ding wie sie mit einem alten Trottel wie mir reisen wollen? Ich würde meine kleine Rhi nicht zu einem solchen Schicksal verdammen.«

Brielles Augen schossen Pfeile auf ihren Bruder ab.

»Bitte, Mutter«, begann Rhiannon erneut. »Ich möchte so gerne reisen und du hast gesagt, du würdest mir einen Wunsch erfüllen. Würdest du für mich mit Bellerian sprechen?«

Hilflos zuckte Brielle mit den Achseln. »Ich werde mit dem Lord der Waldwächter reden.«

»Ich danke dir!« Rhiannon schlang die Arme um den Hals ihrer Mutter. Brielle duldete die Umarmung einige Augenblicke lang, dann schob sie Rhiannon wieder von sich.

»Ich habe gesagt, ich würde mit dem Mann reden«, erklärte sie. »Mehr habe ich nicht versprochen. Jetzt schließe dich wieder dem Tanz an! Wir werden morgen darüber reden.«

In dem Wissen, dass sie endlich den hartnäckigen Widerstand ihrer Mutter gebrochen hatte, sprang die junge Frau über das Feld. Bei jedem ihrer anmutigen Schritte hüpfte sie immer höher auf dem kühlen Gras.

»Lass sie ziehen«, sagte Ardaz, als Rhiannon sich erneut dem Spiel angeschlossen hatte.

»Sie ist noch so jung«, erwiderte Brielle leise.

»Nach deiner Zählweise«, entgegnete Ardaz in einem plötzlich ganz ernsten Ton. Er blickte in die grün funkelnden Augen seiner Schwester. »Ihre Kraft entfaltet sich, wie es scheint«, sagte er. »Aber wir wissen nicht, wem sie folgen wird, der Mutter oder dem Vater.«

»Was meinst du damit?« Brielle schien fast ein bisschen erschrocken über den grimmigen Ton ihres sonst so fröhlichen Bruders.

»Hat sie die Gabe der langen Jahre wie wir?«, fragte Ardaz unverblümt. »Du weißt es nicht und ich ebenso wenig. Vielleicht wird Rhiannon Jahrhunderte lang leben und dann werden zwanzig Jahre wenig erscheinen. Aber vielleicht…« Er ließ den Gedanken im Raum schweben, da er wusste, dass er im Kopf seiner Schwester tausend Überlegungen ausgelöst hatte.

Brielle war von seinen Worten zutiefst verwirrt. An diese Vorstellung hatte sie noch nicht viele Gedanken verschwendet, da sie annahm, ihre Tochter würde im Laufe der kommenden Jahrhunderte an ihrer Seite leben. Aber Ardaz hatte Recht, das musste Brielle zugeben: sie konnte es nicht wissen.

»Lass sie ziehen«, sagte Ardaz erneut. »Es ist ihr Leben.«

Brielle nickte, konnte aber nichts antworten, denn plötzlich hatte sie einen Kloß im Hals.

Bevor die Morgenröte den östlichen Himmel rosafarben tönte, sanken Billy Shank und Bellerian auf ein moosiges Bett am Rande des Feldes. Die beiden Zauberer spazierten an ihnen vorbei und schüttelten in gutmütigem Spott den Kopf.

»Sterbliche Menschen«, murmelte Istaahl Ardaz zu.

»Jetzt könnten wir glücklich sterben«, sagte Bellerian zu Billy. »Nachdem wir diesen wundervollen Ort gesehen haben.«

»Jetzt verstehe ich, warum Del diesen Wald geliebt hat«, erwiderte Billy in Erinnerung an den Freund, den er vor zwanzig Jahren verloren hatte, jenen Freund, der Brielle geliebt und die Tochter der Zauberin gezeugt hatte. »Dies ist wahrhaft ein verwunschenes Land.«

»Und selten ist eine Zusammenkunft wie in der heutigen Nacht«, erklärte Bellerian. »Gewiss liegt da Magie in der Luft.«

Billy beobachtete die fünf, die sich immer noch auf dem Feld vergnügten: die schöne Zauberin und ihren Bruder Ardaz; Istaahl aus dem fernen Pallendara und Arien Silberblatt, den Eldar der Elfen, der im Laufe der vergangenen zwanzig Jahre Billys engster Freund geworden war, doch am längsten verweilte sein Blick auf Rhiannon, Brielles und Dels Tochter, die so unschuldig und schön war.

Falls sein verstorbener Freund vom Himmel herabschaute, wäre er sicher stolz gewesen.

»Ardaz von Illuma, Istaahl von Pallendara und Brielle von Avalon«, fuhr Bellerian fort, wobei er die

Namen feierlich aussprach, als müsste er sich an den Ernst der Zusammenkunft erinnern.

»Und der Eldar von Illuma«, fügte Billy hinzu. »Wenn König Benador gekommen wäre, dann wären alle Führer der Welt hier versammelt.«

Bellerian nickte. »Aber der junge König von Calva und selbst dein Elfenfreund verblassen an der Seite der anderen drei. Schau sie an, Billy Shank, dann erkennst du, dass du eine gesegnete Seele bist. Sie sind die Mächte der ganzen Welt; jeder von ihnen könnte ein Heer besiegen, die Welt in Schutt und Asche legen oder das Licht der Hoffnung über ihr leuchten lassen. Sie halten sich zurück und das ist ein Segen, denn die Möglichkeiten ihrer Macht würden dir den Atem rauben.«

Billy wusste, wie zutreffend Bellerians Bemerkungen waren. Er hatte Ardaz schon einmal in der Schlacht gesehen und wenn der Schwarze Hexer nicht auf dem Feld erschienen wäre, um der Magie des Silber-Magus entgegenzuwirken, dann hätte Ardaz die gesamte Armee von Pallendara vernichtet.

Bellerian schüttelte den Kopf, als könnte er seinen eigenen Worten nicht glauben. »Die Macht der Götter, den Menschen gegeben«, murmelte er. »Die drei Zauberer von Ynis Aielle sind hier versammelt.«

Zwanzig Jahre sind eine lange Zeit im Leben eines Sterblichen, aber wenn Bellerian, der kundige Lord der Waldwächter, sich einen Moment Zeit genommen hätte, um seine Worte zu überdenken, dann hätte er sich daran erinnert, dass Ynis Aielle vier Zauberer aufzuweisen hatte, nicht drei.

In den letzten beiden Jahrzehnten des Friedens hatten zu viele das lauernde Gespenst des Morgan Thalasi vergessen.

Eine Orgel? Reinheiser stutzte und betrachtete die massigen Pfeifen, die hoch in den Raum aufragten. *Du hast mich den ganzen Weg hier herauf geschleift, um mir eine Orgel zu zeigen?*

Du kannst darauf spielen, entgegnete Thalasi – ein müßiger Gedanke, denn Thalasi kannte Reinheisers gesamtes Gedächtnis und wusste, dass sein Widersacher ein fähiger Musiker war.

Dieses Instrument habe ich in meinen ersten Tagen hier geschaffen, erklärte er Reinheiser. *Mein einziger Gefährte Jahrhunderte lang, abgesehen von den erbärmlichen Talons, an deren Gesellschaft mir nichts liegt.*

Reinheiser begann zu verstehen. *Du möchtest, dass wir gemeinsam spielen*, erkannte er. *Jede Bewegung genau und präzise.*

Hier können wir unsere Harmonie finden, erwiderte Thalasi. *Es ist mir erst nach der Begegnung mit dem anmaßenden Talon eingefallen, nachdem ich die Ekstase unserer Vereinigung gespürt habe.*

Es wird nicht funktionieren, überlegte Reinheiser und Thalasi spürte die ehrliche Enttäuschung in seinen Gedanken. *Es bleiben zu viele subtile Abweichungen.*

Mag sein, widersprach Thalasi. *Aber mit dem Instrument als hörbarem Wegweiser wird bei jedem Fehltritt die Vergeblichkeit unserer Kämpfe offensichtlich werden. Nur wenn die Musik in Harmonie dahinfließt, werden unsere Geister Harmonie finden.*

Reinheiser blieb skeptisch, aber Thalasi musste ihn nicht daran erinnern, was ihnen andernfalls bevorstand. Er folgte Thalasis Führung und ließ den Körper sich hinsetzen.

Und dann spielten sie.

Viele Tage lang drangen ohne Unterbrechung Töne aus dem Hauptturm von Talas-dun. Ohne Rhythmus und Harmonie tat der Klang den Talons in der Festung bis ins Mark weh; sie sackten zu Boden und versuchten sich die Ohren zuzuhalten, wann immer sie zu nahe an dem Turm vorbeigehen mussten. Unter der Mannschaft wurde geflüstert – aber nur geflüstert, denn noch keiner hatte den Mut gefunden, hineinzugehen und Groks Überreste wegzuwischen –, dass der Schwarze Hexer wahnsinnig geworden sei.

Aber die hilflosen Talons konnten nur dasitzen und abwarten und die Qual der abscheulichen Musik ertragen.

Ganz im Gegensatz zu den Vermutungen der Talons bewahrten Thalasis und Reinheisers Geister oben im Turmgeschoss ihre mentale Gesundheit. Allmählich begannen die Töne ihres Spiels Ähnlichkeit mit Musik anzunehmen. Zum ersten Mal fanden die beiden getrennten Wesenheiten eine Methode, die Handlungen des jeweils anderen exakt vorauszusehen.

Nach nur einer Woche räumte Reinheiser ein, dass Thalasis Plan Erfolg versprach. Zu zweit fanden sie den Weg durch eine ganze Melodie, ohne einen einzigen Fehler zu begehen. Und sie spielten immer noch, folgten der Musik, verfielen der Musik.

Dies nahm sie völlig in Anspruch und brach die Widerstände, die sie so lange getrennt hatten, während jeder dem anderen seine Wünsche offenbarte. Die Musik war der Anlass, die Harmonie ihr einziges Ziel.

Und sie langten danach und klammerten sich daran fest. Zusammen.

Talons versammelten sich vor dem Hauptturm und schwelgten in den mächtigen Klängen der Musik des Schwarzen Hexers. Die blöden Kreaturen begriffen nicht, welch große Leistung ihr Meister vollbracht hatte, aber sie erkannten an dem selbstbewussten Gedröhn der massigen Pfeifen, dass der Mann, der schließlich aus dem Hauptturm von Talas-dun heraustreten würde, nur noch wenig Ähnlichkeit mit dem kläglichen Wesen haben dürfte, das ins oberste Geschoss hinaufgeschlurft war.

Finger glitten in völligem Selbstvertrauen über die Tasten, kein Takt wurde ausgelassen, und die pure Macht, die durch diese einst lädierten Finger floss, ließ das riesige Instrument zu neuen Höhen der musikalischen Majestät emporsteigen.

»Bist du da?«, rief das Wesen mit einer seltsam doppeltönigen Stimme.

»Natürlich bin ich das!«, antwortete es sich selbst.

Es war Zeit zu gehen.

Der Schwarze Hexer streckte seine Beine und ging festen Schrittes aus dem Raum auf den Turmbalkon hinaus. Er wusste, dass seine Talons in der Nähe waren und lauschten, dass sie auf irgendein Wort ihres Meisters warteten. Und hier war er, kehrte zu ihnen zurück, wieder ganz und mächtig. Noch mächtiger.

»Und ich bin Thalasi, nicht Reinheiser«, murmelte der Schwarze Hexer und erkundete damit die Tiefe seiner neu gefundenen Ruhe mit einer Erklärung, die ihm zuvor sicherlich Widerstand von Martin Reinheisers Geist eingetragen hätte.

»Natürlich«, stimmte sich das Wesen selbst zu. Die Logik war unausweichlich. »Morgan Thalasi. Ein Name, der in jedem Herzen von Ynis Aielle Schrecken erweckt.« Der Schwarze Hexer entdeckte keine innere Wut als Antwort auf diese Erklärung, obwohl Martin Reinheisers Wille ein gleichberechtigter Teil seiner Verfassung blieb. Morgan Thalasi war der offensichtlich beste Name, sowohl um sich bei den Talons Gehorsam zu verschaffen als auch die Feinde in Angst und Schrecken zu versetzen.

Der Teil des Schwarzen Hexers, der Martin Reinheiser blieb, verstand den Wert dieses Namens und akzeptierte die Schlussfolgerung ohne Widerspruch. Alles, was zählte, war die Harmonie.

Und die Macht, welche diese Harmonie mit sich bringen würde.

Er trat hinaus auf den Turmbalkon. Für die Verhält-
nisse von Kored-dul war der Tag bemerkenswert klar
und der Schwarze Hexer konnte von seinem hohen
Aussichtspunkt viele Meilen weit schauen.

»Geht hinaus!«, schrie er den Talons zu, die sich am
Fuß des Gebäudes versammelt hatten. Auf diese zwei
Worte hin verstummte ihr Geflüster. Sie spürten die
Veränderung im Schwarzen Hexer, spürten die stille
Macht dieses Wesens; sie wollten die Befehle ihres
wahren Meisters hören, des Menschen, der die Macht
eines Gottes besaß und den die meisten nur aus den
Geschichten kannten, die ihre Väter und Großväter
ihnen erzählt hatten.

»Geht hinaus zu den dunklen Höhlen und in die
Täler!«, brüllte Thalasi. »Findet euresgleichen! Sagt ihnen, dass Morgan Thalasi zurückgekehrt ist, um sie
alle zu führen! Sagt ihnen, dass Morgan Thalasi hungrig ist! Sagt ihnen, dass Morgan Thalasi Anspruch auf
die Welt erhebt!«

Dieser Aufruf hallte von allen Felsen in Kored-dul
wider und fand seinen Weg in jedes Talon-Ohr. Der Ruf
zu den Waffen und zum Ruhm. Und sie kamen, ein jeder willig und hungrig.

Der Schwarze Hexer war zurückgekehrt.

KAPITEL 3

Zusammenkünfte

»Ihr habt die Rösser ausgewählt und euch entschieden, welchen Weg ihr einschlagen wollt?«, erkundigte sich Bellerian.

»Ja«, erwiderte Belexus, der seinem ehrwürdigen Vater wie aus dem Gesicht geschnitten schien. In seinen zerzausten schwarzen Locken zeigten sich schon graue Strähnen, aber seine gewaltigen Muskeln waren noch von jugendlicher Stärke. »Über die Brücken Richtung Westen nach Corning und dann zurück ins große Pallendara, bevor wir wieder nach Hause reiten.«

Bellerian erinnerte sich gut an die Straßen, obwohl er sie ein halbes Jahrhundert lang nicht bereist hatte, abgesehen von einem kurzen Besuch in der großen Stadt. Er war einmal ein Edelmann von hohem Ansehen am Hof von Pallendara gewesen, doch dann hatte ein unrechtmäßiger König den Thron von Calva geraubt und ganz Calva in Aufruhr versetzt. Bellerian war an die Grenzen von Avalon entkommen und hatte dabei viele der Kinder seiner Standesgenossen mitgenommen, aus denen später die stolzen Krieger werden sollten, die man jetzt als die Waldwächter von Avalon kannte.

Bittere Jahre waren jene Jahrzehnte von Ungdens Herrschaft gewesen, obwohl Brielle und Ardaz Bellerian und seinen Leuten ein gutes Leben ermöglicht hatten. Immerzu hatte der Lord der Waldwächter seinen Blick auf die sanft gewellten Ebenen im Süden gerichtet, wo die Geißel von Ungden einen schweren Tribut von Land und Leuten erzwungen hatte. Die Herrschaft des Schreckens dauerte drei volle Jahrzehnte und hatte in der blutigen Schlacht von Bergtor ihr Ende gefunden, als die Uralten nach Ynis Aielle gekommen waren. Seit Ungdens Streitkräfte besiegt waren und der Usurpator selbst getötet worden war, saß Benador, der Erbe des rechtmäßigen Königs, auf dem Thron von Pallendara. Nach zwanzig Jahren der Regierung des stattlichen Mannes waren aus der Zeit Ungdens nur noch wenige Narben übrig und auch sie verschwanden allmählich.

Doch Bellerian konnte sich nicht dazu durchringen, nach Pallendara, dem Ort seiner Jugend, zurückzukehren. Avalon war nun seine Heimat, aber als jetzt sein Sohn von der Reise durch Calva sprach, ging es ihm doch zu Herzen und er ertappte sich dabei, wie sein Blick erneut in Richtung der sanft gewellten Felder südlich des verzauberten Waldes schweifte.

»Richtet noch ein drittes Pferd her«, wies Bellerian seinen Sohn an.

Belexus schaute auf Andovar, seinen vertrautesten Freund, der neben ihm stand. Andovar war nicht so stattlich wie Bellerians Sohn, aber doch ein großer und aufrechter Mann mit dem durchdringenden Blick und entschlossenen Kinn des stolzen Waldwächters.

»Wirst du mit uns reiten?«, fragte Andovar hoffnungsvoll. »Gewiss wären wir gesegnet, wenn wir Bellerian an unserer Seite hätten.«

»Ich danke dir für deine freundlichen Worte«, erwiderte Bellerian. »Aber das Pferd werdet ihr nicht für mich brauchen. Ihr werdet auf eurer Reise einen Gast haben, der euch gewiss willkommener sein wird als ein alter Mann wie ich.«

»Wer denn?«, fragte Belexus, den das amüsierte Lächeln seines Vaters neugierig gemacht hatte.

»Jemand, der unseres Dienstes würdig ist, hat uns um einen Gefallen gebeten«, begann Bellerian langsam und suchte nach der richtigen Art und Weise, wie er den beiden Männern eine so überraschende Neuigkeiten mitteilen könnte. »Die Tochter dieser würdigen Freundin möchte die Welt sehen.«

Der alte Lord der Waldwächter bemerkte, wie Belexus und Andovar unwillige Blicke austauschten. Die beiden waren keine undankbaren Burschen, das wusste er, und sie würden sicher seinen Anweisungen folgen, aber sie hatten sich für die kommenden Monate eine aufregende Erkundungsreise vorgestellt und waren von der Aussicht, ein unerfahrenes Kind mitzunehmen, wenig angetan.

»Du weißt, dass wir das Mädchen mitnehmen werden«, bemerkte Belexus, »aber…«

»Aber?«, unterbrach ihn Bellerian. »Ihr werdet sie mitnehmen! Und das mit Freuden!« Sie verbargen ihre Enttäuschung gut, Bellerian spürte jedoch, dass sie die wahre Bedeutung seiner Worte immer noch nicht verstanden.

»Würde es ein Lächeln auf eure Lippen locken, wenn ich euch sagte, dass die Smaragd-Zauberin höchstpersönlich um diesen Gefallen gebeten hat?«

Belexus sah seinen Vater überrascht an; Andovar wurde von einem Schwindel ergriffen und schwankte.

»Die Lady«, flüsterte Andovar. Den größten Teil seines Lebens hatte er damit zugebracht, in ihrem Herrschaftsbereich herumzustreifen. Er hatte gehofft, wenigstens einmal einen Blick auf die schöne Zauberin oder auf ihre bezaubernde Tochter werfen zu können, doch Avalon war ein großer Wald und Brielle und Rhiannon lebten sehr zurückgezogen.

»Wir sollen Rhiannon mitnehmen?«, fragte Belexus erstaunt. Der Gedanke schüchterte ihn ein und zugleich hoffte er, sein Vater würde es ihm bestätigen.

»Ja, darum bitte ich«, erwiderte Bellerian mit einem leisen Lachen. »Ich bitte darum, wie Brielle selbst mich gebeten hat. Seid ihr dazu bereit?«

»Das sind wir!«, dröhnte Andovar, bevor Belexus den Mund auftun konnte.

Belexus und sein Vater mussten lachen. Andovar blickte verlegen zur Seite, schloss sich aber sogleich ihrer Fröhlichkeit an.

»Damit übernehmt ihr eine große Verantwortung«, sagte Bellerian, und seine Stimme klang mit einem Mal ernst. »Rhiannon ist jetzt eine junge Frau, aber sie ist unerfahren mit den Sitten und Gebräuchen außerhalb des Waldes.«

»Die Tochter der Zauberin wird an unserer Seite sicher sein«, versprach Belexus seinem Vater.

Bellerian zweifelte keinen Augenblick daran. »Ihr seid die besten Krieger, die ich kenne, und ihr seid über jeden Zweifel erhaben. Aber ihr könntet anderen Prüfungen begegnen, wenn ihr an der Seite Rhiannons reitet. Ihr Geist ist nicht zahmer als der ihrer Mutter und ihr ist der Umgang mit anderen Menschen fremd.«

»Fürchte nicht um Rhiannon«, erwiderte Andovar. »Fürchte für jeden Narren, der ihr zu nahe treten möchte!« Andovars Hand sank unbewusst auf das Heft seines Schwertes.

Bellerian lächelte, aber er erwiderte nichts. Andovar sprach die Wahrheit und genau diese Wahrheit bereitete dem Lord der Waldwächter Sorgen. Er kannte Andovars Gefühle für Avalon und dessen geheimnisvolle Herrinnen und er vermutete, dass der Waldwächter die gesamte Garnison von Pallendara herausfordern würde, falls jemand Rhiannon auch nur ein Haar krümmte. Doch Bellerian war zufrieden. Er schaute Belexus an und zwinkerte ihm zu, denn er wusste, dass sein vernünftiger Sohn seinen überschwänglichen Gefährten im Zaum halten würde.

»Lasst sie gewähren, aber sorgt für ihre Sicherheit«, wies Bellerian die beiden an.

»Wie viele?«, fragte Thalasi mit der eigenartigen doppeltönigen Stimme, die den Schrecken, den er ausstrahlte, nur noch verstärkte.

»Eine riesige Menge!«, erwiderte Burgul mit einem angestrengten Lächeln. Offensichtlich hoffte er, die Antwort würde genügen. Die Kreatur konnte nicht weiter zählen als bis zehn und die Massen der Talons, die sich um Talas-dun versammelten, gingen mehr als das Tausendfache über Burguls mathematische Grenzen hinaus. Aus jeder Ecke von Kored-dul kamen sie, dem Ruf ihres Meisters folgend.

»Du hast es gut gemacht«, sagte Thalasi. »Ich werde deine unglückselige Störung vergessen.« Der Schwarze Hexer veranlasste Burguls Blick, zu dem getrockneten roten Fleck an der Wand des Thronsaals zu wandern.

Burgul ließ die Schultern hängen und versuchte, sehr klein zu erscheinen. Er wollte nur entlassen werden.

»In der Tat«, fuhr Thalasi fort, »hat dein Dienst Groks Torheit mehr als wettgemacht. Und ich belohne solch einen ergebenen Dienst immer.«

Burgul duckte sich und zitterte. Kürzlich hatte Thalasi zu dem anderen Wächter, der an jenem unseligen Tag Dienst gehabt hatte, in ähnlicher Weise gesprochen. Und nur einen Moment später hatte der Schwarze Hexer, als ein Lächeln auf dem Gesicht des Talons aufleuchtete, diesem das Herz aus der Brust gerissen.

»Du sollst einer der Befehlshaber der Legionen werden«, verfügte Thalasi. »Hauptmann Burgul. Alle, die deinen Befehlen nicht gehorchen, müssen sich vor mir verantworten!«

Burgul richtete sie auf und machte große Augen. Er konnte kaum an sein unerwartetes Glück glauben.

»Geh jetzt«, wies ihn Thalasi an. »Versammle die Anführer der Stämme. Sage ihnen, wenn der höchste

Mond des Sommers abnimmt, werden wir in den Krieg ziehen.«

Den Rest des Tages musterte der Schwarze Hexer vom Fenster des Thronsaals aus sein Talon-Heer. Tausende dieser Kreaturen lagerten auf dem Berghang außerhalb der hohen schwarzen Mauern von Talas-dun. Die verschiedenen Stammesgruppen trugen die abscheulichen Standarten ihrer jeweiligen Häuptlinge: eine abgetrennte Hand, einen blutigen Augapfel und dergleichen mehr. Thalasi wusste, dass ihre Ergebenheit allein auf Angst beruhte; der Führer eines Talon-Stammes war dessen unumstrittener Herrscher, bis ein anderer Krieger des Stammes den Mut aufbrachte, den Führer herauszufordern und zu besiegen. Wenn Thalasi einmal diese geachteten Führer an der Kandare hatte, dann gehorchte ihm auch der restliche Pöbel.

Waffen klirrten, als zwischen rivalisierenden Stämmen Scharmützel ausbrachen. »Welch abscheuliche Biester«, bemerkte Thalasi, als er seine Truppen bei ihrem Spiel beobachtete. Er würde nichts tun, um ihre Wut zu dämpfen; ein paar tote Soldaten waren ein geringer Preis für die Blutgier, welche diese Kämpfe bei den Talons entfachten.

Thalasis Blick wanderte über das Lager hinaus, jenseits der dunklen Berge, und schweifte über die sanft gewellten Ebenen von Calva. Aus einem anderen Blickwinkel als die Augen, die von Avalon aus nach Süden schauten.

Aber auf das gleiche Ziel.

Belexus und Andovar führten die Pferde zu einer kleinen Lichtung am Südrand des verzauberten Waldes, dem vereinbarten Treffpunkt für die Begegnung, die sie beide so begierig erwarteten.

Als sie dort eintrafen, war Bellerian bereits da, an seiner Seite Ardaz, der einen schönen stichelhaarigen Hengst am Zügel hielt.

»Wir haben das dritte Pferd mitgebracht, wie du verlangt hast«, sagte Belexus zu seinem Vater. Er wusste nicht, wozu der Zauberer das stichelhaarige Pferd mitgebracht hatte.

»Ja, das sehe ich«, erwiderte Bellerian. »Aber das vierte wird man ebenfalls brauchen. Zu Beginn eurer Reise werdet ihr Gesellschaft haben.«

»Dich?«, fragte Belexus an den Silber-Magus gerichtet.

»Mit eurer Erlaubnis natürlich. Ich möchte mich keinesfalls aufdrängen«, erwiderte Ardaz und verbeugte sich tief. »Ich habe etwas sehr Wichtiges zu tun, weißt du, fern im Osten. Ein Bauer hat von einigen Ruinen erzählt, ein unbekanntes Dorf oder irgendetwas in der Art. Es könnte vielleicht wichtig sein, wisst ihr!«

Die drei Waldhüter, geduldig wie immer, taten ihr Bestes, um Interesse für das weitschweifige Gerede des Zauberers zu zeigen, wie verwirrend es auch war.

»Mein Weg führt zunächst nach Süden«, erklärte Ardaz. Er zwinkerte und dämpfte seine Stimme zu einem verschwörerischen Flüstern. »Ich möchte mich mit meinen alten Knochen möglichst lange in der zivilisierten Welt aufhalten, wisst ihr. Es gibt keinen Grund, auf hartem Boden zu schlafen, wenn es in der Nähe ein Bett in einem calvanischen Gasthof gibt.«

Aus den Bäumen drang lautes Vogelgekreisch und zwei Vögel schwebten zu der Gruppe herab. Der größere, ein Rabe, landete auf Ardaz' Schulter und verwandelte sich sofort in die vertrautere Gestalt seiner schwarzen Katze Desdemona.

Aber Belexus und Andovar bemerkten die magische Gestaltwandlerin kaum, denn gebannt verfolgten sie die eindrucksvolle Verwandlung des zweiten Vogels. Eine weiße Taube landete vor ihnen auf dem Boden und verwandelte sich in eine Wolke aus weißem Rauch, die sich zu einer Säule formte.

Und aus der Säule trat Brielle hervor.

Andovar vergaß fast zu atmen. Er hatte die Zauberin schon ein paar Mal gesehen, allerdings nur von fern, und er war nicht im Geringsten enttäuscht, als er sie jetzt aus der Nähe sah. Ganz im Gegenteil: Brielles Schönheit hielt jeder Prüfung stand.

»Herrin«, stammelte Belexus und fiel aufs Knie.

Brielles verlegener Gesichtsausdruck zeigte, dass sie vom Respekt des stattlichen Waldwächters angerührt war. Sie schaute zu Andovar hinüber, der ähnlich auf die Knie sank, allerdings fand er immer noch keine Worte, um die Zauberin anzusprechen.

Brielle forderte beide auf, sich zu erheben. Sie hatte sie natürlich schon früher gesehen. Die Zauberin sah alles, was sich in ihrem Wald bewegte, und schon vor ihrem förmlichen Treffen mit Bellerian hatte sie gewusst, dass die beiden Waldwächter sich gut um ihre Tochter kümmern würden. Doch ihre mütterlichen Gefühle würden dieses besondere Mädchen nicht so einfach ziehen lassen.

»Ihr werdet für meine Tochter sorgen?«, fragte sie, mehr um Belexus' und Andovars Bereitschaft, Rhiannon zu erforschen, auszuloten, als um ihre Fähigkeit in Frage zu stellen. Die beiden würden Bellerians Wünschen nachkommen und gewiss Rhiannon mitnehmen, wenn der Lord der Waldwächter sie darum bat, aber Brielle wollte sich nicht aufdrängen. »Und ihr bringt sie mir zurück, wenn der Sommer dem Ende entgegengeht?«

»Das werden wir gewiss«, versicherte ihr Belexus. »Wir sind geehrt, dass du uns mit einer solchen Aufgabe betraust.«

Die Smaragd-Zauberin blickte auf Bellerian. »Sie machen dir alle Ehre, Lord der Waldwächter«, sagte sie. Dann fügte sie, an Belexus und Andovar gerichtet, hinzu: »Ihr sollt wissen, dass ich niemals an euch gezweifelt habe, an keinem von euch beiden. Aber wollt ihr wirklich, dass meine Tochter euch begleitet?«

Jetzt meldete sich Andovar, der seine Aufregung nicht mehr zügeln konnte. »So, wie wir die Wärme des Frühlings wollen«, rief er eifrig. »Ich bitte dich, schönste Herrin, lass das Mädchen mitkommen. Wir werden über sie wachen und sie beschützen, zweifle nicht daran, und gewiss wird Rhiannon unsere Tage erhellen.«

»Genug der Worte, ich glaube euch«, sagte Ardaz mit einem leisen Lachen. »Bist du beruhigt, liebe Schwester?«

»Wie lange wirst du mit ihnen reiten?«, fragte ihn Brielle.

Ardaz fuhr sich mit den Fingern durch den Bart; er hatte sich noch nicht entschieden, welchen Weg er nehmen würde. »Bis zu den Dörfern des Nordens… hm… das würde bedeuten… vielleicht bis Torthenberry«, erwiderte er. »Ein paar Tage vielleicht, allerdings möchte ich diese Ruinen aufsuchen. Die Geschichte eines Bauern, weißt du. Könnte wichtig sein, es ist tatsächlich…«

»Ja, Bruder«, unterbrach ihn Brielle, »das hast du schon oft gesagt.« In der Tat hatte Ardaz kaum noch von etwas anderem als seiner bevorstehenden Erkundungsreise geredet, seit die Geschichte des Bauern ihm letzten Mittwinter zu Ohren gekommen war. Er hatte den Aufbruch nur aufgeschoben, weil er die Feier von Rhiannons zwanzigstem Geburtstag nicht versäumen wollte.

Brielle blickte wieder auf die eifrigen Gesichter der Waldwächter und zuckte resigniert mit den Achseln. »Komm, Rhiannon«, rief sie in die dichten Zweige am Rand der Lichtung.

Die Zweige raschelten und die schwarzhaarige Tochter der blonden Zauberin trat für die Reise gerüstet schüchtern ins Freie.

»Hier sind deine neuen Gefährten«, sagte Brielle zu ihr. »Du kennst ihre Namen.« Sie wandte sich wieder an

Belexus und Andovar, die so erstarrt dastanden wie damals, als sie die ältere Zauberin von Avalon zum ersten Mal gesehen hatten. Denn Rhiannon, die auf die Lichtung trat, besaß offensichtlich die gleiche unirdische Schönheit, die weit über die Erfahrung der beiden Männer oder aller sterblichen Menschen hinausging.

»Meine Tochter«, sagte Brielle, obwohl sie sah, dass Rhiannon nicht vorgestellt zu werden brauchte.

»Ich freue mich auf die Reise.« Rhiannon schaute zu den drei wartenden Pferden hinüber. »Werden wir reiten? Ich habe noch nie… ich meine…«

»Der Weg nach Pallendara ist lang«, sagte Andovar und entlockte der jungen Frau ein Lächeln. »Dieses Pferd ist für dich.« Er zeigte auf eine kleine Stute mit glänzendem schwarz-weißem Fell.

Rhiannon trat zu dem Pferd, tätschelte seine Flanke und flüsterte beruhigend in sein Ohr. Das Pferd entspannte sich sichtlich und dann löste Rhiannon zum Erstaunen der Waldwächter den Sattelgurt der Stute und ließ den Sattel von ihrem Rücken gleiten.

»Den brauche ich nicht«, versicherte ihnen die junge Frau und als der Sattel am Boden lag, glitt sie geschmeidig auf den Rücken des Pferdes.

Belexus schaute fragend zu Brielle, da er keinen Streit darüber anfangen wollte, ob es klug war, eine solch weite Strecke ohne Sattel zu reiten.

»Sie wird ihn nicht brauchen«, versicherte Brielle. »Das Pferd hat ihr versprochen, dass es sie nicht fallen lassen wird.«

Belexus und Andovar schauten sich an und zuckten mit den Achseln. Wie konnten sie angesichts der Gesellschaft, die sich zu ihrem Abschied versammelt hatte, einen Streit vom Zaun brechen?

Später an jenem Nachmittag verließen die vier Reiter den Wald von Avalon und durchquerten vor Einbruch der Nacht an einer Furt den Fluß Illume-lune. Auf der flachen Oberseite eines riesigen Felsens errichteten sie ihr Lager.

»Dein Ort«, bemerkte Andovar zu Ardaz, während der Zauberer die Mahlzeit zubereitete. »Der Stein der Gerechtigkeit.« Der Waldwächter wandte sich an Rhiannon und Belexus. »Hier hat Ardaz die Elfen gerettet, die Nachttänzer von Lochsilinilume, in der Morgendämmerung ihres Volkes.«

»Er hat sie hierher gebracht, indem er eine Hinrichtung vortäuschte«, erklärte Belexus. »Doch das war nur eine List, die er einsetzte, um die Nachttänzer zu verstecken.«

»Ich habe davon gehört«, erwiderte Rhiannon. »Du hast sie alle gerettet, nicht wahr, Onkel Rudy?«

»Pst!«, machte Ardaz, aber es war zu spät.

»Onkel Rudy?«, fragten Belexus und Andovar wie aus einem Munde. Ein tiefes Rot überzog die Wangen des Zauberers.

»Rudy ist sein wirklicher Name«, fuhr Rhiannon fort, der das Spiel gefiel. »Rudy Glendower. Meine Mutter ist seine Schwester, Jennifer Glendower.«

»Namen aus einer anderen Zeit«, sagte Ardaz abweisend. »Aus der Zeit vor der Morgendämmerung unserer Welt.« Sein Blick verklärte sich ob ferner Erinnerungen. Aus einer so fernen Zeit, die zwölf Jahrhunderte zurücklag.

»Also bist du Ardaz«, stimmte ihm Belexus zu und verneigte sich vor dem Zauberer. »Der Silber-Magus von Lochsilinilume.« Er wandte sich wieder Rhiannon zu. »Die Elfen und wir alle stehen in der Schuld deines Onkels.«

»Dieser Ort ist allen Elfen heilig«, fügte Andovar hinzu, »und allen guten Leuten von Aielle.«

»Dunkle Tage damals, brrr!« Der Zauberer schauderte, als er sich an die düstere Reise zum Stein der

Gerechtigkeit erinnerte, doch er schüttelte die schlimmen Gedanken ab und grinste aufs Neue. »Aber man braucht sich nicht an so böse Dinge zu erinnern«, verkündete er. »Alles hat sich zum Besten gewendet, jawohl. Das tut es immer, wisst ihr.«

»Und die Straße, die vor uns liegt, ist frei«, fügte Belexus schnell hinzu.

Sie nahmen ein köstliches Mahl ein, das der Zauberer bereitet hatte, und tauschten dabei unterhaltsame Geschichten aus. Dann streckten sie sich aus und beobachteten, wie das Funkeln der Sterne am dunklen Firmament von Aielle erschien.

Rhiannon schlief kurz darauf ein, froh über die neuen Freunde, die sie an diesem Tag gewonnen hatte. Vielleicht waren Abenteuer fern der Heimat doch nicht so schlimm.

Zwei Tage später erreichten sie Nordkamm, das nördlichste der calvanischen Bauerndörfer. Der Frühling stand jetzt in voller Blüte. Warmer Sonnenschein und eine sanft Brise von Süden her begleiteten die kleine Reisegesellschaft. Die Reiter folgten gemächlich ihrem sich schlängelnden Weg, da sie entschlossen waren, unterwegs die Sehenswürdigkeiten zu genießen.

»Ein Grundübel der Menschen ist«, sagte Ardaz, »dass sie so hastig von einem Ort zum anderen eilen, dass sie die dazwischen liegenden Lande vergessen.«

»Menschen?«, erwiderte Belexus. »Und was bist du, ein Talon? Was sind wir drei deiner Meinung nach?«

»Oh, ich wollte damit nicht sagen…«, brummte Ardaz. »Ich meine… ich bin schließlich ein Zauberer und habe lange genug gelebt – zu lange, würden manche sagen, aber darauf höre ich nicht. Wo war ich noch gleich stehen geblieben? O ja, ich habe lange genug gelebt, um einige der menschlichen Fehler abzulegen.«

»Und was ist mit uns?« Rhiannon tat so, als wäre sie verärgert. Sie zwinkerte den beiden Waldwächtern zu.

»Nun, ich meine, ihr drei…« Er suchte nach Worten. »Ihr seid Waldwächter und anders als die meisten, jawohl. Ihr wandert durch Avalon und habt die Wahrheit der Freuden erfahren, die den anderen vielleicht entgehen. Und du«, er nahm eine Strähne von Rhiannons rabenschwarzem Haar und zupfte daran, »du bist im Schatten dieses wunderbaren Waldes aufgewachsen! Brielles Tochter würde keine Wildblume am Straßenrand entgehen, selbst wenn ihre Augen nach weiter vorne schauten! Nein, nein, nein! Wir alle wissen es besser, jawohl. Wir können genießen, was wir unterwegs erleben.«

Nur zu wahr. Genau diese Lande ›dazwischen‹ faszinierten Rhiannon und die Waldwächter. Sie wurden große Freunde auf der einsamen Straße, besonders Andovar und die junge Frau. Der Waldwächter erzählte Rhiannon Geschichten und erfuhr von ihr viele Geheimnisse, die sie über das Leben der Pflanzen und der Tiere kannte, an denen sie vorüberkamen. Auch Ardaz hörte aufmerksam zu, wenn Rhiannon ihr Wissen über die Natur mitteilte, das für ihre jungen Jahre verblüffend war. Sie war wirklich die Tochter der Smaragd-Zauberin. Allerdings vermutete der Zauberer, dass sie in nächster Zukunft einen ähnlichen Titel für sich selbst beanspruchen würde.

Andovar war jedoch an allem interessiert, was Rhiannon tat, an jeder anmutigen Bewegung, an jedem Wort, das sie sprach, und an jedem sorglosen Lachen, das sie so natürlich erklingen ließ.

»Es scheint, dass ich das Mädchen vor meinem eigenen Gefährten schützen muss«, bemerkte Belexus zu Ardaz eines Abends bei Sonnenuntergang, als Andovar und Rhiannon Hand in Hand zu einem hohen Hügelkamm gingen.

»Schützen?«, lachte Ardaz. »O nein, nein!« Der Zauberer beobachtete, wie Andovar vertraulich einen Arm auf die Schultern der jungen Frau legte und sie sich willig an ihn schmiegte.

»Tja, vielleicht im Auge behalten«, räumte der Zauberer ein.

Am nächsten Tag kamen sie an einem Dorf vorbei, das nicht mehr war als eine Ansammlung von Bauernhäusern, umgeben von einer niedrigen Mauer. Belexus hielt seine Gruppe nahe am großen Fluss Nimmerend, da er meinte, es sei ratsam, zuerst durch die weniger bevölkerten westlichen Lande zu reiten, bevor er seine junge Reisegefährtin mit der Großartigkeit des mächtigen Pallendara bekannt machte. Ardaz stimmte wie auch Andovar der Route bereitwillig zu, da er wusste, dass die kleineren Dörfer Rhiannon leichter an das Leben der Menschen gewöhnen würden, bis sie besser mit den Gebräuchen der Siedlungen vertraut wäre.

»Donningsbühl«, sagte Ardaz, als er den Ort erkannte, der vor ihnen lag. »Und nach Donningsbühl kommt Torthenberry.«

»Wirst du uns verlassen?«, fragte Belexus, offensichtlich enttäuscht. Der Zauberer hatte von ihnen allen die besten Geschichten erzählt und nur wenige konnten einen langen Ritt so kurzweilig machen wie Ardaz.

»Ich hatte vor, dorthin zu reisen, meine ich«, erwiderte Ardaz. »Aber wir sind schon zu lange unterwegs. Viel zu lange, jawohl. Du meine Güte, es ist schon der Blütenmonat Mai. Nein, ich muss jetzt ohne Umwege dorthin.«

»Was könnte denn im unbewohnten Osten so wichtig sein?«, fragte Andovar, der offensichtlich ebenso unglücklich über die Trennung war wie die anderen.

»Im Osten?«, wiederholte Ardaz. Er schien nicht zu verstehen.

Rhiannon lächelte über seinen Gesichtsausdruck,

denn sie erkannte den ziemlich vertrauten geistesabwesenden Blick in den Augen des Zauberers.

»Du reist doch nach Osten, hast du gesagt«, versuchte Andovar zu erklären.

»Wer hat das gesagt?«, wollte der Zauberer wissen.

»Du selbst«, sagte Andovar. »Zu irgendwelchen Ruinen. Von denen ein Bauer erzählt hatte.«

»Das habe ich gesagt?« Ardaz runzelte verwirrt sein Gesicht. »Natürlich habe ich das nicht gesagt! Ach, warum verwirrst du mich, du unartiger Kerl? Doch warum sollte ich dorthin reisen, wenn die Gegend so unbewohnt ist? Oder versucht ihr nur, mich loszuwerden?«

»Nein, auf keinen Fall«, meinte Andovar lachend, der mit der Vergesslichkeit des Zauberers genügend vertraut war und das Thema fallenließ. »Dann reite mit uns, so lange du möchtest.«

»Tja, wie kann ich das tun?«, fragte Ardaz. Er blickte Belexus ernstlich besorgt an. »Der Bursche ist darauf hereingefallen«, sagte er und nickte Rhiannon listig zu. »Aber genug.« Der Zauberer richtete sich in seinem Sattel auf und zog einen langen Eichenstab hervor. »Ich habe natürlich im Osten zu tun – und versucht nicht, mich umzustimmen!«, fügte er schnell hinzu, bevor Andovar, den er verblüfft hatte, seine Gedanken einflechten konnte. Ardaz murmelte einige geheime Sprüche in das Ohr seines Pferdes, woraufhin das Tier lebhaft den Kopf aufrichtete und schnaubte, begierig auf einen Galopp.

»Lebt wohl!«, rief Ardaz zu den dreien. »Mir steht ein arbeitsreicher Sommer bevor.« Er hielt inne und schnalzte mit den Fingern, als erinnere er sich plötzlich an etwas, dann langte er unter seinen Mantel.

»Grrr«, lautete die gedämpfte Antwort auf seinen Griff.

»Oh, du dumme Miezekatze«, rief Ardaz verärgert und rieb sich den Kratzer an seiner Hand. Dann langte er nachdrücklicher in seine Robe und riss Desdemona aus ihrem Schlummer. »Los jetzt!«, forderte er sie auf und zum Erstaunen seiner Begleiter warf er die Katze hoch in die Luft.

Desdemona kreischte protestierend, aber ihr Schrei wurde zum aufgeregten Krächzen eines Raben, als die Katze ihre Vogelgestalt annahm und vor dem Zauberer davonflog.

»Manchmal muss man etwas nachhelfen«, erklärte der Zauberer den anderen.

»Sie hat ihren Schlaf gern«, pflichtete ihm Rhiannon bei.

»Aber Abenteuer hat sie noch lieber«, erwiderte Ardaz. »Man muss sie nur daran erinnern.«

Hoch über ihren Köpfen stieß Desdemona einen Schrei aus – sie beschwerte sich, dass der Zauberer den Aufbruch hinauszögerte.

»Nun denn, lebt wohl«, sagte Ardaz. »Ich wünsche euch einen schönen Sommer. Vor dem Winter werde ich in den Norden zurückkehren, vielleicht auch nicht. So etwas weiß man vorher nie. Aber ich werde zurückkehren, jawohl.«

»Mit neuen Geschichten?«, fragte Rhiannon erwartungsvoll.

Der Zauberer breitete seine Arme weit aus. »Man weiß es nie, wann man in eine Geschichte hineingerät«, erklärte er, dann stieß er seinem Pferd in die Flanken, das in einen rasenden Galopp fiel.

Im Frühlingssonnenschein auf der friedlichen Ebene von Calva ahnte keiner von ihnen, nicht einmal der Zauberer selbst, wie bald sich diese letzten Worte bewahrheiten würden.

KAPITEL 4

Die westlichen Gefilde

Sie schlugen keine bestimmte Richtung ein, ihr Weg schlängelte sich vom Fluss weg nach Osten, dann nach Norden oder Süden, zu irgendwelchen Ortschaften, die sie vorfanden, und am Ende kehrte er wieder zum Flussufer zurück. Allmählich gelangten sie weiter nach Süden, aber der Frühling lag noch in der Luft und sie hatten keinen Grund zur Eile. Auf Rhiannons Bitte hin verbrachten sie eine ganze Woche in einem Dorf, um mit den Bauersleuten zu reden und deren Lebensweise zu studieren. Mit ihren naturkundlichen Kenntnissen konnte Rhiannon dem Landvolk manch guten Ratschlag geben.

Und dann ritten sie weiter zum nächsten Ort und dann zum übernächsten – wahrlich ein unbeschwerter Urlaub. Belexus war mit dem gemächlichen Tempo einverstanden; er sah, wie Rhiannon die vielen Begegnungen und aufkeimenden Freundschaften in vollen Zügen genoss, und er sah auch, wie etwas Tieferes, Wunderbares zwischen der Tochter der Zauberin und seinem Freund von den Waldwächtern wuchs.

Andovar kümmerte sich nicht darum, wo sie waren oder wohin sie ritten. Für ihn zählte nur, dass Rhiannon an seiner Seite war, an seinen Abenteuern Anteil hatte und sein Lächeln immer breiter werden ließ.

Und Rhiannon, so beobachtete Belexus, empfand genauso.

Sie wälzten sich von den Felsen der Kored-dul herab wie schwarze Gewitterwolken. Zehntausend Mann stark und nach Blut dürstend rückte Morgan Thalasis Heer vor. Der Meister selbst führte die Truppen an, von vier seiner größten Talon-Soldaten in einer mit Kissen gepolsterten Sänfte getragen.

Regen begrüßte die Armee, als sie von den Bergen zu den tristen Stränden an der Westküste von Aielle marschierte. Unbekümmert trottete die zielstrebige Streitmacht voran. Bald würde sie die Strände verlassen und landeinwärts schwenken, wo ihr Festmahl auf sie wartete.

Der Meister hatte es versprochen.

Doch als das Heer sich darauf vorbereitete, in jener ersten Nacht fern ihrer felsigen Heimstätten zu kampieren, da begegnete ihnen etwas Greifbareres als nur ein düsteres Wetter. Eine zweite Armee von Talons, größer als die Streitmacht, die Morgan Thalasi begleitet hatte, stand ihnen gegenüber und schwärmte aus, um die vordere Hälfte des ausgedehnten Lagers zu umzingeln.

Mit jedem Dorf, welches das Trio durchquerte, fühlte sich Rhiannon immer behaglicher, und jetzt trat sie den Fremden, denen sie unterwegs begegneten, völlig unbefangen entgegen. Sie waren jetzt schon mehr als zwei Monate unterwegs und folgten die gewundenen, nach Süden führenden Straße entlang des großen glänzenden Flusses. Als der Sommer herannahte, machten sie jedoch weniger häufig Ausflüge in den Osten, denn Belexus hatte für diese Reise einige bestimmte Ziele im Sinn – und er hatte Brielle versprochen, dass er bald nach dem Ende des Sommers ihre Tochter nach Avalon zurückbringen würde. Also schlug er eine etwas schnellere Gangart ein und folgte geradewegs dem Lauf des Flusses Nimmerend.

Sehr angetan vom Umgang mit anderen Menschen, auch wenn sie in größere Orte kamen, wollte Rhiannon direkt nach Pallendara weiter, zur größten Stadt der bekannten Welt. Doch Belexus hielt sich fest an den Plan, Pallendara zum Herbstbeginn aufzusuchen, bevor sie sich wieder heimwärts wenden würden. Der Waldwächter wollte die berühmten Vier Brücken überqueren und die westlichen Gefilde besichtigen, Lande, die er bislang nicht bereist hatte.

Auf den wohlbestellten Feldern der ausgedehnten calvanischen Bauernhöfe schwankten die Getreidehalme in der warmen Brise. Rinder- und Schafherden grasten träge, nicht einmal der Beginn des Sommers konnte die Tiere aus ihrer beständigen Lethargie reißen. Bei jedem Halt begrüßten Bauern und Hirten die Reisenden aus dem Norden mit freundlichem Lächeln und luden sie zum Abendessen ein.

Seit vielen Jahren kannte die Gegend nur Frieden, keine feindlichen Horden bedrohten die Grenzen, Fremde waren ein willkommener Anblick. In der Tat hätte die kleine Gruppe jeden Abend als Gast des einen oder anderen Bauern speisen können, seit sie in das dichter besiedelte Bauernland vorgestoßen war. Aber sie lehnten Einladungen häufiger höflich ab, als dass sie diese annahmen. Ihre Freundschaft war noch jung, frisch und aufregend und überdies höchst privat. Während sie die Gesellschaft und die Geschichten der Calvaner genossen, genossen sie die eigene Gesellschaft und die eigenen Geschichten – deren Vorrat noch längst nicht erschöpft war – noch mehr.

»Jenseits des Flusses ist das Land dichter besiedelt«, erklärte Belexus Rhiannon. »In der Nähe der Vier Brücken sind die Städte größer und weit in den Westen verstreut.«

»Und wohin werdet ihr mich bringen?«

»Nach Corning«, erklärte der Waldwächter. »Es ist ziemlich groß, die zweitgrößte Stadt von Calva.«

»Siebentausend Einwohner«, fügte Andovar hinzu.

»Aber es unterscheidet sich kaum von den kleineren Städten. Heute werden wir die Brücken erreichen und Corning in zwei Tagen.«

»Wie weit könnten wir noch reisen?«, fragte Rhiannon. »Das Land scheint sich endlos zu dehnen.«

»In einer weiteren Woche könnten wir die westliche Grenze von Calva erreichen«, erwiderte Belexus. »Befestigte Ortschaften mit tapferen Bewohnern. Über sie hinaus zu gehen wäre Narrheit.«

Rhiannon schien nicht zu verstehen.

»Die dunklen Lande«, fuhr der Waldwächter fort. »Die Heimat von Talons und Echsen und abscheulichen Bestien. Kluge Leute meiden diese Gegend.«

Sein ernster Ton verfehlte seine Wirkung auf die junge Frau. Da sie im Wald von Avalon aufgewachsen war, kannte Rhiannon solch schlimme Dinge wie Talons nicht.

Noch nicht.

»Wir werden uns eine Woche oder länger in der Umgebung von Corning aufhalten«, sagte Belexus und warf einen wehmütigen Blick auf die unschuldige Tochter der Zauberin. »Und dann wirst du Pallendara sehen.«

»Caer Tuatha.« Rhiannon benutzte den Elfennamen der großen Stadt. »Istaahl und Onkel Ardaz haben mir großartige Geschichten darüber erzählt. Gewiss ist es ein schöner Anblick, wenn auch nur die Hälfte ihrer Erzählungen wahr ist.«

»Wahrscheinlich wird Pallendara auch noch ihre wunderbarsten Geschichten übertreffen«, sagte Andovar. Seit seiner Kindheit war er nur zweimal in der Weißen Stadt gewesen, aber ihr Bild hatte sich ihm lebhaft eingeprägt. Pallendara war die einzige bedeutende Stadt von Ynis Aielle, ein Ort mit Türmen und Märkten und tausend Spielleuten auf den Straßen! Es lag an der Spitze eines schmalen Hafens und die

Masten von hundert Schiffen ragten entlang der See-
mauer auf wie die nackten Wipfel eines winterlichen
Waldes.

»Aber zuerst nach Corning«, erinnerte Belexus sie,
da er nicht wollte, dass ihr Aufenthalt in einem anderen großartigen Ort durch die Gedanken an das, was
noch kommen sollte, gemindert würde. Und als die
kleine Gruppe den Kamm eines Hügels überquerte,
erhoben sich in der Ferne, vom Morgennebel umhüllt,
der vom Fluss aufstieg, unverkennbar die Vier Brücken
von Calva, Bauwerke, die sich seit Jahrhunderten über
den großen Fluss spannten.

Als sie die Brücken erblickten, trieben sie ihre
Pferde an und galoppierten in wilder Jagd den Hang
hinunter.

Belexus und Andovar, die geschickte Reiter waren,
hätten es nie geglaubt, aber Rhiannon kam als Erste
dort an, denn sie hatte eine Schmeichelei in das Ohr
ihrer geschmeidigen Stute geflüstert.

Ein kurzes Stück weiter südlich lag die ansehnliche
Gemeinde Stromstadt, doch Rhiannon bemerkte den
Ort kaum. Vor ihr ragten die Vier Brücken auf, die uralten und sagenhaften Übergänge aus festem Stein, die
sich über den Fluss wölbten. Die junge Frau spürte die
Magie, die diese Bauwerke geschaffen hatte, und fühlte
die Zauberlieder, die noch in den mächtigen Steinen
nachhallten. Sie waren alle von derselben Größe und
Form und über jede konnten vier Wagen nebenein-
ander fahren, ohne die steinernen Brüstungen zu be-
rühren.

Und diese Brüstungen waren vielleicht das Außer-
gewöhnlichste von allem. Sie waren ganz mit Reliefs
überzogen, deren Szenen die Geburt eines neuen Men-
schengeschlechts schilderten, das in den Armen der
engelhaften Colonnae gewiegt wurde, dazu kamen Bilder vom Aufstieg Pallendaras.

Belexus und Andovar hatten die Brücken noch nie zuvor überquert und waren ebenso fasziniert wie Rhiannon, als sie die junge Frau einholten.

»Diese Brücken haben mehr Geschichten zu erzählen als Ardaz selbst«, rief Belexus aus. »So lange stehen sie schon.«

»Ja«, stimmte ihm Andovar zu. »Hier ist der Schwarze Hexer zum ersten Mal gefallen.« Er führte Rhiannon zum südlichsten Bauwerk. Am Brückenzugang war eine glänzende schwarze Gedenktafel in die Mauer eingebaut, um an den Ort zu erinnern, wo Ardaz, Istaahl und Rhiannons Mutter zusammengewirkt hatten, um in einem lange vergangenen Zeitalter den Schwarzen Hexer zu besiegen.

»Dreitausend sind gestorben«, sagte Andovar feierlich. »Aber nicht vergebens. Die Talon-Armee wurde zerschmettert und Morgan…« Er hielt inne. Ihm war eingefallen, dass es klüger wäre, diesen schlimmen Namen nicht laut auszusprechen. »Der Schwarze Hexer wurde niedergeworfen.«

»Erst in der Zeit von Ungden dem Usurpator erhob er sich erneut«, fügte Belexus hinzu.

»Meine Mutter hat mir oft von der Schlacht von Bergtor erzählt«, sagte Rhiannon. »Als Thalasi abermals geschlagen wurde.«

»Und es war dein Vater, der ihn bezwungen hat«, sagte Andovar mit einem leisen Lachen. »Einen besseren Mann habe ich nie gesehen!«

Rhiannon lächelte und ließ ihren Blick über den Dunst auf dem Fluss schweifen. Sie hatte ihren Vater nie gekannt und als er fortging, hatte er für immer einen Hauch von Traurigkeit in den Augen ihrer Mutter zurückgelassen. Aber die Freude von Brielles Erinnerungen an ihre Zeit mit Jeff DelGiudice, jenem besonderen Mann aus der anderen Welt, überwog den Kummer. Rhiannon wusste, dass ihre Mutter öfter über

Erinnerungen an ihre Zeit mit ihm lächelte, als dass sie um seinen Verlust klagte.

»Heda!«, rief eine Stimme aus dem Süden. Die drei wandten sich um und sahen einen beleibten Mann auf sie zurennen, auf dessen Kopf ein Helm schwankte, den er vergeblich festzuschnallen suchte.

»Sei gegrüßt«, sagte Belexus, als der Mann sie erreichte.

»Ich grüße euch auch«, schnaufte der Mann und versuchte zu Atem zu kommen. »Der erste Morgen seit zehn Jahren, an dem ich verschlafen habe. Ausgerechnet diesen Tag habt ihr euch ausgesucht, um zu unseren Brücken zu kommen.«

»Zu euren…«

»Ich heiße Gatsby«, unterbrach der Mann. »Gatsby von Stromstadt. Natürlich sind es nicht ›unsere‹ Brücken – niemand kann einen Anspruch auf sie erheben –, aber wir betrachten uns gern als die Wächter dieses Ortes.«

»Und du bist der Brückenwärter?«, fragte Rhiannon.

Es dauerte eine Weile, bis der Mann antwortete, da er von der Schönheit der schwarzhaarigen Frau überwältigt war. »Nein«, stammelte er, während er kaum dem entwaffnenden Blick von Rhiannons tiefblauen Augen widerstehen konnte. »Nicht wirklich. Mehr ein Fremdenführer, könnte man sagen. Es gibt so vieles über diese Brücken zu erzählen! Wir beschützen diesen Ort – das ist irgendwie unsere Mission, könnte man sagen.« Er holte ein großes Buch, eine Schreibfeder und ein Tintenfässchen aus seinem Rucksack und blätterte hundert Seiten durch, bis er schließlich eine leere Seite fand.

»Wie ist euer Name?«

»Ich bin Belexus, der Sohn des Bellerian«, erwiderte der Waldwächter.

Bei der Erwähnung des Lords der Waldwächter, eines

Namens, den er offensichtlich kannte, blickte Gatsby schnell von seinem Buch auf.

»Waldwächter?«, keuchte er. »Waldwächter von Avalon?« Er machte ein Gefahren abwehrendes Zeichen und murmelte ein stilles Gebet, was alle drei in Lachen ausbrechen ließ. Man redete in Calva oft von den Waldwächtern, sogar so weit im Süden wie in Stromstadt, aber man hielt sie für eine geheimnisvolle Gruppe mächtiger Krieger und abergläubische Bauern fürchteten schnell etwas, das ihnen fremd war.

»Ja, das sind wir«, sagte Andovar und verneigte sich tief auf seinem Pferd. »Und ich bin Andovar.«

»Leute von Adel!«, erwiderte der Mann verwundert. »Und das Mädchen?«

»Rhiannon von Avalon«, entgegnete sie. »Wir freuen uns, dass wir eure mächtigen Brücken sehen dürfen und Männer wie Gatsby von Stromstadt.«

Ihre freundlichen Worte verwunderten den rundlichen kleinen Mann noch mehr, er fingerte an seinem Helm herum und versuchte, ihn richtig aufzusetzen. »Wenn wir das nur gewusst hätten«, jammerte er. »Wir hätten eine Feier vorbereitet. Es geschieht nicht oft, dass wir Waldwächter und Kinder von Avalon in Stromstadt begrüßen dürfen. Ich bitte um Verzeihung, dass wir nicht richtig vorbereitet sind.«

»Eine Feier ist nicht nötig«, versicherte ihm Belexus. »Wir sind einfache Wanderer, die gekommen sind, um die westlichen Gefilde zu sehen.«

»Nur wenige würden euch in dieser Einschätzung zustimmen«, sagte Gatsby. »Aber wenn ihr darauf besteht… Darf ich euch einen Rundgang anbieten, wie es Sitte der Bürger von Stromstadt ist?«

»Einverstanden«, erwiderte Belexus und so ließen sie sich von Gatsby führen. Viele Stunden vergingen, bevor die Hufe ihrer Pferde wieder die offene Straße fanden, denn das Wissen ihres Führers über die Geschichte der Vier Brücken erwies sich in der Tat als immens. Er erzählte ausführlich von der Schlacht der Vier Brücken – Rhiannon schien nicht erfreut zu sein, obwohl sie gebannt zuhörte – und von den Karawanen, die zur Erntezeit aus Corning und den anderen westlichen Städten kamen, wenn sie mit ihren Feldfrüchten und anderen Gütern unterwegs nach Pallendara waren, das zehn Tagesritte weiter im Osten lag.

»Wenn die Karawanen durchziehen, herrscht in Corning geschäftiges Treiben.« Gatsby zeigte auf ein ausgedehntes Gelände nordöstlich der Stadt. »Tausend Wagen stehen dann dort. Stromstadt ist die letzte Station an der Straße nach Pallendara.«

Die vier, die an jenem schönen Sommermorgen im Sonnenschein standen, konnten es nicht wissen, aber als das nächste Mal Wagen durch Stromstadt rollten, sollten sie keine Rast finden.

Thalasi trat hinaus vor seine Leute, flankiert von Burgul und seinen anderen Kommandeuren, um die neue Entwicklung zu überdenken. Diese Armee bestand wie seine eigene gänzlich aus Talons, die zwar kleiner und echsenhafter waren als ihre Verwandten aus den Bergen, aber unverkennbar von derselben Art abstammten. Unverkennbar waren sie zum Krieg versammelt.

Die meisten ritten auf schnellen Eidechsen, die gesattelt und gepanzert waren, und alle trugen grobe, gleichwohl tückische Waffen bei sich.

Fünf große Kreaturen, die Häuptlinge der Neuankömmlinge, traten aus den Reihen dem Schwarzen Hexer entgegen.

Thalasi bemerkte die deutlichen Unterschiede in den Reihen dieses neuen Heeres; es handelte sich um verschiedene Stämme, die sich – wenn überhaupt – noch nicht oft zusammengeschlossen hatten. Und doch waren sie seinem Ruf gefolgt.

Er lächelte über das Ausmaß seiner Macht. Sein Ruf war weit gedrungen, vermutete er, denn er hatte nicht erwartet, dass die Talons vom Mysmal-Sumpf, die sich außerhalb der Schatten der Kored-dul und seines Einflusses befanden, so leicht zusammenzubringen wären.

Wie mächtig war er geworden!

Doch dann sprach der größte der Anführer auf der Gegenseite und zerstörte die Selbsttäuschung des Schwarzen Hexers über seine Herrlichkeit.

»Mensch!«, grunzte er in offener Wut, weniger vertraut mit Worten als seine Artgenossen, die im Gebirge aufgewachsen waren.

Thalasi verstand seine Verwirrung und warf die Kapuze zurück, um das schimmernde schwarze Juwel zu enthüllen, das seine Identität verkündete. Doch diese Kreaturen schienen dieses Zeichen nicht zu erkennen, denn sofort stimmte eine große Gruppe von ihnen den Singsang an, der als Liturgie ihrer gesamten Existenz gedient hatte.

»Menschen sterben!«

»Wisst ihr, wer ich bin?«, brüllte der Schwarze Hexer und die bloße Stärke seiner zwiefachen Stimme ließ die fünf Anführer einen Schritt zurückweichen. Doch der ominöse Gesang war ebenfalls mächtig und wurde immer stärker, je mehr von den Kreaturen in ihn einstimmten. Hinter Thalasi fiel sein Heer mit eigenem Geknurr und Protest ein. Jetzt wusste der Schwarze Hexer, dass es ernst wurde. Berg-Talons und Sumpf-Talons waren nie die besten Freunde gewesen.

»Ich bin Thalasi!«, erklärte der Schwarze Hexer in einem magisch verstärkten Brüllen und seine dröhnende Stimme ließ die Schreie auf beiden Seiten verstummen. »Der Meister ist gekommen!«

Die fünf gegnerischen Anführer sahen einander Unterstützung heischend an. Sie kannten den Namen, allerdings erzählten ihre Sagen von ›Talagi‹, nicht Thalasi. Wie dem auch sei der Schwarze Hexer war für diese Kreaturen hier nichts anderes als eine Sagengestalt gewesen.

»Du bist ein Mensch«, stieß der größte hervor. Anders als ihre Verwandten, deren einsames Dasein in den Bergen von Kored-dul jeden Kontakt mit anderen Rassen verhinderte, waren diese Talons mit Menschen vertraut. Sie hatten ständig Scharmützel mit den westlichsten Dörfern des Königreichs von Calva, sei es, um Vorräte zu stehlen, oder einfach aus dem bloßen Vergnügen am Töten.

Von der unbezweifelbaren Erklärung ihres Führers ermutigt, nahm das Heer der Sumpf-Talons seinen Singsang wieder auf und schlug klappernd die Waffen gegen die Schilde. Thalasis Armee antwortete auf gleiche Weise und die Horden standen kurz vor dem Ausbruch einer Schlacht.

Der Schwarze Hexer erkannte, dass er schnell, aber vorsichtig handeln musste. Er zögerte, seine magische Macht einzusetzen. Eine Darbietung zauberischer Gewalt würde nicht nur diese potenziellen neuen Anhänger abschrecken, sondern ein Griff in jenes magische Reich, das er sich mit seinen Gegenspielern teilte, könnte wie ein Leuchtfeuer über die Ebenen zu seinen mächtigsten Feinden, den beiden Zauberern und der Zauberin von Avalon, ausstrahlen. Thalasi befand sich jetzt außerhalb des Schutzes der Berge von Kored-dul und konnte die Anwesenheit der anderen Benutzer der Magie spüren. Damit seine Eroberungspläne Aussicht auf Erfolg hatten, musste er sicherstellen, dass die anderen nicht von seiner Rückkehr erfuhren, bevor er die westlichen Gefilde überrannt hatte.

Doch der Schwarze Hexer musste handeln, sonst würde er hier und jetzt alles verlieren. Die gegnerischen Kräfte waren stark genug, um zu gewährleisten, dass von beiden kaum jemand übrig bleiben würde – zu wenig, um ihn zum Sieg zu tragen.

Die fünf Anführer der Sumpf-Talons riefen ihren Streitkräften Befehle zu; es bildete sich eine Front von Echsenreitern, die den Angriff anführen sollten. Thalasis Armee setzte sich brüllend in Bewegung. Ihre Ergebenheit gegenüber dem Schwarzen Hexer, die aus tiefstem Schrecken entstanden war, hielt dem Gespenst der Armee der Sumpf-Talons stand.

Thalasi brachte sie alle im Nu zum Schweigen.

»Ich bin Thalasi!«, brüllte er mit seiner göttergleichen Stimme. Eine Säule aus Feuer umhüllte den Schwarzen Hexer, ohne seine sterbliche Gestalt zu verzehren. Auf beiden Seiten wichen Talons verdutzt vor dem Schauspiel zurück.

Thalasi streckte eine Hand aus der Feuersäule. Aus jedem Finger schoss eine Flamme und die gegnerischen Anführer wurden von loderndem Feuer umhüllt. Doch auch sie blieben am Leben.

Thalasi sprach den größten Anführer an, der ihm offen widersprochen hatte. »Wer ist dein Meister?«, fragte er.

»Menschen sterben!«, knurrte die eigensinnige Kreatur. Das Feuer verschlang sie.

»Wer ist euer Meister?«, fragte Thalasi die vier anderen, die gesehen hatten, wie töricht der Trotz ihres Genossen gewesen war.

Sie ergaben sich ihm aus ganzem Herzen.

Thalasi ließ sie aus den Feuersäulen frei und schwang seine Faust in einem weiten Bogen. Wieder sprang die Flamme von ihm aus. Diesmal schoss sie hinter das Heer der Sumpf-Talons und errichtete dort eine tödliche Barriere, um jene abzuschrecken, die sich bereits zur Flucht gewandt hatten. Als alle zusammengetrieben waren, ließ Thalasi von der Magie ab in der Hoffnung, dass er sich seinen fernen Feinden nicht offenbart hatte.

»Ich bin Thalasi!«, sagte er noch einmal. »Folgt mir! Schließt euch meinem Kriegszug an! Kostet das Blut der Calvaner!«

Die Feindschaft zwischen den Sumpf- und Berg-Talons hatte Jahrhunderte hindurch gedauert, seit Morgan Thalasis erster Niederlage an den Vier Brücken. Doch keiner wagte sich dem Phantom der Macht zu widersetzen, das sich jetzt drohend vor ihnen erhob, und keiner mochte dem verheißenen Menschenfleisch widerstehen.

In jener Nacht ging Thalasi durch das Lager, während er in seinen Gedanken einen neuen Angriffsplan ausarbeitete. Er hatte sein Heer verdoppelt und es bestand keine Notwendigkeit, die gesamte Streitmacht als Einheit zusammenzuhalten. Er konnte einen Voraustrupp über die Felder nach Norden schicken und durch die Baerendel-Berge in den Süden. Auf diese Weise würde er die ganze Gegend mit einem Ring von hungrigen Talons umzingeln und jede Möglichkeit zur Flucht unterbinden.

Er schaute über die zahllosen Lagerfeuer hinweg und lächelte.

Am Morgen traf er sich mit seinen Befehlshabern und legte ihnen seine Pläne dar. Fünftausend Reiter, Sumpf-Talons auf den schnelleren, geschmeidigeren Echsen des Tieflandes, würden nach Norden sprengen und die wenigen Dörfer hinwegfegen, welche die Grenzen des verwüsteten Ödlands von Brogg säumten; dann würden sie zur Straße von Corning nach den Vier Brücken zurückschwenken.

Eine zweite, nahezu gleichstarke Gruppe sollte die Baerendels überqueren und in dem schwierigen Gelände nicht für Kämpfe Halt machen, sondern über Corning hinausdringen, bevor die Hauptangriffstruppe bei der Stadt anlangte. Diese flankierenden Reiter sollten die ersten Flüchtlingstrecks niedermetzeln und dann alle anderen sich zurückziehenden Kräfte hemmen, was der nördlichen Kavallerie die Zeit geben würde, die sie brauchte, um in Stellung zu gehen.

Noch am selben Tag brach die gesamte Streitmacht auf, umrundete den Nordrand des großen Mysmal-Sumpfes und schwenkte nach Südosten, geradewegs auf die Stadt Corning zu.

Und auf ihrem Weg würden sie ein Dutzend hilfloser Gemeinden passieren.

KAPITEL 5

Bryan von Corning

Meriwindle zog das schimmernde Schwert zur Hälfte aus der juwelenbesetzten Scheide und dachte dabei an seine Heimat, in der es geschmiedet worden war. Die schlanke Form und das anmutige Heft kennzeichneten die Waffe als Elfenwerk, und das war sie natürlich auch, so wie Meriwindle ein Elf war, der allerdings seit mehr als einem Dutzend Jahren nicht mehr in Illuma gewesen war, jenem magischen Gebirgstal, das auch Lochsilinilume genannt wurde.

Für die alterslose Lebensspanne eines Elfen war ein Dutzend Jahre keine sehr lange Zeit, doch Gedanken an Sterblichkeit ließen jetzt Meriwindles Blick zum Fenster seiner kleinen Hütte hinausschweifen zu dem einsamen Grabstein im Hinterhof, der das Grab seiner Frau kennzeichnete.

In diesem Jahr würde er zurückkehren, im Herbst, das gelobte er sich, um die vielen Freunde zu besuchen, die er in der Elfenstadt zurückgelassen hatte. Immer ein Wanderer, hatte Meriwindle nach der Schlacht von Bergtor das Illuma-Tal zum ersten Mal verlassen, als Benador, der neue König von Calva, den Elfen seine Tore geöffnet hatte. Was hatte der abenteuerlustige Elf in jenen Tagen nicht alles gesehen!

Aber nichts war schöner gewesen als seine liebliche Denin.

Sie hatte den rastlosen Elf mit ihrem Blick eingefangen und seine Wanderlust gebändigt. Die Liebe war wie der sprichwörtliche Sturm über sie beide gekommen und hatte sie überwältigt. Beide hatten die unvermeidliche Verbindung gefürchtet – nicht alle Vorurteile, welche Menschen und Elfen gegeneinander hegten, waren vom Blutbad der Schlacht hinweggespült worden. Eine solche Mischehe würde Getuschel herausfordern, ja sogar offene Feindseligkeit. Und da Meriwindle und Denin das erste Paar waren, das tatsächlich eine solche Verbindung einging, wusste niemand, was man von den Nachkommen erwarten sollte, die sie vielleicht in die Welt setzen würden.

Doch Gefühle, die stärker waren als alle Furcht, hielten Meriwindle und Denin zusammen und sie entschlossen sich zu heiraten.

Das Getuschel kam, aber in geringerem Ausmaß, als das Paar befürchtet hatte, und es dauerte nicht lange, bis der Elf aus dem Norden sich inmitten des Bauernvolks von Corning einen Platz für sich und seine bald wachsende Familie geschaffen hatte.

Und dann war Bryan in ihr Leben getreten und hatte in die kleine Hütte am Westrand der Stadt mehr Freude gebracht, als das Paar jemals für möglich gehalten hätte. Das kindliche Lächeln, Bryans liebreizendes Gesicht, das sich beim Anblick von Mutter und Vater erhellte, vertrieb alle Furcht, die sie beide jemals empfunden hatten. Falls irgendjemand glaubte, eine Verbindung zwischen den beiden Rassen sei gegen unausgesprochene Gesetze der Natur, so hätte Bryans heiteres Wesen diese eigensinnigen Auffassungen sicher ins Wanken gebracht.

Doch Denin war dahingeschieden, hinweggenommen in den Schmerzen ihrer zweiten Geburt, zusammen mit dem winzigen Mädchen, das niemals die Welt außerhalb des Mutterleibes sehen sollte.

»Ist alles in Ordnung?«, riss eine Stimme Meriwindle aus seinen Erinnerungen. Er wandte sich um und sah Bryan, der – jetzt ein hübscher junger Kerl von fünfzehn Jahren – im Eingang der kleinen Küche stand.

»Ja, ja«, wischte Meriwindle die Besorgnis seines Sohnes beiseite und löste sich aus seinen Gedanken an Denin und das namenlose Mädchen.

Bryan betrachtete einen Augenblick lang den Vater vor dem Fenster und ihm entging nicht, welchen Ausblick er von dort aus hatte. »Du denkst an Mutter?«

»Immerzu«, erwiderte Meriwindle und Bryan zweifelte nicht daran, dass sein Vater die Wahrheit sagte. In den grauen Augen des Elfen schimmerte eine Traurigkeit auf, die Jahrhunderte lang anhalten würde.

»Hast du immer noch vor zu gehen?«, fragte Meriwindle, da er das Thema wechseln wollte.

»Ja«, erwiderte Bryan, aber er fügte schnell hinzu: »Es sei denn, du möchtest, dass ich bleibe. Ich kann meine Pläne ändern. Die anderen würden es verstehen.«

Er würde es für mich tun, dachte Merwindle ohne Bedauern. Sein Sohn wuchs zu einem prächtigen jungen Mann heran! »Nein«, sagte er zu Bryan. »Ich habe dir mein Wort gegeben und du hast mehr als deinen gerechten Anteil an der Frühjahrspflanzung geleistet. Jetzt ist die ganze Arbeit getan und der Sommer nähert sich seinem Höhepunkt. Du kannst gehen, wie wir es vereinbart haben.«

Bryans Gesicht erhellte sich. Er wäre tatsächlich ohne zu klagen bei seinem Vater geblieben, wenn er geglaubt hätte, dass Meriwindle ihn brauchte, dennoch drängte es ihn in die Ferne. Mit seinen Freunden hatte er den ganzen Winter hindurch diese Erkundungsreise geplant.

»Aber…« Meriwindle lächelte leicht, dann schwieg er eine Weile. »Nimm das hier mit.« Er drehte sich um und warf Schwert und Scheide Bryan zu.

Bryan riss die Augen auf, als er das Geschenk sah.

Seit jeher hatte er die kunstvoll gefertigte Klinge bewundert, die im Wohnzimmer über dem Kaminsims hing. Sein Vater hatte ihn im Schwertkampf ausgebildet wie alle Väter in diesem Land, das so nahe an der Wildnis der Baerendel-Berge lag, aber bei jenen Übungen hatte er diese Klinge nie benutzt. Es handelte sich um ein Familienerbstück, eine magische Klinge aus dem Elfental, das Schwert, das Meriwindle bei der Schlacht von Bergtor geführt hatte, als er an der Seite von Arien Silberblatt kämpfte.

Bryan zog die schlanke Klinge heraus, um die Vollkommenheit ihrer Balance zu spüren und den sanften Schein des blauen Lichts zu sehen, das die Magie der feinen Schneide aussandte.

»Die Baerendels sind eine wilde Gegend«, erklärte Meriwindle, »daher solltest du gut vorbereitet sein.«

»Ich befürchte, dass ich die Klinge zerbrechen könnte«, erwiderte Bryan überwältigt. Seine Hände zitterten.

»Ich habe dich selbst trainiert«, erinnerte Meriwindle seinen Sohn. »Und dein Talent geht über alles hinaus, was ich bei Jungen in deinem Alter je beobachtet habe. Nur wenige verstehen den Tanz der Klinge so gut wie du, mein Sohn. Dieses Schwert ist von Elfen gemacht, gehärtet von den magischen Feuern des Silber-Magus, und es ist viel stärker, als seine schlanke Größe einen glauben macht. Nein, du wirst es nicht zerbrechen, genauso wenig wie die Rüstung und den Schild.«

»Rüstung und Schild?« Bryan konnte die Worte kaum aussprechen.

»Natürlich«, antwortete sein Vater. »Wenn du die Rolle eines Elfenkriegers zu übernehmen wünschst, musst du auch wie ein Elfenkrieger gerüstet sein.«

Bryan tat so, als mustere er sich rasch selbst. »Aber ich bin kein richtiger Elf«, erwiderte er skeptisch. »Mein Blut ist zur Hälfte menschlich.«

»So ist es«, murmelte Meriwindle, doch die Enttäuschung in seiner Stimme war gespielt und Bryan wusste es. Bryan besaß das Beste beider Welten, er war schlank und sah gut aus wie ein Elfenjunge, doch er besaß eine Muskelkraft, wie sie mehr unter den Menschen verbreitet war.

»Du lehnst also die Geschenke ab?«

»O nein!« Bryan hoffte, sein Vater würde das Angebot nicht zurücknehmen. »Ich werde sie tragen, so gut ich kann. Wirklich…«

Meriwindle gebot ihm mit ausgestreckter Hand Einhalt. »Du brauchst deine Sache nicht mit Worten zu vertreten, mein Sohn«, versicherte er dem Jungen. Er trat zu Bryan und legte ihm die Hände auf die kräftigen Schultern. »Nie war ein Vater stolzer auf sein Kind«, sagte er und Tränen traten ihm in die großen Augen. »Ich vertraue dir vollkommen. Du wirst diese Ausrüstung besser tragen, als ich es jemals konnte.«

Darauf antwortete Bryan auf die einzige Art, die ihm möglich war. Er umarmte seinen Vater.

Meriwindle reagierte auf das aufgeregte Klopfen an der Tür mit einer Mischung aus Stolz und Traurigkeit. Er erkannte das Zeichen von Bryans bestem Freund und wusste, was es bedeutete.

»Guten Morgen«, grüsste der klein gewachsene Kerl an der Spitze des Dutzends. Jeder der jungen Leute war für die Wanderschaft ausgerüstet.

»Willkommen, Lennard«, erwiderte Meriwindle. »Kommt doch herein.« Er rief nach Bryan, der sich im Nebenzimmer fertig machte, während die abenteuerlustige Gruppe, Jungen und Mädchen in Bryans Alter, in das Wohnzimmer marschierte.

»Seid ihr vollzählig und bereit?«, fragte Meriwindle sie.

»Alle außer Bryan und Jolsen Schmiedsohn«, erwiderte Lennard. Er zog eine schmale Klinge, ein Florett, und reichte es stolz Meriwindle.

»Eine schöne Waffe«, bemerkte der Elf höflich, obwohl er Bedenken hatte, ob es ratsam war, eine solche Waffe in die Wildnis der Berge mitzunehmen. In geübten Händen konnte die peitschende Schnelligkeit eines Floretts einen großen Vorteil gegenüber einem Schwertkämpfer bedeuten, aber die Gefahren, denen die Gruppe droben in den Baerendels wahrscheinlich begegnen würde, Bären und Keiler und Rieseneidechsen, würde man besser mit einer schwereren Klinge bekämpfen wie etwa mit einem Breitschwert oder einer Axt.

Doch das spielte keine Rolle, sagte sich Meriwindle. Die jungen Leute trugen alle Bögen mit sich und wussten mit ihnen umzugehen und Bryan würde sicherlich darauf vorbereitet sein, mit allem fertig zu werden, was ihm über den Weg laufen mochte.

»Bah, du hättest den Speer mitnehmen sollen«, bemerkte Siana, eines der Mädchen. »Diese kleine Klinge wird schon beim ersten Mal zerbrechen, wenn du auf etwas einhaust, das größer ist als du.«

Meriwindle versuchte sein zustimmendes Lächeln zu verbergen. Siana mochte er vielleicht am meisten von allen und er freute sich, dass sie so klug war.

»Sie wird niemals zerbrechen!«, gab Lennard zurück. »Hinein und hinaus.« Er unterstrich sein Argument, indem er einen schnellen Ausfall mit dem Florett vorführte. »Bevor jemand überhaupt weiß, was ihn getroffen hat.«

»Ein Bär wird es schnell genug wissen, wenn er an sich herabschaut und das törichte Ding sieht, das aus seinem Pelz herausschaut«, erwiderte Siana schlagfertig. Die anderen, Meriwindle eingeschlossen, lachten auf Lennards Kosten, aber der kleine Kerl zuckte nur mit den Achseln und stimmte ein.

»Ich hätte es besser wissen müssen und mich nicht auf einen Disput mit Siana einlassen sollen«, murmelte Lennard und gab sich geschlagen.

»Lasst den Tag beginnen!«, rief Bryan, als er das Zimmer betrat. Meriwindle versuchte seine Genugtuung zu verbergen, als ein allgemeiner Laut des Erstaunens das Lachen ersterben ließ. Und als der Elf sich umwandte und seinen Sohn betrachtete, da hielt auch er den Atem an.

Das Elfenschwert hing lässig an Bryans Hüfte, verborgen in der juwelengeschmückten Scheide, doch anhand Bryans übriger Ausrüstung konnten sich die anderen die unglaubliche Handwerkskunst des Schwertes gut vorstellen. Bryan trug den Kettenpanzer, der bei den Elfen üblich war, den man jedoch nur selten außerhalb des Illuma-Tals sah: ein feines Geflecht aus ineinander geschlungenen Gliedern, das so perfekt gefertigt war, dass es sich wie eine zweite Haut an Bryans Körper schmiegte. Der Schild war aus einem glänzenden silbrigen Metall und darin eingelegt war der Sichelmond von Lochsilinilume. Ein breitkrempiger Hut, in den unsichtbar Streifen aus einem schützenden Metall eingearbeitet waren, hohe, aber geschmeidige Lederstiefel und ein dicker waldgrüner Mantel vervollständigten Bryans Kleidung.

»Gehst du irgendwohin?«, bemerkte Lennard mit einem ehrfürchtigen Lächeln auf dem Gesicht.

»Bloß zum Markt.« Bryan nahm seinen Hut ab und verneigte sich wie ein Edelmann.

»Die Baerendels sind kein Spielplatz«, warf Meriwindle streng ein. Er wollte den jungen Leuten nicht den Spaß verderben, aber er wollte auch nicht, dass die Gruppe die sichere Stadt mit falschen Vorstellungen verließ. »Dort oben warten zweifellos Gefahren auf euch. Wilde Tiere leben in den unerforschten Bergen und bei mehr als einer Gelegenheit ist man dort auf Talons gestoßen.«

»Wir können gut auf uns aufpassen«, versicherte ein Mädchen, das Meriwindle nicht kannte.

Der Elf betrachtete die Gruppe eine Weile. Sie waren Kinder von Bauern und Handwerkern, daran gewöhnt, einen Hammer oder eine Hacke zu schwingen statt einer Waffe. Aber sie waren aufgeweckte junge Leute und im hellen Sonnenschein der westlichen Gefilde von Calva aufgewachsen.

Sie alle warteten jetzt, atemlos und unsicher, auf das Urteil des berühmtesten Kriegers von ganz Corning und vielleicht aus allen Landen westlich des großen Flusses Nimmerend.

»Ja, das könnt ihr«, erwiderte Meriwindle aufrichtig. »Daran zweifle ich nicht einen Augenblick. Wenn dem nicht so wäre, würde ich meinem Sohn nicht gestatten, euch zu begleiten.« Die Gruppe entspannte sich sichtlich und auf allen Gesichtern erschien ein Lächeln. Wenn Meriwindle, der Elfenkrieger, der in der Schlacht von Bergtor mitgekämpft hatte, ihnen vertraute, dann würden sie nicht versagen.

»Dann also los!«, rief Lennard. »Zuerst zu den Jolsens und anschließend in die Baerendels!«

Beschwingt verließen sie nacheinander die kleine Hütte. Bryan blieb zurück, um noch einige letzte Worte mit seinem Vater zu wechseln.

»Glaubst du wirklich, dass wir auf uns selbst aufpassen können?«, fragte er bang.

»Wenn ich es nicht glaubte, würde ich dich gewiss nicht gehen lassen«, erwiderte Meriwindle.

»Wir werden binnen zwei Monaten zurückkehren«, versicherte ihm Bryan. »Rechtzeitig zur Ernte.«

»Natürlich«, sagte Merwindle. »Und danach…«

Bryan reckte den Kopf, denn der plötzlich grimmige Ton verriet ihm, dass sein Vater ihm etwas Wichtiges mitzuteilen hatte.

»Ich dachte daran, selbst ein wenig auf Reisen zu gehen«, erklärte Meriwindle. »Sobald die Ernte eingebracht und zum Markt geschafft ist.«

»Nach Pallendara?«, fragte Bryan aufgeregt. »Werden wir mit den Wagen reisen?«

»Einen längeren Weg«, erwiderte Meriwindle.

Der zögernde Ausdruck in Bryans Augen verriet, dass er eine Vermutung hegte, aber nicht wagte, sie auszusprechen.

»Ich hatte daran gedacht, nach Lochsilinilume zurückzukehren«, sagte Meriwindle ohne Umschweife. »Ich möchte wieder das Land meiner Geburt sehen.«

Bryan wich einen Schritt zurück. Er wusste nicht, was er darauf erwidern sollte. »Aber könnte ich das auch?«, stammelte er, hoffnungsvoll und erschrocken zugleich. Nichts würde ihm mehr gefallen, als das verzauberte Tal zu sehen, doch er war sich nicht sicher, wie lange sein Vater fortbleiben wollte. Gewiss konnten sie den Hof nicht unbeaufsichtigt zurücklassen. »Sollte ich... ich meine, man muss auch an den Hof denken. Würdest du wollen...«

»Das würde ich ganz gewiss!«, Meriwindle lachte herzlich, legte Bryan einen Arm auf die Schulter und schüttelte ihn. »Der Hof wird noch hier sein, falls wir uns entscheiden zurückzukehren. Aber du musst mit mir kommen. Wie erginge es einem alten Elf auf der Straße, wenn sein vertrautester Gefährte nicht an seiner Seite ritte? Außerdem«, fuhr er fort und schüttelte Bryan erneut schelmisch, »gehören die Rüstung und die Klinge jetzt dir. Dafür ist es deine Pflicht, deinen alten Vater auf dieser langen Reise zu beschützen.«

Bryan straffte sich angesichts der anerkennenden Worte seines Vaters und grinste von einem Ohr zum anderen. »Sie werden einen Führer wählen, bevor wir die Stadt verlassen«, sagte er und schaute über seine Schulter auf die offene Tür. »Ich glaube, dass sie vorhatten, mich zu wählen, als wir diese Reise planten. Nun, da ich das Schwert und die Rüstung trage, ist es noch wahrscheinlicher, dass sie mich wählen werden.«

»Nimm die Wahl an«, erwiderte Meriwindle schnell. »Aber erinnere dich immer daran, dass ein wahrer Anführer weniger spricht als zuhört.«

»Komm schon, Bryan!«, drängte jemand von draußen.

»Zu den Jolsens!«, rief der Rest der aufgeregten Gruppe wie aus einem Munde.

»Ich muss jetzt gehen.«

Meriwindle umarmte seinen Sohn noch ein letztes Mal, dann schob er ihn auf Armeslänge von sich. »Auf bald«, sagte er. Seit einiger Zeit hatte Meriwindle die Unvermeidlichkeit dieses Augenblickes gefürchtet, aber wenn er jetzt Bryan anschaute, so stellte der Elf fest, dass eine Flut aufrichtiger Bewunderung seine Befürchtungen fortgespült hatte.

Bryan war nicht länger sein kleiner Junge.

KAPITEL 6

Die schwarze Flut

Die wehrhaften Leute von Windigweiden, der westlichsten Siedlung des calvanischen Königreiches, waren durchaus an Scharmützel mit Talons gewöhnt. Stämme der elenden Kreaturen lebten überall in der Gegend, in dem großen Wald, der dem Dorf den Namen gab, und nach Westen zu, im Moorland des Mysmal-Sumpfes. Plündernde Talons kundschafteten ständig die Umgebung des Dorfes auf der Suche nach leichter Beute aus.

Meist war jedoch das Ergebnis der Bemühungen der Talons, dass ihren Plünderbanden starke Verluste zugefügt wurden. Windigweiden war im Laufe der Jahre zu einer regelrechten Festung geworden; Tunnel verbanden viele der Katen miteinander, Gräben und listige Fallen säumten den Umkreis der ganzen Siedlung. Alle Menschen, die hier lebten – knapp über hundert, darunter auch die wenigen Frauen –, waren geübte und furchtlose Kämpfer.

Doch als an jenem Sommermorgen die Sonne aus einem fahlen Nebel aufstieg, sah das Dorf Windigweiden dem Untergang entgegen.

»Ein großer Stamm«, bemerkte einer der Dörfler nach den Alarmrufen angesichts der heranziehenden Staubwolke.

»Der größte, den ich jemals gesehen habe«, stimmte ihm ein anderer Mann zu. »Nun denn, wir werden ihnen den Stahl zu schmecken geben und sie davonjagen.«

Doch der Dörfler war sich dessen nicht so sicher. Binnen kurzem begann unter dem Gestampfe der heranrückenden Armee der Boden unter ihren Füßen zu beben und die Morgenbrise trug den kehligen Gesang der Talons herüber.

»Ein verdammt großer Stamm«, sagte er und erwog zum ersten Mal in den fünfzehn Jahren, seit er in Windigweiden lebte, die Möglichkeit eines Rückzugs. Doch er tat den Gedanken ab und warf sich seine große Axt über die Schulter. »Das bedeutet nur, dass wir mehr zuhauen müssen«, brummte er und ging zu seiner Stellung in der ersten Verteidigungslinie.

Weniger als eine Viertelstunde später, als die führende Kavallerie von Thalasis Heer in Sicht kam und gefolgt von vielen Reihen schmutziger Talon-Krieger heranfegte, dachte der Dörfler erneut an Rückzug.

Doch Sumpfechsen sind schnell, fast so schnell wie Pferde, selbst wenn sie einen Reiter tragen. Für den Dörfler und für ganz Windigweiden war es bereits viel zu spät. Schon als man die Staubwolke zum ersten Mal gesehen hatte, war es zu spät gewesen.

Die Dörfler kämpften grimmig, selbst als ihre Hoffnungen auf Sieg und Überleben verflogen waren.

Zwanzigtausend Talonkrieger machten das Dorf dem Erdboden gleich. Binnen einer halben Stunde war kein Mann, keine Frau, kein Kind mehr am Leben.

Von dem bequemen Sitz in seiner Sänfte überblickte der Schwarze Hexer die Vernichtung. Sein böses Grinsen wurde zu einem Freudengelächter. Wie leicht dies alles sein würde! Thalasi bedauerte nur, dass er nicht an dem Gemetzel teilnehmen, sich nicht offenbaren konnte. Noch nicht. Je länger der Schwarze Hexer vermeiden konnte, dass sich die Nachricht von seiner Rückkehr über das Land verbreitete, desto länger würde sein Talon-Heer nicht von der Gegenmagie seiner zauberischen Gegenspieler gehemmt werden.

Er schaute nach Osten und sein Gelächter dauerte an. Eine weitere Rauchsäule begann träge in den spätmorgendlichen Himmel aufzusteigen; ein weiteres Dorf hatte aufgehört zu bestehen.

Noch am selben Tag würden sie ein drittes Dorf vernichten und zwei weitere am nächsten. Thalasi ballte siegesgewiss seine knochige Faust. Jede Tötung von Menschen sorgte dafür, dass die Massen seiner pöbelhaften Armee Frieden miteinander hielten, und spornte die Talons in ihrer erbarmungslosen Jagd nach mehr Menschenblut an. Mit der schnellen Gangart, die sie an diesem Tag vorgelegt hatten und angesichts der Tatsache, dass nur kleine Ortschaften auf ihrem Weg lagen, konnten sie es binnen einer Woche nach Corning schaffen. Die Vier Brücken hätten sie dann ein oder zwei Tage danach erreicht. Pallendara würde nie in der Lage sein, rechtzeitig seine vom Frieden verweichlichten Truppen aufzubieten und an die Ufer des großen Flusses zu bringen, an den einzigen Ort im ganzen Südland, den man verteidigen konnte.

Dann würde der König von Calva die wahre Macht hinter dem Talon-Aufstand kennen lernen. Und der König von Calva würde wissen, was Schrecken bedeutet.

Am selben Abend brachten Thalasis unermüdliche Sänftenträger ihren Herrn hinauf zum Gros der Armee, das bei den niedergebrannten Ruinen des dritten Dorfes kampierte. Die boshafte Freude des Schwarzen Hexers wurde nur noch größer, als er erfuhr, dass eine große Einheit der Truppen, die mit ihrem Anteil am Morden dieses Tages unzufrieden gewesen war, in die Nacht weitergezogen war, um bereits das vierte Dorf zu überfallen.

Viertausend blutdürstige Talons brandeten gegen die Mauern des kleinen Ortes Dugenweiler und zertrümmerten Holz und Stein in einer Raserei, die den Verteidigern auf der Barrikade keine Hoffnung auf Abwehr ließ. Die Bewohner schütteten siedendes Öl über die

Mauer und warfen Stöcke und Steine und was immer sie gerade finden konnten auf die rasenden Bestien, doch es nutzte nichts.

Die tapferen Männer von Dugenweiler waren zahlenmäßig vierzig zu eins unterlegen und wussten, dass sie nicht auf einen Sieg gegen eine solche Übermacht hoffen konnten, doch sie kämpften nicht um ihr eigenes Leben. Im Osten des Ortes liefen die Alten, Frauen und Kinder die Straße entlang, die einzigen Flüchtlinge des ersten Tages des Feldzugs des Schwarzen Hexers, die einzigen Zeugen der heraufziehenden Finsternis.

Und die einzige Hoffnung für die Bewohner der übrigen Dörfer.

Die Hauptmasse der Talon-Armee stieß am nächsten Tag planmäßig gegen das fünfte Dorf vor, doch sie entdeckte, dass dort kein Widerstand und keinerlei Vergnügen mehr auf sie wartete.

Die Flüchtlinge aus Dugenweiler waren vor ihnen angekommen.

Wütend angesichts der fehlenden Beute gerieten die Talons in Verwirrung und stürmten weiter, entschlossen, die fliehenden Menschen zur Strecke zu bringen. Als die Berichte darüber schließlich den Schwarzen Hexer erreichten, wurde ihm sein erster taktischer Fehler bewusst.

Es würde keine Rolle spielen, hielt sich Thalasi vor Augen. Seine Echsen-Kavallerie würde den Menschen aus den westlichen Gefilden jeden Fluchtweg abschneiden, der über den Fluss führte. Doch Thalasi war klug genug, um zu begreifen, dass er ein Problem hatte: der Pöbel, der seine Armee bildete, begann auseinander zu fallen und ohne Befehl oder Führung davonzuziehen.

Rasch versammelte er seine Hauptleute, um den Schaden wiedergutzumachen.

»Ihr habt mich ihm Stich gelassen!«, brüllte er sie an.

Die Hauptleute brummten leise, doch keiner wagte es, dem Schwarzen Hexer offen zu widersprechen.

»Gruppiert die Truppen um!«, schnauzte Thalasi sie an. »Schickt schnelle Reiter los, damit sie die Vorhut aufhalten, bis der Rest der Streitmacht sie einholen kann. Und spornt die Nachhut an, damit sie schneller wird. Die Menschen fliehen jetzt; wir müssen sie nach Corning treiben.«

»Fußsoldaten müde«, beschwerte sich einer der Befehlshaber der Sumpf-Talons. »Können nicht so schnell rennen wie Echsen.«

»Dann ermuntert sie«, höhnte Thalasi. Der große Talon verstand nicht. »Peitscht auf sie ein! Treibt sie an! Ich versichere euch, das Schicksal, dem sie sich gegenüber sehen« – er ballte plötzlich eine Faust in der Luft – und der Talon-Führer, der sich beschwert hatte, stieg vom Boden hoch, als hätte ihn eine mächtige unsichtbare Hand am Hals gepackt –, »das Schicksal, das euch erwartet, wird unendlich viel schmerzhafter sein als ein Peitschenhieb.«

Thalasi hatte deutlich gemacht, was er sagen wollte.

Die Armee gruppierte sich völlig um, direkt am Rand des verlassenen Dorfes, dem Ort, den Thalasi ursprünglich als zweites Feldlager seines Heeres vorgesehen hatte. Aber der Schwarze Hexer musste jetzt verlorene Zeit wettmachen und wollte nichts von Ausruhen hören. Jetzt reiste er in seiner Sänfte an der Spitze des Heeres und führte seine Streitmacht durch die Nacht, wobei er viele der Flüchtenden einholte. Noch mehr der Zurückweichenden hatten es bis zum sechsten Dorf geschafft, aber diejenigen, die dort auch nur kurz Halt machten, wurden gefangen und hingemetzelt. Wie die fünf Dörfer im Westen wurde auch dieses Dorf buchstäblich dem Erdboden gleichgemacht.

Die Talons sollten wenig Ruhe finden, bis die westlichen Gefilde erobert waren. Thalasi riskierte den Einsatz kleinerer Zauber und schickte seiner nördlichen Kavallerie und der südlichen Gebirgsbrigade magische Botschaften, worin er sie zu größerer Schnelligkeit drängte. Der Zeitplan war jetzt geändert. Thalasi wollte in drei Tagen Corning einnehmen.

Belexus, Andovar und Rhiannon hielten sich länger als beabsichtigt in Stromstadt und an den Vier Brücken auf, doch schließlich reisten sie zu ihrem Vergnügen und es gab keinen Grund zur Eile, wie langsam sie auch bislang vorangekommen waren. Sie machten sich an jenem Morgen nach Corning auf, nachdem das sechste calvanische Dorf geplündert worden war, wovon sie noch nichts wussten. Sie folgten auf ihren ausgeruhten Rössern gemächlich der westlichen Straße und sahen zwei Tage später am frühen Vormittag ihr Ziel.

Im Westen stieg eine schwarze Rauchsäule auf und die große Stadt, nach Pallendara die zweitgrößte ganz Aielles, schien von hektischem Treiben erfüllt. Wachen patrouillierten unruhig auf der hohen Stadtmauer und zeigten immerzu nach Westen, während in der Stadt Alarmrufe erklangen.

Obwohl keiner von ihnen schon einmal in Corning gewesen war, erkannten die drei Reiter aus dem Norden, dass dieser Tumult ungewöhnlich war. Sie galoppierten die letzte Strecke hinab bis zum Osttor der Stadt.

»Haltet an und gebt euch zu erkennen!«, forderte ein Wächter sie auf und von der hohen Mauer zielte ein Dutzend Bögen auf das Trio.

»Ich bin Belexus aus Avalon«, rief der Waldwächter. »Ich bin gekommen, um eure schöne Stadt zu besuchen. Doch meine Augen sagen mir, dass ich hier keine Muße finden werde.«

Der Wächter wandte sich ab, um sich mit einem anderen zu beraten, anscheinend kannte er den Namen nicht. Der zweite hatte eine bessere Kenntnis der Welt außerhalb von Corning und den westlichen Feldern.

»Avalon?«, rief er zu Belexus hinunter. »Seid ihr Waldwächter?«

»Ja«, antwortete Andovar. »Das sind wir. Und mir scheint, ihr könntet unsere Hilfe gebrauchen.«

»Wenn ihr mit euren Klingen so gut umgehen könnt, wie man sich erzählt«, sagte der zweite Wächter, »dann können wir euch in der Tat gebrauchen.« Das Tor schwang auf und die drei wurden hineingelassen.

Was sie in Corning zu sehen bekamen, wich weit von dem ab, was sie erwartet hatten, als sie ihre Reise in Avalon antraten. Fünfzig oder mehr Jahre lang hatte Friede in dieser Stadt geherrscht und selbst in den kriegerischen Jahren zuvor hatte es sich bei den Kämpfen nur um Störangriffe von einzelnen Talon-Banden gehandelt. Mit der Zunahme der Bevölkerung, seit der rechtmäßige König den Thron zurückgewonnen hatte, und der Gründung vieler entlegenerer Gemeinden im Norden und Westen war Corning viel zu abgeschirmt geworden, als dass einzelne Talon-Banden einen Angriff überhaupt versucht hätten.

Jetzt sah es so aus, als bestünde der Friede nicht mehr. Lange Schlangen bedauernswerter Flüchtlinge strömten durch das Westtor herein, die außer den Bündeln auf ihrem Rücken keine weiteren Besitztümer bei sich trugen. Jenseits dieses Tores stiegen auf der westlichen Ebene schwarze Rauchsäulen in den blauen Himmel empor, Schreckensschreie drangen durch Wagengeknarr und Hufgetrampel.

Belexus und Andovar eilten zum Westtor hinüber, während Rhiannon von ihrem Reittier stieg, um einem kleinen Mädchen zu helfen, das verzweifelt herumlief und seine Mutter suchte.

»Talons.« Andovar sprach das Offensichtliche aus.

»In der Tat«, ertönte eine Stimme von der Seite. Die Waldwächter wandten sich um und sahen einen beleibten Mann, der sehr amtlich aussah und mit einem Elf an seiner Seite auf sie zugestürmt kam.

»Seid gegrüßt, Waldwächter«, sagte der beleibte Mann. »Ihr seid nicht einen Moment zu früh gekommen! Ich bin Tulus, der Bürgermeister von Corning, und das hier ist…«

»Meriwindle«, sagte Belexus.

»Ich bin erfreut, dich zu sehen, Sohn des Bellerian«, erwiderte der Elf. »Und auch dich, Andovar.«

»Ganz meinerseits«, gab Andovar zurück. »Wir hofften, wir würden in unserem Urlaub in deiner Stadt deinesgleichen treffen.«

Meriwindle warf einen vielsagenden Blick auf die westliche Straße. »Nicht gerade ein Urlaub, wie du siehst.«

»Sind es viele Talons?«, fragte Andovar.

»Eine große Streitmacht!«, antwortete der Bürgermeister. »Vielleicht an die viertausend, nach den Schätzungen der Flüchtlinge aus Dugenweiler.«

Belexus und Andovar tauschten besorgte Blicke aus. Noch nie hatte man erlebt, dass Talons sich zu solch großen Horden gegen die zivilisierten Lande zusammenrotteten, außer damals, als Thalasi sie in die Schlacht der Vier Brücken geführt hatte.

»Aber sie haben ihren Spaß schon gehabt«, fuhr Tulus fort und steckte die Daumen in seinen Gürtel. »Bei Caer Minerva werden sie auf eine Garnison stoßen, die sie erwartet, und darüber hinaus werden wir, obwohl ich es kaum für nötig halte, die versammelte Stärke der ganzen westlichen Gefilde hier inmitten der hohen Mauern von Corning aufbieten.«

»Und jetzt haben wir zwei Waldwächter, die uns helfen können, die Verteidigung vorzubereiten«, fügte Meriwindle hinzu. »Ich bin froh, dass Männer wie Belexus und Andovar neben mir stehen, wenn ich mein Heim verteidige.«

»Deine Worte sind sehr freundlich«, sagte Belexus, »aber ich hoffe, dass wir diese Klingen nicht werden erheben müssen.«

»Wir sollten nach Caer Minerva reiten«, schlug Andovar vor und schaute besorgt nach Westen auf den unaufhörlichen Strom der Flüchtlinge.

Da holte Rhiannon sie ein. Sie kam zu Fuß durch die dichtgedrängte Menge.

»Es ist schrecklich«, erklärte sie. »Ein solches Leid habe ich noch nie gesehen.«

»Und du wirst noch mehr sehen, wenn wir auf die Verletzten stoßen«, versicherte ihr Belexus. Er wandte sich Meriwindle und dem Bürgermeister zu, die große Augen machten, als sie Rhiannon erblickten, und wollte ihnen die junge Frau vorstellen. Doch bevor er noch ein Wort sagen konnte, trat Rhiannon durch das Westtor nach draußen. Belexus zuckte entschuldigend mit den Achseln und führte die anderen hinter ihr her.

Rhiannon ging abseits des Durcheinanders auf der Straße. Sie hielt lange inne und schaute nach Westen, dann ließ sie sich auf den Boden sinken und legte ihr Ohr ans Gras.

»Wir haben keine Zeit…«, begann der Bürgermeister.

Belexus gebot ihm zu schweigen, da er meinte, Rhiannons Verhalten habe etwas zu bedeuten, so verwirrend es auch erscheinen mochte.

»Aber die Talons kommen näher!«, gab der Bürgermeister zu bedenken und wandte sich wieder dem Tor zu. »Viertausend vielleicht.«

»Mehr«, versicherte ihm Rhiannon und hob den Kopf vom Gras.

»Was?«, rief Tulus. »Woher weißt du das?« Rhiannon zuckte mit den Achseln, da sie nicht wusste, was sie antworten sollte. Irgendetwas hatte sie gezwungen, an diesen Ort zu kommen, als hätte der Boden selbst sie gerufen. Und als sie ihr Ohr zu ihm neigte, um die Worte der Erde zu hören, da hatte diese ihr die wahre Größe des heranrückenden Heeres genannt.

»Natürlich kannst du das nicht wissen«, fuhr der Bürgermeister fort. »Kommt, Meriwindle«, sagte er ein wenig verwirrt. »Wir haben viele Vorbereitungen zu treffen…«

»Fünfmal so viel«, sagte Rhiannon, mehr zu Belexus und Andovar als zum Bürgermeister. »Und aus einem großen Wald jenseits der Berge kommen noch mehr, um sich dieser Streitmacht anzuschließen.«

»Das hieße, von Windigweiden«, warf Meriwindle verwundert ein, unsicher, ob er der jungen Frau glauben sollte oder nicht. Er wandte sich Belexus zu. »Aber wie kann sie…«

»Sie kann nicht!«, beharrte der Bürgermeister.

»Ich glaube, sie kann schon«, erwiderte Andovar. »Woher, Rhiannon?«, sagte er sanft. »Woher weißt du diese Dinge?«

Rhiannon zuckte wieder mit den Achseln und schaute auf die Wiese, als könnte sie selbst die Antwort kaum glauben.

»Das Gras hat es mir gesagt«, erklärte sie aufrichtig.

»Wir haben keine Zeit für solche närrischen Worte«, brach es aus dem Bürgermeister hervor.

Meriwindle schaute hilflos die Waldwächter an. »Es erscheint einem unglaublich.«

»Weißt du, wer sie ist?«, fragte Andovar den Elf.

Meriwindle schüttelte den Kopf.

»Hast du schon von der schönen Brielle gehört?«, fuhr Andovar fort.

Meriwindle machte große Augen. Den größten Teil seines langen Lebens hatte er im Illuma-Tal gelebt und natürlich kannte er Brielle von Avalon. »Die Smaragd-

Zauberin«, flüsterte er. »Rhiannon ist die Tochter der Smaragd-Zauberin?«

»So ist es«, bestätigte Andovar. »Und mein Herz sagt mir, wir sollten auf sie hören.«

»Auch mir sagt dies mein Herz«, fügte Belexus hinzu. »Zwanzigtausend. Kann Corning eine solche Zahl aufhalten?«

Bürgermeister Tulus hatte auch von der Smaragd-Zauberin gehört, aber in Corning war Brielle nur eine Märchengestalt. »Was für ein Unsinn ist das?«, wollte er wissen. »Es sind viertausend, ganz egal, was das Gras ihr gesagt hat.« Auf seinen beißenden Sarkasmus hin ließ Rhiannon den Kopf sinken, aber Meriwindle kam ihr zu Hilfe.

»Glaube dem Mädchen!«, sagte er zum Bürgermeister.

»Meriwindle!«, rief Tulus. »Gewiss hast du doch mehr Vernunft…«

»Glaube ihr«, erwiderte Meriwindle grimmig. »Wenn das Gras zu Rhiannon gesprochen hat, dann sei versichert, dass es die Wahrheit gesagt hat.«

Als sollte dies bestätigt werden, stieg nur einige Meilen entfernt eine weitere Rauchsäule in den westlichen Himmel empor.

Caer Minerva brannte.

Völlig verwirrt gab Tulus seine hochmütige Haltung auf. »Zwanzigtausend?« Sein Sarkasmus war verflogen, doch Rhiannon hörte ihn nicht. Sie hatte sich erneut auf den Boden sinken lassen, um einen zweiten Ruf aus dem Gras aufzunehmen.

»Eine Menge Talons«, räumte der Bürgermeister ein. »Aber wir haben alle Männer von den westlichen Gefilden zu unserer Verfügung und unsere Mauern sind stark genug. Ich vermute…«

»Nein!« Rhiannon sprang auf, die Augen auf die wachsende Rauchwolke über Caer Minerva gerichtet.

»Kämpft nicht mit ihnen!« Als sie sich wieder den vier Männern zuwandte, sahen sie, dass ihr Gesicht aschfahl war. »Lauft weg! Lauft weg, so schnell ihr könnt!«

»Was ist los?«, fragte Belexus, bevor Meriwindle und Andovar die Worte hervorbrachten.

»Ich weiß es nicht«, antwortete Rhiannon mit einem Schauder. »Aber wir haben keine Hoffnung, sie aufzuhalten. Etwas Verderbtes führt sie an – noch nie habe ich eine solche Kraft gespürt.«

Belexus und Andovar tauschten grimmige Blicke aus, dann wandten sie sich Meriwindle zu, der wusste, warum sie sich Sorgen machten.

»Er ist zurückgekehrt«, sagte der Elf mit aller Ruhe, die er aufbieten konnte. Meriwindle war zwanzig Jahre zuvor bei der Schlacht von Bergtor Zeuge von Morgan Thalasis Bosheit gewesen. Selbst jetzt hatte er noch eine lebhafte Erinnerung an die schreckliche Erscheinung des Schwarzen Hexers.

Bürgermeister Tulus, der die Geißel des Schwarzen Hexers nie gesehen hatte, verstand nicht, ebenso wenig Rhiannon, die nur wusste, dass etwas unsagbar Böses die Talon-Armee anführte. Doch im Laufe der Jahre hatte Tulus gelernt, Meriwindle als einem seiner engsten Berater zu vertrauen, und er konnte den Ausdruck schieren Schreckens auf dem schönen Gesicht des Elfen nicht leugnen.

»Wenn sie jetzt in Caer Minerva sind, wie viel Zeit haben wir dann noch?«, fragte Belexus grimmig.

Bürgermeister Tulus zögerte einen Moment und versuchte sich an die offensichtliche Antwort zu erinnern. »Ungefähr fünf Stunden«, sagte er. »Falls die Stadt bereits gefallen ist.« Er blickte wieder auf Meriwindle, als erwartete er sich von ihm eine Antwort auf sein rasch wachsendes Problem.

»Wir müssen fliehen«, erwiderte der Elf auf den hilflosen Gesichtsausdruck des Bürgermeisters hin.

Tulus wandte sich wieder den Waldwächtern zu. »Ich zögere, mein Heim zu verlassen«, erklärte er. »Corning ist der Stolz der westlichen Gefilde. Es wurde gerade deshalb gebaut, um einen solchen Überfall abzuwehren.«

»Nicht einen derartigen Ansturm«, entgegnete Belexus. »Falls der Schwarze Hexer sich tatsächlich wieder erhoben hat, dann wird die Höhe eurer Mauern ihn nicht aufhalten.«

Tulus blickte vom einen zum anderen, rieb sich das Gesicht und versuchte vergeblich eine Antwort auf sein Dilemma zu finden. »Dann helft mir«, bat er die anderen. »Sorgt dafür, dass die Schwachen aufbrechen und fliehen, so schnell sie können. Aber ich werde mit einer Garnison in Corning bleiben. Es werden noch mehr über die westliche Straße herunterkommen, die aus dem zerstörten Caer Minerva fliehen. Ich werde sie nicht hilflos auf den Feldern zurücklassen.«

»Sei versichert, dass wir an deiner Seite stehen werden«, erwiderte ihm Andovar.

Rhiannon ging die östliche Straße auf und ab, half den Flüchtlingen beim geordneten Rückzug und flüsterte Menschen wie Pferden ermutigende Worte zu.

Andovar beobachtete sie vom Stadttor aus und seine Liebe für sie wurde doppelt so stark.

»Sie macht ihre Sache gut«, bemerkte Belexus und trat neben seinen Freund.

»Sie kennt keine Furcht«, erwiderte Andovar.

»Ein bemerkenswertes Mädchen«, sagte Belexus.

Andovar richtete einen stählernen Blick auf ihn. »Hast du es auf sie abgesehen?«

Andovar verbarg seine Gefühle gut, aber Belexus verstand den Anflug von Eifersucht, der in seinen Worten mitschwang. »Nein, mein Freund«, lachte er, »nicht so wie du.«

Andovar wandte sich wieder der Straße zu, verlegen, aber nicht in der Lage, Belexus' Beobachtung zu widerlegen.

»Ihre Mutter ist es, die mein Herz gefangen hält«, gab Belexus zu und klopfte seinem Freund auf die Schulter. Einen Moment später wurde ihr Geplauder unterbrochen, als Rhiannon plötzlich mit ihrem Pferd vom Strom der fliehenden Bürger fortstürmte und nach Norden ritt. Sie ließ sich vom Pferd auf den Boden fallen.

»Es gibt etwas Schlimmes«, erkannte Belexus. Er und Andovar sprangen auf ihre Pferde und ritten hinter der Frau her.

»Was hörst du?«, rief Andovar, als er sie eingeholt hatte. Rhiannon stand jetzt neben ihrem Pferd und schaute in Richtung des leeren Nordlandes.

Sie wandte sich zu ihren Freunden um, dann lenkte sie deren Blick auf die Oststraße. »Sie werden es nicht bis zum Fluss schaffen«, erklärte sie ernst. »Eine weitere Streitmacht reitet nach Norden. Sie reiten schnell und kommen den Fliehenden zuvor.«

»Sie werden ihnen den Weg abschneiden«, stimmte ihr Andovar zu, der aufs Neue nicht an der jungen Frau zweifelte.

»Wie viele?«, fragte Belexus.

»So viele, wie der Bürgermeister für die Gesamtzahl der Streitmacht hielt«, erwiderte Rhiannon grimmig.

Daraufhin erinnerte sich Belexus an seine langjährige Ausbildung und suchte nach einer Lösung, um aus der hinterlistigen Falle zu entkommen, in die sie geraten waren. Sie konnten nicht hoffen, der heranrückenden Armee standzuhalten, besonders, wenn der Schwarze Hexer sie tatsächlich anführte. Und doch konnten sie nicht genügend Kämpfer entbehren, um die Streitmacht zu vernichten, die aus dem Norden kommend einen Bogen um sie schlug.

»Du musst reiten!«, sagte er zu Andovar. »So schnell, wie nur du reiten kannst!«

Andovar verstand, aber er war nicht davon begeistert, Belexus und Rhiannon zurückzulassen.

»Zu den Brücken und nach Stromstadt«, fuhr Belexus fort. »Bringe die Schreckenskunde in jede Stadt von hier bis Pallendara!«

»Ich mag nicht gehen«, erwiderte Andovar. »Hier kommt es bald zu einem Kampf, das weißt du. Mein Schwert wird helfen.«

»Wenn du auf deinem Ritt versagst, dann werden dein Schwert und alle anderen Schwerter nichts nützen«, sagte Belexus zu ihm. »Und all die Leute, die heute aus Corning fliehen, werden erschlagen werden. Das Königreich muss gewarnt werden! Nur die Macht Pallendaras kann die Finsternis vertreiben.«

Die Wahrheit dieser Worte konnte Andovar nicht leugnen. Er eilte wieder zu seinem Pferd, dann wandte er sich um und schaute Rhiannon an. »Ich möchte dich nicht verlassen, meine schönste Lady«, sagte er. »Reite mit mir.«

»Du hast deine Pflicht«, erwiderte Rhiannon und trat zu ihm. »Und ich habe die meine. Sie werden meine Augen brauchen.«

Da küsste Andovar sie, da er wusste, dass er als gebrochener Mann sterben würde, wenn er sie nie wiedersähe. Aber er war ein Waldwächter von Avalon, ein disziplinierter Krieger, und er musste seine Pflicht erfüllen. Er nickte Belexus zu und sprang in den Sattel.

Rhiannon flüsterte etwas in das Ohr des Pferdes und sang einige geheimnisvolle Verse, dabei streichelte sie die muskulösen Flanken des Rosses.

»Was tust du da?«, fragte Belexus.

Sie antwortete mit einem Achselzucken. »Ich weiß es nicht genau«, sagte sie aufrichtig. »Aber ich glaube, dass es hilft.«

Ihre Ahnung war richtig, denn als Andovar einen Moment später seinem Pferd die Sporen gab, galoppierte es schneller als jemals zuvor davon.

KAPITEL 7

Flucht

Sie donnerten durch das Osttor hinaus: tausend Reiter mit grimmigen Gesichtern – fast die Hälfte der Garnison der Stadt mit dem Waldwächter Belexus an der Spitze.

»Sie müssen die Straße freihalten, wenn die Fliehenden überhaupt eine Chance haben sollen, über den Fluss zu gelangen«, bemerkte Meriwindle zu Bürgermeister Tulus, während sie beobachteten, wie die Kavallerie abzog.

»Das werden sie«, knurrte Tulus. »Wir müssen darauf vertrauen.« Er wandte sich um und führte Meriwindle wieder durch die Stadt. Sie mussten sich um die Verteidigung kümmern.

Belexus entdeckte den einsamen Reiter, der schnell wie der Wind von Süden heranstürmte und seine Gruppe abfangen würde. Er übergab die Spitzenposition dem nächsten in der Reihe und scherte mit seinem Pferd seitwärts aus.

»Dein Platz ist nicht hier«, sagte er zu der einsamen Reiterin, als sie neben ihm ihr Pferd anhielt.

»Doch«, antwortete Rhiannon. »Die Flüchtlinge auf der Straße kennen den Weg gut genug; sie brauchen mich nicht.«

Belexus betrachtete die junge Frau prüfend. Sie trug keine Waffen, in ihre sanften Hände hätte keine gepasst. Aber da war etwas an Rhiannon, eine wachsende Kraft, die – so empfand es der Waldwächter – sich bei den bevorstehenden Ereignissen als entscheidend erweisen könnte.

»Was hast du vor?«, fragte er.

»Ich weiß es nicht«, antwortete Rhiannon aufrichtig. Denn all die Kräfte, die sie in den vergangenen Stunden an den Tag gelegt hatte, verstand die Tochter der Zauberin genauso wenig wie die erstaunten Augenzeugen. »Aber wenn ihr in eurer Aufgabe scheitert«, fuhr Rhiannon fort, »dann werden die Fliehenden den Fluss nicht erreichen, ob ich sie nun führe oder nicht. Mein Platz ist hier.«

Belexus' erste Anwandlung war, sie zurückzuschicken; er hatte seinem Vater versprochen, er würde auf die Tochter der Zauberin aufpassen. Doch als er jetzt Rhiannon anschaute, wie sie entschlossen und grimmig auf ihrem schwarz-weißen Pferd saß, da spürte er, dass sie seinen Schutz nicht brauchte. In der Tat schien es, dass ihre Anwesenheit seine Aussichten gegen die Streitmacht der Talons erhöhen würde.

»Dann komm mit und zwar schnell«, sagte er zu ihr. Sie lenkte ihr Reittier neben das seine, beugte sich herab und flüsterte ihre magische Ermunterung in das Ohr seines Pferdes. Dann sprengten sie los und holten mit jedem kraftvollen Schritt gegenüber ihren Kameraden auf.

Tränen traten in die Augen von Bürgermeister Tulus, als er auf seine Stadt schaute, verlassen bis auf die verbleibende Garnison und die lange Schlange von Fliehenden, die zum Westtor hinein und zum Osttor hinaus zogen. Doch der wackere Bürgermeister schüttelte den Augenblick der Schwäche ab und wandte sich wieder seinem Posten am Westtor zu, wo er den bedauernswerten Flüchtlingen Mut zusprach.

»Wir werden den Kampf gewinnen!«, sagte er zu einem alten Mann. »Und habt keine Angst, der König von Calva wird dir helfen, dein Haus wieder aufzubauen!« Der Mann nickte und brachte ein schwaches Lächeln zustande.

Sie sind alle so müde, stellte Tulus fest. Wie schaffen sie nur den ganzen Weg bis zum Fluss? Er klopfte dem Mann auf den Rücken und drängte ihn zur Eile.

»Eine weitere Gruppe!«, rief es vom Wachturm. »Sie wird von Talons verfolgt.«

Tulus eilte auf die Brustwehr hinauf und stellte sich neben Meriwindle. Ein paar hundert Schritte die Straße hinab kam eine Schar Nachzügler, vor allem Frauen und Kinder, die um ihr Leben rannten. Hinter ihnen stürmte eine Bande blutdürstiger Talons heran, die schnell aufholten und mit ihren Waffen schepperten.

Die wenigen kampffähigen Männer unter den Flüchtlingen drehten sich um und schwangen Mistgabeln, Holzäxte und sogar Keulen, um die Bestien aufzuhalten.

»Sie schaffen es nicht«, sagte Meriwindle und verzog das Gesicht. Noch während er sprach, trampelten die Talons den dürftigen Widerstand nieder und fielen über die Frauen und Kinder her.

»Bürgermeister!«, flehte Meriwindle und packte den Mann am Kragen.

Es waren keine Vorkehrungen getroffen worden, um die Garnison aufzuteilen, und Tulus hatte nur dreizehnhundert Mann übrig, um die Stadt zu verteidigen. Er konnte es sich nicht leisten, Soldaten auf der Straße außerhalb der Tore zu verlieren. Doch wie Meriwindle neben ihm konnte der freundliche Bürgermeister die erschrockenen Schreie nicht ignorieren.

»Helft ihnen!«, befahl er.

»Auf die Straße!« Meriwindle sprang von seinem Ausguck herab und stürmte zu seinem bereitstehenden Pferd. Er sprengte durchs Tor und riss Dutzende Freiwillige mit sich, von denen die meisten beritten waren, andere aber einfach rannten. Der edle Elf schaute sich nicht um, ob ihm jemand folgte; es war ihm gleichgültig, ob er sich den Talons allein entgegenstellte. In diesem Augenblick des Zorns zählte für Meriwindle nur eins: Er musste den Ansturm der Talons aufhalten.

Aber der Elf war nicht allein. Die Soldaten, die mit ihm ritten, wurden von gleich großem Zorn angespornt und sie hielten mit seinem verzweifelten Tempo mit. Wie aus einem Munde stießen sie einen Seufzer der Erleichterung aus, als sie an den Flüchtlingen vorüberkamen und sich zwischen die hilflosen Leute und die Talons schoben.

Ein Hüne von einem Mann, der auf einem riesigen Pferd saß und einen gewaltigen Streithammer schwang, stürmte an Meriwindle vorbei und verlangsamte die Talons an der Spitze durch seinen bloßen Anblick.

»Jolsen!«, rief Meriwindle hinter dem Schmied her, aber in der Stimme des Elfen lag keine Panik. Jolsen hatte bei einem Talon-Überfall vor einem Dutzend Jahren seine Frau und seine ganze Familie verloren, außer jenem Jungen, der auch Jolsen hieß. Der hünenhafte Mann war kurz danach nach Corning gezogen und hatte versprochen, dass er eines Tages diese Morde rächen würde.

Obwohl sie wussten, dass sich das Gros von Thalasis Heer weit hinter ihnen befand, hatten die Talons in den letzten Tagen nur leichte Siege errungen und strotzten vor Selbstbewusstsein.

Ein einziger Hieb mit dem Streithammer des riesigen Schmieds fällte zwei Talons und mit geballten Muskeln wiederholte Jolsen den Schlag leicht und hieb und schlug nach vorn und nach hinten.

Meriwindle nutzte die Verwirrung zu seinem Vorteil aus. »Greift an!«, feuerte er seine Reiter an und mit der Wucht ihres berittenen Ansturms brachen sie durch die ersten Reihen des Feindes. Schwerter klirrten durch das Geschrei und mancher Soldat, Talon und Mensch, starb schon in den ersten Sekunden des Kampfes.

Jolsen sank unter einem Wirbel von Talon-Schlägen erschöpft zu Boden, doch er lächelte in dem Wissen, dass er den Tod seiner Verwandten gerächt hatte. Selbst als die Finsternis des Todes über seine Augen kam, gelang dem großen Schmied noch ein letzter Hieb, der einem weiteren Talon das Leben raubte.

Von der Mauer aus beobachtete Tulus hilflos das Geschehen.

»Dort!«, rief Rhiannon.

Belexus folgte mit dem Blick ihrem Arm, der nach Norden zeigte, doch für die Augen des Waldwächters war auf der offenen Ebene nichts zu sehen. Er vertraute jedoch Rhiannons Instinkten und ließ die Linie der Reiter hinter dem Mädchen einbiegen. Schon wenige Augenblicke später kam die Talon-Kavallerie in Sicht, die südwärts herabschwenkte, um direkt auf die Straße zuzustürmen.

Belexus wusste sofort, dass er und die Seinen im Verhältnis von mindestens eins zu fünf unterlegen waren, aber in diesem Moment, da er sich so lebhaft an den bedauernswerten Zug verzweifelter Leute unterwegs zum Fluss erinnerte, schien dies keine Rolle zu spielen. Der Waldwächter kannte sein Ziel. Er würde nicht die Talons frontal angreifen, denn er konnte keine vollständige Niederlage riskieren. Er würde von der Seite auf ihre vorderen Reiter stoßen, sie nach Osten abdrängen und zwingen, den ganzen Weg bis zum Fluss parallel zur Straße zu bleiben.

Und dort am Fluss würde – das konnte Belexus nur hoffen – Verstärkung aus den östlichen Städten warten.

Rhiannon, die unbewaffnet war, schwenkte seitwärts ab und ließ die Soldaten an sich vorbei. Sie verlangsamte ihr Pferd und versuchte ihre Sinne auf das Land einzustimmen, das sie umgab, wobei sie hoffte, die Erde würde erneut zu ihr sprechen und ihr die Macht geben, die gerechte Sache zu unterstützen.

Die Krieger prallten in einem brutalen Sturm aufeinander und die Pferde, die schwerer waren, gewannen einen anfänglichen Vorteil über die kleineren Sumpfechsen. Belexus stürmte heftig in die Reihen der Talons und jeder Hieb seines mächtigen Schwertes ließ einen Talon zu Boden sinken.

Doch der Vorteil war bald zunichte, denn die bloße Zahl der Feinde brachte den Angriff fast zum Stillstand. »Nach Osten!«, schrie Belexus, da er wusste, dass seine Brigade nicht hoffen konnte, eine regelrechte Feldschlacht zu überleben. Er trieb seine Leute zu einem wilden Ritt an, wobei die Talons unmittelbar neben ihnen Schritt hielten und sich der Kampf in voller Flucht weiterbewegte.

Rhiannon hielt sich ohne Mühe an die kämpfende Masse und folgte den Kriegern in kaum hundert Schritt Entfernung. Der Plan des Waldwächters schien aufzugehen, wie sie hoffnungsvoll bemerkte. Begierig auf die Truppen des Waldwächters, folgte die Front der Talons der Flut nach Osten. In dem anhaltenden Kampf, bei dem Reiter beider Gruppen mehr darauf achteten, einfach im Sattel zu bleiben, als dem Feind Hiebe auszuteilen, wurden nur wenige getötet. Belexus, der mit Pferd und Schwert sehr geschickt umging, erledigte jedoch seinen Anteil an Talons und mehr als einmal verzog Rhiannon das Gesicht, als sie einen Soldaten zu Boden gehen sah, der dann von einem Meer der üblen Ungeheuer verschlungen wurde.

Doch dann schien die Nachhut der Talons in einem seltenen Anfall von Einsicht die List zu durchschauen. Eingedenk des Befehls ihres verruchten Anführers, dass die Straße ihr hauptsächliches Ziel war, schwenkte die halbe Streitmacht hinter den Reitern um und zielte erneut nach Süden.

Nur Rhiannon konnte sie aufhalten.

Meriwindle wusste nicht, wie viel von dem Blut, das seinen Körper bedeckte, von ihm selbst stammte. Er saß noch im Sattel, einer der wenigen, für den dies noch galt. Doch für jeden Soldaten waren drei Talons gefallen und – noch wichtiger! – der Angriff war aufgehalten worden. Der Elf schaute jetzt nach Corning zurück und sah, wie der letzte Flüchtling durch das Tor geleitet wurde.

Auf seinem Gesicht erschien kein Lächeln, denn aus der anderen Richtung rückte die westliche Straße entlang das Gros der Talon-Armee heran.

»Zurück in die Stadt!«, rief Meriwindle und diejenigen, denen es gelang sich zu lösen, wandten sich heimwärts um. Meriwindle nahm zwei der Männer hoch, deren Pferde unter ihnen zusammengehauen worden waren, und trug sie auf dem Rückweg mit.

»Bei den Colonnae«, murmelte Bürgermeister Tulus auf der Mauer, denn jenseits des Kampfgeschehens hatte sich das ganze westliche Gefilde verdunkelt: eine wimmelnde Masse scheußlicher Talons. Das Dröhnen ihrer Trommeln und ihr Kampfgeschrei tönte unheilverkündend herüber und ertränkte alle anderen Laute.

Tulus beobachtete, wie eine Sturmspitze der Talons nach Norden schwenkte, eine andere nach Süden, und er erkannte sofort, dass seine Stadt im Nu umzingelt sein würde. Er konnte jetzt mit seiner Garnison durch das Osttor ausbrechen und dann die Straße entlang fliehen. Aber dann hätten die Flüchtlinge keine Chance zum Überleben und die Talon-Armee würde ungehindert ihre Jagd auf die hilflosen Fliehenden fortsetzen.

»Sichert die Tore!«, brüllte Tulus mit aller Kraft, die er aufbieten konnte. »Zu den Waffen!«

Einen Moment später war Meriwindle wieder an seiner Seite. Sobald der Elf die Sturmspitzen der Talons erblickte, verstand er, wie klug die Entscheidung des Bürgermeisters war, die Tore zu schließen. Ein andauernder Menschenstrom durch das Osttor hinaus wäre eine leichte Beute für die umzingelnden Talons geworden. Wenn er jedoch auf die überwältigende Masse der Streitmacht des Schwarzen Hexers schaute, musste Meriwindle sich fragen, welche Hoffnung die Mauern noch boten.

Der Elf wusste, dass Tulus seine Gedanken teilte. Der Bürgermeister stützte sich schwer auf die Mauer und verfolgte die Ereignisse, die sich um ihn herum entwickelten. »Wir werden sie aufhalten«, sagte er zu Meriwindle.

»Das müssen wir«, erwiderte der Elf.

»Es wird Verstärkung kommen!«, fuhr der Bürgermeister fort und nahm seinen Mut zusammen, obwohl er an der Wahrheit seiner Worte zweifelte. »Andovar wird mit der Armee von Pallendara im Gefolge zurückkehren!«

»In der Tat!« Meriwindles Gesicht hellte sich auf. Er klopfte dem Bürgermeister auf die Schulter und wandte sich wieder dem Feld zu. Dabei bemühte er sich, seine wahren Gefühle über ihr bevorstehendes Schicksal nicht in seinen feinen Elfenzügen aufscheinen zu lassen.

Das Talon-Heer rückte voran und wurde nicht einmal beim Anblick von Cornings hohen Mauern langsamer.

»Bewaffnet jeden Mann, jede Frau und jedes Kind!«, wies Tulus an.

Meriwindle wusste, warum: Die Talons nahmen keine Gefangenen.

Sie dachte nie an Flucht. Es war ihre Pflicht, den hilflosen Seelen auf der Straße nach Süden und dem tapferen Waldwächter und seinen Kriegern beizustehen, die so mutig gegen die Übermacht ankämpften.

Als die Talon-Kavallerie näher kam, spürte Rhiannon erneut dieses seltsame Gefühl von Kraft, die aus der Erde selbst herauffloss und sich in ihr sammelte. »Weicht zurück!«, forderte sie mit einer Stimme, die plötzlich so mächtig war, dass sie Belexus' Aufmerksamkeit auf sich lenkte, der weit weg war und sich fortbewegte. Er schaute über die Schulter zurück und sah, wie die junge Frau entschlossen gegen die herandrängende Flut stand.

Belexus war es gleichgültig, dass sein Plan gescheitert war, er sorgte sich um nichts anderes als um Rhiannon. Die anstürmende Talon-Kavallerie würde sie umzingeln, lange bevor er an ihre Seite gelangen konnte.

Doch wie Belexus jetzt erfahren und wie die Tochter der Zauberin selbst nun lernen sollte, war Rhiannon keineswegs hilflos.

Kraft wallte durch ihren Körper und floss in ihr Reittier hinab. Sie zupfte an der Mähne und ließ das Pferd sich aufbäumen. Als es die Hufe wieder auf den Boden schlug, zuckte ein heller Blitzstrahl auf und eine Explosion ließ die Ebene meilenweit im Umkreis erbeben. Vor der Spitze der Talon-Reiterei spaltete sich die Erde und verschlang jene, deren Tiere in ihrem Sturm nicht anhalten konnten. Der Rest der Talon-Streitmacht schwenkte abrupt nach Osten ab, um sich wieder den Ihren anzuschließen. Sie flohen vor der Macht, die sich vor ihnen enthüllt hatte.

Rhiannon lenkte ihr Ross nach Osten und jagte hinter ihnen her. Jeder Schritt des verzauberten Pferdes setzte das Donnergrollen fort und auch der Erdspalt nahm die Verfolgung auf.

Hoffnung keimte in dem Waldwächter auf, er empfand ehrfürchtiges Staunen und sogar Furcht. Am lebhaftesten von allen sah Belexus Rhiannons entschlossenen Ritt. Sie hielt sich direkt hinter der Spitze der Talon-Kolonne und benutzte den Spalt im Boden, um die Bestien davon abzuhalten, dass sie sich nach Süden wandten.

Dann erkannte Belexus, dass Rhiannon vorhatte, den Spalt auch an seinem Trupp vorbeizuziehen.

»Nach Süden!«, rief er seinen Männern zu und schlug dabei einen Talon in der Mitte entzwei. Er stürmte vor und zurück und trieb seine Soldaten aus der Reichweite des heranrückenden Erdspalts.

Einige Talons erkannten ebenfalls die Gefahr; sie verfolgten die Krieger aus Corning und trugen den Kampf so auf die andere Seite der sich nähernden Scheidelinie.

Doch dann kam der Kampf plötzlich zu einem Stillstand, zu einem Gewühl, in dem jeder verwirrt um sich hieb. Rhiannon behielt ihren Angriff in gerader Richtung bei, denn wenn sie nach Süden abschwenkte, würde sie ihren Abgrund mit sich nehmen und Belexus und die anderen inmitten der gesamten Talon-Streitmacht zurücklassen.

Belexus erkannte ihre Absicht und versuchte an ihre Seite zu gelangen, aber das Gewühl war zu groß. Der Waldwächter konnte nur mit Schrecken beobachten, wie eine Gruppe von Talons eine Kette bildete, die Rhiannon abfangen sollte.

»Fliege!«, flüsterte Rhiannon ihrem Pferd zu. Das Tier sprang hoch in die Luft, stieg höher hinauf, als ein Pferd überhaupt springen konnte, und landete außerhalb der Reichweite der Waffen der verdutzten Talons.

Der nachfolgende Donner, als die Hufe des schwarzweißen Rosses wieder auf den Boden krachten, ließ die Ebene wogen wie die Wellen eines Ozeans. Echse und Pferd, Talon und Mensch stürzten zu Boden, betäubt und geblendet von hochgeschleudertem Staub und Erdklumpen.

Das Gesicht mit Schweiß und Schmutz verschmiert, die schwarze Mähne wirr um Hals und Schultern verfilzt, tauchte Rhiannon aus dieser Wolke auf und stürmte auf ihrem Kurs weiter. Auf Belexus, der ihren mutigen Ritt beobachtete, wirkte sie um nichts weniger schön.

Sie krachten gegen die Mauern, krallten und hackten mit wilder Hingabe und missachteten den Pfeilhagel und den brennenden Tod durch siedendes Öl. Von Morgan Thalasis Raserei besessen, kannten die Talons keine Angst.

Meriwindle stürmte auf den Wehrgängen umher und spornte seine Krieger an. Wenn es ein paar der elenden Talons gelang, auf einer Mauer festen Fuß zu fassen, dann sahen sie sich stets dem edlen Elf gegenüber, der mit seinem Schwert auf sie einhieb.

Und so ging es eine halbe Stunde weiter: die Talons kämpften blind, um ihren Meister zu besänftigen und ihren Hunger nach Menschenfleisch zu stillen, und die stolzen Bewohner von Corning kämpften um ihr Leben und um das Leben derer, die zum Fluss geflohen waren.

Tulus stieß einen Talon von der Mauer, doch sofort nahmen zwei andere dessen Platz ein. Der Bürgermeister stolperte rückwärts und fiel hin, die massigen Gestalten ragten über ihm auf. Er schrie auf, denn er meinte, der Augenblick seines Todes sei gekommen.

Doch dann blitzte ein Schwert über ihm, einmal und noch einmal, und beide Talons fielen zu Boden. Meriwindle zog Tulus wieder hoch.

Der Elf bot einen schrecklichen Anblick und Tulus konnte nicht verstehen, wieso Meriwindle noch stand, da er doch aus so vielen Wunden blutete.

»Wir halten sie auf!«, schrie Meriwindle und die pure Entschlossenheit in seiner Stimme vertrieb alle Furcht aus Tulus. Hier war der Elf, der auf dem Feld von Bergtor neben Arien Silberblatt gestanden war, der Krieger, der die Jahrhunderte in den zerklüfteten Schatten des Großen Kristallgebirges überlebt hatte.

Tulus schaute sich in dem Blutbad von Corning um: Trümmer, Tote, Sterbende. Doch dann ließ er seinen Blick über das Osttor hinweg entlang der Straße zum Fluss schweifen, auf der niemand zu sehen war.

Er wusste, dass die Opfer, die an diesem Tag in Corning gebracht worden waren, diesen hilflosen fliehenden Calvanern wertvolle Zeit gewonnen hatten. Wenn doch nur er und seine Männer noch etwas länger durchhalten konnten.

Wenn doch nur…

Das Talon-Heer wurde plötzlich ruhig und wich von den Mauern zurück. Die Reihen vor dem Westtor teilten sich und ließen eine hagere Gestalt in einer Robe sichtbar werden.

»Anfagdul«, murmelte Meriwindle grimmig. Es war der Name des Schwarzen Hexers in der zauberischen Sprache. Der Elf hatte Morgan Thalasi schon einmal gesehen.

»Übergebt eure Stadt!«, forderte der Schwarze Hexer mit einer Stimme, in der eine unirdische Macht anklang. »Ergebt euch jetzt und ich werde euch am Leben lassen!«

Bürgermeister Tulus wusste, dass das Verhängnis gekommen war, alle Hoffnung war vergeblich. Aber er wusste auch, dass es eine Lüge war, was er soeben gehört hatte. Der Schwarze Hexer würde keinen am Leben lassen außer den Sklaven, die seinen Karren ziehen würden, bis sie vor Hunger und Erschöpfung tot umfielen. Um Tulus herum stützten sich seine müden Männer auf ihre Waffen, mit den letzten Resten von Hoffnung verflog auch ihr Wille zum Kampf. Sie schauten alle auf ihn, dass er ihnen Anweisungen gebe.

»Ich werde es ihm nicht leicht machen«, flüsterte der Bürgermeister Meriwindle zu.

»Schick ihm eine Botschaft«, erwiderte Meriwindle und reichte Tulus einen Bogen.

Lächelnd legte der Bürgermeister einen Pfeil an die Sehne und zielte auf den Schwarzen Hexer. Da ihm klar war, dass er nicht hoffen konnte, einen so mächtigen Feind mit einer so einfachen Attacke auszuschalten, zielte er von Thalasi weg und ließ den Pfeil fliegen. Das Geschoss drang in die Brust des Talons, der Thalasi am nächsten stand, und der Unhold fiel tot zu Boden.

Von jeder Mauer schickten die Überlebenden von Corning einen abschließenden Beifallsschrei in die Luft.

Thalasi bebte vor Wut. Er hatte seine Macht nicht einsetzen wollen – noch nicht. Aber eine solche Arroganz konnte nicht ungestraft durchgehen und sein Heer durfte nicht von den Mauern dieser Stadt aufgehalten werden. Er warf die Arme in die Luft und begab sich auf die magische Ebene, wo er Macht sammelte und anforderte.

Dann schleuderte Thalasi seine gesammelte Macht auf die heimgesuchte Stadt.

Das Westtor zerbarst in eine Myriade brennender Splitter. Jetzt war es an den Talons zu johlen und zu jubeln, während sie durch die breite Bresche strömten.

Meriwindle sprang von der Mauer herab und stellte sich ihnen entgegen.

So starb Meriwindle.

Und so starb die Stadt Corning.

In einem Gemetzel von wenigen Momenten wurden die auf der Südseite von Rhiannons Schlucht zurückgebliebenen Talons niedergehauen und Belexus führte den Sturm hinter der jungen Frau her. Sie war langsamer geworden und hielt Schritt mit den ermüdeten echsenreitenden Talons auf der anderen Seite des Abgrunds.

Doch als Belexus sie einholte, wurde er besorgt, als er auf ihr bleiches, erschöpftes Gesicht blickte, denn ihre magischen Anstrengungen hatten einen schweren Tribut gefordert.

»Geh«, sagte Rhiannon zu ihm. »Ich werde diese Horde von der Straße fernhalten.«

Auf der anderen Seite des weiter wachsenden Erdspalts, nur zwei Dutzend Schritte entfernt, stürmten mehr als zweitausend Talons dahin und stießen Flüche auf die boshafte Hexe aus, die sie von ihrer Beute fernhielt.

»Hast du vor, den ganzen Weg bis hin zum Fluss die Erde zu spalten?«, rief Belexus ihr zu. »Das ist ein Tagesritt und mehr!«

Rhiannon wusste um die bittere Wahrheit seiner Worte. Schon spürte sie, wie ihre Kraft nachzulassen begann. »Dann folgt mir!«, rief sie, während sie einen verzweifelten Plan fasste. »Ihr alle!« Rhiannon beschleunigte wieder die Gangart ihres Pferdes. Die Kavallerie schloss hinter ihr und Belexus auf und so hängten sie die Talons leicht ab. Als sie genügend Vorsprung vor den Spitzen der Armee der Eindringlinge gewonnen hatte, bog sie scharf nach Norden ab und der gähnende Erdspalt folgte ihrem Schwenk.

Die Richtungsänderung und die Unterbrechung des Schwungs verbrauchten die restliche Kraft der jungen Frau. Sie hielt so zäh durch, wie sie konnte, und lenkte ihr Reittier erneut herum, diesmal nach Westen, sodass sie die erschrockenen Talons umzingelte.

Belexus und die anderen verstanden ihre Absicht. Obwohl nur wenige Talons so überrascht waren, dass sie in die Schlucht hinabstürzten, wurde ihre gesamte Streitmacht plötzlich angehalten und in Unordnung geworfen. Belexus stürmte vor Rhiannon voran und führte seine Krieger frontal in die verwirrten Reihen.

Über die natürlichen Grenzen hinaus erschöpft, stolperte die schwarz-weiße Stute und ging zu Boden. Rhiannon, die kaum fähig war, bei Bewusstsein zu bleiben, kroch über das arme Tier hinweg und weinte, gefangen in einem Aufruhr von Verwirrung und Abscheu. Welche schreckliche Macht hatte sie geweckt? Sie war von einer Raserei besessen gewesen, die sie nicht im geringsten begreifen und noch weniger steuern konnte. War es ihre Bestimmung, Vernichtung über die Erde und die Tiere der Erde zu bringen, über unschuldige und böse gleichermaßen? Sie streichelte die zitternden Flanken des Pferdes und sprach leise in dessen Ohr, während es sein Leben aushauchte.

Und dann fiel Rhiannon vor Erschöpfung in Ohnmacht und spürte nichts mehr.

Belexus entging nicht, dass seine Freundin zu Boden gestürzt war, und dieser Anblick vertrieb alle Müdigkeit aus seinen muskulösen Armen. Zornig brach er in die Reihen der Talons ein und hieb zwei Kreaturen gleichzeitig nieder.

Und dann war über das Schlachtfeld hinweg etwas Neues zu sehen, das in Belexus' Kriegern ein gleiches Maß an Zorn weckte. Über der westlichen Ebene stieg eine weitere Säule aus schwarzem Rauch empor.

Corning brannte.

Sie trieben die Talons in die Schlucht und trampelten diejenigen nieder, die ihnen nicht ausweichen konnten. Die Jäger wurden zu Gejagten, als die Talon-Streitmacht mitten entzwei gespalten wurde, und viele der Kreaturen lösten sich aus den hinteren Reihen und flohen in das menschenleere Nordland.

Eine volle Stunde kämpften sie, Menschen und Talons, die nichts mehr zu verlieren hatten. Immer wie-

der hieb Belexus einen Feind nieder, um dann zu entdecken, dass ein anderer dessen Platz eingenommen
hatte. Doch wann auch immer Müdigkeit die nach
Talon-Blut dürstende Klinge des Waldwächters langsamer werden ließ, musste er nur über den Rand des
Schlachtfeldes hinaus auf die regungslose Gestalt von
Rhiannon neben ihrem Pferd schauen.

Für die Männer von Corning blieb die stete Mah-
nung der Rauchwolke am westlichen Horizont. Ein
Krieger ging unter dem Angriff von drei Talons zu
Boden und als er stürzte, sprangen fünf der Bestien
auf ihn, um ihn zu töten. Doch es war der Soldat, der
schließlich aus dem Gewirr hervorstieg, ein Dutzend
Mal tödlich verwundet, aber nicht bereit, den Kampf
einzustellen, nicht bereit, sich hinzulegen und zu sterben, bis die Talon-Streitmacht zurückgeschlagen war.

Wie viele der Talons in dieser wilden Schlacht starben und wie vielen es gelang, in den Norden zu fliehen, wurde nie gezählt, aber von Belexus' Streitmacht,
die tausend Mann stark gewesen war, blieben nur
zweihundert übrig, und der Waldwächter war überzeugt, dass für jeden Menschen fünf Talons gestorben
waren.

KAPITEL 8

Der Albtraum in den Baerendel-Bergen

»In Corning brennt's!«, schrie Lennard. – Bryan und die anderen stürmten aufgeregt über die letzte Erhebung auf dem Bergsporn. Vielleicht war ein Herd außer Kontrolle geraten, gewiss nichts, womit die Stadtleute nicht fertig werden würden.

Doch als die Gruppe einer nach dem anderen den Rand des Felsens erklomm, wurde ihre Aufregung von einer Woge von Schrecken weggespült, denn die Rauchsäule, die da aufstieg, war zu groß für ein in Brand geratenes Haus.

Nach einer Erklärung forschend, suchte Bryan die Ebene östlich der Stadt mit den Augen ab. Im Norden stieg eine weitere Wolke auf, diesmal aus Staub, als wirbelte ein langer Zug von Pferden, Wagen und gestiefelten Füßen den Staub einer Straße auf.

Da wurde allen die schreckliche Wahrheit bewusst. Bryan sprach das Wort laut aus: »Krieg.«

»Wir müssen nach Hause!«, rief Lennard, als er wieder atmen konnte, doch dann ertönte ein anderer Ruf.

»Talons!«, schrie Tinothy, der einzige aus der Gruppe, der nicht den von Corning aufsteigenden Rauch gesehen hatte. »Talons in den Bergen!« Der Junge, mit vierzehn Jahren der jüngste von ihnen, holte sie ein und riss die Augen weit auf, als er die Katastrophe in seinem Heimatort erblickte.

»Wo?«, drang Bryan in ihn.

Tinothy blickte gebannt auf die Rauchwolke.

Bryan zog ihn grob zur Seite. »Wo?«, fragte er aufs Neue. »Du musst mir sagen, wo.«

Tinothy zeigte geistesabwesend am Berg vorbei auf ein breites Tal. »Dort unten, sie bewegen sich in Richtung Süden«, erklärte er mit völlig ausdrucksloser Stimme.

»Wie viele?«

»Dutzende. Vielleicht auch hunderte.«

Bryan blickte wieder auf die dahinkriechende Kolonne der Flüchtlinge auf der Straße und es wurde ihm einiges klar.

»Vergiss die Talons«, sagte Lennard. »Wir müssen nach Hause.« Einige andere stimmten dem jungen Mann zu, aber Bryan erkannte, dass etwas anderes notwendig war.

»Nein«, sagte er ruhig. »Es gibt nichts, was wir für Corning tun können. Wir wissen nicht, ob die Stadt noch standhielt, und wir sind volle zwei Tagesmärsche von ihr entfernt.«

»Was sollen wir dann tun?«, fragte Siana, eines der drei Mädchen in der Gruppe. »Wir können nicht einfach hier herumsitzen und zuschauen, wie unsere Leute vernichtet werden.«

Bryan hatte nicht die Absicht, etwas Derartiges zu tun. »Talons in den Bergen«, sagte er grimmig. »Versteht ihr, was sie vorhaben?«

»Sie werden uns nicht fangen!«, entgegnete Siana, als sei die Vorstellung völlig absurd, in diesem wilden Land der Berge und Täler könnten Talons sie finden.

»Sie bewegen sich nach Süden«, sagte Bryan grimmig. »In Richtung von Doernings Steig.« Er zeigte hinab zur Straße und die anderen begannen zu begreifen. Doernings Steig war die schnellste Route, um die nordwestliche Spitze der Baerendels zu verlassen, nur ein Abstecher zur Hauptstraße der westlichen Gefilde hin.

»Zu viele für uns«, bemerkte Siana. Aus ihrer Stimme war jeglicher Ärger verflogen.

»Hast du vor, sie aufzuhalten?«, fragte Lennard und stutzte.

»Nicht aufhalten«, erwiderte Bryan. »Wir sind nur wenige.« Er schaute die Freunde in der Runde an. Das grimmige Funkeln in seinen Augen weckte in ihnen Mut und Entschlossenheit. »Aber wir können sie verlangsamen.«

»Was hast du vor?«, fragte Siana.

»Wir können Doernings Steig vor ihnen erreichen«, entgegnete Bryan. »Es gibt schmale Pfade, wo ein paar Leute und einige listig platzierte Fallen eine größere Streitmacht lange einschließen können.«

»Das ist unsere Pflicht«, fiel Jolsen Schmiedsohn ein. Er blickte zurück zu der Rauchwolke. Falls tatsächlich Talons die Stadt angegriffen hatten, dann würde sein Vater ihnen entschlossenen Widerstand geleistet haben. Dass sein Vater schon gefallen war, konnte er jedoch nicht wissen.

»Du bist unser bester Bogenschütze«, sagte Bryan zu Lennard. »Geh mit Tinothy und greife diese Talon-Bande von der Flanke her an. Ein paar gut gezielte Pfeile dürften sie von ihrem Kurs abbringen oder sie zumindest langsamer machen. Du musst uns etwas Zeit verschaffen, damit wir den Zirkua bei Doernings Steig vorbereiten können.«

Andovar donnerte an der Spitze des Flüchtlingszuges vorbei, seine Rufe und seine Entschlossenheit machten den Menschen neue Hoffnung. »Reite!«, feuerten sie ihn an, da sie annahmen, er sei der Herold, der ganz Calva alarmieren würde.

»Der König wird kommen!«, riefen andere und reckten entschlossen die Faust in die Luft, da sie wussten, dass seine Streitmacht ihre einzige Rettung war.

114

Als der Himmel sich im Sonnenuntergang rötete, hielt er nicht an. Angespornt von der magischen Aufforderung der Tochter der Zauberin setzte sein Pferd seinen unermüdlichen Galopp fort und auf Andovars grimmigem Gesicht erschien keinerlei Müdigkeit.

Er überquerte den großen Fluss und ritt durch die Straßen von Stromstadt, wobei er rief: »Talons! Talons! Holt eure Waffen und fasst Mut!«

Die tapferen Einwohner der Stadt waren schon misstrauisch geworden, als sie die Rauchwolken am westlichen Horizont sahen. Jetzt stürzten sie aus ihren Häusern, Läden und Tavernen, um den Ruf des Waldwächters aufzunehmen. Man bot ihm ein frisches Pferd an, doch im Vertrauen auf Rhiannons Magie lehnte Andovar ab.

Und dann war er schon wieder fort, unterwegs zu den wenigen Städten, die entlang seiner Straße lagen, und dann nach Pallendara, zur einzigen Hoffnung.

Lennard wischte sich den Schweiß von den Fingern, dann legte er sie wieder an die Bogensehne. Zehn Klafter unter ihm marschierte die Streitmacht der Talons vorbei, deutlich zu sehen auf offener Strecke.

»Wie viele?«, fragte flüsternd Tinothy, der offensichtlich Angst hatte.

»Wir lassen ein paar Pfeile fliegen«, erwiderte Lennard. »Sie werden geraume Zeit brauchen, um diesen Hang heraufzukommen. Bist du bereit?«

Tinothy nickte und die Bogensehnen schwirrten.

Lennard, der ein erstaunlicher Bogenschütze war, hatte schon seinen fünften Pfeil abgeschickt, bevor der erste überhaupt einschlug. Er hatte die Entfernung richtig abgeschätzt, aber es war doch mehr Glück als Geschicklichkeit, dass drei seiner Pfeile ihr Ziel trafen und Talons fällten. Tinothy war weniger erfolgreich, aber es gelang ihm immerhin ein Treffer.

Die Reihen der Talons stoben verwirrt auseinander, die elenden Kreaturen suchten Deckung und konnten nicht einmal die Richtung ausmachen, aus der die verborgenen Angreifer zuschlugen.

Ein Lächeln erschien auf Lennards Gesicht. »Nehmt das, ihr Hunde!«, schrie er, so laut er es wagte. Doch als er sich breit grinsend zu Tinothy umdrehte, sah er, dass sein Freund seine Begeisterung nicht teilte.

Aus Tinothys Brust ragte die Spitze eines grausamen Speers.

Mit Kundschaftern der Talons hatten sie nicht gerechnet.

Bryan spähte unter den langen flachen Stein. »Tief ausgewaschen«, berichtete er. »Wenn wir ihn noch mehr ausgraben, wird er an diesem Ende das Gewicht der Talons nicht tragen.« Siana und drei ihrer Gefährten folgten dem Befehl des Halbelfen, der zu ihrem Anführer geworden war, und machten sich ans Werk.

Entlang dieser schmalen Strecke des Pfades mit Felswänden auf beiden Seiten machte sich die Mehrzahl der jungen Leute zu schaffen, indem sie Stolperdrähte spannten, Baumfallen einrichteten und am Rand Steine lockerten. Dreißig Schritte voraus leitete Jolsen Schmiedsohn die Arbeit an getarnten Barrikaden und Stolperlöchern.

»Ist das der letzte Stein?«, fragte Siana.

»Der letzte große«, erwiderte Bryan. »Nehmt euch so viel Zeit, wie ihr könnt; dieser hier muss vor allen anderen nachgeben, wenn wir die Talons aufhalten wollen.«

»Und wie viel Zeit ist das?«, fragte Siana grimmig.

Bryan zuckte mit den Achseln. »Ich werde jetzt nach Lennard und Tinothy Ausschau halten«, erklärte er. »Und nach unseren Gästen.«

Tinothy fiel mit dem Gesicht nach vorn. Ein scheußlicher Talon sprang herbei, stellte sich mit gespreizten Beinen über den toten Jungen und zog den mit Widerhaken versehenen Speer aus seinem Rücken. Dabei drehte er die Waffe und ergötzte sich an dem Blut.

Nur einem Instinkt folgend, zog Lennard sein Florett und stieß gegen die üble Kreatur zu. Die Spitze der schlanken Klinge drang durch die behelfsmäßige Rüstung des Talons, doch als die Kreatur furchtlos vorwärts drängte, bog deren Gewicht das Florett und brach es entzwei. Lennard wich zurück und entging mit knapper Not dem ersten Stoß des blutigen Speers.

Wieder hatte Lennard Glück, denn als er stolperte, verlor der gierige Talon das Gleichgewicht und stürzte auf ihn. Die verbleibende Hälfte von Lennards Florett bog sich nicht so leicht und drang dem stürzenden Unhold in die Brust.

Der Talon schlug einen Moment lang heftig um sich und versetzte mit schweren Schlägen Lennard blaue Flecken im Gesicht. Der junge Krieger dachte, sein Leben sei gewiss am Ende, doch dann hörte das Gefuchtel auf und der Talon lag still da. Er war tot. Lennard brauchte lange, um wieder zu Atem zu kommen. Vorsichtig rollte er sich den Unhold vom Leib. Sein Florett stak immer noch tief in der Brust des Talons.

Er wusste, dass Tinothy tot war, aber er wiegte seinen Freund sanft, unschlüssig, ob er den Leichnam mitnehmen oder zurücklassen solle. Die Entscheidung wurde ihm jedoch abgenommen, als das Geräusch herannahender Talons ihn daran erinnerte, dass er keineswegs außer Gefahr war. Er ergriff Tinothys Schwert und Köcher und hastete über die Felsen davon.

Stampfende Tritte und wütendes Gegrunze folgten ihm bei jedem Schritt. Stolpernd und mit Tränen der Reue und der Furcht in den Augen lief Lennard weiter, die rückwärtigen Pfade hinunter zu Doernings Steig auf seine Freunde zu. Wenn er sie doch nur erreichen würde!

Die meisten Laute blieben zurück, doch sein Gefühl des Schreckens folgte ihm lebhaft. Er platschte in einen Bergbach und umrundete einen riesigen Felsblock, wobei er sich über die Schulter nach den Verfolgern umblickte.

Und in seiner Hast rannte er blindlings gegen die Brust eines wartenden Talons.

Lennard prallte gegen den Stein zurück und blickte gerade noch rechtzeitig auf, um zu sehen, wie das Unheil in Form eines Talon-Schwerts auf seinen Kopf herabsauste.

Er schrie, schloss die Augen und hörte kaum das Klirren, als die Klinge von einem Schild abgefangen und ohne Schaden anzurichten seitwärts abgelenkt wurde.

Und dann war schon Bryan zwischen Lennard und dem Angreifer und hieb letzterem das Elfenschwert kreuz und quer über den Bauch. Der Talon ließ die Waffe fallen und packte stattdessen in den letzten flüchtigen Augenblicken seines Lebens seine herausquellenden Eingeweide. Ohne noch einen Grunzlaut von sich zu geben, sank er in dem kalten Bach auf die Knie.

Bryan wirbelte herum und warf Lennard zu Boden, heraus aus der Stoßrichtung eines Talon-Speers. Lennard hob den Kopf und spie Wasser, dann beobachtete er mit Schrecken und Staunen, wie Bryan und der neue Angreifer in Stellung gingen.

Bryan war von seinem Vater gut über die groben Angriffsmethoden dieser Bestien unterrichtet worden. Bei den Talon-Kämpfern ersetzte Rohheit die Finesse und der Trick, sie zu besiegen, bestand darin, dass man ihre eigene Aggressivität gegen sie richtete.

Bryans Chance kam in den allerersten Augenblicken

118

des Kampfes, als der feueräugige Talon verwegen mit dem Speer voran auf ihn zustürzte.

Bryan parierte mit seinem Schwert und stieß den Speer zu Boden. Der Talon, der seinen Schwung nicht mehr bremsen konnte, taumelte vorwärts, und Bryans Schild prallte ihm heftig ins Gesicht. Das Ungeheuer stolperte rückwärts und Bryan stieß mit seinem Schild weit nach vorn und ließ dann schnell einen perfekt gezielten Hieb seiner Klinge folgen, die dem Talon den Kopf von den Schultern trennte.

»Bei den Colonnae«, keuchte Lennard. »Bryan?«

Doch der junge Halbelf hatte keine Zeit, über die Ereignisse nachzudenken. »Wo ist Tinothy?«, fragte er.

»Tot«, murmelte Lennard.

Bryan zuckte kaum zusammen, als er dies hörte. »Schnell«, wies er Lennard an und fasste den Freund am Ellbogen. »Uns bleibt nur wenig Zeit, um zum Steig zurückzukehren.«

»Haltet eure Pfeile zurück«, flüsterte Bryan, als die trottende Talon-Kolonne näher kam. Hinter den hölzernen Barrikaden zuckten die Freunde nervös, begierig darauf, die ersten Pfeile abzuschicken. Doch Bryan wollte, dass die Unholde in die ersten Fallen traten, bevor er seine Freunde angreifen ließ.

Die Talons kamen heran, wachsamer als zuvor, aber sie erwarteten wohl kaum, dass der Boden unter ihren Füßen mit Fallen gespickt war. Die vordere Reihe trat auf einen langen flachen Felsen.

Bryan und seine Freunde spannten ihre Bogensehnen. Sie konnten nur hoffen, dass der flache Stein wie geplant fallen würde.

Als die vordersten Talons den Rand des Felsens erreicht hatten, rollte und drehte sich der Stein, stürzte die Talons an der Spitze in eine Felsspalte und ließ die hinter ihnen folgenden den jetzt steilen Pfad hinab-

rutschen. Einige der Kreaturen wurden zu Tode ge-
quetscht, als der Stein zur Ruhe kam.

Bryans Pfeil flog als erster los und bohrte sich tief in
die Brust einer der unseligen Bestien, die auf der Stein-
fläche hingefallen waren. Gejaul und Geheul ertönten,
als die Talons erkannten, dass sie in einen Hinterhalt
geraten waren, und sie stürmten über die jetzt hoch-
aufragende Spitze des Steins heran. Pfeil um Pfeil stieg
auf und die meisten fanden ihr Ziel.

Aber trotz all ihrer anderen Schwächen waren die
Talons keine feigen Kreaturen, sie rückten furchtlos
voran, sprangen von dem Stein herab und stürmten
auf das Dickicht zu. Ein Stolperdraht ließ einen zu
Boden stürzen, am Rand des Weges gaben gelockerte
Steine nach und schickten einige andere den steilen
Abhang neben Doernings Steig hinunter.

Weitere Pfeile trafen ihr Ziel.

»Lauft!«, schrie Lennard, als sich die Angriffsspitze
dem Dickicht näherte. Bryan hielt seine Stellung, denn
er wollte die Möglichkeit, so leicht Talons zu töten,
nicht so schnell aufgeben.

Doch dann bekam einer von der Gruppe, Damon,
der direkt neben dem Halbelfen stand, einen Speer in
die Brust. Der Talon folgte dicht darauf und sprang auf
die Barrikade.

Bryan wirbelte herum, schoss aus nächster Nähe und
fegte so den Talon weg. Doch ihm war klar, dass diese
Stellung verloren war. Fünf andere von der Gruppe
waren Lennard gefolgt und schon geflohen, doch die
verbliebenen sechs warteten tapfer und schauten auf
Bryan, was er tun würde. In seiner Raserei wäre Bryan
geblieben, bis die Talon-Flut ihn begraben hätte, bereit,
sein eigenes Leben hinzugeben im Austausch für die
Talons, die er sicherlich erschlagen würde.

Doch er konnte nicht zulassen, dass weitere Freunde
getötet wurden.

Er gab einen letzten Schuss ab und löste sich von der Mauer, schlang seinen Bogen um die Schultern und zog sein schimmerndes Schwert. »Lauft! Lauft!«, rief er den anderen zu.

Connie, ein Mädchen mit glänzenden Augen und einem unschuldigen Lächeln, verlor ihren Kopf durch den Hieb eines Talon-Schwerts.

Und dann rannten sie! Eine Gruppe lief hinter Lennard her nach Westen, während Bryan die anderen klugerweise ostwärts führte. Die wütenden Talons vergaßen ihren Auftrag völlig und nahmen eine wilde Verfolgung auf, dürstend nach dem Blut der jungen Menschen, die ihnen einen Hinterhalt gelegt hatten.

Siana lief voran, Bryan bildete die Nachhut. Einige Talons kamen ihnen bei ihrer wilden Flucht nahe, aber jedes Mal überkam Bryan eine Raserei, die über alles hinausging, was er sich jemals hätte vorstellen können, und er schlug sie mit heftigen Hieben nieder. Kurz darauf bogen die fünf um einen Felssporn und hielten an, um Luft zu holen, in dem Vertrauen, dass keine Verfolger mehr in der Nähe waren.

Lennard und die anderen hatten weniger Glück.

Obwohl sie mit einem größeren Vorsprung losgerannt waren, war ihre Flucht völlig kopflos. Kamen sie zu Findlingsblöcken oder Felsspalten, dann teilten sie sich auf und verloren Zeit bei dem Versuch, einander wiederzufinden. Führungslos und ohne klares Ziel vor Augen, hörten sie bald überall um sich herum das Stampfen von Talon-Füßen.

Ein qualvoller Schrei verriet Lennard, dass sie nur noch zu fünft waren. Er blieb stehen und schaute sich um, ob er irgendwie helfen könne. Ein Talon-Speer traf sein Bein.

Lennard fiel schwer auf den Boden und fasste nach

seiner Wunde. Dann war schon der Talon über ihm und hob sein Schwert zum tödlichen Hieb.

Ein schwerer Stein zerschmetterte den Kopf der hässlichen Kreatur.

Von Schmerz und Angst wurde es Lennard schwarz vor den Augen und er bemerkte kaum, wie die starken Arme von Jolsen Schmiedsohn ihn aufhoben und forttrugen.

»Kommt weiter«, trieb Bryan sie an, als die anderen wieder zu Atem gekommen waren. Sie sammelten ihre Habseligkeiten ein, da sie dachten, Bryan würde sie fortführen. Doch zu ihrem Erstaunen lief der Halbelf zurück um den Felsen auf die Talons zu.

»Wohin gehst du?«, wollte Siana wissen.

Bryan warf ihnen allen einen Blick über die Schulter zu. »Die Talons sind zerstreut«, erklärte er. »Wir können kleine Gruppen von ihnen aufspüren und angreifen.«

»Du bist verrückt!«, entgegnete das Mädchen. »Wir können nicht dorthin zurückkehren!«

»Wir haben keine andere Wahl!«, beharrte Bryan.

»Denk an Connie und Damon!«, sagte jemand anderer.

»Denkt an die Flüchtlinge, die wir auf der Straße gesehen haben«, konterte Bryan. »Unsere Leute sind verloren, wenn wir die Talons nicht in den Bergen festhalten können.« Sein Züge wurden weich, als er in die kummervollen, müden Gesichter blickte. Vielleicht verlangte er von den anderen zu viel.

»Geht und sucht einen sichereren Ort zum Ausruhen«, gestand er ihnen ruhig zu. »Ich werde die Talons verfolgen. Ich kann mich sowieso allein schneller bewegen.«

Doch als Bryan loslief, hörte er, wie die anderen vier ihm folgten.

Den restlichen Tag führten sie Störangriffe auf Banden von Talons durch, schossen aus der Entfernung Pfeile ab oder tauchten plötzlich vor einer Talon-Gruppe aus einem Versteck auf und metzelten die Ungeheuer nieder, bevor diese überhaupt begriffen, dass sie angegriffen wurden.

Bryan und seine Freunde kannten die Gefahr und wussten, dass sie früher oder später in eine Situation geraten würden, aus der es kein Entkommen gab. Doch wann immer die Angst ihnen den Kampfesmut zu nehmen drohte, erinnerten sie sich an die Flüchtlingskolonnen auf den Straßen und an die Rauchwolke über Corning und sie waren sich ihrer Pflicht wieder bewusst.

Das Unheil erreichte sie gegen Sonnenuntergang. Die Gruppe überraschte eine Bande von vier Talons und erledigte sie schnell. Aber in der Nähe befand sich eine größere Bande und stieß zu dem Kampf, bevor die jungen Krieger entkommen konnten. Bryan und seine Freunde siegten, aber als der letzte Talon vor Bryans Füße gefallen war, schaute dieser sich um und sah, dass nur noch er und Siana am Leben waren.

Mit dem Einbruch der Dämmerung wurde ihre Stimmung gedrückt. Langsam gingen sie fort und suchten sich eine sichere Zuflucht. Siana vertraute auf Bryan, dass er ihr beistehen würde, doch die Tränen rannen über die Wangen des Halbelfen so reichlich wie über ihre eigenen.

An diesem Tag hatten sie mehr als vier Dutzend Talons getötet und etliche Dutzend weitere verwundet. Wichtiger war jedoch, dass sie den Marsch aufgehalten hatten. Die zerstreuten Talon-Banden würden den Rest der Nacht brauchen, um sich wieder zu sammeln, und die Leute auf der Straße würden durchkommen.

Doch für Bryan und Siana bedeutete der Sieg nur wenig Trost.

»Mindestens sieben«, bemerkte Bryan bitter. »Zuerst Tinothy, dann Damon und Connie auf dem Steig und…«

Siana hob die Hand, um ihm Einhalt zu gebieten, denn es war unnötig, noch einmal nachzuzählen. Sechs der sieben, von denen Bryan sprach, hatte sie sterben sehen. »Glaubst du, Lennard und die anderen haben es geschafft?«, fragte sie ihn hoffnungsvoll.

»Lennard ist schlau«, erwiderte Bryan. »Und sie hatten einen größeren Vorsprung.« Doch falls in seinen Worten Überzeugung anklang, war sie geheuchelt. In jener dunklen Nacht überflutete ihn Verzweiflung. An einem einzigen Tag hatte er gesehen, wie seine Stadt niederbrannte und sieben seiner engsten Freunde starben.

Siana spürte seinen inneren Aufruhr und bezwang ihren Kummer. Sie trat zu ihm, schmiegte sich eng an ihn und gab ihm etwas von ihrer Kraft. »Wir haben etwas geleistet«, erinnerte sie ihn. »Die Talons werden so schnell nicht weitermarschieren und nicht wenige von ihnen haben heute den Tod gefunden. Unsere Fallen haben ihren Zweck erfüllt, würde ich sagen.«

Bryan schaute auf ihr lächelndes Gesicht und fühlte sich getröstet. Dann küsste er sie und umarmte sie fest.

Doch als die erschöpften jungen Kämpfer in die Einsamkeit des Schlafes sanken, kehrte ihre finstere Verzweiflung in ihren Träumen zurück, in lebhaften Erinnerungen an die Schrecken, die sie an diesem Tag erlebt hatten.

KAPITEL 9

Zu den Brücken!

Belexus erwachte kurz vor der Morgendämmerung. Je mehr das Licht um ihn herum zunahm, desto deutlicher wurde die Szenerie des Gemetzels. Er und die übrig gebliebenen Reiter hatten knapp außerhalb des Gestanks des Schlachtfeldes kampiert, zu müde, um an diesem Tag noch weiter zu ziehen, und überdies wollten sie wachen für den Fall, dass die geflohenen Talons zurückkehrten.

Aber die Nacht war ruhig gewesen, abgesehen von gelegentlichen Schreien von der Straße her.

Die Bewegung einer Gestalt zog Belexus' Blick auf sich, jener Person, um die er sich am meisten Gedanken gemacht hatte. Rhiannon schritt langsam über das Feld, den Kopf gesenkt, und ging auf die Hinterlassenschaft ihrer Machtdarbietung zu. Belexus zwang sich aufzustehen und eilte hinter ihr her. Er spürte, wie ihn der Mut verließ, als er sich ihr näherte. Sie kam ihm so zerbrechlich vor, nur die leere Schale der selbstbewussten, sorgenlosen Frau, die er in den vergangenen Monaten auf der Straße begleitet hatte.

Als einen Augenblick später der Tag voll anbrach, sahen die beiden Freunde, welche enorme Leistung Rhiannon vollbracht hatte. Sie hatte eine Schlucht in den Boden geschnitten, die fast eine halbe Meile lang und volle zwanzig Fuß breit und unabsehbar tief war. Mehr als dreihundert Talons waren entlang des Abgrunds tot zusammengebrochen, die meisten im letzten Kampf, als Rhiannon ihnen den Weg versperrt hatte. An diesem Morgen trat keine Träne um die toten

Talons in Rhiannons Augen, doch als sie auf ihr Werk schaute, musste sie tatsächlich weinen. Sie hatte dem Land eine Narbe zugefügt, hatte eine schreckliche Kraft losgelassen, die über ihre Kontrolle und über ihr Verständnis hinausging. Diese Macht hatte sie verzehrt und sich durch sie hindurch einen Weg erzwungen und jetzt blieben bohrende Fragen unbeantwortet zurück. Fragen, bei denen es um ihr innerstes Wesen ging.

»Du hast uns das Leben gerettet«, bemerkte Belexus, als er die Tränen sah, die über ihr schönes Gesicht rollten. »Und noch wichtiger, du hast die Bestien von der Straße ferngehalten und sie zurück in den Norden geschickt.«

Rhiannon zuckte nur hilflos mit den Achseln, da sie keine Worte fand.

Belexus spürte ihre Qual, als er ihr Gesicht betrachtete. Er fühlte, dass Rhiannons Kummer viel zu tief war, als dass einfache Worte ihn hätten vertreiben können. Er schaute nach Süden, wo auch weiterhin die Staubspur hastender Flüchtlinge den Horizont säumte und wo im Frühlicht eine größere, unheilvollere Wolke aufzog.

»Komm«, sagte er. »Wir müssen rasch in den Süden reiten. Das Talon-Heer hat die Verfolgung aufgenommen.«

Sie waren alle müde und die meisten waren verwundet, doch keiner der wackeren Reiter murrte, als der Befehl erfolgte, das Lager abzubrechen und schnellstens loszureiten. Sie kannten ihre Pflicht und wussten auch, dass die Leiden ihrer Verwandten entlang der Straße andauern würden, wenn sie den Sturm der Talons nicht verlangsamten.

Rhiannon warf einen letzten Blick auf die Zerstörung, auf den schwarz-weißen Wallach, den sie mit der Macht vernichtet hatte. Sie ergriff Belexus' Hand und stieg vor ihm auf sein Pferd. Der Waldwächter musste sie stützen, damit sie nicht herunterfiel.

In jener Nacht hatte es für Andovar kein Ausruhen gegeben, und auch keinen weiteren Halt auf seinem Weg. Wie der Wind flog das verzauberte Ross über die südlichen Gefilde hinweg. Das Pferd wurde nicht müde; mit jedem Schritt gewann es an Schwung, mit grimmigem Gesicht spornte Andovar es an, denn er wollte nicht zulassen, dass Müdigkeit seine Mission scheitern ließ.

Für die Strecke von Corning nach Pallendara brauchte man normalerweise eine Woche. Andovar und sein Pferd, die unter der Macht der jungen Zauberin dahinflogen, erreichten die große Stadt bald nach Anbruch des zweiten Tages.

»Talons im Westen!«, schrie er und wurde nicht einmal langsamer, als er durch das offene Tor galoppierte. Auf seinen Ruf hin umschwärmte ihn die Stadtwache von Pallendara und nur Augenblicke später befand sich der Waldwächter schon in König Benadors Audienzsaal.

»Sei gegrüßt, Andovar«, sprach ihn der König erfreut an. Benador kannte Andovar und all die anderen Waldwächter wie Brüder. Sie hatten ihn aufgenommen und ihn die Pflichten der ihm zukommenden Stellung gelehrt, als der Usurpator Ungden in Pallendara regiert hatte, und sie hatten ihm auch geholfen, seinen rechtmäßigen Thron wieder zu erlangen.

Trotz dieser Vertrautheit war der Waldwächter wie immer erstaunt, als er auf den jungen König von Calva blickte. Benador hatte das Alter von fünfzig schon überschritten und war nur ein paar Jahre jünger als Andovar, doch die Zauberer von Aielle hatten anscheinend Benadors Alterungsprozess angehalten. Während Ungdens Herrschaft unter dem Zauber von

Ardaz herangewachsen und seit seiner Thronbesteigung im Bereich des magischen Einflusses seines eigenen Magiers Istaahl lebend, verfügte König Benador über die Vitalität und Erscheinung eines Mannes Anfang Zwanzig. Seine hellbraunen Locken tanzten um Hals und Schultern, und seine Augen funkelten wie die eines Kindes.

Doch Andovar wusste, über welche Erfahrung und Weisheit Benador verfügte. Er ließ sich nicht durch seinen knabenhaften Charme von der bitteren Pflicht ablenken, die ihm jetzt oblag.

»Es ist lange her, seit wir uns zum letzten Mal gesehen haben«, sagte Benador herzlich.

»Und wir würden beide wünschen, dass es noch länger wäre, wenn ich dir sage, was der Zweck meines Besuches ist«, erwiderte Andovar grimmig. Als er von dem Unheil erzählte, das über die westlichen Gefilde gekommen war, betrat Istaahl den Saal und schloss sich dem Gespräch an.

»Hast du genug von Andovars bitteren Worten mitbekommen?«, fragte Benador.

Istaahl nickte. »Die Eindringlinge werden von Morgan Thalasi angeführt«, erwiderte der Zauberer.

Benadors Augen weiteten sich.

»Das war auch unsere Vermutung«, pflichtete Andovar Istaahl bei. »Allerdings haben wir keinen Beweis dafür.«

»Wir Zauberer verfolgen verschiedene Ziele, doch wir wenden uns dazu an dieselben universalen Mächte«, erklärte Istaahl. »Ich habe gestern schon den ganzen Tag über und auch die Nacht hindurch magische Störungen aus dem Westen gespürt. Ich hatte vor, mich heute früh mit Brielle zu beraten, um dies weiter zu untersuchen, da ich genau das befürchtet habe, was du uns meldest, tapferer Waldwächter.« Der Zauberer hielt inne und warf einen neugierigen Blick auf Andovar. »Wie bist du so schnell von Corning hierher gekommen?«, fragte er.

»Das hat die Tochter der Zauberin bewirkt«, erwiderte Andovar. »Sie hat mein Pferd verzaubert und dessen Gangart beschleunigt. Rhiannon hat uns auch vor dem Kommen des Schwarzen Hexers gewarnt«, fuhr Andovar fort. »Gewiss verdient das Mädchen den Dank von ganz Calva, ja den Dank der ganzen Welt.«

Istaahl überdachte diese Enthüllung. Brielle hatte vermutet, dass Rhiannon eine Macht in sich hatte, und jetzt konnte daran kaum mehr ein Zweifel bestehen.

»Wir müssen sofort aufbrechen«, entschied König Benador. »Mit allen Männern, die wir aufbieten können. Wir werden den Talons am großen Fluss begegnen und sie dort aufhalten, bis die Streitmacht von ganz Calva gesammelt und zum Einsatz gebracht werden kann.« Er schaute Istaahl an, ob dieser weitere Vorschläge hätte.

»Du hast keine Wahl«, erwiderte der Weiße Magus auf den fragenden Blick. »Aber ich werde mich euch nicht anschließen, noch nicht. Ich muss Verbindung zu den anderen Zauberern aufnehmen. Gemeinsam können wir den Schwarzen Hexer zurückhalten.«

»Während wir seinen Pöbel vernichten«, sagte Benador mit entschlossener Miene. Er klopfte Andovar auf die Schulter. »Du bist sicher erschöpft«, sagte er. »Aber wenn du vorhast, mit mir zu den Vier Brücken zu reiten, wie ich hoffe, dann wirst du auch in den nächsten Tagen wenig Muße finden!«

Zwei Stunden später stürmten unter den Beifallsrufen der Zurückbleibenden die Wächter der Weißen Mauern, die Elitegarde von Pallendara, durch das Stadttor hinaus, angeführt von König Benador und Andovar.

Von seinem Turmfenster hoch über der Stadtmauer beobachtete Istaahl den Aufbruch. Fünfhundert Mann stark, hervorragend ausgebildet und gerüstet, würde jeder von ihnen zehn Talons niederhauen. Doch auf dem Gesicht des Weißen Magus erschien kein Lächeln. Er wusste, dass sie in eine Katastrophe reiten würden, wenn nicht er und seine Genossen in der Zauberkunst Morgan Thalasis Macht zurückdrängen würden, eine Macht, die im Laufe eines einzigen Tages alle Krieger der Welt hinwegfegen konnte.

Während der dunklen Stunden jener bösen Nacht hatte die Flucht der Leute aus dem Westen noch an Schwung zugenommen. Die beiden kleinen Dörfer zwischen Corning und dem Fluss waren durch Andovars Ritt und den am westlichen Horizont aufsteigenden Rauch alarmiert worden; sie empfingen den Zug mit Wägen und Karren und einer ausgeruhten Truppe, welche die Nachhut bilden sollte.

Aber die Sturmtruppen von Thalasis Armee waren ihnen dicht auf den Fersen und das in ausreichender Zahl, um jeden spontanen Versuch der Verteidigung zu ersticken. Als Belexus und seine übrig gebliebenen Reiter gegen Mittag das lang gezogene Ende des Flüchtlingszugs erblickten, sahen sie daher ebenso die Vorhut der Talons, die gefährlich nahe gekommen war und mit jedem Schritt aufholte.

»Mir stehen weitere Kämpfe bevor und diesmal hast du nicht die Kraft zu helfen«, erklärte Belexus, als er Rhiannon in einen der Wagen setzte. Die schwache und erschöpfte junge Frau hätte ihm das auszureden versucht, aber neben sich im Wagen erblickte sie einen Jungen, kaum zehn Jahre alt, der ernsthaft verwundet war und ihrer Aufmerksamkeit bedurfte.

Belexus hätte sowieso nicht auf ihre Einwände gehört. Sobald der Wagen weiter zu rollen begann, rief er seine Truppe zusammen, um die Schlachtpläne festzulegen. Sie würden sich den Talons nicht frontal entgegenstellen, aber auch keine feste Stellung beziehen und keine offene Schlacht wagen. Stattdessen würden sie dem Treck auf der Flucht folgen. Wenn die übereifrigen Talons in einzelnen Gruppen ohne regelrechte Formation auf sie zukämen, würden sie, wenn sie schließlich das Ende des Zuges eingeholt hätten, nur auf eine zusammengerollte Schlange treffen.

Doch obwohl der Plan des Waldwächters durchaus klug war und die wackeren Reiter ihm mit entschlossenen Rufen zustimmten, hatte Belexus Grund zur Sorge. Die Vier Brücken waren volle fünfzig Meilen entfernt und wenn der Waldwächter in Betracht zog, wie schnell das Talon-Heer vorrückte, dann musste er sich fragen, ob die letzten Flüchtlingsgruppen überhaupt die Hälfte des Weges schaffen würden, bevor sie von den Feinden eingeholt wurden.

»Präsentiert die Fackeln!«, schrie der Feldwebel.

Zehn Männer, die vorderste Verteidigungslinie von Stromstadt, nahmen Haltung an und streckten ihre Arme weit aus. In jeder Hand trugen sie eine Fackel.

»Präsentiert die Granaten!«, befahl der Feldwebel.

Die zweite Linie, hundert Mann stark – zu denen auch Gatsby, der Brückenwärter, gehörte –, vollführte eine ähnliche Bewegung. Doch anstatt der Fackeln präsentierte jedes Mitglied dieser Gruppe zwei Flaschen eines leicht entflammbaren Öls, die mit ölgetränkten Lumpen zugestöpselt waren.

Der Feldwebel sprang in den Sattel und stürmte los; er suchte sich einen besseren Aussichtspunkt zur Beobachtung des Dramas, das sich vor seinen Augen abzeichnete. Die letzten Flüchtlingsgruppen kamen jetzt schnell herbei; Thalasis Heer war ihnen direkt auf den Fersen und schleuderte mit vernichtender Wirkung ihre Speere. Doch die wackeren Männer des Regiments von Stromstadt, die als die ›Feuerschleuderer‹ bekannt waren, hatten schon mehr als eine Meile zwischen sich und die Vier Brücken gebracht.

Die Flucht war ein verzweifeltes Rennen. Wagen rumpelten heftig schwankend an dem Regiment aus Stromstadt vorbei. Hinter der letzten Gruppe war Belexus' Reiterei voll in den Kampf mit den vordersten Reihen der Talons verwickelt. Sie kämpften auf dem Rückzug, versuchten jedoch die Unholde lang genug aufzuhalten, dass die wehrlosen Flüchtlinge noch zu den Brücken gelangen konnten.

Alle Bemühungen wären vergeblich gewesen, wenn nicht die Feuerschleuderer von Stromstadt eingegriffen hätten.

»Entzündet die Fackeln!«, schrie der Feldwebel. Auf seiner Stirn und den Gesichtern aller seiner Männer waren jetzt Schweißperlen zu sehen. Er beobachtete, wie zwei Männer an der Reihe der Fackelträger entlangritten und die Fackeln entzündeten. Hinter ihnen bewegten sich die Grenadiere nervös hin und her. Der Feldwebel hatte ihnen eingeschärft, sie sollten sich bis zum letzten Augenblick zurückhalten, um ihren Schlag genau im richtigen Moment zu führen, wenn alle Fliehenden schon an ihnen vorbei waren.

Als Belexus auf die Reihe der Kämpfer aus Stromstadt stieß, erkannte er ihre Absicht. Der Waldwächter ließ seine Krieger noch einen Moment länger durchhalten, dann befahl er den sofortigen Rückzug. Sie lösten sich von der Spitze der Talons und ritten im gleichen Moment zwischen den Männern aus Stromstadt hindurch, als der Feldwebel den Befehl zum Einsatz gab.

In einer fließenden Bewegung formierten sich die Grenadiere von Stromstadt zu kleinen Ketten und stürmten durch die Reihe der Fackelträger, wobei sie im Vorbeireiten die Laschen der Ölflaschen entzündeten. Die anstürmenden Talons waren kaum fünfzehn

Fuß entfernt, als die erste flammende Granate auf sie niederging, doch im Nu explodierten zweihundert Flaschen mit brennendem Öl inmitten der erschreckten Horden. Ein wilder Feuersturm breitete sich aus und verschlang ihre mittleren Reihen. Schreie brennender Talons ertönten jetzt anstatt der Schlachtrufe.

Tränen des Stolzes rannten über das Gesicht des Feldwebels, als er beobachtete, wie seine Kämpfer das Manöver, das sie lange geübt hatten, perfekt durchführten. Er kannte den Preis für ihre Tapferkeit, denn obwohl sie die Mitte der Talon-Front zerbrochen hatten, setzten im Norden und Süden der Feuerschleuderer die Talons ihren Sturm fort und bogen jetzt in Richtung Straße ab, um jede Möglichkeit zur Flucht abzuschneiden.

Belexus wollte seine Reiter kehrtmachen und den tapferen Männern von Stromstadt zu Hilfe eilen lassen. Eine solche Hilfeleistung würde ihrem Opfer jedoch die Bedeutung rauben, denn als sie ins Feld gezogen waren, hatten sie ihr Schicksal akzeptiert. Denn während Belexus' Reiter ihren Einsatz als Nachhut fortsetzten, hatten sie den Flüchtlingen genügend Zeit verschafft, um zu den Brücken zu gelangen.

Die Feuerschleuderer von Stromstadt zogen ihre Schwerter und hatten ein Lied auf den Lippen, als die schwarzen Mauern der Talons sich um sie schlossen. Sie hatten ihre Pflicht erfüllt.

Keiner von ihnen überlebte die nächsten zehn Minuten.

Die Garnison von Stromstadt hatte zusammen mit den Aufgeboten einiger benachbarter Dörfer und denjenigen Flüchtlingen, die noch kampffähig waren, hastig eine Verteidigung der Brücken organisiert. Reihen von Bogenschützen überschütteten die herannahenden Talons mit Pfeilen und geschickte Reiter ritten hinaus, um die Wagen in Empfang zu nehmen und einzuweisen, damit sie schnell und sicher über die Brücken kamen.

Belexus ließ seine Reiter in vollem Tempo die beiden mittleren Brücken überqueren, dann hieß er sie umdrehen, um die Schlacht in Augenschein zu nehmen und zu entscheiden, wo sie am besten eingreifen konnten.

Die Talons verlangsamten ihr Tempo nicht, als sie die massiven Steinbögen erreichten, auf jede Brücke stürmten und wild um sich schlugen.

Aber die Männer und Frauen von Calva, die um ihre Heimstätten und um das Leben der Ihren kämpften, stellten sich den Ungeheuern mit gleicher Raserei entgegen. Und wann immer der Druck der Talons auf einer der Brücken durchzubrechen drohte, setzten sich Belexus und seine Krieger ihnen entgegen und trieben sie zurück.

Der Schwarze Hexer, der in den mittleren Einheiten seines Heeres folgte, kicherte mit boshafter Befriedigung über jede verstümmelte menschliche Leiche, an der er vorüberkam. Der Anblick des Gemetzels, das die Feuerschleuderer von Stromstadt angerichtet hatten, vertrieb dieses bösartige Lächeln, doch nur für einen Augenblick, denn weiter vorn erschollen schon die Rufe, die Armee habe endlich die Vier Brücken erreicht. Thalasi trieb seine Sänftenträger an, als er das Geklirr von Waffen und die Schreie des Schlachtgetümmels hörte. Als er am Schauplatz an den Brücken ankam, erkannte er, dass seine Talon-Krieger den Durchbruch nicht schaffen würden. Die Hauptmasse der Talon-Armee war noch Meilen zurück und trottete auf müden Füßen die Straße entlang. Zwar waren diese Angriffsspitzen seiner Streitmacht allein schon den Feinden jenseits der Brücken überlegen, doch die Verteidiger waren besser organisiert und hatten sich hinter befestigten Stellungen verschanzt. Thalasi erwog, seine Leute zurückzurufen, bis der Rest seines düsteren Aufgebots eingetroffen war. Doch dann kam ihm ein Gedanke. Warum sollte er sich noch länger zurückhalten? Eine einfache Bewegung seiner magischen Muskeln hier und die Brücke wäre gewonnen. Wenn seine Talons sich über die östlichen Gefilde von Calva ergossen, konnte ihn niemand mehr aufhalten, nicht die Armee von Pallendara und auch die schwachen Zauberer nicht, die sich ihm entgegenstellen würden.

Der Schwarze Hexer griff in die Luft und sammelte seine Macht auf. Er schlüpfte auf die magische Ebene und unterwarf die Mächte seinem bösen Ruf. Sie widersetzten sich ihm, wie sie sich dem verderbten Hexer immer widersetzten. Doch wie jedes Mal holte Thalasis schiere Willenskraft sie nach seinem Verlangen heran. Binnen weniger Augenblicke spürte er, wie in ihm das Prickeln explosiver Magie aufquoll und größer und größer wurde, während er die ersten Silben seines Zauberspruchs sprach.

Doch dann hörte er die Musik.

Sie wehte auf den Brisen aus dem Norden heran, so süß und rein wie ein klar fließender Bach. Doch in den Ohren des Schwarzen Hexers klangen die vollkommenen Laute misstönend und widersetzten sich den gutturalen Klängen seines eigenen magischen Singsangs; sie blockierten die Töne, die er brauchte, um seinen Schlag auszuführen.

Und aus dem Süden kam ein anderer Ruf, ein leises, aber beharrliches Stöhnen, das eine Brise vom Meer her anführte. Gerade als Thalasi begann, Brielles Störung zu kontern, erklang Istaahls Schrei in seinen Ohren.

Dornenranken sprossten aus der Erde empor, umschlangen Thalasis Beine und zogen an ihm. Der Schwarze Hexer kämpfte mit aller Kraft, um die unerwarteten Attacken des Zauberers und der Zauberin abzuwehren.

Und die ganze Zeit über starben seine Talons zuhauf auf den Vier Brücken.

Als die Sonne hinter dem westlichen Horizont versank, brachen die Talons schließlich das Gefecht ab.

»Wir haben heute gesiegt«, bemerkte Belexus zu einem der Reiter, die ihn nach Norden begleitet hatten. Alle vier Brücken waren gehalten worden, tausend Talons und mehr lagen tot da und der Schwarze Hexer hatte offenbar noch nicht in den Kampf eingegriffen.

Doch die Bemerkung des Waldwächters bedeutete keine Verkündigung des Sieges. Belexus erinnerte sich lebhaft an den hohen Preis. Die ganzen westlichen Gefilde waren an den Feind verloren gegangen. Selbst jetzt im vergehenden Licht konnte der Waldwächter sehen, wie die Zahl der Ungeheuer jenseits des Flusses anschwoll, da immer mehr von Thalasis Gefolgsleute die westliche Straße heranmarschiert kamen und ins Lager drängten.

»Zwanzigtausend?«, überlegte der andere Krieger. »Dreißigtausend? Bei einem solchen Anblick sinkt mir der Mut.«

»Morgen werden sie wieder angreifen, wenn nicht schon in der Nacht«, erwiderte ein dritter Krieger, der dabeistand. »Und danach abermals, falls wir sie zurückdrängen können.«

»Dann werden wir sie morgen aufhalten müssen, und danach aufs Neue«, erklärte Belexus. Er zwinkerte den beiden Männern beruhigend zu, dann lenkte er sein Reittier fort und überließ es ihnen, über seine Worte nachzudenken.

»Ich würde jede Hoffnung aufgeben, sie aufzuhalten, selbst beim nächsten Gefecht«, bemerkte der erste der beiden, während er dem davonreitenden Waldwächter nachschaute. »Wenn nicht ein Mann wie er unser Anführer wäre!«

Der andere Mann stimmte ihm zu, aber als er wieder auf die Düsternis schaute, die sich jenseits des Flusses sammelte, konnte er einen Schauder nicht unterdrücken.

Auf der anderen Seite des Flusses schritt Thalasi an den Reihen der Talons auf und ab, wütend und besorgt, da seine Pläne durchkreuzt wurden. Er hatte schnell und ohne schwere Verluste über den Fluss gelangen wollen, aber die eigensinnigen Calvaner und seine eigenen Fehler hatten diese Absicht vereitelt.

Jetzt beobachtete er, wie auf den Brücken und um sie herum weitere Verteidigungsanlagen errichtet wurden. Während er die Szenerie beobachtete, wusste er, dass noch weitere Augen dem Geschehen folgten: die Augen einer Zauberin in einem fernen Wald und die Augen eines Zauberers in einem weißen Turm. Drei Stunden lang hatten sie seine magischen Absichten in Schach gehalten und jede seiner Maßnahmen vereitelt.

Und der dritte seiner mächtigen Feinde, der Zauberer Ardaz, hatte noch nicht einmal in die Schlacht eingegriffen.

KAPITEL 10

Bryans Entscheidung

»Tausende«, schrie Siana ver-
zweifelt, als sie über die Felder nach Westen und Norden hin blickte. Von ihrem hohen Aussichtspunkt in
den Bergen aus sah das junge Mädchen Lichterpunkte,
die sich bis zum Horizont hin ausdehnten.

»Talons«, bemerkte Bryan. »Sie haben die Gezeiten
des Krieges vernommen und kommen, um sich der
Hauptstreitmacht unten am Fluss anzuschließen.«

»Was können wir tun?«, flüsterte Siana ohne Hoffnung. »Was kann überhaupt irgendjemand tun?«

»Wir müssen unsere Leute warnen«, erwiderte Bryan
in einem ruhigen Ton. »Komm, wir können noch in
dieser Nacht bis zum Fluss gelangen.« Sie machten sich
sofort auf den Weg, die Bergpfade hinab, die sie so
gut kannten. Ohne Zwischenfall kamen sie an einigen
Talon-Lagern vorbei, allerdings hätte Bryan nur zu
gern Halt gemacht und die üblen Kreaturen heimgesucht.

Einstweilen richtete er jedoch seine Gedanken auf
die Aufgabe, die vor ihnen lag. Es musste jemand den
Fluss überqueren und die Verteidiger an den Vier Brücken bezüglich der wahren Größe der sich sammelnden Talon-Streitmacht warnen. Scharmützel mit um-
herstreifenden Banden erschienen im Vergleich zur
Überbringung der Warnung unwichtig.

Doch ein paar Stunden später, als sie an den östlichen Ausläufern der Baerendels entlangtrotteten und
der große Fluss schon in Sichtweite war, stießen Bryan
und Siana auf ein Lager, das sie nicht ignorieren konn-

ten. Aus einer kleinen Höhle, deren Eingang mit aufgehäuften Steinen und Holz blockiert war, hörten die beiden, wie jemand vor Schmerzen stöhnte.

Bryan erkannte die Stimme, bevor er noch die Höhle betrat, denn Lennard war sein ganzes Leben lang sein engster Freund gewesen.

»Bryan!«, rief Jolsen Schmiedsohn, als er die Freunde erblickte. Der große Bursche warf sein Schwert auf den Boden und umarmte Bryan und Siana wie ein großer Bär.

Bryan drängte sich an ihm vorbei, denn ihn beunruhigte die scheußliche Wunde an Lennards Bein. Jolsen hatte den Speerschaft abgebrochen und sein Bestes versucht, um die Spitze herauszuholen und die Wunde zu reinigen, aber der Speer des Talons hatte Sehnen verletzt und Knochen zerschmettert. Lennard lag am Rande einer Bewusstlosigkeit da, mehr im Delirium als im Wachzustand.

»Kannst du ihn tragen?«, fragte Bryan Jolsen.

»Ich habe Angst, ihn zu bewegen«, erwiderte Jolsen. »Eigentlich hatte ich vor, den Pfad entlang zurückzugehen und zu sehen, ob ich welche von unseren Freunden finden könnte, aber ich wollte ihn nicht allein lassen…«

»Vergiss die anderen«, versetzte Bryan kühl und überraschte damit sowohl Jolsen wie auch Siana. »Wir müssen Lennard über den Fluss bringen.«

»Die anderen könnten noch dort draußen sein«, erinnerte Siana Bryan. »Vielleicht sind sie verwundet und ganz allein in der kalten Nacht.«

Bryan empfand den Schmerz so stark wie Siana und Jolsen, doch er wusste, wo sein Platz in dieser schwierigen Lage war. »Wir gehen zum Fluss«, sagte er. »Jolsen wird Lennard tragen.«

Jolsen und Siana tauschten besorgte Blicke aus. »Was ist, wenn wir uns weigern?«, wagte Siana zu fragen.

»Dann gehe ich allein«, antwortete Bryan schnell. »Und ihr werdet hier bleiben und zusehen, wie Lennard stirbt, und dann wird euch wahrscheinlich ein ähnliches Schicksal widerfahren.«

»Du lässt uns keine große Wahl«, bemerkte Jolsen, dessen Stimme ungewohnt zornig klang.

»Es gibt keine Wahl«, stellte Bryan im gleichen Ton fest. »Wir haben keine Zeit zu verlieren und die Truppen, die jenseits des Flusses kampieren, haben auch keine Zeit zu verlieren. Wenn noch welche von unseren Freunden dort draußen am Leben sind – und keiner von denen, die in der Gruppe mit mir von Doernings Steig geflohen sind, ist noch am Leben –, dann werden sie sich auf eigene Faust durchschlagen müssen.« Er lenkte ihre Blicke auf Lennard.

»Was glaubt ihr, wie lange er hier in diesem Dreck überleben würde?«, fragte er ernst. »Wir müssen ihn über den Fluss bringen.«

Jolsen kniff die Augen zusammen, aber er widersprach dem Halbelfen nicht. Der große Bursche war sich ziemlich sicher, dass auch alle anderen, die von Doernings Steig geflohen waren, tot waren, aber er konnte den schrecklichen Gedanken nicht loswerden, dass einer von ihnen sich dort draußen in der Nacht befinden könnte, zusammengekauert in einem Loch und zitternd vor Angst.

Etwa eine Stunde später verließen sie das Gebirge und suchten sich vorsichtig ihren Weg über die kurze Strecke offenen Feldes. Die Hauptmasse der sich sammelnden Talon-Armee befand sich meilenweit im Norden an den Brücken, aber einige Talons hatten sogar so weit südlich ihr Lager aufgeschlagen. Die vier Freunde gelangten jedoch unbehelligt zum Fluss und bewegten sich an dessen Ufer entlang nach Norden auf der Suche nach einer Möglichkeit, das Wasser zu überqueren.

So nahe an Stromstadt säumten Dutzende von Hütten den großen Fluss; viele davon verfügten über Anlegestellen und kleine Boote. Bryan und seine Freunde stießen schon bald auf einen solchen Ort. Jetzt hausten Talons im Hauptgebäude, doch die menschlichen Schreie, die von drinnen zu hören waren, verrieten den Freunden, dass die Bewohner nicht rechtzeitig geflohen waren.

»Zwei Wachen sind auf dem Kai«, bemerkte Bryan in seinem Versteck hinter einem Gebüsch.

»Was ist mit denen im Haus?«, fragte Jolsen, der die Klageschreie nicht verdrängen konnte.

»Wenn wir es richtig anstellen, können wir die Wachen so schnell und leise erledigen, dass die anderen es gar nicht merken«, erklärte Bryan.

»Aber wir können die Menschen im Haus nicht ihrem Schicksal überlassen!«, zischte Siana so laut, wie sie es wagte.

Bryan warf ihr einen eisigen Blick zu. »Wir werden die Wachen überwältigen und das Boot bereit machen«, wies er sie kühl an. »Macht, was ich euch sage.«

Siana wollte ihm widersprechen, aber sie fand nicht die richtigen Worte. Doch ihr erschrockener Gesichtsausdruck sprach für sie und Bryan erkannte, dass er vielleicht ein wenig zu grob gewesen war.

»Wir müssen dafür sorgen, dass wir unsere Aufgabe erfüllen«, erklärte er. »Und wir müssen Lennard retten. Sobald wir die Anlegestelle gesichert haben, können wir uns um die Leute im Haus kümmern.«

Dieses Versprechen beschwichtigte Siana und Jolsen, denn keiner von beiden wollte Bryan widersprechen. Nicht hier draußen, nicht, solange das Leben anderer Menschen von ihrer Entscheidung abhing. Sie folgten Bryan, der sie näher an die Anlegestelle heranführte, und spannten im Gehen ihre Bögen.

»Wartet, bis ich nahe am Kai bin«, flüsterte Bryan.

»Sobald ihr eure Pfeile abgeschossen habt, erledige ich den Rest. Dann bringt Lennard zum Boot und wartet dort.« Und bevor noch einer der Freunde ihm noch einmal eine Frage über seinen Plan bezüglich der Talons im Haus stellen konnte, verschwand Bryan in der Dunkelheit.

Die beiden Pfeile zischten zusammen los und trafen beide ihr Ziel, wenn auch nur Sianas Pfeil einen Talon tötete. Doch bevor die andere Kreatur ihre Genossen mit einem Schrei warnen konnte, war Bryan schon über ihr und verwandelte den Ruf, den der Talon auf den Lippen hatte, in ein stilles Gegurgel.

Jolsen nahm Lennard hoch und folgte Siana hinunter zur Anlegestelle, wo Bryan zwei Boote losgebunden hatte.

»Und die Leute im Haus?«, fragte Siana.

»Vertrau mir«, erwiderte Bryan. »Steigt in eines der Boote und haltet euch ein paar Fuß von der Anlegestelle entfernt.« Ihre Blicke wandten sich abrupt wieder der Hütte zu, als von dort ein weiterer Schrei der Qual ertönte.

»Wenn ich nicht zurückkehre«, fuhr Bryan fort, »dann überquert den Fluss und warnt die Soldaten über die herannahenden Talon-Streitkräfte.«

Jolsen fügte sich, setzte Lennard behutsam im Boot ab und nahm die Ruder in die Hand. Siana jedoch schien Zweifel zu hegen.

»Ich komme mit dir«, beharrte sie und legte einen weiteren Pfeil an den Bogen.

»Diesmal nicht«, erwiderte Bryan. Er zog sein Schwert und durchtrennte die Bogensehne des allzu eifrigen Mädchens. »Bring mich nicht dazu, noch etwas anderes durchzuschneiden«, drohte er mit erhobenem Schwert, wobei in seinem elfenhellen Gesicht ein zorniger Blick aufblitzte. »Steig ins Boot.«

Wie betäubt wich Siana zurück und glitt ins Boot,

ohne ihren Blick von Bryan abzuwenden. Und dann war er schon wieder in der Dunkelheit verschwunden.

»Kämpf nicht gegen mich!«, brüllte der Talon, halb amüsiert, halb in Wut. Das junge Mädchen auf dem Bett stieß erneut mit dem Fuß zu, doch die elende Kreatur packte boshaft ihr Bein. Das Mädchen versuchte zu schreien, doch ihre Stimme versagte. Schluchzend lag sie jetzt zitternd auf dem Bett und wartete auf das Unvermeidliche.

»So ist's besser!«, krächzte der Talon zufrieden. »Jetzt kriegst du meine Waffe zu sehen«, verkündete der Unhold und hakte seinen Gürtel auf.

Doch dann geschah etwas, das der Talon nicht beabsichtigt hatte: einen Moment später drang ihm die Spitze eines Schwertes durch das Rückgrat und kam vorn bei der Brust wieder heraus. Der Talon plumpste auf den Boden. Bryan nahm seinen Platz ein.

Das erschrockene Mädchen begann zu kreischen, doch Bryan hinderte sie nicht daran, denn die anderen Talons im Haus würden einen derartigen Laut schließlich erwarten. Der Halbelf legte sein Schwert beiseite und zog das Mädchen langsam in eine sanfte Umarmung. Er wartete geduldig, bis ihr Schluchzen erstarb, dann blickte er ihr lächelnd ins tränenüberströmte Gesicht.

»Komm«, flüsterte er. »Ich bringe dich von diesen Bestien weg, über den Fluss hinüber.« Das Mädchen schniefte und glitt vom Bett, dann blieb es stehen und gab dem toten Talon einen Fußtritt ins Gesicht.

»Wer ist sonst noch hier?«, fragte Bryan.

»Meine Mutter und mein Bruder«, erwidert sie. »Unten im Zimmer neben der Küche.«

»Geh durch das Fenster und hinunter zur Anlegestelle«, wies Bryan sie an. Er zeigte auf das offene Fenster, durch das er hereingekommen war, am diesseitigen

Ende des Flurs. »Dort warten Freunde auf dich.« Er wollte in die andere Richtung losgehen, aber das Mädchen packte ihn am Arm und drehte ihn herum.

»Bitte«, flüsterte sie. »Du musst sie hier rausbringen. Und wenn du es nicht kannst…« Sie hielt inne, die Worte blieben ihr im Hals stecken, dann beruhigte sie sich und fuhr fort: »Überlass sie nicht der Gnade der Talons, ich bitte dich. Wenn du sie nicht befreien kannst, dann beende schnell und schmerzlos ihr Leben.« Ihre Stimme erstarb und sie musste sich den Mund halten, um ein aufsteigendes Schluchzen zu ersticken.

Bryan wischte eine Träne von ihrer Wange. »Bei meinem Leben«, versprach er, »ich werde sie retten.« Dann schickte er sie weg und wartete, bis sie durch das Fenster geschlüpft war.

Der junge Halbelf schlich den Flur entlang auf die Treppe zu. An einer Tür, hinter der er lautes Schnarchen vernahm, hielt er an. Da er keine Feinde an dem Weg zurücklassen wollte, den er möglicherweise für die Flucht brauchte, schlüpfte er in den Raum und schnitt den beiden Talons, die darin schliefen, die Kehle durch.

Dann ging er zur Treppe. Unter sich sah er im Schein eines glosenden Herdes drei Talons in einem Wohnzimmer. Auf einem Sofa saß eine Frau mittleren Alters, die fast bewusstlos geprügelt worden war und ausdruckslos auf eine leere Wand starrte.

»Beeil dich!«, krächzte einer der Talons. Um seine Worte zu unterstreichen, spazierte er hinüber und schlug der Frau auf den Hinterkopf.

Ein Junge kam durch eine Seitentür geflitzt. Er trug ein Tablett mit Essen und Getränken, die Peitsche eines vierten Talons trieb ihn zur Eile an.

Es hätten noch mehr von den Unholden in der Nähe sein können, aber in seinem brodelnden Zorn kümmerte sich Bryan nicht darum. Er machte zwei schnelle Schritte die Treppe hinab und sprang in die Mitte des Raums. Er landete mit einer Rolle und kam zwischen zwei der Bestien hoch, die er niederschlug, bevor sie überhaupt erkannten, dass er da war.

Der Talon, der den Jungen antrieb, reagierte jedoch schnell, schwang seine Peitsche Bryan um die Fußknöchel und brachte ihn so zu Fall. Bryan stolperte auf die gegenüberliegende Wand zu und drehte sich gerade noch rechtzeitig um, als der Speer des vierten Talons auf ihn zustieß. Er versuchte, ihn mit seinem Schild abzuwehren, konnte jedoch den Speer nicht weit genug zur Seite ablenken. Die grobe Waffe traf seine Brust.

Bryan rollte sich reflexartig zusammen und umschlang den Schaft mit den Armen. Er dachte, sein Leben sei zu Ende, doch erstaunt stellte er fest, dass die hässliche Waffe ihm nicht in den Leib gedrungen war.

Seine magische Elfenrüstung hatte die Spitze aufgehalten.

Bryan fiel rücklings gegen die Wand und nahm den Speer mit sich. Er stöhnte, schien fast ohnmächtig zu werden und nutzte dabei die Mordlust des übereifrigen Talons aus. Das dumme Wesen dachte, sein Speer habe seine Aufgabe erfüllt, und trat näher, um die Waffe wieder an sich zu nehmen. Der Talon langte nach dem Speerschaft, dann blieb er verwirrt stehen, als die Waffe plötzlich zu Boden fiel. Die Verwirrung des Talons nahm noch zu, als er ungläubig erkannte, dass an der Speerspitze kein Blut war.

Das hässliche Ungeheuer blickte auf Bryan, um eine Erklärung zu suchen, und bekam zur Antwort ein Schwert zwischen die Rippen. Bryan riss seine Klinge wieder heraus und während der Talon auf die Knie sank, hieb er ihm den Kopf ab.

Der vierte Talon schrie erschrocken auf und stürzte

zur Küchentür. In einer einzigen Bewegung ließ Bryan seinen Arm aus den Schildgurten gleiten und schleuderte den Schild durch das Zimmer. Er hatte perfekt gezielt: der Schild erwischte den Talon seitlich am Bein mit solcher Wucht, dass der Unhold kopfüber auf den Boden sank.

Bevor der Talon wieder hochkam, war Bryan schon über ihm und hieb auf ihn ein, bis der blutige Haufen unter ihm kaum noch einem Talon ähnelte.

Als das zweite Boot mit der Mutter und ihren zwei Kindern vom Ufer abstieß und sich dem ersten anschloss, blickten Siana und Jolsen neugierig auf die dunkle Gestalt an der Anlegestelle zurück.

»Komm mit, Bryan!«, beharrte Siana.

Doch Bryan hatte seinen Entschluss gefasst. Wie viele Familien waren noch auf dieser Seite des Flusses geblieben und hatten sich vor Talons versteckt oder waren schon gefangen worden?

»Ihr, wisst, was ihr ihnen sagen müsst«, entgegnete er Siana. »Lebt wohl und betet darum, dass wir uns wiedersehen.«

»Ich möchte dich nicht verlassen«, sagte Jolsen Schmiedsohn eigensinnig und wendete sein Boot, zurück zur Anlegestelle.

Doch Bryan war schon fort.

KAPITEL 11

Geben und Nehmen

Das Geschrei der Schlacht, das Klirren von Waffe auf Waffe vertrieb Rhiannons Schlummer noch vor dem ersten Licht des Morgengrauens. Sie hatte inmitten der Flüchtlinge geschlafen, in einem Lager auf dem Feld direkt vor den Mauern von Stromstadt, das normalerweise für Handelskarawanen vorgesehen war. Als sie zu den Brücken schaute, konnte Rhiannon die Ereignisse sehen, die sich dort abspielten. Erneut griff die Horde der Talons an und stürmte auf die Vier Brücken ein. Fußangeln, Eisenspitzen und Drähte verlangsamten jedoch ihren Ansturm und dann gingen die tapferen Verteidiger mit Belexus an der Spitze auf sie los.

Rhiannon spürte, wie ein Prickeln der Macht in ihr anwuchs, ihre Haut kribbeln ließ und ihr den Atem anhielt. Eine gewaltige Macht, die über alles hinausging, was die Krieger sich vorstellen konnten, und es kam ihr vor, als könnte sie mit einem bloßen Gedanken das Talon-Heer zerschmettern.

Doch die Tochter der Zauberin war mehr über diese unbekannte Kraft erschrocken als über die Talons – sie konnte sich nicht von dem Bild des Feldes losreißen, das sie gespalten und aufgerissen hatte, und nicht vom Anblick ihres sterbenden Pferdes –, und sie weinte verzweifelt und schob den Drang beiseite.

Der Magier auf der westlichen Seite des Flusses hegte keine derartigen Vorbehalte. Der Schwarze Hexer ließ sich auf die magische Ebene sinken und griff erneut nach all der Macht, die seine sterbliche Gestalt aushielt. Er sammelte die Energie und warf sie dann in Form zweier schwarzer Gewitterwolken in den Himmel, die mit übernatürlicher Raserei sich von ihm entfernten und deren wallende dunkle Umrisse kaum ihre explosive Macht an sich halten konnten.

Der erste der heftigen Stürme brach über Avalon im Norden los; der andere entfesselte seine Wut über dem Turm des Weißen Magus in Pallendara. Als könnte er kaum die Schlacht wahrnehmen, die vor ihm entbrannte, stand der Schwarze Hexer hinter den dichten Reihen seiner Talons, die Arme zum Himmel ausgestreckt, und sein Geist zog Macht von der Ebene der Zauberer an sich.

Morgan Thalasis Miene verriet seine Absicht und seine Entschlossenheit; er würde die Gewalt seiner Stürme nähren, bis er nicht noch mehr herbeiziehen konnte, bis schiere Erschöpfung ihn umfallen ließ.

Blitze zischten in Brielles Wald, spalteten Bäume und entzündeten vom Wind gepeitschte Feuer, eine wütende, erbarmungslose Attacke.

Aber die Natur war der Herrschaftsbereich der Smaragd-Zauberin. Brielle war die Wächterin der Natur, während Thalasi nicht mehr war als ein listiger Dieb. Gedankenschnell konterte Brielle den Sturm des Schwarzen Hexers mit Wolkenbrüchen und eigenen gegnerischen Winden.

Diesmal jedoch wurde der Schwarze Hexer von der Magie der Zauberin nicht überrumpelt. Diesmal würde Brielle mit aller Kraft kämpfen müssen, nur um ihre Heimat zu retten.

Istaahl fand sich in ähnlichen Nöten. Ein Blitzstrahl donnerte durch seinen Schutzzauber und zog einen Sprung über die Flanke seines Turms. Der Weiße Magus bot seinen eigenen Machtbereich zur Entgegnung auf und rief einen mächtigen Wind vom Meer herbei, der Thalasis schwarze Wolken fortblasen sollte. Doch Thalasi schlug zurück und widerstand allen Böen Istaahls.

»Diesmal nicht!«, brüllte der Schwarze Hexer mit seiner seltsamen zwiefachen Stimme. Thalasi ballte die knochigen Fäuste und umschlang die Magie noch fester, unterwarf die universalen Mächte seinem Willen und pervertierte sie bis an ihre Grenzen zugunsten seiner Schlacht.

Sie würden seinem Ruf gehorchen oder er würde sie wegen ihres Widerstandes ins Chaos reißen.

Die meisten Fallen auf den Brücken waren jetzt verbraucht, ihre Dornen und Spitzen wirkungslos wegen der vielen Talon-Leichen, die sie bedeckten. Aber die Talons, deren Zahl während der Nacht angeschwollen war, drängten über ihre gefallenen Stammesgenossen hinweg und trieben die Verteidiger ständig zurück.

Dann schlugen sie die unvermeidliche erste Bresche auf der südlichsten Brücke und gierige Talons schwärmten hinaus auf die östlichen Gefilde.

Der Schwarze Hexer heulte schadenfroh auf, als er dies sah, doch er wagte nicht, seine Angriffe auf seine mächtigeren Feinde aufzugeben und sich der Eroberung anzuschließen.

Wieder kamen Belexus und die vom Kampf erschöpfte Reiterei von Corning herbei, bliesen in ihre Hörner und trieben ihre Rosser an. Der Waldwächter führte einen brutalen Angriff über die zweite Brücke und stampfte und hackte sich seinen Weg frei, bis der Druck von Pferd und Stahl ihn und seine Soldaten auf das westliche Ufer brachte. Die Talons zogen sich bereitwillig zurück, da sie die Reiter ins offene Feld dringen lassen wollten, um sie dann von allen Seiten her anzugreifen.

Doch Belexus hatte anderes im Sinn. Sobald er und seine Männer die zweite Brücke überquert hatten, schwenkten sie nach Süden und zurück zu der südlichsten Brücke, die bereits erobert worden war. Sie fielen von hinten über die Talons her und schnitten sie von deren rückwärtiger Deckung ab.

Die eine Hälfte der Reiterei sicherte die Brücke, während Belexus und die anderen Reiter die Brücke von Talons säuberten, bis sie wieder auf die östlichen Felder hinüber gelangten und jene Talons einschlossen, die sich zwischen die Verteidiger über die Brücke geschoben hatten.

Der Schwarze Hexer sah, wie sein Sieg vor seinen Augen zerbröckelte. »Nein!«, schrie er, als er feststellen musste, dass abermals ein Angriff seiner unerfahrenen Armee gescheitert war. Thalasi konnte den Anblick der Niederlage nicht länger ertragen. Er schickte die Raserei seiner Stürme in einigen schnellen, tückischen Stößen gegen den Wald und den Turm, dann zog er sich aus der magischen Schlacht mit seinen gegnerischen Zauberern zurück und stürmte vor, um die Verteidiger auf den Brücken zu zerquetschen.

Verzweifelte Energieblitze schossen aus Istaahls Turm hervor, um dem plötzlichen Andrang von Thalasis Sturm entgegenzuwirken. Istaahl hörte Donner um Donner, während die Blitze knisternd in seine Heimstatt einschlugen. Irgendwie widerstanden die Mauern des Weißen Turms den Schlägen und nach wenigen Momenten löste sich der Sturm wieder auf.

In Avalon hatte der Sturm, den die Zauberin herbeigerufen hatte und der so rein und makellos gewesen war, allmählich die Oberhand gewonnen und sobald Thalasi seine Aufmerksamkeit von seinem Kampf mit Brielle abgewandt hatte, ließ sie seine dunklen Wolken zu harmlosen Funken zerstreuter Energien zerstieben.

Ein Feuerstrahl schoss aus dem Finger des Schwarzen Hexers hervor und verbrannte ein Dutzend Männer und deren Reittiere auf der südlichsten Brücke. Angespornt vom Erscheinen ihres gottgleichen Führers, tobten die Talons wieder heran.

Thalasi, der sich dem Kampfgetümmel immer mehr näherte, streckte seine Hand zu einem neuen Schlag aus.

Doch aus der Erde spross eine Schlingranke hervor, umschlang seinen Fuß und ließ ihn mit dem Gesicht vornüber fallen. Und hinter ihm öffnete sich ein Spalt im Boden wie ein Erdmund, der nach seinem Fleisch hungerte. Thalasi krallte sich an den Boden, aber die Ranke zog ihn beharrlich nach hinten.

Belexus sah nicht, wie Thalasi fiel. Er stürmte auf die Brücke, um die schwankende Front der Reiterei zu stützen. Er raste an seinen Kameraden vorbei und brach furchtlos in die Reihen der Talons ein.

Seine Truppen verfolgten voller Schrecken das Geschehen und dachten, ihr Anführer sei erschlagen worden. Doch schließlich tauchte Belexus aus dem wirren Haufen Kämpfender wieder auf; er saß immer noch sicher im Sattel und mähte mit jedem mächtigen Schwung seines Schwertes Talons nieder. Aus einem Dutzend Wunden sickerte das Blut des Waldwächters, doch seine Raserei ließ keinen Schmerz zu. Und die Talons, die glaubten, er sei ein unsterblicher Dämon, der sich gegen sie erhoben habe, wichen zurück und flohen.

»Sei verdammt, Brielle!«, stieß Thalasi aus, zu beschäftigt mit seiner misslichen Lage, um über die katastrophale Wendung auf der Brücke nachzudenken. Er sprach schnell einen Gegenzauber aus und schob einen seiner Arme geradewegs bis zur Schulter in den Boden hinein, um sich festzukrallen.

Doch dann schlug Istaahls Wind, gesammelt aus der Macht des Meeres, dem Schwarzen Hexer ins Gesicht und riss fast den Arm aus seinem Gelenk.

Ein urtümlicher Schrei von schrecklicher Macht drang aus Thalasis Kehle und spaltete Istaahls Wind. Der Schwarze Hexer wirbelte herum und einer der Fingernägel seiner freien Hand wuchs bis zur Länge einer Sichel heran. Ein Hieb dieser widernatürlichen Klinge trennte Brielles Schlingranke sauber durch und ein zweiter wütender Schrei Thalasis verwandelte den Erdrachen in eine formlose Sandgrube.

Thalasi kam taumelnd auf die Beine. Er war völlig erschöpft. In Avalon sackte Brielle gegen einen Baum und in Pallendara fiel Istaahl der Weiße auf die Knie. Noch nie hatten diese drei einen solchen einzigartigen Ausbruch an magischer Kraft erlebt.

Für sie alle war an diesem Tag die Schlacht zu Ende.

Ohne Leitung durch ihren Anführer, den Hexer, und ohne ihn überhaupt zu sehen, konnten die Talons keine Vorstöße durchhalten. Etliche lange Stunden zogen sich die Kämpfe mit den Verteidigern hin und her, aber sie gewannen keine Stellung mehr auf der anderen Seite des Flusses.

Und alle Verteidiger überragte Belexus, furchtlos und stark. Schon beim bloßen Anblick des Waldwächters flohen Talons – zumindest diejenigen, die über ein gewisses Maß an Klugheit verfügten.

Für andere blieb nur der Untergang durch ein mächtiges Schwert.

»Die Unseren werden gewinnen«, ertönte eine leise Stimme hinter Rhiannon. Sie wandte sich um und sah den Jungen, den sie am Vortag auf dem Wagen gepflegt hatte.

»Gewiss werden sie das.« Rhiannon lächelte ihn an.

»Mir geht es schon besser«, sagte der Junge und streckte den Arm aus, damit Rhiannon ihn untersuchen konnte.

Sie fasste den Arm sanft und drehte ihn, um nach der Wunde zu schauen. Die Verletzung war doch nicht allzu ernst gewesen, ein kleiner Schnitt und eine Prellung, die viel schlimmer ausgesehen hatte, als sie wirklich war. Rhiannon hatte getan, was sie konnte, indem sie die Wunde mit einem sauberen Stoffstreifen verbunden und die Prellung sanft massiert hatte, um den bekümmerten Jungen ein wenig zu trösten.

Doch als sie jetzt den Stoff entfernte, verschlug es ihr den Atem. Vor Überraschung zitternd drehte Rhiannon den Arm und suchte überall nach Spuren der Verletzung.

Der Arm war geheilt, es war kein Anzeichen einer Wunde zurückgeblieben.

Rhiannon konnte nur vermuten, dass während der Fahrt mit dem Wagen etwas von der Kraft sie durchflossen hatte, und zwar viel zu subtil, als dass sie es überhaupt gespürt hätte. Die stillschweigenden Folgerungen daraus überwältigten sie beinahe. Konnte dieselbe Kraft, welche die Erde gespalten und den Boden mit so erschreckender Wut auseinander gerissen hatte, auch zur Heilung eingesetzt werden?

Jeden Tag, so schien es ihr, wurde die Welt faszinierender – und erschreckender.

Der Kampf endete vor Sonnenuntergang. Die Talons flohen aus den Todeskorridoren, zu denen die Vier Brücken geworden waren; die Verteidiger sammelten ihre Verwundeten und Toten auf und versuchten einige der zerstörten Barrikaden zu ersetzen.

Für eine der Hauptpersonen jedoch war die Schlacht anscheinend für immer zu Ende.

»Komm bitte mit«, sagte ein Krieger mit grimmigem

Gesicht zu Rhiannon, als die ersten Sterne am Himmel funkelten.

Rhiannon wusste sofort, was für eine traurige Geschichte er ihr zu erzählen hatte.

»Der Waldwächter hat heute viele Hiebe abbekommen«, erklärte der Soldat. »Sein Blut ist auf den Steinen aller Brücken vergossen, leider ist der Verlust zu groß. Wir fürchten, dass er die Nacht nicht überleben wird.«

Als der Schwarze Hexer die Szenerie auf beiden Seiten der Brücken prüfend überschaute, war er nicht unzufrieden. Er hatte an diesem Tag viele Talons verloren, viel mehr, als die Verteidiger Männer verloren hatten, und Brielle und Istaahl hatten sich als mächtigere Feinde erwiesen, als er erwartet hatte. Doch während der Nacht stießen immer weitere Talons zum Lager und viele von ihnen berichteten, dass immer mehr Stämme von der Schlacht gehört hatten und herbeieilten, um sich dem glorreichen Feldzug gegen die Menschen anzuschließen. Und während Thalasis Heer weiterhin anwuchs, konnten die Reihen der Verteidiger nur abnehmen.

Er wusste, dass die bloße Überzahl ihn am nächsten Tag über den großen Fluss bringen würde, und wenn nicht, dann ganz gewiss am übernächsten Tag. Istaahl, so nahm Thalasi an, da er von Andovars Ritt nichts wusste, hatte während der ersten Schlacht auf den Brücken von seiner Rückkehr erfahren. Also war der König in Pallendara gewarnt worden. Aber hatte der Weiße Magus oder König Benador das Ausmaß der Bedrohung wirklich richtig eingeschätzt?

Und wenn schon: die Armee von Pallendara würde trotzdem mindestens einen Tag zu spät kommen.

Sobald einmal das Talon-Heer auf dem anderen Ufer des breiten Flusses Fuß gefasst hätte, würde es den ganzen Weg bis nach Pallendara den Boden platt trampeln.

Mit aschfahlem Gesicht folgte Rhiannon wortlos dem Krieger, der sie zu dem Lager an den Brücken und dann zu dem kleinen Zelt des verwundeten Waldwächters führte.

Wie schwach erschien ihr jetzt der mächtige Belexus. Sein Gesicht war eingefallen und seine muskulösen Arme lagen schlaff an seinen Seiten. Er atmete noch, konnte jedoch nicht antworten, ja, er konnte sie nicht einmal hören, als Rhiannon neben ihm niederkniete und einige Worte des Trostes in sein Ohr flüsterte. Die Einschätzung des Soldaten war zutreffend gewesen; die junge Frau erkannte sofort, dass Belexus die Nacht nicht überleben würde.

Stumm und traurig saß sie lange Zeit da, dann begann sich ihre Trauer zu verwandeln. Sie spürte, wie die Kraft in ihr anwuchs; zuerst schob Rhiannon sie beiseite, da sie die Kraft instinktiv fürchtete. Doch der Anblick von Belexus, der mit dem Tode rang, ängstigte sie noch mehr und als ihr Unterbewusstsein die Kraft wieder in sie fließen ließ, kämpfte Rhiannon gegen ihre Abneigung und Furcht an.

»Lasst mich mit ihm allein«, befahl sie den beiden Soldaten im Zelt. Sie schauten einander an. Da sie dem Waldwächter, der sie angeführt hatte, ihren Respekt schuldeten, wollten sie bei ihm bleiben. Doch Rhiannon beharrte darauf, ihre Stimme war streng und machtvoll, und so entsprachen die beiden Männer ihrer Bitte.

Als die Soldaten gegangen waren, beugte sich die Tochter der Zauberin über ihren todkranken Freund. Empfindsame Finger berührten seine Wunden und zogen aus ihnen den Schmerz heraus. Rhiannon zuckte zusammen, als der Schmerz des Waldwächters zu ihrem eigenen wurde, zu einem brennenden Schmerz, der über alles hinausging, was sie sich jemals vorgestellt hatte. Sie hielt hartnäckig durch, da sie wusste, dass sie die Wunden von Belexus fortnahm, entschlossen, dass er überleben sollte, selbst wenn sie mit ihrem eigenen Leben dafür bezahlen müsste.

Rhiannon war sich nicht sicher, wie viel sie mit ihrer Magie bewirken konnte, aber nach einer Weile, die ihr wie qualvolle Stunden vorkam, schien Belexus mit weniger Beschwerden zu ruhen und das Brennen beim Herausholen der Verletzungen hatte stark abgenommen. In das Gesicht des Waldwächters war etwas Farbe zurückgekehrt, sein Atem war jetzt tief und regelmäßig.

Rhiannon wäre gern bei ihm geblieben, doch sie wusste, dass noch viele anderen an diesem Tag schwere Wunden erlitten hatten. Sie verließ das Zelt, schickte einen der Soldaten zurück an das Krankenlager, damit er über Belexus wache, und bat den anderen, sie zu den Männern zu bringen, die am schwersten verwundet waren.

Die ganze Nacht hindurch floss die Kraft der Erde durch die Tochter der Zauberin und jeder Versuch der Heilung zehrte auch an ihrer eigenen Stärke. Bald wurde sogar das Gehen beschwerlich und erforderte mehr Kraft, als die junge Frau noch übrig hatte.

Doch Rhiannon achtete nicht auf die Besorgnis des Soldaten, der sie führte, und ließ nicht ab, und allen, die sie besucht hatte, ging es danach augenscheinlich besser.

Noch vor dem ersten Licht des folgenden Tages stürmten die Talons wieder heran, deren Zahl jetzt größer war als am Tag zuvor. Die Bestien wussten, dass sie die Verteidiger erschöpft hatten; ihr Meister hatte ihnen versprochen, dies sei der Tag des Sieges.

In den ersten Momenten der Schlacht schien es, als würden sich Thalasis Voraussagen schnell als zutreffend erweisen. Entmutigt und müde wichen die Verteidiger Schritt um Schritt zurück. Binnen einer Viertelstunde war die Verteidigung zweier Brücken fast zusammengebrochen.

Doch dann kam der Waldwächter aus seinem Zelt. Obwohl er noch schwach war, glühte das Feuer in seinen blassen Augen nicht weniger heftig. Belexus stürmte zu seinem Ross und galoppierte zu den hinteren Reihen seiner Kameraden. Seine bloße Anwesenheit ermutigte die Männer und dämpfte den Mut der Talons und der folgende Ansturm der Verteidiger schob die Bestien auf jeder Brücke wieder zurück. Ohne überhaupt sein Schwert zu erheben, hatte Belexus das Blatt gewendet.

Im Vertrauen darauf, dass das Anwachsen seines Heeres während der Nacht seinen Talons den Durchbruch ermöglichen würde, achtete der Schwarze Hexer wenig auf das Hin und Her der Angriffe auf den Brücken. An diesem Tag war er schwächer, erschöpft von den magischen Anstrengungen seiner vorhergehenden Kämpfe mit Brielle und Istaahl. Aber die Zauberin und der Zauberer waren gleichermaßen erschöpft, wie er erkannte, und während die Stürme über Avalon und dem Weißen Turm von Pallendara an diesem Tag weniger mächtig waren, so war auch die Verteidigung weniger kraftvoll.

Von Thalasi sollte kein überraschender bösartiger Angriff ausgehen; seine Methode diente nur dazu, Brielle und Istaahl davon abzuhalten, dass sie mit aggressiver Magie gegen die Talons vorgingen. Und Thalasi wusste, dass er einiges von seiner eigenen Kraft aufheben musste. Aus einem Grund, den er nicht kannte, war der dritte seiner Feinde, dieser am meisten verhasste Zauberer Ardaz, noch nicht in Erscheinung getreten.

An jenem Tag wurde Rhiannon immer schwächer, obwohl sie versuchte, ihren Blick von den Vorgängen auf den Brücken abzuwenden. Die Reihen der Verletzten wurden nur noch länger, als Gerüchte von den magischen Heilkräften der jungen Frau sich im Flüchtlingslager verbreiteten, und ganz gleich, wie sehr die magischen Handlungen an ihrer eigenen Lebenskraft zehrten, wollte Rhiannon niemanden abweisen.

Es kam ihr so vor, als gebe sie der schrecklichen Macht, die in ihrem Wesen angelegt war, eine hilfreiche Wendung, doch wann immer Rhiannon in einer Pause etwas von der Schlacht zu hören oder zu sehen bekam, drohte die Macht sich in etwas Dunkleres zu verwandeln, das die junge Frau nicht ertragen konnte.

Sie konnte die Narbe nicht vergessen, die sie durch das Land gezogen hatte, und auch nicht die Schreie ihrer bösartigen Feinde, die sie in den Tod geschickt hatte.

Die Verlagerung der Stoßkraft brachte den Verteidigern am Vormittag den Durchbruch, und viele Talons fielen unter dem Schwert. Doch frische Talons, hungrig nach dem ersten Geschmack der Schlacht, ersetzten immerzu ihre gefallenen Kameraden, während die Verteidiger ständig ihre Müdigkeit abschütteln und weiterkämpfen mussten.

Belexus kam zum gleichen Schluss wie der Schwarze Hexer: die Brücken würden fallen. Er suchte den Befehlshaber der Garnison von Stromstadt auf, einen Offizier, der klug genug war, um das Unvermeidliche zu erkennen.

»Ihr solltet wieder die Wagen in Gang setzen«, erklärte der Waldwächter.

Der Befehlshaber hatte diesen Rat gefürchtet, obwohl er wusste, dass er aufrichtig war. »Wie viel Kraft werden unsere Soldaten noch finden, wenn die übrigen Leute geflohen sind?«, fragte er.

»Sicher hast du Recht«, erwiderte Belexus. »Aber wie viele werden überleben, wenn die Verteidiger nicht mehr sind?«

Binnen einer Stunde war das Feld neben Stromstadt fast verlassen und der lange Zug der Flüchtlinge, der durch die Einwohner der Stadt noch länger geworden war, schleppte sich die Straße nach Osten entlang.

Die tapferen Verteidiger standen vor der Aufgabe, Zeit für die Ihren zu gewinnen, und als die Nacht hereinbrach, war keine einzige Brücke gefallen. Doch die Zahl der kampffähigen Verteidiger nahm rasch ab; Belexus nahm aus Notwendigkeit sein Schwert wieder auf, obwohl er sich nicht in der Verfassung befand, um an einer Schlacht teilzunehmen.

Rhiannon, die das Geschehen aus einem der wenigen verbliebenen Wagen beobachtete, kämpfte gegen das zerstörerische Drängen ihrer Macht an. Sie wusste, dass sie handeln musste – die Männer konnten nicht hoffen, noch viel länger standzuhalten –, aber ihre instinktive Abneigung gegen diese fremdartige Kraft und deren verzehrende und unkontrollierbare Natur machte es ihr unmöglich, sich auf eine bestimmte Handlungsweise zu konzentrieren.

Verwirrt und mit dem Gefühl, von ihrer Schwäche verraten worden zu sein, konnte die Tochter der Zauberin sich nur zurücksinken lassen und in hilfloser Enttäuschung mit ansehen, wie immer mehr Männer starben.

Thalasi beendete seine Stürme, als die Sonne unterging, da er wusste, dass Brielle und Istaahl nicht hoffen durften, ohne viele Stunden der Ruhe über die vielen Meilen hinweg auf seine Macht einzuwirken. Der

Schwarze Hexer war ebenfalls über seine Grenzen hinaus erschöpft und dachte nicht einmal daran, gegen die Verteidiger der Brücken Magie einzusetzen. Er musste sich um andere Dinge kümmern. Seine Talons hatten die Reihen der Menschen erfolgreich ermüdet und gelichtet, wenn auch die Verluste überaus hoch gewesen waren, aber sie konnten sich nicht gut genug organisieren, um den Angriff angemessen zu vollenden und eine sichere Stellung auf der anderen Seite des Flusses zu erobern.

Thalasi wandte sich von der Schlacht auf den Brücken ab, stattdessen konzentrierte er sich auf die Zusammenstellung eines Stoßkeils aus Reserven, der auf den richtigen Zeitpunkt warten und sich dann durch die geschwächten Gegner prügeln konnte.

Der Schwarze Hexer glaubte noch immer, er könne geduldig sein. Sein einziges Ziel bestand jetzt darin, seine Armee über den Fluss zu bekommen, und derzeit sah er keinen Grund, wieso er daran scheitern könnte.

In der Schwärze der mondlosen Nacht wurde der Kampf langsamer; Belexus und seine Leute hielten durch. Jede Minute, so wussten sie, brachte die Fliehenden ein wenig weiter von den Talon-Horden fort.

Der Schwarze Hexer machte sich keine Sorgen. Er ließ die tiefsten Nachtstunden verstreichen und wartete auf den Beginn der Morgendämmerung, um seine mörderische Reserve loszuschicken.

Als der Augenblick schließlich gekommen war, machten sich die Talons, durch Drohungen von Thalasi angespornt, an die Arbeit. Sie pflügten über die ganze südlichste Brücke und schwenkten zurück zur nächsten, wodurch sie die Menschen auf dieser zweiten Brücke in eine Falle trieben. Immer mehr Talons strömten auf das östliche Feld und sicherten die Stellung.

Es vergingen nur Minuten und dann war die zweite Brücke in ihrer Hand.

Tränen strömten über die Wangen der Tochter der Zauberin. Sie würden alle bald sterben, selbst Belexus, und sie fand nicht die Kraft in sich, ihnen zu helfen. Der Ansturm der Macht kam erneut und sie versuchte ihn willkommen zu heißen.

Doch ihre tiefsten Instinkte widersetzten sich und hielten die Macht in Schach.

Tausend Verteidiger waren übrig geblieben, aber zehnmal so viel und mehr Talons standen ihnen im offenen Feld entgegen. An Rückzug war nicht zu denken; aufzugeben und zu fliehen würde nur bedeuten, dass die Verteidiger einzeln gehetzt und erschlagen würden.

Es wären sowieso nur wenige geflohen. Die Menschen beobachteten Belexus, der erneut verwundet war, aber sich weigerte aufzugeben und keinerlei Zeichen von Furcht zeigte, und so kämpften sie und sangen.

Ohne jede Hoffnung.

Da der Angriff wie geplant verlief, schickte der Schwarze Hexer die ganze Magie, welche die Nacht ihm wiederhergestellt hatte, in einem erneuten Sturm gegen den Wald der Zauberin und den Turm des Weißen Magus. Jetzt, da seine Talon-Überzahl ihm den Weg bahnte, konnten nur seine Magierfeinde seinen Sieg verhindern, so glaubte er, und ihnen würde er keine Gelegenheit geben, einen Angriff zu führen.

Der vollständige Sieg seiner Armee stand unmittelbar bevor.

Der Klang von hundert Hörnern drang durch die Luft, der Donner galoppierender Hufe ließ den Boden erbeben. Und über die plötzliche Verwirrung hinweg, die Menschen und Talons gleichermaßen überraschte, dröhnte ein mächtiger Ton, der Belexus so vertraut war.

»Andovar!«, schrie er. »Kämpft weiter, tapfere Krieger, denn das Heer von Pallendara ist gekommen!«

Blicke wandten sich nach Osten und die Herzen der Menschen hüpften vor Hoffnung und Stolz, während die Talons wütend fluchten und kreischten.

Da stürmten die Wächter der Weißen Mauern heran, angeführt von dem Waldwächter von Avalon und vom König von Calva selbst. Fünfhundert Speerspitzen schimmerten im Morgenlicht, wenn auch die Reiter in der Morgendämmerung nur wie geisterhafte Schatten wirkten.

Neben und hinter den Elitesoldaten von Pallendara kamen Gruppen von Freiwilligen aus ganz Süd-Calva, fünfmal so viel und nicht weniger entschlossen als die Berufssoldaten, denen sie folgten: Bauern und Fischer, die ihre Waffen genommen hatten und hinter ihrem geliebten König hergeritten waren. Das erfahrene Regiment der Krieger aus der großen Stadt, die den größten Teil ihres Lebens mit der Ausbildung für eine solche Gelegenheit zugebracht hatten, wendete schnell das Blatt. Die Wächter der Weißen Mauern bildeten eine keilförmige Formation und König Benador trieb sie in einem donnernden Ansturm in die Talons hinein. Sie zertrampelten und zerstreuten die Eindringlinge mit solch grausamer Wirksamkeit, dass die Hauptmasse des Talon-Heeres davonlief und über den Fluss zurückfloh.

Voll mit seinen magischen Feinden beschäftigt, gegen die er seine Kräfte fast völlig verbraucht hatte, konnte der Schwarze Hexer nur zuschauen, wie sein Heer erneut zurückgetrieben wurde. An diesem Tag würde er den Übergang über den Fluss nicht erobern, und nun, da das ganze Königreich Calva wachgerüttelt worden war, wäre der Preis für einen Durchbruch – selbst wenn er ihn geschafft hätte – wirklich sehr hoch geworden.

»Wie konnte das geschehen?«, fragte er ungläubig. Er hatte angenommen, es würde mindestens noch einen ganzen Tag dauern, bis die calvanische Armee eintraf. »Das ist nicht möglich!«, schrie er mit solch heftiger Wut, dass seine engsten Talon-Befehlshaber und seine Sänftenträger ins Feld flohen.

Doch Thalasis Leugnen war vergeblich; an diesem Tag fehlte dem Gebell des Schwarzen Hexers der Biss. Binnen einer Stunde waren die Brücken wieder sicher in der Hand der Calvaner und das neue Heer, das jetzt Thalasi gegenüberstand, würde sich nicht so leicht überrumpeln lassen.

Rhiannon beobachtete mit aufrichtiger Erleichterung, wie sich der Sieg abzeichnete. Der Ansturm der Wächter der Weißen Mauern hatte ihre Schuld verringert, aber sie würde die Qual nicht so bald vergessen, welche die in ihr aufwallenden Kräfte ihr an diesem Morgen bereitet hatten. Würde sie sich jemals mit dieser schrecklichen Macht abfinden? Oder war sie dazu verdammt, immer von einer Magie zerrissen zu werden, die sie weder beherrschen noch verstehen konnte?

Dies waren Fragen, die Rhiannon in Ruhe überdenken wollte, doch kurze Zeit später musste die Tochter der Zauberin ihre Gefühle erneut hintanstellen. Eine Auswirkung der Schlacht betraf sie tatsächlich unmittelbar.

Die Zahl der Verwundeten nahm erneut zu.

KAPITEL 12

Die Stille vor dem Sturm

Andovar beobachtete geduldig das große Zelt, während die stillen Stunden der Nacht verstrichen. Er wollte hineinstürmen zu der jungen Frau, die sein Herz gestohlen hatte, aber er wusste, dass die Verwundeten Rhiannon mehr brauchten als er. Immer wieder zeichnete sich auf der Zeltwand ihre schattenhafte Silhouette ab, gebeugt und müde.

Dem Waldwächter gefiel es nicht, das einst lebenssprühende Mädchen so zu sehen.

Als das Stöhnen der Verletzten zu einem leisen Gemurmel verklungen war und die Tochter der Zauberin die Lampe im Zelt zu einem sanften Schein gedämpft hatte, konnte der Waldwächter nicht länger warten. Er trat zur Zeltklappe und schob sie beiseite. Rhiannon kehrte ihm, kaum fünf Fuß entfernt, den Rücken zu, doch sie war so müde, dass sie nicht einmal seine Gegenwart spürte. Sie war über ein Becken gebeugt und wusch sich das Blut von den zarten Händen.

Als er ihr seine Hand sanft auf die Schulter legte, wusste sie sofort, dass es Andovar war. Sie drehte sich um und barg ihr Gesicht an seiner Brust und alle Enttäuschung und Trauer, die sie während der vergangenen Tage erduldet hatte, brach in einer Flut von Tränen und stillen Schluchzern aus ihr hervor.

Andovar drängte die Feuchtigkeit zurück, die ihm in die Augen trat, denn er wusste, dass er ihr zuliebe in diesem Augenblick stark sein musste. Er war ein Waldwächter von Avalon, der an der Grenze der Zivilisation lebte, und er hatte schon früher Schlachten mitgemacht, hatte sein ganzes Leben lang Kämpfe erlebt. Aber Rhiannon, die zwanzig Jahre lang unter dem frühlingshaften Baldachin des verzauberten Waldes ihrer Mutter herangewachsen war, hatte keine Erfahrung und kein Verständnis für die schrecklichen Bilder, mit denen sie das Schicksal so abrupt konfrontiert hatte.

»Du wusstest, dass ich zurückkommen würde«, sagte er nach einer kleinen Weile. »Ich würde dich nicht in deiner Not allein lassen.«

Rhiannon nickte und trat von ihm zurück. »Ich habe nie an dir gezweifelt«, erwiderte sie. »Aber ich wusste nicht, ob du rechtzeitig kämst.«

»Aber ich bin ein Waldwächter«, protestierte Andovar mit einem leisen Lachen, um sie aufzumuntern. »Es ist meine Pflicht, rechtzeitig zu kommen. Und ich pflege meine Pflichten nicht zu vernachlässigen!«

Ein Lächeln erschien auf Rhiannons müdem Gesicht, ein wunderbares Lächeln, das einen Moment lang allen Schmerz und alle Müdigkeit hinwegwischte. Sie wollte etwas sagen, doch Andovar drückte seine Lippen auf die ihren.

Und für beide war in diesem kurzen Augenblick alles in Ordnung.

Doch nur für einen kurzen Augenblick.

Plötzlich zog sich Rhiannon zurück und wandte sich ab.

»Was ist los?«, fragte Adovar.

Rhiannon konnte ihm immer noch nicht ins Gesicht sehen. »Ich habe viele Dinge getan«, begann sie zu erklären. »Schreckliche Dinge.«

Andovar verstand nicht.

»Die Erde selbst hat sich auf meinen Ruf hin gespalten!«, gestand Rhiannon. »Und ich weiß nicht, wie viele ich getötet habe.«

Jetzt verstand Andovar. Belexus hatte ihm erzählt, wie die junge Zauberin die Reiterei der Talons abgewehrt hatte. Sie hatte den Sieg ermöglicht, aber Belexus hatte beobachtet – zutreffend, wie es schien –, dass Rhiannon ihre Kraft sehr beunruhigt hatte.

Nun blickte Rhiannon Andovar in die Augen. Ihr Gesichtsausdruck verriet ebensosehr Schrecken wie Reue. »Ich weiß nicht, wie ich es zuwege gebracht habe; ich weiß es wirklich nicht. Die Macht ist in mir gewachsen und hat sich ihren Weg gebahnt und zwar aus dem Boden zu meinen Füßen, ja, wirklich!«

»Du hast getan, was du tun musstest«, erwiderte Andovar sanft. »Du solltest keine Schuld empfinden, weil du einen Feind getötet hast, der den Kampf gesucht hat.«

Der Waldwächter begriff nicht, dass die Vernichtung der Talons nur einen kleinen Teil von Rhiannons Verzweiflung ausmachte. »Ich nehme es nicht als Verdienst in Anspruch«, sagte sie scharf. »Denn gewiss habe ich es nicht selbst getan. Du kannst es nicht verstehen, auch wenn ich weiß, dass du es versuchst.« Sie hielt inne und suchte nach den richtigen Worten, um auszudrücken, wie es war, von dieser schrecklichen Macht besessen zu sein und verletzt zu werden.

»Und wie viele hast du heute gerettet?«, ertönte eine Stimme vom Zelteingang her. Die beiden wandten sich um und sahen Belexus eintreten. »Ich zähle mich dazu, denn erst gestern war ich tödlich verwundet.«

Rhiannon zuckte mit den Achseln. Die guten Taten, die sie vollbracht hatte, erschienen ihr fast unbedeutend im Vergleich zu der Verwirrung, die diese Macht über sie gebracht hatte. Und im Vergleich zu ihrem Versagen angesichts der Ereignisse des Tages, als sie die Macht von sich gewiesen und ihren Ruf verleugnet hatte, als sie zu schwach und feige gewesen war, sie einzusetzen, und sei es nur, um die restlichen tapferen Verteidiger der Brücken zu retten. Im Vergleich dazu verblasste sicherlich jede gute Tat, die sie vollbracht hatte.

»Viele atmen noch dank Rhiannons Eingreifen«, pflichtete Andovar Belexus bei. »Du hast Trost und Ruhe gebracht; schau dich um, wenn du Beweise brauchst.« Er lenkte ihren Blick auf die Dutzende von Männern, die friedlich auf ihren Pritschen in dem großen Zelt schliefen. »Welches Schuldgefühl solltest du dabei empfinden?«

»Aber wie viele hätten den Schmerz überhaupt nicht gespürt?«, schrie Rhiannon. Sie schaute Belexus an. Er konnte den flehentlichen Ausdruck, der in ihre zarten Gesichtszüge eingeprägt war, nicht verstehen. »Ich hätte die Talons zerschmettern können, jeden Einzelnen von ihnen, als sie heute Morgen auf uns einstürmten! Ich spürte, wie es in mir anwuchs, stärker als die Raserei damals, als ich das westliche Feld spaltete.«

Auf den Gesichtern der Waldwächter zeichnete sich kein Ärger ab, nur aufrichtiges Mitempfinden.

»Aber ich habe die Macht hinausgetrieben!«, zischte Rhiannon und eine neue Welle von Tränen rollte ihre Wangen hinab. »Ich habe sie weggeworfen, obwohl meine Feigheit Männer in den Tod geschickt hat.«

Andovar zog sie eng an sich und umarmte sie mit aller Kraft. »Nein«, sagte er.

Belexus stimmte ihm zu. »Du hast getan, was du konntest, Mädchen. Und mehr als jeder andere, das steht fest. Du trägst keine Schuld und du musst niemanden um Verzeihung bitten, doch ich meine, dass viele dir Dank schulden.«

»Immerhin haben wir heute gesiegt«, erinnerte Andovar sie.

Rhiannon vergrub ihr Gesicht in den Falten von Andovars Mantel und erwiderte nichts. Belexus nickte seinem Freund zu und verließ die beiden. Andovar lehnte seine Wange an Rhiannons Schläfe und hielt sie, während ihr Schluchzen in den stetigen Atem eines gnädigen Schlafes überging.

Und er hielt sie, ließ sich auf einen Stuhl gleiten und wiegte seine Liebste, bis das erste Licht der Morgenröte den Himmel im Osten rosig färbte.

Der Schwarze Hexer schlief in jener Nacht wieder nicht und in Wahrheit brauchte sein elendes Wesen nicht länger den Schlaf. Die Kreatur, die durch die Verbindung von Morgan Thalasi und Martin Reinheiser entstanden war, ähnelte nur noch wenig einem Lebewesen; das absolute Böse, das die beiden Geister aneinander band, raubte jeden Tag mehr von der verbliebenen Ähnlichkeit. Doch die zunehmende Bosheit verzehrte nichts von der Lebensenergie dieses Wesens. Ganz im Gegenteil, der Schwarze Hexer spürte, wie er mit jedem Tag stärker wurde, da die Harmonie der beiden Geister sich zu einer einzigartigen Besessenheit nach Macht steigerte.

Doch in diesem Moment kannte Thalasi nur Wut. Der schnelle und brutale Vormarsch zum calvanischen Sitz der Macht war zu einem abrupten Ende gekommen, denn obwohl seine Talons den menschlichen Verteidigern jenseits des Flusses zahlenmäßig überlegen waren, durfte die Streitmacht des Pöbels nicht darauf hoffen, die geschickte Verteidigung der erfahreneren Soldaten zu durchbrechen. Beide Seiten würden sich jetzt verschanzen und täglich würden Verstärkungen herbeiströmen. Thalasi konnte nur vermuten, welche der beiden Armeen am Ende die größere sein würde.

Und so stand es ebenfalls mit dem Kampf der Magier. Der Schwarze Hexer wusste, dass er stärker werden würde, doch er hatte die Offensive gegen seine Rivalen in Avalon und Pallendara verloren. Istaahl und Brielle würden sich beraten und Mittel und Wege suchen, um ihre Kräfte gegen ihn zu verbinden.

Und was war mit Ardaz? Der Silber-Magus von

Lochsilinilume war noch nicht einmal in Erscheinung getreten, doch dies würde nicht mehr lange so bleiben.

Abgesehen von allen anderen Überlegungen, die der Schwarze Hexer in dieser stillen Nacht anstellte, beschäftigte ihn unerbittlich eine unausweichliche Tatsache: er hatte sich gehörig geirrt. Wenn seine Talons besser organisiert gewesen wären, dann hätte der Sturm über die westlichen Ebenen keinen so dichten Zug von Flüchtlingen die Straßen entlang jagen dürfen, der dann die östlicher gelegenen Städte gewarnt hatte. Und selbst nach diesen Anfangsfehlern hätte sein Heer – wenn er den Angriff auf die Brücken besser koordiniert hätte – einen Durchbruch erzielt und einen festen Brückenkopf auf dem östlichen Ufer errungen, bevor die Streitkräfte aus Pallendara in die Schlacht eingegriffen hätten.

»Ich habe es mit zu vielen auf einmal aufgenommen«, klagte der Schwarze Hexer laut. »In diesem Krieg habe ich meine Kräfte vergeudet.« Er schaute sich in dem ausgedehnten Talon-Lager um, wo die einzelnen Stämme durch klare Grenzen getrennt waren und ständig ein Dutzend Kämpfe zwischen den nervösen, entmutigten Bestien ausbrach.

»Welche Wahl habe ich denn?«, fragte Thalasi. »Wo kann ich unter diesem Pöbel einen geeigneten General finden?«

Er schüttelte verzweifelt den Kopf, doch während er noch lamentierte, weckte ein winziger Funke aus jenem Teil seines Geistes, der Martin Reinheiser gewesen war, eine Erinnerung, die ihn frösteln ließ. In seinem Leben vor der Verbindung hatte Reinheiser einen gerissenen taktischen Anführer gekannt, der den Lauf dieser Schlacht ändern konnte.

Hollis Mitchell.

»Schade, dass ich ihn umgebracht habe«, flüsterte der Schwarze Hexer, doch während er sich noch an diesen schicksalhaften Tag auf dem Feld von Bergtor erinnerte, als er Mitchell über die Klippe geschoben hatte, setzte sich ein anderer Gedanke in seinem verzagten Gemüt fest.

Wie stark bin ich? fragte er sich und richtete unbewusst seinen Blick nach Norden. Er war schließlich ein Meister der dritten Schule der Magie, der Disziplin, die auf dem Verlangen und Glauben ihres Adepten beruhte, dass er die Naturgesetze beugen konnte, damit sie seinen eigenen Bedürfnissen entsprachen.

»Wie stark bin ich?«, brüllte Thalasi laut. Einige Talons in der Nähe schrien auf und suchten hastig Deckung. »Vielleicht stark genug, um Hollis Mitchells Geist dem Totenreich zu entreißen und ihn als meinen General in die Schlacht zu schicken?«

Auf dem Gesicht des Schwarzen Hexers erschien ein böses Lächeln, als er überlegte, wie viel magische Energie er brauchen würde, um sich selbst nach Blackemara zu teleportieren, in das stinkende Sumpfland unterhalb des Feldes von Bergtor. Wie stark war er?

Es war an der Zeit, es herauszufinden.

Weit im Osten, jenseits der Grenzen der zivilisierten Welt, entzündete Ardaz ein magisches Licht an der Spitze seines Eichenstabes und schritt neugierig durch den Stollen, den er soeben entdeckt hatte. »Oh, einfach wunderbar!«, brabbelte der Silber-Magus, als er auf einen weiteren Raum angefüllt mit jahrhundertealten Geräten, Handwerkszeugen und von Menschen gefertigten Tafeln stieß.

»Die Welt ist wahrlich größer, als wir wissen«, erklärte Ardaz seiner Katze. Desdemona schien allerdings seine Erregung nicht zu teilen und hätte es vorgezogen, ihren Schlummer fortzusetzen. Ardaz hatte mehr als eine Woche in den Katakomben der Ruinen verbracht und er war in den vergangenen drei

Tagen nicht ein einziges Mal über dem Erdboden erschienen.

Und noch bedeutsamer für das Drama, das sich weiter westlich auf Ynis Aielle abspielte, war die Tatsache, dass der Zauberer nicht in das magische Reich seiner stärksten Kräfte eingetaucht war. Denn hätte Ardaz sich auf jene andere Ebene begeben, in jenes Reich der universalen Energien, dann hätte er gewiss die Störungen im Geflecht der harmonischen Kräfte bemerkt, jene Biegungen und Risse, die nur durch eine große Belastung der natürlichen Ordnung zustande gekommen sein konnten.

Und nur ein einziges Wesen auf ganz Aielle konnte einen solchen Schaden angerichtet haben.

Wenn Ardaz einen Grund gehabt hätte, sich in das magische Reich zu begeben, dann hätte er sicher erkannt, dass Morgan Thalasi wieder da war.

Viele Meilen entfernt, von einem Ausguck auf einem hohen Baum am Abhang eines Berges, beobachtete Bryan die tausende von Lagerfeuern, die auf beiden Seiten des Flusses brannten. Wie heiter alles schien, als wäre die Ebene ein stiller See, der das Gefunkel der Sterne spiegelte. Schwerter und Speere ruhten nun; die müden Heere hatten sich für einige Stunden zu einem Waffenstillstand niedergelassen.

Aber für Bryan hatte das Tagewerk erst begonnen.

Er erstarrte, als er hörte, wie der dumme Talon zurückkam, diesmal mit drei seiner Kumpel im Gefolge.

»Ich sage euch, ich habe sie gesehen, wirklich!«, beharrte der Talon.

»Eine Schatzkiste?«, fragte ein anderer kichernd. »Bah, du bist blöd, ja, das bist du. Wer würde hier draußen einen Schatz verstecken?«

»Fallensteller in den Bergen«, erklärte ein dritter Talon, doch der Streit wurde bald gegenstandslos, denn der erste der Bande führte sie über die kleine Lichtung zu einer halb verborgenen, eisenbeschlagenen Kiste direkt unter Bryans Baum. Es war die beträchtliche Stärke aller vier nötig, um die Kiste herauszuziehen.

»He!«, schrie einer. »Sie ist verschlossen!«

»Nicht mehr lange!«, erklärte der größte. Der Gedanke an Haufen und Aberhaufen von Gold und Juwelen verlieh seinem Arm Stärke und die Kreatur hieb mit ihrem schweren Schwert auf das Schloss.

Bryan wartete geduldig, während die vier Talons abwechselnd auf das Schloss einschlugen, und dabei hoffte er, dass der Lärm nicht weitere Bestien anlocken würde. Er hatte schließlich den Schlüssel direkt neben der Kiste liegen lassen, und der Talon, der auf den Schatz gestoßen war, hatte ihn eingesteckt – und anscheinend völlig vergessen!

Schließlich brachen sie das Schloss auf und der größte der Bande packte den schweren Deckel und riss ihn auf. Einer der anderen wollte zu einer Bemerkung über ein seltsames schabendes Geräusch – wie Feuerstein auf Stahl – ansetzen, und ein dritter bemerkte sofort den schweren Ölgeruch.

Doch keine der Warnungen kam schnell genug für den elenden Unhold, der den Deckel hielt, und als der Feuerball ihm ins Gesicht schlug, war er völlig überrascht.

Wie einer seiner Kameraden, als Bryan leise hinter ihm landete und ihm ins Genick hieb, und wie der dritte, als der junge Krieger seine Klinge dem glotzenden Talon in den offenen Mund stieß.

Es geschah alles ganz schnell. Der übrig gebliebene Talon, der mit dem Schlüssel in der Tasche, hatte sich von der blendenden Stichflamme erholt und kümmerte sich nicht um den unglücklichen Kameraden, der in die Falle gegangen war und sich jetzt röchelnd auf dem Boden wälzte. Er starrte immer noch verständnislos in

die geöffnete Kiste, als seine anderen beiden Kameraden tot umfielen.

»Das sind doch nur Steine«, brummte das dumme
Biest.

»Du hast doch wohl nicht geglaubt, ich würde euch
mit Gold anlocken«, gab Bryan zu bedenken.

Die Kreatur drehte sich zu dem Halbelfen um und
sah dessen Schwert auf sich gerichtet.

»Du hast meinen Schlüssel«, erklärte Bryan in aller
Ruhe. »Ihr hättet das Schloss nicht aufbrechen müssen.«

»Hä?«, erwiderte der Talon.

Bryan dachte, als letztes Wort aus dem Mund dieses
besonders dummen Talons sei es durchaus passend.

KAPITEL 13

So viele tote Helden

»Ein ruhiger Morgen«, bemerkte Andovar zu Belexus, als er später am Tag aus dem Zelt trat, in dem er Rhiannon schlafend zurückgelassen hatte.

»An der Nordbrücke hat es ein kleines Scharmützel gegeben«, erwiderte Belexus. »Aber die Talons haben nicht den Mut, einen neuen Sturmangriff zu wagen, und die Menschen sind klug genug, immer die Brücke im Rücken zu behalten, wenn sie sich zum westlichen Ufer durchkämpfen.«

»Es wird jetzt eine Weile langsamer zugehen«, stimmte ihm Andovar zu. »Beide Seiten müssen ihre Wunden lecken.«

»Ist es also für uns an der Zeit zu gehen?«, fragte Belexus.

»Das denke ich auch«, erwiderte Andovar. »Gehen wir zurück nach Avalon. Wenn die Nachricht dorthin gelangt ist, dann wird dein Vater gewiss die anderen versammelt haben und schon warten.«

»Und ohne Zweifel werden auch die Elfen warten«, sagte Belexus. »Arien Silberblatt würde den Augenblick der Not nicht verstreichen lassen, ohne König Benador Hilfe zu schicken.«

Und wie aufs Stichwort entdeckten die beiden nach der Nennung seines Namens das weiße Schlachtross des Königs, das über das Feld auf sie zutrable.

»Ein ruhiger Morgen«, sagte der Herrscher, der offensichtlich Andovars Empfindungen teilte. Er sprang neben den beiden Waldwächtern aus dem Sattel.

»Genau das war auch mein Gedanke.« Andovar lächelte.

»Meine Leute hatten großes Glück, dass Männer wie Belexus und Andovar zur Stelle waren, als der Angriff des Schwarzen Hexers erfolgte«, sagte Benador. »Und auch die junge Frau, falls die Geschichten zutreffen, die ich über Rhiannon gehört habe.«

»Sie stimmen«, versicherte ihm Belexus. »Ohne Brielles Tochter wären die nördlichen Gefilde verloren und die Straße abgeschnitten gewesen. Viele von denen, die noch über die Vier Brücken gelangt sind, wären gefallen, bevor sie den Fluss erreicht hätten.«

»Daran zweifle ich nicht«, sagte Benador. »Und ich habe selbst die Wunder ihrer heilenden Hände gesehen. Wie viele wären an ihren Wunden gestorben, wenn nicht Brielles Tochter gewesen wäre?«

»Auch ich hätte schwerlich überlebt«, erwiderte Belexus. »Ich hatte gewiss zu viele Wunden abbekommen. Die Talons meinten schon, ich sei tot.«

»Sie hat die Kräfte ihrer Mutter«, stellte Benador fest, den diese Möglichkeit durchaus begeisterte. »Rhiannons verborgene Kräfte weiter zu erkunden würde unserer Sache helfen.«

Andovar hatte schweigend zugehört. Seine Gedanken hingen noch den zärtlichen Augenblicken der Nacht nach, als er die Tochter der Zauberin in seinen Armen gewiegt hatte. Doch nun ergriff der Waldwächter das Wort, denn er befürchtete, seine Freunde könnten unwissentlich die Qual der schönen jungen Frau vermehren.

»Die Suche nach solchen Kräften steht Rhiannon allein zu«, unterbrach er.

»Was meinst du damit?«, fragte der König.

»Das Mädchen erträgt diese Kraft nicht«, begann Andovar zu erklären. Hinter ihnen trat Rhiannon aus dem Zelt. Sie ging auf die drei zu, doch als sie merkte worüber sie sprachen, hielt sie inne.

»Ja«, pflichtete Belexus Andovar bei. »Rhiannon ist voller Sorge, denn sie weiß nicht, wie sie die Macht beherrschen soll.«

»Aber die nördlichen Gefilde...«, begann Benador einzuwenden.

»Haben das Kind fast umgebracht«, vollendete Belexus den Satz. »Und sie hat die Kraft nicht absichtlich herbeigerufen.«

»Diese Macht hat von ihr Besitz ergriffen«, bemerkte Andovar.

Benador zuckte mit den Achseln. »Dann hege ich die Hoffnung, dass Rhiannon ihre Stärke findet und das Wissen, das sie braucht«, sagte er aufrichtig. »Gewiss ist eine solche Macht eine persönliche Sache und unterliegt nicht den Launen aufdringlicher Außenseiter wie etwa eines närrischen Königs.«

Rhiannon biss sich auf die Lippe und bezwang das Beben ihres zarten Körpers. Benador sagte die Wahrheit, aber selbst wenn er und die anderen die Entscheidung über den Gebrauch der Magie ihr überließen, so konnte sie doch den Ernst der Lage nicht abtun. Niemand musste dies Rhiannon gegenüber betonen; das Gemetzel auf den umliegenden Feldern, die Horden böser Talons jenseits des Flusses und das Phantom des Schwarzen Hexers waren gewiss Anstoß genug.

Andovar legte seine Hand auf Benadors kräftige Schulter. »Närrisch?«, sagte der Waldwächter skeptisch. »Mir erscheint das nicht so.«

Benador tat das Kompliment mit einem Achselzucken ab. »Was habt ihr vor?«, fragte er. »Ich habe die Truppen, aber nur wenige Männer, die erfahren genug sind, um sie zu führen. Mein Heer würde euch als Befehlshaber gewiss willkommen heißen, so wie ich euren Rat begrüßen würde.«

»Zuerst brauchen wir deinen eigenen Rat«, erwiderte Belexus. »Welche Kämpfe siehst du voraus?«

Benador blickte zu den Brücken hinüber. Eine weitere Talon-Bande hatte den westlichen Zugang zur nördlichsten Brücke überquert und ein Reitertrupp der Wächter der Weißen Mauern war losgestürmt, um die Talons wieder auf das Westufer zurückzutreiben.

»Allein werden sie nicht über die Brücken gelangen«, versicherte Benador den Waldwächtern. »Wir sind stark genug, um die Übergänge zu verteidigen, ganz gleich, wie groß das Heer der Talons wird.«

»Und was ist dann mit dem Schwarzen Hexer?«, fragte Andovar. »Wir haben Thalasi auf dem Feld gesehen.«

»Und doch ist er bisher nur wenig in Erscheinung getreten«, fügte Belexus hinzu. »Ich befürchte, dass er abwartet und sich zurückhält, um dann mit aller Kraft zuzuschlagen.«

»Nur bei dieser Schlacht ist er wenig in Erscheinung getreten«, korrigierte Benador den Waldwächter. »Aber ich habe letzte Nacht mit Istaahl, meinem Zauberer, gesprochen und dabei von den Bemühungen des Schwarzen Hexers erfahren. Thalasi hat Stürme über Pallendara und Avalon heraufbeschworen, um gegen seine gefährlichsten Feinde zu kämpfen.«

Andovar und Belexus tauschten besorgte Blicke aus. Rhiannon, die immer noch unbemerkt hinter ihnen stand, hielt den Atem an.

»Kein Grund zur Sorge«, versicherte ihnen Benador. »Brielle und Istaahl sind stark genug, um den Schwarzen Hexer abzuwehren. Der Wald und meine Stadt haben von Thalasis Angriff nur geringen Schaden davongetragen und Istaahl hat mir versichert, dass er und die Smaragd-Zauberin den Schwarzen Hexer noch einige Zeit in Schach halten können. In dieser ganzen Sache gibt es noch einen Hoffnungsschimmer, denn wir haben vom Silber-Magus bislang nichts gehört. Wir können nur hoffen, dass Ardaz bald erscheint. Allerdings hat noch niemand Verbindung mit ihm aufnehmen können.«

»Er ist im Osten unterwegs«, sagte Belexus. »Aber ich habe keinen Zweifel, dass er rechtzeitig in die Schlacht eingreifen und uns unterstützen wird. Der Silber-Magus kommt stets dann, wenn er am meisten gebraucht wird.«

»So hat man mir erzählt«, erwiderte Benador mit einem leisen Lachen. »Es scheint also, dass wir ein Patt haben, zumindest für einige Zeit. Thalasi wird nicht über den Fluss kommen und ich hege kein Verlangen, gegen eine so große Talon-Armee auf die westlichen Felder zu reiten – aber ein Patt mag vielleicht gar kein so schlechter Stand der Dinge sein«, überlegte der König. »Die Talons sind keine friedliebenden Burschen und mögen einander genauso wenig, wie sie die Menschen mögen. Der Sommer ist bald vorüber und wenn die ersten kalten Winde aus dem Norden über die offene Ebene herabwehen, werden viele der Bestien den Spaß an diesem Kriegszug verlieren.«

»Gewiss wird der Schwarze Hexer Schwierigkeiten haben, diesen Haufen zusammenzuhalten«, stimmte ihm Andovar zu.

»Darauf hoffe ich«, sagte Benador. »Wenn bis zum ersten Winterschnee keine Entscheidung gefallen ist, wird die Streitmacht auf der anderen Seite auseinanderbrechen und sie werden in ihren dunklen Löchern Unterschlupf suchen.«

»Und was ist mit euch?«, fragte Belexus. »Der kalte Wind wird auch deinen Männern in die Knochen fahren.«

»Aber nicht so sehr, dass wir unser Land aufgeben«, erwiderte der König. »Die erste Lektion des Krieges lautet: Schlechtes Wetter nützt immer den Verteidigern. Wir haben reichlich Unterkünfte für die Vertriebenen, auch wenn die Ernte mager ausfallen wird, da die westlichen Gefilde verlassen sind und die meisten Männer aus dem ganzen Königreich an den Brücken kampieren.«

»Wir werden es schaffen«, erklärte Belexus. »In zwei Wochen habt ihr die Waldwächter von Avalon an eurer Seite und sicherlich auch eine Heerschar von Elfen.«

Benador schaute die Waldwächter neugierig an. »Ihr habt eure Entscheidung getroffen?«

»Ja«, erwiderte Belexus. »Zusammen mit Andovar und Rhiannon werde ich euch heute verlassen. Wir reisen zurück nach Norden zum Wald. Gewiss könnt ihr diese Scharmützel ohne uns ausfechten und wenn wir zurückkehren, findet ihr an unserer Seite eine weitere Streitmacht.«

»Ich wünsche euch einen guten Ritt«, sagte der König. »Wir werden jeden Tag eure Rückkehr erwarten. Seid versichert, dass Thalasi nicht über den Fluss kommen wird, solange ihr fort seid!«

»Ich werde nicht mitkommen«, ertönte eine Stimme hinter ihnen. Als die Männer sich umwandten, sahen sie Rhiannon auf sie zukommen. Zu ihrer aller Erleichterung wirkte sie weniger erschöpft, hatte aber immer noch dunkle Ringe um die Augen.

»Deine Mutter macht sich gewiss Sorgen«, gab Belexus zu bedenken.

»Meine Mutter weiß ohne Zweifel, wo ich bin«, erwiderte Rhiannon. »Und sie würde wollen, dass ich hier bleibe, das weiß ich.« Sie wandte sich Andovar zu, der offensichtlich nicht über ihre Ankündigung erfreut war.

»Ich kann nicht weggehen«, sagte sie zu ihm. »Selbst kleinere Gefechte bringen Leiden und ein Dutzend Verwundete braucht noch viele Tage meine Pflege. Ich weiß, wo mein Platz in diesem Ringen ist, und einstweilen ist mein Platz hier.«

Andovar konnte, was immer er auch empfand, die

Wahrheit ihrer Worte nicht leugnen. Doch auch er wusste, wo sein Platz war. In diesen Zeiten des Friedens versammelten sich die Waldwächter von Avalon nicht oft, aber wenn Bellerian sie rief, was er nun gewiss tun würde, dann gestattete ihr Dienst keine Ausnahmen.

»Komm«, bat ihn Rhiannon. Er nahm sie am Arm und folgte ihr wieder in das Zelt der Heilung.

»Du weißt, dass ich gehen muss«, sagte Andovar, als sie sich in der Abgeschiedenheit zwischen den Zeltplanen befanden.

»Und ich weiß, dass du wiederkommst«, entgegnete Rhiannon und in ihren Mundwinkeln deutete sich ein anrührendes Lächeln an.

Andovar zog sie zu sich und küsste sie sanft auf die Wange. »Ich werde wiederkommen«, sagte er. »Bewahre mir einen sicheren Ort in deinem Herzen, meine süße Rhiannon.«

»Du selbst hast dir dort einen Platz bereitet«, versicherte sie ihm. Da es sonst nichts mehr zu sagen gab, blieben die beiden in einer stummen Umarmung stehen, bis Andovar gehen musste.

»Ein weiterer Sturm?«, fragte Arien Silberblatt. Der Elf verließ den Tunnel und stellte sich neben Ryell, seinen engsten Freund und Berater, und seine Tochter Sylvia.

Ryell schüttelte den Kopf. »Bis jetzt ist es ruhig«, sagte der Elf, ohne seinen Blick von dem Wald am Fuße des Bergpfades jenseits des schmalen Feldes zu wenden.

»Brielle hat durchgehalten«, warf Sylvia hoffnungsvoll ein.

»Aber was sagen die Stürme vorher?«, fragte Arien. »Falls es tatsächlich der Schwarze Hexer ist…«

»Wer sonst könnte es sein?«, gab Ryell zu bedenken.

Arien nickte zustimmend; er wusste genug vom Reich der Magie, um zu begreifen, dass nur Morgan Thalasi solche zerstörerischen Gewalten gegen Avalon aussenden konnte. »Dann ist zu vermuten, dass seine Angriffe sich nicht allein gegen Avalon richten.«

»Die Rauchwolken, die wir am westlichen Himmel gesehen haben, sagen also in der Tat eine Finsternis voraus«, bemerkte Sylvia. »Calva befindet sich im Krieg.«

»Wir können dessen nicht sicher sein«, meinte Ryell. »Es kann andere Erklärungen geben.«

Arien wie auch Sylvia warfen ihm ungläubige Blicke zu; trotz all seiner Hoffnungen war auch Ryell von dem Gedanken kaum überzeugt.

»Wenn Calva sich im Krieg befindet, dann sollten wir den Calvanern zu Hilfe eilen«, sagte er. »König Benador ist unser Freund; seine Thronbesteigung hat unser Leben sehr verändert und das ausschließlich zum Besseren.«

»Sollen wir uns etwa alle versammeln und nach Westen und Süden reiten?«, fragte Sylvia. »Es würde wohl klüger sein, erst einige Erkundigungen einzuziehen, bevor das ganze Tal alarmiert wird.«

»Es wurden bereits Erkundigungen eingezogen«, erklärte Arien. Er deutete hinab auf die dunklen Äste von Avalon. »Brielle hat alle Antworten, die wir brauchen. Also zurück nach Lochsilinilume. Wir werden das ganze Tal zusammenrufen. Falls Calva sich tatsächlich im Krieg befindet, dann werden die Elfen ihren Platz an der Seite der Soldaten des Königreichs einnehmen!«

Versteckt in einem Nest aus steilen Bergwänden, war Lochsilinilume, das Illuma-Tal, einer der magischsten und sichersten Orte auf Aielle. Dies war das Land der Telvensils, schimmernder silbriger Bäume, und des endlosen Gesangs der Elfen, der süß und traurig zugleich klang. Doch so zart diese Wesen auch erscheinen mochten und wie sehr sie auch Gewalt verabscheuten, so kamen sie doch mit der Präzision einer schlagkräftigen Armee zusammen, wenn Arien Silberblatts Ruf an sie erging.

Und dann kamen sie herab von den Kristall-Bergen auf stolzen Rössern, die mit klingenden Glöckchen geschmückt waren, fünfhundert Mann stark, und ihre grimmigen Gesichter straften die kindliche Freude Lügen, die stets in ihren Augen glänzte.

Benador ritt mit Belexus und Andovar hinab zum Ostufer des großen Flusses. Am jenseitigen Ufer, hundert Schritte entfernt, sahen sie die gedrungenen Gestalten von Talons herumwimmeln und immer wieder stieg ein Pfeil in die Luft auf und flog in einer Kurve in Richtung ihres Ufers. Doch die Talons waren nicht geschickt im Anfertigen von Bögen und die große Mehrzahl der Pfeile fiel klatschend ins Wasser.

Die Bogenschützen auf der calvanischen Seite mit ihren großen Eibenbögen hatten mehr Glück; immer wieder schickten sie eine schwirrende Salve über den Fluss, um die Talons auf Trab zu halten. Grimmige Gesichter erhellten sich lachend, wenn die fernen Talons hierhin und dorthin rannten, um der Gefahr aus dem Weg zu gehen.

»Es ist schade«, bemerkte Benador, »dass Helden nur in Zeiten großer Not ans Licht treten. Und einige sind heute zu Helden geworden.« Er blickte die beiden bedeutsam einen nach dem anderen an.

»Mehr als nur einige, wie ich sehen konnte«, erwiderte Belexus. »Achthundert sind auf den nördlichen Feldern gestorben, als sie den Ansturm der berittenen Talons aufhielten, und tausend und mehr sind mit Corning gefallen; sie haben ihr Leben gegeben, damit die Flüchtlinge entkommen konnten.«

»Meriwindle und Bürgermeister Tulus«, fügte Andovar hinzu. »Und tausend weitere, deren Namen ich nicht kenne.«

»Das bestreite ich nicht«, sagte Benador. »Aber einige überragen doch die Menge und machen ihren Namen bekannt. Belexus als Verteidiger der Brücken und Andovar als unermüdlicher Herold werden gewiss ihre Namen in den Annalen der Geschichtsschreiber verzeichnet finden.«

»Meinen Dank für dein Lob«, erwiderte Belexus. »Doch andere werden ihre Namen auf dieselben Seiten setzen.«

»Zweifellos.« Der König lachte. »Wir haben schon Geschichten von Tapferkeit jenseits des Flusses gehört, überbracht von Nachzüglern im Schutz der Nacht. Eine Gruppe ist heute Morgen eingetroffen, ein Stück weiter unten im Süden. Eigentlich noch Kinder – Krieger nur aus Notwendigkeit. Sie haben den Fluss überquert, um uns vor der anhaltenden Sammlung des Heeres unserer Feinde zu warnen. Sie haben auch eine Frau und ihre zwei Kinder mitgebracht, die Gefangene der Talons gewesen waren und nur dank der heldenhaften Bemühungen eines weiteren jungen Mannes am Leben geblieben sind, der weiterhin auf dem jenseitigen Ufer bleibt.«

»Wie viele sind deiner Meinung nach noch auf der anderen Seite?«, fragte Andovar.

»Wir wissen es nicht genau«, erwiderte Benador. »Jede Nacht kommen welche herüber und die Vernunft sagt mir, dass für jeden, der über den Fluss kommt, Dutzende anderer die Flucht nicht überleben. Denn alle, denen es gelingt, sich in Sicherheit zu bringen, haben unweigerlich düstere und kühne Geschichten zu erzählen von ihrer verzweifelten Flucht aus dem besetzten Land, Geschichten von Freunden, die erschienen, um ihnen zu helfen, oder von Fremden, die sie aus den Klauen der Talons retteten.«

Er ließ den Blick über seine Streitkräfte schweifen, dann schaute er hinüber auf die weite Ebene der westlichen Gefilde.

»So viele Helden werden ihr Leben lassen«, sagte der König und in seiner Stimme klang Schmerz an.

»Zu viele«, stimmte ihm Belexus traurig zu. Er erinnerte sich an Meriwindle, dem er in Corning begegnet war. Der edle Elf war schon Jahrhunderte alt, aber bei seiner Langlebigkeit hätte er noch weitere Jahrhunderte vor sich gehabt.

Wenn nicht der Schwarze Hexer ins Land eingedrungen wäre.

»Und wie viele wird man noch brauchen?«, fragte Belexus. »Welcher Tribut an Tod und Schrecken wird Morgan Thalasi endlich beschwichtigen? Oder hat der üble Zauberer nicht vor, seine Bestien wieder in ihre dunklen Löcher zu holen? Werden wir ihm jeden Zoll einzeln abringen müssen?« Belexus schaute seine Freunde an.

»Zu viele Helden«, flüsterte er. »Zu viele tote Helden.«

KAPITEL 14

Die Kraftprobe

Brielle ließ sich durch den Nachmittagsnebel von Avalon treiben, wie ein Geist schwebte sie durch ihr Waldreich. Müde bis ins Mark von ihren Kämpfen gegen die Stürme des Schwarzen Hexers, wusste die schöne Zauberin, dass vermutlich noch viele Tage vergehen würden, bis ihr wirkliche Ruhe vergönnt war. Denn sie und Istaahl – und Ardaz, sobald er zurückkehrte – waren die einzigen Hüter der ganzen Welt gegen Morgan Thalasis Machenschaften. Sie mussten immer wachsam sein, denn ohne ihren Gegenzauber konnte der Schwarze Hexer viele calvanische Krieger mit Leichtigkeit hinwegfegen.

Bislang hatten sie Glück gehabt, denn Andovars Tapferkeit und sein heldenhafter Ritt sowie das gute Gespür ihrer Tochter hatten Thalasis Ankunft frühzeitig angekündigt. Doch nur das Erscheinen des Schwarzen Hexers selbst verband Brielle mit dem Krieg. Ohne diese Verbindung, diese die Erde besudelnde Verderbtheit, die der Schwarze Hexer darstellte, hätte Brielle in der Schlacht der Vier Brücken nur wenige Kräfte zu ihrer Verfügung gehabt. Ihr Zauber war eine Magie der Erde, die Rolle einer Wächterin, die ihr abgeschiedenes Reich gegen unerwünschte Eindringlinge beschützte; und jenseits ihres Reiches, jenseits der Grenzen von Avalon, hätte die Smaragd-Zauberin nur wenig bewirken können, wenn sie in einem Krieg zwischen Menschen und Talons mitkämpfte.

Nun jedoch befand sich Brielle mit ganzem Herzen in ihrem Wald, und die Erde lieferte ihr alle Macht, die sie in ihren Bemühungen gegen Morgan Thalasis Verderbtheit einsetzen konnte.

Sie schwebte zu einer kleinen Lichtung, in deren Mitte sich ein ausgehöhlter Baumstamm befand, der mit Wasser vom letzten Regen angefüllt war. Spiegelbilder des Sternenhimmels sprenkelten die schwarze Oberfläche, doch mit einem einfachen Zauberspruch und einer Handbewegung ließ Brielle sie verschwinden und stattdessen das Bild von Istaahls Kammer in seinem Turm erscheinen.

Der Weiße Magus von Pallendara akzeptierte die Störung bereitwillig, denn er saß bereits vor seiner Kristallkugel und hatte auf Brielles Ruf gewartet.

»Du hast Thalasis Sturm widerstanden«, sagte Istaahl zu ihr. »Seine Attacken gegen meinen Turm waren gestern schwächer und haben seitdem aufgehört. Ich habe gefürchtet, er hätte seine ganze Wut gegen dich gerichtet.«

»Nein, seine Angriffe auf meinen Wald waren auch schwächer«, erwiderte Brielle. »Und heute kam nicht ein einziges Donnergrollen. Es scheint, unser Widersacher hat auch seine Grenzen.«

»Und das ist gut so«, sagte Istaahl und bemühte sich, ein Lächeln zu zeigen. »Ich habe schon viele, viele Jahre nicht mehr so hart gearbeitet. Ich weiß nicht, wie es mir ergangen wäre, wenn Thalasi mit derselben Raserei wie bei seinem ersten Angriff über mich gekommen wäre. Doch ich traue dieser scheinbaren Schwächung nicht«, fuhr Istaahl fort. »Ich fürchte, dass der Schwarze Hexer sich rasch erholt und dass nur die Magie, die ich in meine Turmmauern gebannt habe, die Kraft haben wird, ihn abzuhalten. In meinem Herzen ist mein Platz auf dem Schlachtfeld neben meinem König, doch ich wage nicht, den Weißen Turm zu verlassen, da weder der Turm noch ich allein dem Schwarzen Hexer widerstehen könnten.«

Brielle, deren Tochter sich irgendwo auf der verwüsteten Ebene aufhielt, verstand Istaahls Qual, denn auch sie wünschte ihr Reich zu verlassen und fürchtete sich gleichzeitig davor. Wieder aus seinem scheinbaren Grab erstanden, war diese neue Verkörperung Thalasis zu unberechenbar; Brielle konnte eine Trennung von dem Wald, der ihr ihre Kraft gab, nicht riskieren. »Hast du etwas Seltsames in seinen Attacken entdeckt?«, fragte sie. »Vielleicht Verschiebungen in der Macht?«

»Das habe ich«, stimmte ihr Istaahl schnell zu. »Als ob seine Attacken abwechselnd von verschiedenen Händen geführt würden.«

»Vermutlich ein Schwanken, wenn er seine Aufmerksamkeit von deinem Turm auf meinen Wald verlagert«, überlegte Brielle. Aber sie vermutete, dass etwas anderes im Spiel war – obwohl sie keine Ahnung hatte, was es sein mochte. »Gewiss war es ein düsterer Tag für die Welt, als er wieder aus seinem Loch hervorkam.«

»Und es liegt ein düsterer Weg vor uns«, fügte Istaahl hinzu. »Der Schwarze Hexer wird nicht so leicht wieder in sein Loch zurückzuscheuchen sein. Hast du inzwischen Ardaz ausfindig gemacht?«

»Nein, er hat schon viele Wochen nicht mehr hierher zurückgeschaut. Ich habe Kundschafter ausgesandt und sicher wird er bald das Grollen des magischen Kampfes spüren.«

»Je früher der Silber-Magus zurückkehrt«, sagte Istaahl, »desto besser für uns. Thalasi hält uns in einem Patt, obwohl er meines Wissens viele Jahre lang seine magischen Muskeln nicht angespannt hat. Ich fürchte, dass er mit zunehmender Übung einen Vorteil gewinnen wird.«

»Mach dir keine Sorgen«, erwiderte Brielle. »Mein Bruder ist schon immer in letzter Minute auf dem Schauplatz erschienen. Ich werde mich jetzt zur Ruhe begeben«, fuhr Brielle fort. »Der Einbruch der Nacht könnte wieder ein oder zwei unliebsame Überraschungen bringen und schon steht die Sonne tief im Westen.«

»Einverstanden«, sagte Istaahl. »Wenn ein Angriff mit erneuter Wut über dich kommt, dann ruf mich zu Hilfe. Ich bin zwar müde, aber ich werde bis zum letzten Atemzug für das schöne Avalon kämpfen.«

»Ich danke dir«, erwiderte Brielle. »Aber hab keine Furcht. Morgan Thalasi wird viel mehr aufbieten müssen als bisher, wenn er meinem Wald Schaden zufügen will.«

Istaahl wusste natürlich, dass die Zauberin die Wahrheit sprach. Falls es dem Schwarzen Hexer gelang, Calva und die ganze Welt um Avalon herum zu erobern, dann würde der verzauberte Wald immer noch unbeeinträchtigt dastehen. Die Bemühungen, die notwendig waren, um diese letzte leuchtende Insel zu erobern, würden das Zehnfache dessen betragen, was Thalasi aufwenden musste, um den Rest der Welt unter seine dunkle Herrschaft zu bringen. Denn in ihrem Reich, in dem Wald, der die natürliche Verkörperung der Reinheit ihrer Magie darstellte, war Brielle die mächtigste der vier Zauberer.

»Lebe wohl«, sagte der Weiße Magus, während sein Bild im Wasser verblasste. »Und kämpfe gut.«

»Das Gleiche wünsche ich dir auch«, erwiderte Brielle, dann verließ sie die kleine Lichtung und suchte sich einen kleinen Hügel, um den Sonnenuntergang jenseits der westlichen Ebenen zu betrachten.

Rhiannon mühte sich den ganzen Nachmittag damit ab, die bei den Gefechten des Tages Verwundeten zu behandeln und die an den Vortagen Verletzten zu pflegen. Mit jedem Heilzauber fühlte sich die junge Magierin unbefangener gegenüber der Energie, die durch ihren Körper strömte. Dieser Fluss war geschmeidig und unmittelbar und störte kaum den gewohnten Rhythmus von Rhiannons eigener Lebenskraft.

Doch wann immer ihre Gedanken sich verfinsterten und sie sich an die Schlucht erinnerte, mit der sie die Ebene gespalten hatte, oder an die blutigen Kämpfe auf den Brücken, dann waberte und brannte die Magie und drohte sie mit einer besitzergreifenden Tiefe zu überwältigen.

In solchen Momenten gab ihr das grausame Leiden um sie herum die Kraft, sich ganz auf ihre Heilarbeit zu konzentrieren.

Mehr als hundert Meilen weiter nördlich lenkte Brielle ihre Wahrnehmungsfähigkeit in den unbefleckten Boden von Avalon und spürte die feinen Schwingungen des Werkes ihrer Tochter. Sie sorgte sich um Rhiannon, obwohl sie stillschweigend auf die Vernunft und die Geschicklichkeit der jungen Frau vertraute.

Da Brielle auf Rhiannons Ausstrahlung eingestimmt war, hoffte sie, dass nur sie die aufkeimende Macht der jungen Zauberin spüren konnte; gewiss würde Thalasi schnell zuschlagen, wenn er erfuhr, dass noch eine weitere Magierin gegen ihn an Macht gewann.

An diesem Tag wirkten die Schwingungen von Rhiannons Magie auf Brielle stärker, deutlicher und reiner, und die Smaragd-Zauberin freute sich, dass Rhiannon bald ihre volle Kraft erreichen würde. Aber die ältere Zauberin kannte auch den Schmerz, der unausweichlich den Erwerb einer solchen Macht begleitete. Sie wäre am liebsten in den Süden geflogen und hätte Rhiannon in ihre schützenden Arme genommen, aber sie musste auf ihre Tochter vertrauen, die jetzt eine junge Frau und kein Mädchen mehr war. Falls Rhiannon nach Hause kommen wollte, dann würde sie es tun. Und wenn sie nicht nach Avalon zurückkehrte, musste

Brielle annehmen, dass eine wichtigere Pflicht sie zurückhielt.

Ein tückischer Stoß erschütterte Brielle und sie sprang erschrocken auf. Im Gesang der Erde klang ein Misston an, der sie an ihre eigenen Pflichten erinnerte. Nur Morgan Thalasi konnte das Lied der Erde auf so boshafte Weise stören. Entweder hatte die Macht des Schwarzen Hexers im Laufe des Tages beträchtlich zugenommen... oder er war sehr nahe.

»Komm heraus, wo immer du bist!«, zischte der Schwarze Hexer. Er stand jetzt an der westlichen Grenze von Avalon, selbstsicher und arrogant. Da sein Ruf ohne Antwort blieb, schickte er einen weiteren sengenden Feuerstrahl in die dichten Zweige und die Flammen sprangen hoch in den Abendhimmel.

»Ach, komm doch heraus und spiel mit mir, Brielle!«, rief er mit einem spöttischen Winseln. »Ich spiele so ungern ganz allein...«

Ein heftiger Windstoß fegte aus dem Wald hervor, erstickte die Flammen des Schwarzen Hexers und prallte gegen Thalasis knochigen Körper. Doch der Schwarze Hexer lächelte nur und behauptete lässig seine Stellung.

Brielle erschien am Rand ihres Reichs, traumhaft umkränzt vom ersten Gefunkel des abendlichen Sternenlichts. Selbst Thalasi hielt staunend inne angesichts der Macht der Smaragd-Zauberin, die so schön und zugleich so schrecklich war.

»Hebe dich hinweg!«, befahl Brielle und Thalasi hätte fast wider Willen gehorcht.

»Wie bedauernswert«, schnaubte er stattdessen und verbarg seine anfängliche Scheu. »Ich bin zu einem Besuch gekommen. Heißt du so Gäste willkommen?«

Der seltsame zwiefache Ton in der Stimme des Schwarzen Hexers überraschte Brielle. »Du hast schon vor Jahrhunderten das Recht aufgegeben, dich mein Gast zu nennen, Morgan Thalasi.« Sie schaute neugierig ihren Feind an, der den Körper von Martin Reinheiser benutzte. »Wenn du es wirklich bist. Und jetzt kommst du in einer neuen Haut zu mir, aber mit demselben üblen Geruch.«

»Morgan Thalasi«, wiederholte der Schwarze Hexer und verneigte sich tief. »Das sind wir in der Tat.«

»Du hast also deinen Lakaien in Besitz genommen«, höhnte Brielle. »Ist Martin Reinheiser noch in dir oder hast du ihn hinausgestoßen?«

Eine plötzliche Wut verzerrte das Gesicht des Schwarzen Hexers; es war, wie Brielle vermutet hatte: die beiden Geister stimmten nicht so völlig überein, wie Thalasi gehofft haben mochte.

»Reinheiser ist hier drinnen«, begann der Schwarze Hexer, »und er ist es auch nicht. Es gibt nur uns, zwei zusammen in einem.«

»Zwei Gerüche für einen einzigen Gestank«, spottete die Zauberin.

»Unverschämtheit!«, brüllte Thalasi und ballte die knochigen Fäuste. Er fasste sich jedoch schnell wieder, da er wusste, dass in Verhandlungen mit Brielle so nahe an ihrem Wald eine ruhige Haltung erforderlich war.

»Warum bist du herausgekommen?«, fragte Brielle ernst. »Was erhoffst du dir davon? Gewiss wirst du tausende von Menschen und Talons umbringen und das zu deinem Vergnügen. Aber zweifellos wirst du wie immer wieder zurückgetrieben werden.«

»Diesmal nicht«, widersprach Thalasi zischend. Seine Augen waren zornige Punkte glühenden Feuers. »Ich... wir sind jetzt stärker, Jennifer Glendower. Die Zeit ist gekommen, dass Morgan Thalasi die Welt einfordert, die rechtmäßig die seine ist.«

»Niemals!«, gab Brielle gleichermaßen erzürnt zurück. »Schon zweimal hast du diese Forderung erhoben; zweimal musstest du wieder unter deinen Stein zurückkriechen.«

»Beim dritten Anlauf klappt es«, schnurrte Thalasi. »Diesmal werde ich bekommen, was mir zusteht.«

»Du hast vor langer Zeit mehr bekommen, als du verdienst«, entgegnete Brielle. »Der Segen der Colonnae war über dir, aber hast du ihn richtig gebraucht? Nein, so einer wie du tut das nicht! Du setzt die Kräfte ein, wie es deinen Launen gefällt, und kümmerst dich nicht im Geringsten um andere.«

In den eingefallenen Höhlen von Thalasis schwarzen Augen brodelte Wut auf. Erneut schüttelte er die knochigen Hände und ballte sie zu Fäusten.

»Falls du wirklich bekommen solltest, was du verdienst, Morgan Thalasi«, fuhr Brielle fort, ohne sich von ihrem wutschäumenden Feind beeindrucken zu lassen, »dann solltest du meiner Meinung nach Schrecken empfinden.«

»Du kümmerliche...«, stammelte Thalasi, kaum in der Lage, die Worte hervorzustoßen. »Du bist nicht mehr als eine Hüterin von Kräften, die du nicht einmal verstehst. Du wagst es, mich zu verspotten? Schau auf mich, Jennifer Glendower. Schau auf das gottgleiche Wesen des Schwarzen Hexers.«

Als ihre Antwort klatschte ein überreifer Apfel in Thalasis Gesicht.

Sein Gebrüll krümmte die mächtigsten Eichen und ließ Brielles goldenes Haar zu Berge stehen. Sie kniff die Augen zusammen und sah die polymorphe Gestalt des Schwarzen Hexers, der seinen Körper zu einem riesigen Drachen ausdehnte.

Als er Atem holte, beugten sich die Bäume in seine Richtung, und als er ausatmete, wurde daraus ein Ausbruch sengenden Feuers.

Doch Brielle war auf einen solchen Angriff vorbereitet. Sie warf die Hände hoch und rief das Element des Wassers zu Hilfe. Aus ihren Fingerspitzen entsprang ein Geysir, der auf halbem Weg auf den Drachenodem traf. Zischend stieg harmloser Dampf auf. Thalasi spie weiter Feuer aus, doch Brielles Wasser sprudelte hervor und schlug die Drachenflammen zurück.

Selbst Drachen geraten einmal außer Atem.

Jetzt war er wieder Thalasi, in menschlicher Gestalt, triefend nass und mit kleinen Dampfwolken, die aus Nase und Mund stiegen. »Du hast nur die erste Runde überlebt«, versprach er und klatschte in die Hände, sodass ein Funkenschauer um ihn herum in die Nachtluft stob.

Brielle spürte die plötzliche Ansammlung seiner Macht und machte Gebrauch von ihren eigenen magischen Gesten. Mit den Armen zeichnete sie einen Kreis vor sich.

Thalasis Blitzstrahl schlug ein, doch Brielles herbeigezauberter Spiegel blockierte seinen Weg und warf ihn zurück auf seinen Urheber.

Als er den Blitz losgeschickt hatte, hatte Thalasi sogleich eine eigene Verteidigungsmaßnahme ergriffen, daher fand der Blitz einen weiteren Zauberspiegel, der seinen Weg versperrte. Und so prallte er zwischen den beiden Magiern hin und her und schien nur noch ein einziger knisternder Lichtbogen zu sein, bis seine Energie sich in einem Schauer harmloser Funken auflöste.

Blinde Wut leitete Thalasis nächsten Angriff; wenn er sich Zeit zum Nachdenken genommen hätte, wäre er nicht auf diese Torheit verfallen. Eine schwarze Schlingranke, gesäumt mit Reihen grausamer, von Gift triefender Dornen schoss aus dem Boden hervor und schlängelte sich drohend auf Brielle zu.

Die Zauberin lachte und schnalzte mit den Fingern. »Du willst meine Erde gegen mich einsetzen?«, fragte sie ungläubig. Die Schlingranke rückte weiter vor, doch

Brielle nahm sie hin. Sanfte Blüten schimmerten, wo die Dornen gewesen waren, und die kränkliche Farbe des Stamms verwandelte sich in lebensfrohes Grün. Ein Triumphkranz umringte die Zauberin.

Jetzt war Brielle mit dem Angriff an der Reihe. Sie hob die Hände in die Luft und das Gras um den Schwarzen Hexer wuchs auf Manneshöhe empor. Jeder Halm drehte sich nach innen und umschlang ihn mit messerscharfen Blatträndern.

»Verdammt!«, brüllte Thalasi. Ein Feuerring brach zu seinen Füßen hervor, brannte nach außen und vernichtete das Gras der Zauberin.

Brielle schlug wieder zu, noch bevor das Feuer ihres Feindes sein Werk vollendet hatte. Sie zeigte mit einem Finger auf den Boden unter Thalasis Füßen und sprach einen Zauberbann. Der harte Boden wurde zu Schlamm, in dem der Schwarze Hexer versank.

Brielle ballte die Finger zur Faust und der Boden nahm wieder seinen festen Zustand an. Dann wartete die Zauberin vorsichtig. Sie mochte den Schwarzen Hexer gedemütigt haben, aber sie glaubte nicht einen Moment, dass ihr einfacher Trick ihn vernichtet hätte.

Ein Grollen unter ihren Füßen bestätigte ihre Annahme.

Der Boden barst in mannsgroßen Schollen, und Thalasi stieg wieder in der Gestalt eines Drachen brüllend in die Luft. Sein feuriger Atem quoll hervor, seine Raserei war jetzt verzehnfacht. Doch erneut konterte Brielle mit einem kräftigen, unaufhörlichen Wasserschwall.

Und so ging es weiter, hin und her, viele Stunden lang. Beide Magier nahmen verschiedenste Gestalten an oder verformten die Umwelt, um zuzuschlagen, und der jeweils andere konterte unausweichlich mit passenden Verteidigungsmaßnahmen.

Und dann hatten sie wieder ihre menschliche Gestalt angenommen, standen einander gegenüber und rangen so sehr um Atem, dass sie sich keine weiteren Beschimpfungen mehr zurufen konnten. Thalasi klatschte seine knochigen Hände zusammen und knisternd baute sich ein Blitz auf.

Brielle hielt rechtzeitig ihren Spiegel hoch, Thalasi schuf den seinen, bevor der Blitzstrahl zurückzischte. Doch diesmal ließ keiner von beiden zu, dass der Ansturm sich auflöste. Es war an der Zeit, endgültig zu entscheiden, wer der Stärkere sei. Brielle fügte der blendenden Salve einen zweiten Blitz hinzu, Thalasi einen dritten. Hin und her schossen die Blitze, und jede Runde forderte von den Verteidigungsschilden einen Tribut.

Brielle stand entschlossen da und bezog aus Avalon weitere Macht. Doch so weit weg von Talas-dun, seiner Machtbastion, begann Thalasi schließlich schwächer zu werden. Die Zauberin erkannte die Schwankung in seinem Verteidigungsfeld und fügte der nächsten Runde einen weiteren Strahl hinzu.

Im Augenblick der Explosion verschwand die Dunkelheit der Nacht; der Boden grollte selbst noch in den Lagern der Talons und Menschen fern bei den Vier Brücken und droben in den Kristall-Bergen, wo die Elfen sich auf ihren Marsch vorbereiteten. Als der Rauch sich lichtete, hockte der Schwarze Hexer auf dem Boden viele Klafter entfernt von der Stelle, wo er das Treffen eingeleitet hatte. Seine Kleider brannten und glimmten.

»Du wirst mich nicht los!«, schrie er trotzig. Mit den Fäusten schlug er auf den Boden und ließ einen Erdspalt auf die Smaragd-Zauberin zurasen. Brielle hielt die heranstürmende Schlucht mit Leichtigkeit auf, doch als sie nach der Herbeirufung ihres Gegenzaubers aufblickte, war der Schwarze Hexer verschwunden. Sie entdeckte ihn fern am Himmel, erneut in Drachen-gestalt: er flog nach Norden davon.

Brielle richtete ihre Aufmerksamkeit wieder auf ih-ren Wald und auf die verwüstete Eiche, welche die volle Wucht des ursprünglichen Angriffs des Schwar-zen Hexers auf den Wald abbekommen hatte. Die Zau-berin streichelte zärtlich die verkohlte Rinde und hörte die qualvollen Klagen des sterbenden Baums. Seit Jahr-hunderten hatte er da gestanden, einer der Eckpfeiler von Avalon, einer der allerersten Bäume, den Brielles Magie genährt hatte. Er hatte seine Aufgabe erfüllt, indem er mit seinen breiten Ästen den Flammenangriff abgefangen hatte, sodass andere, jüngere Bäume der Verwüstung entgehen konnten.

Die Eiche hatte mit ihrem Leben bezahlt.

Brielle blieb bei dem Baum, bis er einen erneuten Funkenschauer in die Luft schickte und dann mit lau-tem Krachen auf das offene Feld jenseits der dichten Grenzen des Waldes stürzte.

Die Zauberin hatte den Schlagabtausch mit Thalasi gewonnen, doch zu einem hohen Preis. Sie hatte viel an Kraft verloren und Narben würden viele Jahre lang am Rand des Waldes zurückbleiben. Der Kampf hatte Brielle auch beunruhigt, denn sie wusste so gut wie Thalasi, dass der Zweikampf anders ausgegangen wäre, wenn sie sich irgendwo außerhalb von Avalon, dem Herzland von Brielles Macht, begegnet wären.

Die einzige Schwäche, welche die Zauberin am Schwarzen Hexer entdeckt hatte, bestand in dem subti-len Missklang zwischen den zwei Geistern, die einem Wesen innewohnten. Doch für Brielle war dies kein Anlaß zur Hoffnung; was von den Persönlichkeiten von Martin Reinheiser und Morgan Thalasi übrig war, schien gering zu sein und würde wahrscheinlich schnell vergehen. Die Bindung zwischen den Geistern würde nur stärker werden, vermutete Brielle, und wenn die

Verbindung der beiden vollendet wäre, würde das daraus entstehende Wesen noch schrecklicher sein.

Sie durfte diesem Gegner nicht einen Augenblick lang den Rücken zukehren.

Besonders nicht in den nächsten Stunden. Denn Thalasi war nach Norden verschwunden, nicht zurück zu seinen Talons im Süden. Brielle konnte sein Ziel leicht erraten. Jenseits der nördlichen Hügelkette von Avalon lag in einem hufeisenförmigen Tal Blackemara, ein tückischer, abscheulicher Sumpf. In dieser Grube der Verderbtheit würde Thalasi so gewiss Trost finden, wie Brielle in Avalon ihre Kraft sammelte. Und in der Düsternis von Blackemara würde der Schwarze Hexer nahezu unangreifbar sein, während er sich erholte.

Brielle ließ sich schwer an eine Ulme sinken und bat die Erde, ihr in dieser dunklen Nacht noch mehr Kraft zu schenken. Sie musste ruhen, doch sie wusste, dass sie dies nicht konnte. Thalasi lag nur wenige Meilen entfernt auf der Lauer, daher musste ihr Wald durch Schutzzauber verteidigt werden, falls der Schwarze Hexer beschloss, ihr auf dem Rückweg ins Südland einen weiteren Besuch abzustatten.

Mit einem letzten Blick auf die tote Eiche biss Brielle die Zähne zusammen und begann an Avalons Grenzen entlangzugehen. Sie war fest entschlossen, dass Morgan Thalasi sie und ihren Wald nie wieder überraschen würde.

KAPITEL 15

Der Stab des Todes

Immer noch in den Körper eines Drachen gehüllt, krachte der Schwarze Hexer durch den dichten Blätterbaldachin von Blackemara, riss Schlingranken und splitternde Äste mit sich und fegte wütend hinab auf den schlammigen Boden des Sumpfes.

»Nie wieder!«, brüllte er und der Klang seiner Drachenstimme hallte von den hohen Felswänden wider, erschütterte die Bäume von Avalon im Süden und alarmierte das Lager der Elfen, die sich auf dem Feld von Bergtor versammelt hatten.

Dann schritt Thalasi wieder als Mensch einher, von seinem eigenen Ausbruch überrascht. Er wusste nicht, wie viel Kraft Brielle noch übrig hatte, aber er hielt es nicht für klug, so unverhüllt zu verkünden, wo er sich befand. Er ging unter den gekrümmten Ästen hindurch, ohne auf die Schnecken, Giftspinnen und noch dunkleren Wesen zu achten, die durch die Düsternis der Nacht von Blackemara streiften.

In diesem Sumpf wuchsen keine jungen Bäume und das faulige Wasser bewegte sich nur selten. In den zwanzig Jahren hatte sich wenig verändert, seit der Schwarze Hexer hier zum letzten Mal gegangen war, und bald erkannte er einige der Pfade. Er folgte ihren Windungen bis zum Fuß der hohen östlichen Wand, dann eine kurze Strecke nach Süden. Knochen hunderter Männer und Pferde, die in der berüchtigten Schlacht von Bergtor über die Klippe gestürzt waren, lagen verstreut umher, doch der Schwarze Hexer wusste genau, wo er suchen musste, und bald hatte er das offene Grab eines alten Gefährten gefunden.

»Ah, Kapitän Mitchell«, flüsterte er und beugte sich tief, um den Schädel und den Knochenhaufen zu betrachten. Er war erleichtert, sie nahezu unversehrt vorzufinden. Thalasi wollte sich sogleich auf die Suche nach dem Geist begeben, um seinen Groll über die erlittene Niederlage zu überwinden, indem er den Befehlshaber herholte, der sein Heer zum Sieg führen würde. Aber es war nur wenig von der Macht des Schwarzen Hexers übrig. Brielle hatte ihm alles genommen, was er gegen sie geschleudert hatte. Er konnte nicht hoffen, in seinem gegenwärtigen Zustand einen so mächtigen Zauber zu wirken, und falls er seine Kraft wiedergewinnen wollte, dann würde die Sonne aufgehen und bis in den Westen wandern, bevor er erneut seine Augen öffnete.

»Verflucht sei diese Hexe«, stieß er hervor und fragte sich, wie es wohl seiner Talon-Armee ohne seine Führung und seinen Schutz während des kommenden Tages ergehen mochte. Würde Brielle sich schneller erholen als er? Und was war mit Istaahl? Würde der Weiße Magier seine Abwesenheit spüren und den Vorteil ausnutzen, um gegen die führerlose Armee zuzuschlagen?

Er schüttelte die Gedanken aus seinem Kopf. Selbst wenn die Talons von seinen Feinden zerstreut werden sollten, dann würde der Preis den Gewinn wert sein. Thalasi wusste jetzt, dass er unmöglich hoffen konnte, zu den östlichen Feldern durchzubrechen, ohne dass er einen vertrauenswürdigen General hatte, der das Heer lenkte. »Und du«, knurrte Thalasi und hielt sich den Schädel vor die dunklen Augen, »sollst dieser General sein.«

Dann machte er sich auf den Weg, zurück ins Herz von Blackemara, das sich in der Gestalt einer riesigen schwarzen Weide manifestierte. Morgan Thalasi kannte diesen Ort gut, denn er selbst hatte diese Verkörperung der Verderbtheit einige Jahrhunderte zuvor gepflanzt.

Er traf kurz nach Tagesanbruch ein und sah die Ungeheuerlichkeit in all ihrer bösen Pracht. Die Weide ragte hundert Fuß hoch, ihr Stamm hatte den dreifachen Umfang eines dicken Mannes und wurde von einem Wurzelgeflecht getragen, das so ausgedehnt war, dass seine unterirdischen Stränge bis zum Rand des Sumpfs reichten. Nur Böses konnte über diesen schwarzen Wurzeln faulen und verwandelte die Reinheit und Gesundheit der Erde in etwas Modriges und Tückisches. Jenseits der Grenzen von Blackemara war das Land eine Huldigung an die Erhabenheit und Schönheit der Natur – der Nordrand von Avalon befand sich nur etwa eine Meile weiter südlich –, aber innerhalb des Sumpfes, auf dem Boden, den die Wurzeln von Thalasis schwarzem Baum befleckten, war die Macht der Erde zu etwas wirklich Unheilvollem geworden.

Brielle und Ardaz hatten sich vor vielen Jahrhunderten zusammengetan und den Ort angegriffen. Sie hatten ihre Magie auf den Sumpf geschleudert und hunderte von Bäumen zersplittert und den verderbten Boden gespalten. Aber die schwarze Weide hatte überlebt. Sie war zu tief verwurzelt, als dass sie selbst von einer so mächtigen Attacke hätte gefällt werden können, und der Sumpf war wieder herangewachsen, dichter und böser als zuvor.

Thalasi betrachtete jetzt den Baum und war getröstet. Er fand eine Nische in dem massigen Stamm und rollte sich darin zum Schlaf zusammen, wobei er Hollis Mitchells Schädel als Kissen benutzte.

Den ganzen Tag hindurch ließ die schwarze Weide ihre Kraft in den müden Körper ihres Schöpfers fließen. Die Sonne stand tief im Westen, als Thalasi erwachte; er fühlte sich stärker als am vorausgegangenen

Tag, sogar stärker als vor seinem Zweikampf mit der Smaragd-Zauberin.

Er streichelte den Stamm – sein Kind – sanft, dann kletterte er auf die untersten Äste. »Erwache, Herz von Blackemara«, rief er leise. »Der Meister ist gekommen; der Meister braucht deine Hilfe.«

Der Baum raschelte leise, obwohl keine Brise durch seine weit ausgebreiteten Zweige wehte. Thalasis böses Lächeln wurde breiter. Er sprach wieder zu der Weide, lauter diesmal, wobei er die geheime Sprache der Zauberer benutzte. Wenn die anderen Zauberer von Ynis Aille Magie anwendeten, dann erklangen vielsilbige Worte in einem melodischen Sprechgesang, der die Harmonie des Universums ansprach. Aber aus dem Mund des Schwarzen Hexers klang das Zauberische böse und hart, wie das Krächzen von Dämonen und Unholden, ein Missklang, der die Reinheit der natürlichen Welt beleidigte.

Doch Morgan Thalasis näselnder Singsang klang nicht weniger machtvoll. Er war ein Meister der dritten Schule der Magie, die nicht um die Mitarbeit der Mächte des Universums bat, sondern sie einforderte. Jede Silbe schickte einen Schauder durch den Stamm des schwarzen Baums.

Thalasi sang über eine Stunde und vollzog ein Ritual, das er vor vielen Jahren erfunden, aber bisher noch nie angewendet hatte. Gewiss würde eine Begegnung mit dem Reich der Toten nicht ohne Risiko sein.

Die Weide antwortete dem Ruf des Schwarzen Hexers, indem sie einen abgebrochenen Zweig fallen ließ, der etwa zwei Schritt lang und armdick war. Thalasi hob das Geschenk auf. Er spürte die Macht, die der Baum hineingelegt hatte.

»Schlange!«, befahl der Schwarze Hexer und das dunkle Holz wurde zu einer giftigen Viper, die sich um Thalasis knochige Handgelenke und Unterarme schlängelte. Der Schlangenkopf zuckte vor dem Gesicht des Schwarzen Hexers herum; Thalasi blies sanft darauf und besänftigte das verzauberte Tier.

Er wusste, was jetzt zu tun war, auch wenn der Gedanke an die Tat ihm einen Schauder über den Rücken jagte. Doch dieses Wesen, zu dem er geworden war, war viel mehr als ein sterblicher Mensch und so neigte er den Kopf zur Seite und bot dem Schlangengeschenk der schwarzen Weide den nackten Hals an.

Die Schlange rollte sich zusammen, stieß zu und senkte ihre von Gift triefenden Fangzähne tief in Thalasis Hals. Doch die Schlange hatte nicht zugebissen, um ihm ihr tödliches Gift zu verpassen – dieses Gift hätte sowieso nur wenig Wirkung auf den Schwarzen Hexer gehabt. Stattdessen saugten die gierigen Zähne der Schlange Thalasis Blut hervor und schickten den mächtigen Saft in das Ding, das zu seinem Zauberstab werden sollte. Als Thalasi spürte, wie seine Kraft aus ihm strömte, gaben die Knie unter ihm nach, aber trotzdem hielt er die Schlange nahe an sich und gab ihr jede Unze Macht, die er erübrigen konnte.

Er würde mit der Zeit seine Kraft wiedergewinnen, aber die Macht, die er dem Stab verlieh, würde ewig andauern.

Als wenig später alles vorbei war, wurde die Schlange wieder zu einem abgebrochenen Ast. Doch nun schimmerte dessen Oberfläche mit einer ebenholzartigen Glattheit und der Stock vibrierte regelrecht vor böser Macht. Thalasi hielt das tückische Ding in Händen und erholte sich schnell. Jetzt waren sie durch das Blut verbunden, er und sein Stab.

Der Stab des Todes.

»Ich grüße dich, mein verlorener Freund«, sagte Thalasi zu Mitchells Schädel. Er klopfte mit seinem Stab darauf und in den leeren Augenhöhlen erschien ein rotes Licht.

»Gut«, murmelte der Schwarze Hexer. »Du hast meinen Ruf gehört. Wie findest du das Reich der Toten, Hollis Mitchell?«

»Das ist nichts für die Ohren der Lebenden«, erklang eine ferne Antwort.

»Natürlich«, sagte Thalasi. »Vielleicht können wir mehr darüber reden, wenn du angekommen bist.«

»Angekommen?« Die Stimme klang beunruhigt. »Lass die Toten ruhen, Martin Reinheiser. Besonders diejenigen, denen du etwas schuldest. Ich habe deinen Verrat nicht vergessen; auch die Ewigkeit wird meinen Zorn nicht auslöschen!«

»Reinheiser?« Der Schwarze Hexer lachte leise. »Aber das ist nur ein Teil des Wesens, dem du dich gegenübersehen wirst. Schlaf weiter, Hollis Mitchell«, sagte er und klopfte erneut auf den Schädel, worauf die roten Lichtpunkte erloschen. »Und wisse: Wenn du geweckt wirst, um wieder in der Welt der Lebenden umherzugehen, wirst du Morgan Thalasis Sklave sein.«

Thalasi schob den Schädel in eine tiefe Tasche seines Gewandes und packte seinen Stab. Er zauberte ein Abbild von Mitchells Grab unter der Felswand herbei; jede Einzelheit wurde immer klarer und deutlicher, während er sich konzentrierte. Dann trat der Schwarze Hexer durch seine eigenen Gedanken und schritt über eine mentale Brücke zurück zu Mitchells Gebeinen.

Sorgfältig hob Thalasi die Knochen aus der Sumpferde und setzte das Skelett wieder zusammen. Was er hier vollzog, war ein mächtiger Zauber, der ihn bis an seine Grenzen belasten würde; schon der kleinste Fehler konnte sich als verheerend erweisen. Aber Arroganz war von jeher das Kennzeichen von Morgan Thalasi und Martin Reinheiser gewesen und selbst das Gespenst des leibhaftigen Todes konnte den Schwarzen Hexer nicht von seinem Vorhaben abbringen.

Als das Skelett vollständig war, umrundete Thalasi es und zeichnete mit seinem Stab einen Kreis in den weichen Boden. Der Stab glühte dunkel, denn dafür war er vor allem geschaffen worden.

»Hollis Timothy Mitchell«, rief Thalasi leise. »*Benak raffin si.*«

Ein weiterer Kreis, ein weiterer Ruf. Und dann noch einmal.

Der Boden um das Skelett herum trieb Blasen, ein dünner schwarzer Rauchfaden stieg auf und umspann die Knochen. Thalasi beherrschte seine Erregung und fuhr mit dem Ritual fort. Er wusste nicht genau, was er zu erwarten hatte, aber er spürte, dass der Geist des toten Kapitäns nahe war, sehr nahe.

»*Benak raffin si*«, flüsterte Thalasi erneut.

»Du wagst es, die Ruhe der Toten zu stören?«, dröhnte eine unirdische Stimme. Der Schwarze Hexer wirbelte herum und sah sich dem sensenschwingenden Knochenmann gegenüber, den jedermann seit den Frühzeiten der Menschheit als Verkörperung der Unterwelt zu erkennen gelernt hatte.

»Mitchell?«, japste Thalasi, dem bei dem Anblick das Herz stillzustehen drohte.

»Wohl kaum«, erwiderte das Gespenst. »Du weißt, wer ich bin, Morgan Thalasi Martin Reinheiser. Ich habe absichtlich die Gestalt angenommen, die du mit Sicherheit erkennen würdest.«

Nachdem der erste Schock nachgelassen hatte, merkte Thalasi, dass er mehr neugierig als ängstlich war. Er bückte sich ein wenig und versuchte einen Blick unter die lange Kapuze des Gespenstes zu werfen. »Charon?«, fragte er.

»Charon, Orcus, Arawn – ich habe viele Namen«, erwiderte das Gespenst.

»Und mit jedem Namen ist, wie es heißt, Macht verknüpft«, sagte Thalasi. »Also hat der Tod selbst auf meinen Ruf geantwortet«, überlegte er. »Ich habe mich wirklich selbst übertroffen.«

»Du Narr!«, entgegnete das Gespenst. »Du hast die Grenze überschritten, die den Sterblichen gesetzt ist. Du bist stark, Schwarzer Hexer, aber ich bin noch schwärzer!« Das Gespenst hob die Arme und langte mit den knochigen Fingern nach Thalasi. »Der Tod hat deinen Ruf beantwortet, Hexer – dein eigener Tod!«

Thalasi schlug mit seinem Stab nach den knochigen Händen. Das Gespenst fing ihn mitten im Schwung auf, aber als die Verkörperung des Todes und der Stab einander berührten, geschah etwas, was keiner von beiden erwartet hatte. Schwarze elektrische Stöße umgaben beide, schlugen auf sie ein, zerrten an ihnen und zehrten mit einer Begierde, die frösteln machte, an ihren vitalen Kräften.

»Was hast du getan?«, fragte die Verkörperung des Todes gebieterisch.

»Ich habe sogar dich geschlagen, unausweichlicher Sieger!«, erwiderte Thalasi lachend. Die knisternden Blitze durchzuckten den Schwarzen Hexer, aber er wusste bereits, dass er der Stärkere war, wenn er den Stab schwang, den er als höchste Perversion geschaffen hatte. Er und der Tod waren verbunden; er spürte den Schrecken und die Qual des Gespenstes.

»Du Narr!«, schrie der Tod erneut, doch Thalasis Antwort war überzeugender.

»Der Tod wird mich nicht hinweggraffen«, knurrte er. »Ich bin nicht länger ein Teil der Welt, die du beherrschst. Ich kann dich verletzen.« Um dies zu unterstreichen, packte der Schwarze Hexer seinen Stab fester und schickte einen tückischen blau-schwarzen Blitzstoß durch die körperliche Gestalt seiner Nemesis.

»Gleichwohl erbitte ich von dir nur eine Kleinigkeit«, fuhr Thalasi fort und gab sich dabei keine Mühe, sein sarkastisches Grinsen zu verbergen. »Gewähre mir meinen Wunsch und ich werde dich in dein dunkles Reich zurückkehren lassen.«

Die Augen des Gespenstes schossen Salven tödlicher roter Energie auf den Schwarzen Hexer ab, doch Thalasi nahm den Schmerz der Stöße hin und erwiderte sie doppelt mit einem weiteren Knistern seines Stabes.

»Ich möchte Mitchell haben.«

»Mitchell gehört mir«, erwiderte der Tod. »Fair gewonnen und fair genommen.«

»Ich habe ihn dir gegeben; ich hole ihn mir nur zurück.«

»Ich werde dich…«

»Du wirst nichts!«, höhnte Thalasi. »Ich werde dich hier festhalten und jene, die dein Reich betreten, werden niemanden vorfinden, der sie empfängt. Verlorene Seelen, die für immer verloren sind!«

Die tückische Wahrheit der Worte des Schwarzen Hexers ließen den Griff des Gespensts um den Stab schwächer werden. Der Tod konnte sich nicht so ausführlich mit einem widerstrebenden Sterblichen beschäftigen – falls Thalasi denn tatsächlich sterblich war. Mit einem Blitz, der den Schwarzen Hexer zu Boden stieß, verschwand das Gespenst.

Thalasi schaute nervös um sich. Trotz seiner Prahlerei war er sich nicht so sicher, ob es klug gewesen war, sich einen so mächtigen Feind zu schaffen. Während er noch auf dem Boden saß, erhob sich ein anderes Wesen vor ihm, doch zu Thalasis Erleichterung war die Verkörperung des Todes nicht zurückgekehrt.

»Sei gegrüßt, alter Freund!«, sagte Thalasi lächelnd und hielt abwehrend den Stab vor sich, bis er die Absichten desjenigen ergründet hatte, dem er sich nun gegenübersah: dem Geist von Hollis Mitchell.

»Sei gegrüßt«, erwiderte Mitchell. Seine Stimme klang heiser und gebrochen.

Thalasi erhob sich langsam und musterte das Gespenst von oben bis unten. Es ähnelte vage Mitchell, zumindest der aufgedunsenen Leiche des Kapitäns, wenn auch seine Gestalt zwischen den beiden gegensätzlichen Ebenen des Seins schwankte. Thalasi hatte die Essenz von Hollis Mitchell aus dem Reich der Toten geholt, doch ein Teil des Gespenstes verblieb noch dort, wodurch die Macht des Wesens nur noch verstärkt würde.

Thalasi musste fast laut lachen. »Was werden meine Talons denken, wenn sie dich sehen«, fragte er, »mit einem aufgedunsenen Gesicht in der grauen Farbe des Todes und Augen, die nicht mehr sind als glühende rote Flammen?«

»Wenn ich so scheußlich bin, dann ist das nur Martin Reinheiser zuzuschreiben«, antwortete das Gespenst.

»Ja, du bist wirklich scheußlich«, stimmte ihm der Schwarze Hexer zu. »Und du bist wütend.«

»Ich stehe jetzt dem gegenüber, der mich ermordet hat«, erwiderte Mitchell. »Sollte ich da nicht wütend sein?«

»Das solltest du«, entgegnete Thalasi sofort.

Das Gespenst neigte den Kopf zur Seite – eine seltsam menschliche Geste von einem so unnatürlichen Wesen.

»Hollis Mitchell hat immer nach Macht gegiert«, erklärte Thalasi, nachdem er einen Moment lang die verwirrenden Bewegungen des Gespenstes überdacht hatte. »Ich habe sie dir gegeben. Macht, die über deine Vorstellung hinausgeht!«

»Einem Untoten«, bemerkte Mitchell. »Ja, ich habe Macht«, gab er zu und sah an sich selbst herab, »aber zu welchem Preis?«

»Welchen Preis sollten wir für den Thron der ganzen Welt festsetzen?«, erwiderte Thalasi lachend. Plötzlich wirkte Mitchell eher neugierig als wütend.

»Ja, der ganzen Welt!«, wiederholte Thalasi angesichts des glühenden Blicks des Gespenstes. »Glaubst du, ich würde mit Charon kämpfen, um dich dann nur zu quälen? Sei kein Narr, alter Freund. Ohne gebührenden Grund hätte ich dich nicht wieder an meine Seite gerufen.«

»Was für ein Grund?« Jeglicher Zorn war aus der Stimme des Gespensts gewichen. Mitchell begriff, welche Macht der Zauberer hatte, der da vor ihm stand; er wusste, dass dieses Wesen viel mehr war als die ausgehöhlte Schale seines alten Gefährten Martin Reinheiser.

»Weißt du, wer ich bin?«, fragte Thalasi.

»Ich kenne dich als Reinheiser.«

»Das bin ich immer noch und ich bin es doch nicht!«, verkündete der Schwarze Hexer und seine unheimlich zwiefache Stimme verlieh seinen Worten Glaubwürdigkeit. »In mir verblieben Martin Reinheiser und Morgan Thalasi. Du siehst das Ergebnis der Verbindung, eine Macht, die über dein Begreifen hinausgeht. Eine Macht, die stark genug ist, dich den Armen des Todes selbst zu entreißen. Du wirst meinen Verrat vergessen, Hollis Mitchell«, versprach Thalasi. »Du sollst neben mir die Welt regieren.« Er trat zur Seite, neben das Skelett eines Pferdes.

»Werde Zeuge meiner Macht«, sagte er und berührte die gebleichten Knochen mit seinem Stab. Er würde nicht den Geist des Tieres herbeirufen; den brauchte er nicht und er war nicht in der Stimmung für einen weiteren Zweikampf mit der Verkörperung des Todes. Aber wo eben noch die Knochen gewesen waren, stand jetzt der belebte Körper eines Pferdes, eines pechschwarzen Rappen mit stumpfen Augen. Thalasis nahm ein paar Verbesserungen an seinem Werk vor, schuf einen Sattel und Zügel und reichte letztere Mitchell.

»Es ist schneller als jedes natürliche Tier«, erklärte der Schwarze Hexer stolz. »Sein Atem ist Feuer! Wasser und Luft werden deinen Ritt weder verlangsamen noch umkehren! Wahrlich ein passendes Ross für den Befehlshaber meines Talon-Heeres!«

Mitchell nahm begierig die Zügel und musterte das verzauberte Reittier. Die Augen des Pferdes glühten wie Kohlen und wenn es einen seiner Hufe hob und wieder auf den Boden setzte, schossen Funken hervor. Körperlich wirkte der Hengst mager und schwach, aber Mitchell wusste um die Kraft, die in ihm wohnte. Eine magische, unirdische Kraft.

Auf Mitchells bloßen Gedanken hin fiel der Hengst auf die Knie und gestattete seinem Herrn, ihn zu besteigen. Der Geist tat dies und wandte sich wieder dem Schwarzen Hexer zu, doch Thalasi war fort, um etwas anderes zu erledigen. Kurz darauf kehrte er an Mitchells Seite zurück und brachte seinem General ein weiteres Geschenk.

»Deine Waffe«, erklärte er und reichte sie Mitchell. Es handelte sich um den Beinknochen eines Pferdes, an dessen Ende ein menschlicher Schädel befestigt war. Eine abstoßende Keule, die blau-schwarz glühte.

Mitchell grinste breit, als er sie in Empfang nahm.

»Welcher Schild wird deinen Hieb aufhalten?«, fragte ihn Thalasi.

»Keiner!«, brüllte das Gespenst.

»Falsch!«, entgegnete Thalasi. »Du bist mächtig, Geist des Mitchell, und du wirst die ganze Welt beherrschen. Die ganze Welt – außer mir.« Thalasi deutete mit seinem Stab auf das Gespenst und sprach einen einfachen Zauberspruch.

Mitchells Gestalt schwankte und verblasste. Einen Moment lang schien der höllische Hengst nicht mehr zu sein als ein Haufen alter Gebeine und die mächtige Keule erschien als einfacher Knochen. Doch Thalasis Lektion hatte ihren Zweck erfüllt und im Nu waren der Hengst, die Keule und das Gespenst wieder so stark wie zuvor.

»Vergiss nie, wer dein Meister ist«, bemerkte Thalasi. »Andernfalls werde ich…«

»Du hast mir Herrschaft versprochen«, unterbrach ihn Mitchell.

»Und die sollst du auch haben«, sagte Thalasi mit einem breiten Lächeln auf den dünnen Lippen. »Sobald die elenden Bewohner dieser Welt besiegt sind, ist mein Ziel erreicht.«

»Und was ist dein Ziel, Schwarzer Hexer?«

»Macht!«, knurrte Thalasi. »Ich mache mir nichts aus einem so erbärmlichen Feldzug. Wenn ich mit diesem Ort hier fertig bin, werde ich einen anderen finden. Und danach wieder einen anderen.«

»Wird es kein Ende geben?« Wieder wirkte Mitchel amüsiert.

»Niemals!«, höhnte Thalasi, weißen Speichel auf den Lippen. »Das ist die Freude der Unendlichkeit und der Ewigkeit: Es wird immer noch etwas mehr geben, um es in Besitz zu nehmen, und es wird immer Zeit geben, um es zu rauben. Ich kehre jetzt auf das Schlachtfeld zurück; zu lange haben meine Talons schon auf die Rückkehr gewartet. Du wirst nach Süden reiten – und den großen Fluss zu deiner Linken halten, doch hüte dich vor Avalons verfluchten Grenzen. Mit der unermüdlichen Energie deines Reittieres wirst du in drei Tagen wieder bei mir sein.« Er hielt seinen schwarzen Stab vor sich und drehte sich in einem schwindelerregenden Wirbel. Und dann war er fort und schritt durch seine Gedanken zum Talon-Lager neben den Vier Brücken.

Mitchell nahm seine Keule, gab seinem Hengst die Sporen und glitt mit Leichtigkeit durch das Gewirr von Blackemara. Als er sich einem riesigen Felsblock näherte, hielt er an und schlug mit all seiner Kraft darauf ein. Als der Rauch sich verzog, kicherte das Gespenst über das Werk seiner Hände, denn unter dem Hieb der Schädelkeule war der Fels zersplittert.

Diese zweite Reise durch das Reich der Lebenden würde ihm sicher gefallen.

KAPITEL 16

Geschichten von Heldenmut

»Er wird es bestimmt verlieren«, rief das Mädchen aufgeregt. »Wir sind sofort zu dir gekommen, als wir von deinen Wundern hörten, aber für sein Bein ist es zu spät.«

Rhiannon trat zu dem fiebernden jungen Mann und untersuchte seine Wunde. Der Talon-Speer war tief eingedrungen, hatte Muskeln und Sehnen durchtrennt und sogar den Knochen angeknackst. Und nun hatte der Wundbrand begonnen: das Bein war purpurrot und grün und unter den Rändern des Verbands sickerte Eiter hervor.

»Eine schlimme Wunde«, bemerkte Rhiannon. Sie legte dem Jungen ihre Hand auf die schweißnasse Stirn. Er merkte es nicht, so sehr war er in sein Fieberdelirium versunken. »Wie heißt er?«, fragte Rhiannon das Mädchen.

»Lennard«, erwiderte Siana.

Rhiannon beugte sich nahe zum Gesicht des Jungen herab. »Lennard«, rief sie leise.

Lennard rührte sich etwas, konnte jedoch nicht antworten.

»Wird er überleben?«, fragte Siana.

Rhiannon lächelte ihr tröstend zu. »Die Wunde ist schlimm und der Wundbrand hat begonnen«, erklärte sie. »Aber vielleicht finden wir einen Weg, den zurückzudrängen. Du solltest ihn jetzt allein lassen.«

»Ich möchte…«, begann Siana, aber ihr großer Freund, Jolsen Schmiedsohn, der hinter ihr stand, legte ihr seine riesigen Arme auf die Schultern und schob sie zur Tür.

»Es ist besser, wenn wir gehen«, sagte er.

»Rette ihn, bitte«, bettelte Siana und widersetzte sich Jolsens sanftem Druck. »Wir haben so viele verloren und Bryan ist noch auf der anderen Seite des Flusses ...«

Rhiannon entging die Erwähnung Bryans nicht. Diesen Namen hatten sie und alle anderen im Lager in letzter Zeit ziemlich oft gehört. Rhiannon beschloss, später mit Siana über diesen geheimnisvollen Helden zu sprechen.

Aber einstweilen, so rief sie sich ins Gedächtnis, musste sie sich um die Verwundeten kümmern. Sie warf einen weiteren Blick auf die hässliche Wunde.

Sie wartete, bis Jolsen das Mädchen aus dem Zelt geleitet hatte, dann ließ sie die Magie in ihrem Inneren aufwallen. Sie wartete, bis ihr Körper vor Energie pulsierte; gegen eine so tückische Infektion würde sie alle Kraft brauchen, die sie aufbieten konnte.

Die junge Zauberin entfernte Lennards Verbände und attackierte zornig die Wunde. Ihre Hände brannten, als sie in Berührung mit der brandigen Haut kam, doch sie unterdrückte den Schmerz mit einer Grimasse und wich nicht zurück. Hinter den geschlossenen Lidern ihrer Augen konnte sie sich den Kampf in imaginären Verkörperungen vorstellen: einen grotesken Klumpen Krankheit, der mit fauligen Armstümpfen nach ihr langte, um sie zu ersticken, doch sie schlug zurück mit Händen, die von der Macht der Erde glühten. Bei jedem Schlag entwich zischend hässlicher Rauch aus der Gestalt des knolligen Unholds. Der Kampf ging lange Zeit hin und her. Einige Male erstickte der monströse Klumpen sie fast in seiner ekelhaften Umarmung, aber jedesmal schlug die unverwüstliche Zauberin das Ding zurück und allmählich begann es zu schrumpfen und seine Form zu verlieren.

Rhiannon wusste nicht, wie viel Zeit vergangen war, als sie wieder die Augen öffnete. Sie lag über der Taille des jungen Mannes. Sie war unglaublich müde und ihre Hände schmerzten noch, aber diese Beschwerden würden schließlich vergehen. Zu ihrer tiefen Erleichterung sah Rhiannon, dass Lennards Leiden auch vergehen würden. Jetzt ruhte er entspannt. Alle Anzeichen des Fiebers waren verschwunden und sein jugendliches Gesicht zeigte einen Ausdruck echten Friedens. Die Wunde war immer noch schlimm, aber die Ansteckung war völlig besiegt und es schien, dass das Bein sauber heilen würde.

Mit großer Anstrengung zog sich Rhiannon hoch. In diesem Augenblick wünschte sie nichts sehnlicher, als auf eine Pritsche zu sinken und zu schlafen.

Doch an diesem Nachmittag hatte es auf der anderen Seite des Flusses wieder eine Schlacht gegeben und zweifellos waren weitere armselige Flüchtlinge über die Brücken gekommen. Rhiannon brauchte gar nicht durch die Zeltklappe nach draußen zu schauen, um zu wissen, dass sich die Zahl der Verwundeten erhöht hatte.

Am nächsten Tag trat Rhiannon nach einem kurzen Schlummer auf dem Boden neben dem Bett ihres letzten Patienten in die Morgensonne hinaus. Siana und Jolsen standen vor dem Zelt und warteten besorgt, aber geduldig auf sie.

»Wie geht es ihm?«, fragte Siana schnell.

»Er hat keine Beschwerden«, erwiderte Rhiannon mit einem Lächeln. »Die Krankheit, die ihn in den Klauen hatte, war gewiss tückisch, aber ich glaube, er hat sie überwunden. Er ist ein tapferer Junge und gibt nicht auf.«

»Ihm wurde auch geholfen«, sagte Siana mit Tränen in den Augen und legte ihre Hand auf Rhiannons Arm.

»Vielleicht ein wenig«, gab Rhiannon zu.

»Dürfen wir zu ihm hinein?«, fragte Jolsen.

»Ihr dürft, aber ich weiß nicht, ob er euch hören wird.« Jolsen ging zur Zeltklappe, doch Rhiannon winkte Siana, sie solle zurückbleiben.

»Ich komme gleich nach«, sagte das Mädchen zu Jolsen.

»Du hast einen Namen genannt, über den ich mehr hören möchte«, erklärte Rhiannon, nachdem Jolsen im Zelt verschwunden war.

Siana verstand nicht.

»Bryan«, erklärte Rhiannon. »Kennst du ihn?«

»Gewiss«, erwiderte Siana. »Wir waren Kameraden, wir alle.« Sie senkte den Blick und verfiel in Flüstern. »Zusammen mit zehn anderen, die nicht entkamen, als die Talons auftauchten. Auch ich läge jetzt tot in den Baerendels, wenn Bryan nicht gewesen wäre.«

»Warum ist er nicht mit euch übrigen über den Fluss gekommen?«

Sianas Blick schweifte hinüber zu der dunklen Silhouette der fernen Bergkette.

»Er meinte, dort müsste mehr getan werden«, erwiderte sie. »Seit der Nacht, als wir herüberkamen, haben viele andere von seinen Taten gesprochen, denen er über den Fluss geholfen hat; es scheint, dass er Recht hatte.«

»Er muss ein tapferer Kerl sein«, bemerkte Rhiannon und beobachtete den in die Ferne schweifenden Blick des Mädchens. Bei dem Kompliment funkelte es in Sianas Augen, als hätte Rhiannon es an sie gerichtet.

»O ja, das ist er«, sagte sie. »Sein Vater war ein Elfenkrieger. Er hat in der Schlacht von Bergtor an der Seite von Arien Silberblatt gekämpft. Es scheint, dass er viel von seiner Tapferkeit an seinen Sohn weitergegeben hat.«

»Bryan ist ein Elf?«, fragte Rhiannon verwundert. Sie

vermutete, dass nicht viele Elfen im Südland lebten, so weit weg vom Illuma-Tal.

»Ein Halbelf«, erklärte Siana. »Sein Vater hat eine Menschenfrau geheiratet, aber sie starb, als Bryan noch sehr klein war. Bryan und sein Vater blieben danach in Corning.«

»Meriwindle!« Rhiannon erinnerte sich an den mutigen Elfen, dem sie begegnet war, als sie und die Waldwächter in die Stadt gekommen waren.

»Du kennst ihn?«

»Wir sind uns in Corning begegnet«, sagte Rhiannon, »genau an jenem Morgen, als…« Sie behielt den zweiten Teil des Satzes für sich, da sie in dem leidgeprüften Mädchen keine weiteren unangenehmen Erinnerungen wachrufen wollte.

»Ich glaube, dass er tapfer gestorben ist«, bemerkte Siana und biss die Zähne zusammen.

»Das vermute ich auch«, versicherte ihr Rhiannon und sie schwieg eine Weile, da sie sah, wie Siana ihren Gedanken nachhing und den Blick nach Westen richtete.

»Wie lange, glaubst du, wird er dort draußen bleiben?«, fragte die junge Zauberin, als Siana sie schließlich wieder anschaute.

»Bis er seine Arbeit getan hat«, erwiderte Siana grimmig. »Oder bis die Talons ihn erwischen.« Sie schaute Rhianna direkt ins Gesicht und ballte unbewusst die Fäuste.

»Sei versichert«, fuhr sie im gleichen entschlossenen Ton fort, »Bryan wird in diesem Krieg mehr als das Seine tun.«

»Das hat er schon getan«, warf Rhiannon schnell ein.

»Und hundert Talons und mehr werden wünschen, er hätte mit uns anderen den Fluss überquert!«

Rhiannon legte ein Hand auf Sianas Schulter, um das Mädchen zu beruhigen. »Geh zu deinem Freund«, sagte sie und schaute hinüber zu der Zeltklappe. »Gewiss wird er nach deinem Gesicht suchen, wenn er wieder die Augen zu öffnet.«

Aus Sianas Ausdruck wich die Spannung. »Danke«, sagte sie zu Rhiannon. »Dank für alles.«

Dann war sie fort und Rhiannon stand allein auf dem Feld und schaute über den Fluss. Sie fragte sich, wie viele tapfere Taten dieser neue Held noch vollbringen würde, bevor ein Talon-Schwert sein Herz fand.

Der verhüllte Körper des Talons wurde langsam in den Baum hinaufgehoben. Hoch darüber, die Füße fest auf dicke Äste gesetzt und den Rücken gegen den Stamm gelehnt, zog Bryan an dem Seil. Der Halbelf brauchte fast eine halbe Stunde, um den toten Talon an Ort und Stelle zu bringen, aber der Köder würde die Mühe wert sein, falls man ihn entdeckte.

Dann verbrachte Bryan auf den niedrigeren Ästen eine weitere halbe Stunde damit, die schwere Armbrust zu platzieren und die Spannung der Auslöseschnur zu überprüfen. Vermutlich war keine dieser Vorsichtsmaßnahmen notwendig, aber er hatte bisher so lange überlebt, weil er sich alle Möglichkeiten offen hielt. In der Wildnis, die früher einmal das westliche Calva gewesen war, brächte Sorglosigkeit ihm den sicheren Untergang.

Zurück auf seinem Hochsitz, schaute Bryan nach Westen über das Wäldchen hinweg zu den Schatten einiger Felssporne und einer Häusergruppe. Die kleine Siedlung war jetzt von Talons besetzt, denn immer wieder reckte eines der schmutzigen Wesen den Kopf über die Mauer, welche die Häuser umgab. Auf dem Feld vor der Mauer lag etwa ein Dutzend Talon-Leichen in der Morgensonne: Aas für die Geier. Die Grenzer waren nicht aus der Siedlung geflohen, zumindest nicht alle, und sie hatten anscheinend unter den Eindringlingen ihren Tribut gefordert, bevor sie überrannt worden waren.

Bryan schauderte bei dem Gedanken an das bittere Schicksal, das diese Leute ereilt haben musste, als ihre Verteidigung schließlich zusammenbrach. Talons kannten kein Erbarmen.

»Sie sollen gerächt werden«, schwor der Halbelf dem Wind und schaute nach Osten. Talons liebten das Tageslicht nicht sonderlich. Als die Schatten der Felsen schrumpften, während die Sonne am Himmel aufstieg, nahmen die Aktivitäten jenseits der Mauer der Siedlung ab. Bryan kroch im Schutz der Felsen heran, umrundete den Ort und erblickte dabei nur einen Wächter, der mit tief herabgezogener Kapuze schwer an einem Holzbalken lehnte – vermutlich schlafend, dachte Bryan.

Der junge Krieger spannte seine Bogensehne und zielte. Doch dann überlegte Bryan es sich anders und unterließ den Schuss. Der Talon bewegte sich immer noch nicht; vielleicht konnte Bryan näher an ihn herankommen, um auf weniger riskante Weise zuzuschlagen.

Er glitt bis zum Fuß der Mauer, nur ein paar Fuß seitlich von dem Wächter. Die Mauer war zehn Fuß hoch, aber dem gewandten Halbelfen fiel es leicht, hoch genug zu klettern, um darüber zu spähen.

Keinerlei Aktivität.

Bryan trat auf den Wehrgang; immer noch bewegte sich der Wächter nicht. Inzwischen wusste Bryan mit Sicherheit, dass die Kreatur döste. Langsam schlich er sich an den Wächter heran, seinen Dolch in der Hand.

Der Talon würde nie mehr seine Glubschaugen aufmachen.

Innerhalb der Mauer gab es nur sechs Häuser und ein paar kleinere Scheunen. Bryan kannte den Namen dieser Siedlung am östlichen Ende der Baerendels nicht. Die Leute hier waren meistens Pelzjäger, die zweimal im Jahr nach Corning oder Stromstadt reisten, um ihre Felle gegen Waren einzutauschen. Sie hatten wahrscheinlich keine Vorstellung vom Ausmaß der Talon-Invasion gehabt, als diese kleine Gruppe ihren Ort angegriffen und erobert hatte.

Bryan ging den Wehrgang entlang und stieg dann über eine Leiter in der Nähe eines der Häuser, eines kleinen, einstöckigen Gebäudes, hinab. Das Haus hatte keine Fenster, aber eine seiner Türen stand so weit offen, dass Bryan einen Blick hineinwerfen konnte.

»Nix zu essen«, hörte er. »Nix, nix, nix! Was essen denn diese Leute hier?«

Bryan, der jetzt an der Tür stand, blickte prüfend in den Raum: es handelte sich um eine Vorratskammer, in der ein großer Talon von Regal zu Regal ging, Säcke und Kisten umstieß und einen ständigen Schwall von Flüchen ausstieß.

Als Bryan sicher war, dass die Kreatur nur mit sich selbst redete, schlüpfte er hinein und nahm dabei einen Apfel von einem Bord neben der Tür.

»Nix!«, meckerte der große Talon erneut.

»Wie steht es damit?«, fragte Bryan.

Der Talon drehte sich verwundert um und sah Bryan, der mit einem schlauen Lächeln auf dem Gesicht ihm das Stück Obst hinhielt.

»Hier«, bot Bryan der verdutzten Kreatur an und warf den Apfel in die Luft. Als der dumme Talon instinktiv den Kopf reckte, um mit den Augen dem Flug des Apfels zu folgen, stieß ihm Bryan die Schwertspitze durch den gestreckten Hals.

Der nächste Raum war leer, aber auf ein Schnarchen aus dem dritten Zimmer hin duckte sich Bryan wieder vorsichtig. Die dröhnenden Geräusche und die nachfolgenden Beschwerden darüber verrieten ihm, dass einige der Unholde drinnen waren. Die Klugheit verlangte es, dass er sich zurückzog.

Doch Bryans Elfenschwert, das in zornigem Blau glühte, sagte ihm etwas anderes. Es gelang ihm, sein Glucksen zu unterdrücken, als er durch den leeren Raum sprang und durch die Tür sauste.

Zwei der fünf Talons in dem Zimmer waren wach und Bryan dachte, der erschrockene Ausdruck auf ihren Gesichtern allein sei schon das Risiko wert gewesen.

Er brachte einen der schnarchenden Talons mit einem Seitenhieb seines Schwerts zum Schweigen, dann hob er seinen Schild gerade rechtzeitig, um einen Stuhl abzuwehren, den eine der stehenden Bestien auf ihn geschleudert hatte. Der andere Talon stürzte zu der zweiten Tür des Zimmers, doch Bryan hatte dies vorausgesehen. Er warf sein Schwert in die Luft und fing es mit seiner Schildhand auf, während seine freie Hand mit der gleichen leichten Bewegung einen Dolch aus seinem Gürtel zog und ihn nach dem fliehenden Talon warf. Die Waffe drang dem Unhold bis zum Heft in den Rücken und ließ ihn taumeln.

Der Talon nahm den Hieb mit einem mürrischen Grinsen hin, ein Dolch würde ihn nicht von der Flucht zu den Verstärkungen abhalten. Doch die grimmige Heiterkeit der Kreatur erwies sich als kurzlebig, denn Bryans Gedanken waren den gleichen Überlegungen gefolgt. Noch während der erste Dolch dem Talon in den Rücken drang, waren schon zwei weitere todbringend unterwegs.

Der zweite Dolch ließ den Talon auf die Knie fallen, der dritte bewirkte, dass er der Länge nach hinschlug. Der Talon stieß noch im Fallen die Tür auf und lag dann über die Schwelle hingestreckt.

»Verdammt!«, stieß Bryan hervor. Er hatte gehofft, er würde die Kreatur erwischen, bevor sie die Tür erreichte. Er konnte sich allerdings über das Missgeschick nicht den Kopf zerbrechen, denn der Talon, der den

Stuhl geworfen hatte, ging mit gezogenem Schwert auf ihn los und die anderen beiden in dem Zimmer waren aus ihrem Schlaf erwacht.

Bryan wehrte mit seinem Schild einen Angriff ab, dann drehte er sich nach der Tür in seinem Rücken um. Plötzlich blieb er stehen und stieß sein Schwert mit einer blitzschnellen Bewegung hinter sich.

Die tödliche Waffe drang dem Talon tief in die Brust, als dieser den allerersten Schritt zur Verfolgung tat. Bryan wirbelte herum, zog die Klinge heraus und erledigte den keuchenden Talon mit einem Überhandschlag.

Inzwischen war ein anderer Talon aufgestanden und suchte hektisch nach seiner Waffe. Doch Bryan hackte wütend auf ihn ein, schlug ihm die Arme ab, als der Talon sie hochwarf, um die Hiebe abzuwehren, und trieb dann sein Schwert tief in das Herz des Unholds und stieß ihn in die Schwärze des Todes.

Der letzte Talon stürmte quer durch den Raum mit der Streitaxt über dem Kopf auf ihn los. Mit einem plötzlichen Sprung krachte Bryan gegen den Talon, bevor dieser reagieren konnte, und der glänzende Schild des Halbelfen schlug dem Talon ins Gesicht.

Der Talon taumelte zurück. Blut sprudelte aus seiner zerschmetterten Nase und er versuchte seine Fassung wiederzugewinnen.

Bryan folgte ihm mit erhobenem Schwert und fand genügend Lücken in der Abwehr des Schwankenden, um ihn schnell zu erledigen.

»Im Haus wird gekämpft!«, flüsterte der Junge aufgeregt seiner Mutter zu.

»Pssst!«, schalt ihn die Mutter und drückte ihr jüngeres Kind fester an ihren Busen. Aber auch die Frau hatte das scharfe Klirren von Metall gehört und konnte nicht leugnen, dass ihr Sohn mit seiner Beobachtung Recht hatte.

Befriedigt, dass das Haus gesäubert war, kehrte Bryan in die Vorratskammer zurück und steckte sich die Dolche in den Gürtel. Eigentlich sollte er weiterziehen, aber er konnte seinen knurrenden Magen nicht ignorieren. Seit wie vielen Tagen hatte er keine anständige Mahlzeit mehr gehabt?

Der Halbelf sammelte sich etwas zum Essen zusammen und setzte sich an den kleinen Tisch, der in dem Raum stand.

Das Geräusch von Talons, die sich der Tür näherten, machte ihm kurz darauf klar, wie töricht er gewesen war.

Zwei der Bestien platzten in die Vorratskammer und blieben stehen, als sie den jungen Halbelfen sahen, der ruhig an dem Tisch saß und einen Apfel schälte. »Der Geisterkämpfer!«, brüllte einer und stellte sich auf die Zehenspitzen.

»Wollt ihr auch etwas?«, fragte Bryan lässig und lächelte über den wohlverdienten Spitznamen, den die Talons ihm gegeben hatten. Zu wütend, um noch verwirrt zu sein, griff die Bestie an.

Bryan schleuderte ihm das Messer ins Auge.

Der andere Talon stürmte heran und stieß auf halbem Weg zu seiner beabsichtigten Beute mit einem rutschenden Tisch zusammen. Der Talon musste um sein Gleichgewicht kämpfen und stieß schließlich den Tisch beiseite. Knurrend und hundert Drohungen und Flüche ausstoßend, pirschte er sich vorsichtiger heran.

Bryan stand jetzt hinter dem Stuhl, das Schwert in der Hand. Er hakte seinen Stiefel unter die Quersprosse und wartete geduldig darauf, dass die Kreatur nahe genug herankäme.

Der Talon ging vorsichtig auf ihn los und erwartete, jeden Moment einen fliegenden Stuhl abfangen zu müssen.

»Komm doch her«, forderte Bryan ihn auf.

Als der Talon nur noch wenige Fuß entfernt war, machte Bryan eine ruckartige Bewegung mit seinem Bein. Der Talon duckte sich sofort zusammen und warf die Arme über Kreuz vor die Brust.

Doch der Stuhl kam nicht geflogen. Bryan hielt in der Bewegung inne, kaum dass er sie begonnen hatte, stattdessen sprang er über den Stuhl auf den Talon zu und hieb in einem schnellen Bogen mit dem Schwert auf ihn ein. Der Talon, der die Hände in Erwartung des fliegenden Stuhls vor der Brust hatte, bekam das Schwert direkt auf den Scheitel seines hässlichen Kopfes.

»Sie verstehen nie, wenn ich einen Spaß mache.« Bryan stieg über den Talon hinweg, um den anderen zu erledigen, der sich mit dem Dolch im Auge auf dem Boden krümmte.

Trotz all seiner äußerlichen Ruhe wusste Bryan, dass der Zeitpunkt gekommen war, die Siedlung zu verlassen. Dieser letzte Kampf, besonders das Stöhnen des einäugigen Talons auf dem Boden, hatte genug Lärm gemacht, um seine Kameraden aufzuschrecken. Bryan glitt zur Tür und spähte hinaus, doch dann hörte er hinter sich ein Kratzen und wirbelte herum, einen Dolch wurfbereit.

Statt eines weiteren Talons erblickte der junge Krieger jedoch eine verängstigte Frau, die aus der Falltür eines Rübenkellers herausspähte, die unter einer Bank an der Seitenwand der Vorratskammer versteckt war.

»Ich habe es dir doch gesagt, Mama«, ertönte die Stimme eines Jungen unterhalb von ihr.

Bryan schaute wieder auf den Hof hinaus, wo jetzt Talons herumrannten.

»Geht wieder hinunter!«, flüsterte er der Frau zu. »Ich komme zurück und hole euch. Das verspreche ich.«

Die Frau zögerte, da sie sich nicht wieder in das dunkle und schmutzige Loch zurückziehen wollte. »Ich und der Junge und meine Tochter sind schon mehr als eine halbe Woche da drinnen…«, begann sie zu erklären, doch Bryan ließ ihr keine Wahl. Er rannte hinüber und drückte die Falltür sanft zu, wobei er erneut versprach, dass er bald zurückkehren würde, um sie und ihre Kinder in Sicherheit zu bringen. Und als die Tür zu war, schob er eine schwere Kiste darüber, um sie noch mehr vor den Augen der Talons zu verbergen.

Die Frau verbarg ihre Enttäuschung vor ihrem schluchzenden Sohn. »Setz dich ruhig hin«, wies sie ihn an. »Dieser Mann wird wiederkommen und uns holen, das weiß ich.«

Bryan ließ den Bogen von der Schulter gleiten, als er die Leiter hinaufstieg.

»Auf der Mauer!«, schrie einer der Talons, der ihn entdeckt hatte. »Der Geisterkämpfer!« Eine ganze Gruppe der Bestien stürmte über den Hof auf den Halbelfen zu, doch sie besannen sich schnell eines Besseren und änderten ihre Richtung, als die ersten von Bryans Pfeilen heransausten.

Mit ein paar weiteren guten Schüssen tötete er zwei Talons, bevor die Front der Verteidigung und Vergeltung sich um ihn herum organisieren konnte. Als der erste Speer in hohem Bogen auf ihn zuflog, sprang er über die Mauer und ließ sich leicht auf den Boden fallen.

Das hölzerne Tor schwang auf, und knapp zwei Dutzend Talons stürzten hervor. Einer von ihnen fiel mit einem Pfeil im Hals zu Boden. Bryan rannte ins offene Gelände davon, aber nie so weit voran, dass er seine Verfolger entmutigt hätte. Normalerweise hätte er diesen letzten günstigen Schuss abgefeuert und wäre dann in den Wäldern des Berghangs verschwunden, aber das Auftauchen der Frau und ihrer Kinder hatte seine Pläne verändert.

Bryan rannte vor den Talons über das offene Gelände und schoss immer wieder einen Pfeil nach hinten ab. Einer der Talons rannte seinen Kameraden davon und holte gegenüber dem Halbelfen auf.

»Zu nah«, bemerkte Bryan und schätzte die Entfernung zu den Bäumen ab. Er legte einen weiteren Pfeil an die Bogensehne und ließ den Talon ein wenig näher kommen.

Gerade als die Kreatur ihren Speer hob, drehte sich Bryan herum und schoss.

Bryan hatte gut gezielt. Der Talon fiel zu Boden.

Doch einer plötzlichen Eingebung folgend, zuckte der junge Krieger zur Seite, womit er sich gefährlich nahe in die Flugbahn des Speers begab. Mit einer Hand griff er nach einem Dolch in seinem Gürtel. Genau im richtigen Augenblick drehte er sich herum, als der Speer auftraf. Bryan gab vor, getroffen zu sein, während er nur gestreift worden war.

Bryan stolperte rückwärts und lief wieder auf die Bäume zu, wobei er absichtlich taumelte und sich insgeheim einen kleinen Schnitt in den Unterarm beibrachte.

»Gurgrol hat ihn erwischt!«, hörte er einen der Talon-Verfolger schadenfroh aufschreien, der sich anscheinend nicht darum kümmerte, dass Gurgrol dafür teuer bezahlt hatte.

Bryan verschwand in dem schattigen Wäldchen und strebte geradewegs auf seinen Fallenbaum zu, wobei er sorgfältig eine Spur von Blutstropfen zurückließ. Als er die massige Ulme erreichte, schmierte er einen roten Fleck auf deren Stamm, dann wickelte er seinen Mantel um die oberflächliche Wunde und eilte weiter ins dichte Unterholz davon.

Angespornt von dem vorgeblichen Treffer, krachten die Talons bald nach Bryan in das Gebüsch und drückten im Laufen die Zweige beiseite. Die Blutspur war deutlich zu sehen und führte sie direkt zu der Ulme.

»Dort oben ist er!«, rief einer der Talons, als er den verhüllten Körper entdeckte, der auf den hohen Ästen saß. Speere und Pfeile flogen in den Baum hinauf und kamen beim Herunterfallen ihren Werfern näher, als sie der Gestalt im Wipfel gekommen waren. Dann nahm ein Talon einen kleinen Stein und schleuderte ihn hinauf. Das Geschoss prallte von einem Zweig neben der Gestalt ab.

»Bah, der ist wahrscheinlich schon tot«, rief der Talon, als er merkte, dass sich die Gestalt nicht bewegte.

»Wenn du wüsstest«, flüsterte Bryan an seinem Beobachtungspunkt nicht weit davon entfernt.

Der Talon sprang auf die untersten Äste, ein Messer zwischen den Zähnen, und begann hinaufzusteigen. Bryan wartete gespannt darauf, dass er auf einen bestimmten Zweig trat – den er ausgewählt hatte, weil jeder Talon, der den Baum bestieg, auf diesen Zweig treten würde, um höher hinaufzugelangen.

Der Ast bog sich unter dem Gewicht des Talons und zog an einer verborgenen Schnur. Der Unhold hörte neben sich etwas klicken, erkannte jedoch nicht, dass eine Armbrust abgeschossen worden war.

Zur Überraschung der Talons auf dem Boden sackte ihr Kamerad zur Seite und krachte tot herab.

»Der Geisterkämpfer«, murmelte einer von ihnen und alle wichen vorsichtig einen Schritt zurück.

»Verbrennt ihn!«, schrie ein anderer und sofort erhob sich ein Chor zustimmender Rufe. Einige der Talons begannen Brennholz zusammenzusuchen.

Bryan wusste, dass es Zeit war zu verschwinden, doch in sicherer Entfernung hielt er an und beobachtete, wie die Flammen hoch in die Luft sprangen. Er hörte die siegesgewissen Schreie der Talons.

»Sie wissen nie, wann ich einen Spaß mache«, bemerkte Bryan erneut und schlug sich ins Gebüsch, um etwas Ruhe zu finden. Ihm stand eine geschäftige Nacht bevor.

Wieder bekam ein einsamer Wächter auf der Mauer des Weilers einen Dolch in die Brust.

Mitternacht schon vorüber, aber die Feier der Talons ging unentwegt weiter. Sie tanzten um die Häuser und sangen ihre gutturalen Lieder, ohne auf die verhüllte Gestalt auf der Mauer zu achten.

Bryan gelang es, über die Leiter ins Haus zu kommen, und zu seiner Erleichterung entdeckte er, dass keine Talons in der Vorratskammer waren. Er hörte ein Scharren im benachbarten Raum, doch er konnte nicht warten, um herauszufinden, ob sich jemand näherte. Er ging zu der Falltür, öffnete sie sanft und rief der Frau leise zu, damit sie nicht überrascht aufschrie.

»Kommt schnell!« Bryan zog den Jungen aus dem Loch und nahm dann der Mutter das kleine Mädchen ab.

»Hast du…«, platzte der Junge heraus, bevor Bryan ihm Schweigen gebieten konnte. Bryan reichte der Mutter das Baby, zog sein Schwert und sprang zu der Tür zum Nebenraum. Aber die Talons waren in ihr Spiel vertieft und hatten anscheinend das Geräusch nicht bemerkt.

Als er sich sicher war, dass die Luft rein war, führte Bryan die Familie aus dem Haus und zur Mauer. Hinter ihnen zog er die Leiter hoch und lehnte sie an die andere Seite. In dieser Nacht hätte er zwei Dutzend Talons töten können, da sie den Tod des ›Geisterkämpfers‹ feierten. Aber ein Blick auf die Mutter und die beiden Kinder vertrieb derartige Gedanken. In dieser Nacht hatte er nur ein Ziel.

»Wir müssen zum Fluss gelangen.«

Ein paar Stunden später saßen sie in einem Boot. Bryan ruderte die drei hinüber zum sicheren Ostufer.

»Warum haben sie so gefeiert?«, fragte die Mutter. Es waren ihre ersten Worte, seit sie das Gehöft verlassen hatten.

»Sie dachten, sie hätten mich getötet.«

»Du musst wirklich mächtig sein, wenn dein vermeintlicher Tod eine solche Freude auslöst«, bemerkte die Frau.

»Sie machen mehr aus mir, als ich bin«, erwiderte Bryan bescheiden. »Ich nutze einfach ihre Furcht zu meinem Vorteil aus.«

»Machst du das schon lange?«, fragte der Junge.

»Mir kommt es wie Jahre vor«, erwiderte Bryan und die Frau bemerkte zum ersten Mal, wie müde der junge Held wirkte.

»Und ist es jetzt vorbei?«, fragte sie. »Sie glauben, du seist tot. Warum willst du es nicht dabei belassen?«

Bryan brauchte einige Zeit, um eine Antwort zu finden.

Wie lange noch konnte er hoffen, den Talons zu entgehen?

Warum sollte er nicht mit dieser Familie weiterziehen und sich im Norden an den Vier Brücken der calvanischen Armee anschließen? Sicher würde ihm die Ruhe und die Gesellschaft von Menschen guttun.

Aber wie viele Familien hockten noch in dunklen Löchern und warteten ohne Hoffnung?

»Ich muss zurück«, sagte er schließlich.

Die Frau stellte ihm keine Fragen mehr. Sie hatte in den vergangenen Tagen zu viel Tod und Leid gesehen, um sich wegen der Grillen eines jungen Kriegers Sorgen zu machen.

»Wie kann ich dir deine Hilfe vergelten?«, erkundigte sie sich schließlich.

»Ich habe Freunde auf der anderen Seite«, erwiderte Bryan. »Irgendwo in der Nähe von Stromstadt, vermute ich. Ein Mädchen namens Siana und zwei Burschen in

meinem Alter, Jolsen Schmiedsohn und Lennard…« Der
Name blieb ihm im Hals stecken, da er sich plötzlich fragte, ob Lennard seine schlimme Wunde überlebt
hatte.

»Aus Corning«, redete er weiter, als er den dunklen
Gedanken überwunden hatte. »Suche sie um meinet-
willen. Sag ihnen, ich hoffe, es geht ihnen genauso gut
wie mir.«

Die Frau nickte. »Und was soll ich ihnen sagen, wenn
sie wissen wollen, wann du zurückkommst?«

Bryans Lächeln überrumpelte sie. Zweifellos wusste
sie um die bittere Wahrheit hinter Bryans zur Schau
getragener Zuversicht und aus seinem resignierten Lächeln konnte sie schließen, dass Bryan sie auch kannte.

»Bald.«

Dann saß der Halbelf wieder ganz allein in dem
Boot und ruderte zum westlichen Ufer hinüber, auf das
Heer übler Talons zu.

KAPITEL 17

Mitten in der Nacht

Im Osten stieg der Mond am wolkenlosen Himmel auf und überstrahlte die funkelnden Sterne auf seinem leuchtenden Pfad. Das nächtliche Firmament erschien heiter und friedlich, so ganz anders als die Ereignisse unten auf der Erde.

Hollis Mitchells Gespenst spornte den höllischen Hengst an und ritt am westlichen Rand von Avalon entlang. In seinem früheren Leben war Mitchell einmal durch diesen Wald gezogen, eine Begegnung, die den bösartigen Geist noch jetzt finster blicken ließ. Und jetzt, da er Orte der Schönheit und des Lebens noch abscheulicher fand, schaute er mit offenem Hass auf Brielles Wald.

Mitchell lenkte sein Reittier waldeinwärts und stürmte auf einen der Grenzbäume zu. »Für dich, du dumme Hexe!«, knurrte er und schmetterte seine Knochenkeule gegen den Baum. Die Waffe drang in den Stamm ein und verbrannte ihn mit ihrer boshaften Magie.

Doch Avalon schlug zurück.

Blaue Funken umhüllten die Keule und ihren untoten Besitzer. Mitchell widerstand einige Momente lang ihrer Macht, doch dann wurde er vom Rücken seines Pferdes geworfen. Verdutzt erhob er sich vom Boden.

Brielle stand im Schatten ihrer Bäume.

»Du scheußlicher Wicht!«, schrie sie ihn an.

»Elende Hexe«, erwiderte Mitchell höhnisch.

»Verschwinde aus meinem Wald«, fuhr Brielle fort und wurde plötzlich groß und bedrohlich. Die Meisterin der Ersten Magie, die über allen in Aielle stand, erkannte die wahre Natur des Gespensts und wusste, dass schon dessen bloße Existenz ein Verbrechen gegen die Ordnung der Natur war. »Du hast keinen Ort hier, keinen Ort auf der ganzen Welt!«

»O doch!«, gab Mitchell zurück. »Einen Ort, der immer größer und stärker wird. Ein Ort, der eines Tages auch deine Bäume einschließen wird.«

Feuer brannte in Brielles grünen Augen; der Smaragd auf ihrer Stirn, ihr Zaubererzeichen, verdüsterte sich angesichts der Perversion, die das Gespenst darstellte. Aber trotz aller Stärke und Entschlossenheit lief ein unwillkürlicher Schauder über den Rücken der schönen Zauberin; Thalasis Macht musste wirklich groß sein, wenn er einen Geist aus der Unterwelt holen konnte!

»Verschwinde!«, befahl sie erneut und während Mitchell noch das Gesicht zu einem spöttischen Lächeln verzog, erfüllte ein Licht so hell wie die Mittagssonne die Luft um ihn herum.

»Verdammte Hexe!«, schrie Mitchell unter brennenden Schmerzen.

»Du bist es, der verdammt ist, abscheulicher Untoter«, erwiderte Brielle. »Mit welchem Recht gehst du in der Welt umher?« Sie wollte mit voller Kraft auf das Gespenst losgehen, hier und jetzt seine Stärke prüfen und es in das Reich zurückschicken, wohin es gehörte. Doch Brielle hatte sich noch nicht von ihrer letzten Begegnung mit dem Schwarzen Hexer erholt.

Mitchell schwang sich wieder in den Sattel. Ohne Schwierigkeiten lenkte er seinen Hengst vom Wald weg.

»Ich werde wiederkommen, du Hexe«, schrie er über die Schulter zurück, während er nach Süden davonritt. »Und nächstes Mal wirst du mich nicht so leicht loswerden!«

Brielle ließ die leuchtende Kugel ihres verzauberten Lichts verschwinden und beobachtete, wie das Gespenst fortritt. Sie fürchtete, seine Worte könnten sich bewahrheiten.

»Bei meinen Augen, was für eine schöne Nacht«, bemerkte Andovar, während er von der Glut des Lagerfeuers auf den silbrig schimmernden großen Fluss blickte.

»Nur allzu wahr«, erwiderte Belexus. »Keine Nacht, um an Krieg zu denken.«

Andovar lächelte bitter. »Ich habe nicht an Krieg gedacht«, versicherte er seinem Freund.

»Dann an Rhiannon«, sagte Belexus und lachte. Er rief sich das Bild der schwarzhaarigen Frau mit ihren leuchtend blauen Augen in Erinnerung. »Ja«, stimmte er zu. »Diese Nacht ist recht, um an sie zu denken. Und ich vermute, dass du ausreichend an sie gedacht hast.«

»Mehr als ausreichend«, erwiderte Andovar amüsiert.

»Sie hat dich in ihren Bann gezogen«, warnte Belexus, doch Andovar fürchtete die Wahrheit der Worte seines Freundes nicht.

»Das hat sie wirklich«, gab er offen zu. »Und wenn die Geschichte mit den Talons zu Ende ist, dann werde ich mich noch mehr um sie kümmern, falls ihr Herz das möchte.«

»Das kann noch einige Zeit dauern«, sagte Belexus. »Die Talons und ihr Anführer werden nicht so bald abziehen. Vielleicht solltest du dir deinen Weg zu dem Mädchen bahnen, ohne dir über den Krieg Gedanken zu machen.«

»Es stehen uns zu viele Kämpfe bevor«, überlegte Andovar. »Ich kenne meine Pflicht und ich werde sie erfüllen. Ich werde nicht um das Mädchen werben, um sie dann als junge Witwe allein zurückzulassen.«

»Du kannst nicht in Gedanken an den Tod dahinleben, mein Freund«, gab Belexus zu bedenken. »Ihre Gedanken suchen dich so deutlich, wie dein Herz nach ihr Ausschau hält. Wenn ihr füreinander bestimmt seid, dann nähert euch einander und vergesst den Krieg.«

Andovar nickte zustimmend und ließ seinen Blick nach Norden schweifen. Am frühen Nachmittag des folgenden Tages würden sie in Avalon ankommen. »Was meinst du…«, begann er, doch Belexus hatte schon die nächste Sorge seines Freundes erraten.

»Die Zauberin wird sich nicht gegen dich stellen«, fiel er ihm mit einem weiteren Lachen ins Wort. »Gewiss wird sie froh sein über die Freude ihrer Tochter und auch froh, dass ein Mann wie Andovar um ihre Tochter wirbt.«

»Während ein Mann wie Andovars treuester Freund um Brielle selbst wirbt?«, fragte Andovar und schaute Belexus verschmitzt an.

Belexus legte den Kopf auf die gefaltete Decke, die ihm als Kissen diente. »Ich habe sie nur ein paarmal gesehen«, sagte er in einem plötzlich ernsten Ton. »Aber ich kenne sie schon mein ganzes Leben lang.« Belexus war sich nicht sicher hinsichtlich seiner Gefühle für die Zauberin oder wie sie auf diese Gefühle reagieren würde. War es die schöne Zauberin selbst oder ihr wundersames Wirken in Avalon, das in den vergangenen Jahrzehnten sein Herz gefangen gehalten hatte?

Was immer der Grund sein mochte, Belexus konnte die Gefühle nicht leugnen, die ihn immer dann erfüllten, wenn er durch den verzauberten Wald ging, und noch weniger bei jenen seltenen Gelegenheiten, wenn er einen Blick auf Brielle erhaschte, wie sie auf einer fernen Wiese tanzte oder auf den Pfaden ihres Waldes dahineilte.

Andovar erkannte, dass er seinen Freund nachdenklich gestimmt hatte, und er ließ das Gespräch an dieser Stelle verstummen. Er wandte sich wieder dem Schimmern des träge fließenden Wassers zu und kehrte zu seinen Gedanken an die letzten paar Tage zurück und an die Jahre, die noch kommen mochten, Jahre an der Seite Rhiannons.

»Das Schicksal ist gütig«, zischte Hollis Mitchells Geist, als er das Lagerfeuer jenseits des Weges entdeckte und diese überaus verhassten Stimmen hörte, die nach all den Jahren noch immer einen Ansturm unangenehmer Erinnerungen auslösten.

»Belexus und Andovar«, überlegte er und dachte an die Zeit, als die beiden Waldwächter Jeff DelGiudice zu Hilfe geeilt waren und Drohungen gegen ihn ausgestoßen hatten. Doch wie viel Biss mochten diese Drohungen jetzt noch haben?

Das Gespenst lenkte sein Ross in Richtung des Flusses und begann mit dessen Überquerung.

Er träumte von zu Hause, von sternenklaren Nächten in Avalon und von sonnenbeschienenen Hügeln voller Klee und Wildblumen. Doch in die verschlungenen Bilder drang der Ruf seines Freundes und weckte die Wachsamkeit, die Belexus als Prinzen der Waldwächter von Avalon kennzeichnete.

»Belexus!«, flüsterte Andovar erneut mit heiserer Stimme. Er stand immer noch am großen Fluss, ein Dutzend Schritte von seinem schlummernden Freund entfernt, und blickte über das fließende Wasser hinweg auf eine Kugel aus Schwärze, die vom jenseitigen Ufer losgeschwommen war.

Belexus stützte sich auf die Ellbogen und schied die Wirklichkeit des Augenblicks von den betörenden Erinnerungen des Traums. »Was siehst du?«, fragte er und überzeugte sich davon, dass er seine Waffe nah an seiner Seite hatte.

»Etwas, das dunkler ist als die Nacht«, erwiderte Andovar. »Komm, du musst darauf Acht geben.« Noch bevor Belexus antworten konnte, überquerte die Schwärze die Mitte des Flusses und seine wahre Gestalt offenbarte sich Andovar im Mondlicht.

»Bei den Colonnae!«, rief der Waldwächter überrascht.

Die die schiere Angst im Ton seines Freundes ließ Belexus aufspringen. Doch noch schneller war Mitchells dunkles Ross. Das Gespenst stürmte über die verbleibende Flussstrecke hinweg und fiel über den überraschten Waldwächter her.

»Was für eine Abscheulichkeit ist das?«, schrie Andovar und hieb vergeblich mit seinem Schwert auf das untote Wesen ein.

Mitchell nahm die Schläge hin, ohne auch nur im Geringsten vor Schmerz zusammenzuzucken, und ließ dann seine tödliche Keule auf Andovar niedersausen. Der Waldwächter hob seinen Schild, um den Schlag abzufangen, doch die tückische Waffe zerschmetterte den Schild samt dem Arm, der ihn hielt, und schleuderte Andovar zu Boden. Mitchell sprang aus dem Sattel, stellte sich mit gespreizten Beinen über den Waldwächter und hob seine Keule zum tödlichen Schlag.

»Jetzt zahle ich es dir zurück«, brüllte das Gespenst mit seiner unirdischen, krächzenden Stimme. Andovar schlug erneut mit dem Schwert zu, doch vergeblich. Zum ersten Mal in seinem Leben sollte Andovars Kampfgeschick nicht ausreichen.

Der Waldwächter wusste, dass er dem Untergang geweiht war.

Dann gab es einen plötzlichen Hagel von Hieben, die so mächtig und wohlgezielt waren, dass nicht einmal das Gespenst standhalten konnte. Mitchell wich zurück, während Belexus auf ihn eindrosch. Das Schwert des Waldwächters schlug mit unglaublicher Gewalt und Präzision zu.

Immer wieder hieb Belexus' Breitschwert auf das Gespenst ein.

Doch das Metall der Waffe konnte diesem Wesen aus der Unterwelt keinen wirklichen Schaden zufügen und der Vorteil des Waldwächters war nur von kurzer Dauer. Mitchell, der nicht einmal versuchte, die Schläge abzulenken, ging wieder zum Angriff über und schwang heftig seine Schädelkeule. Belexus spürte jedesmal die Macht der Waffe, wenn sie an ihm vorbeisauste, und ihm war klar, dass ein einziger Treffer seine Niederlage besiegeln konnte.

Er war zweifellos der beste Krieger von ganz Aielle und seine eisernen Armmuskeln suchten in der ganzen Welt ihresgleichen. Backavar wurde er von seinen Bewunderern genannt, was auf Zauberisch ›Eisenarm‹ bedeutete.

Doch so zutreffend sein Beiname auch sein mochte, Belexus wich hilflos vor dem schrecklichen Gespenst zurück.

Andovar rollte sich auf die Seite und rappelte sich auf die Knie hoch. Sein Schildarm war nutzlos und tot und er bezweifelte, dass er ihn jemals wieder würde heben können. Mehr noch, die Wunde hatte seine Seite betäubt und drang in ihn mit einer grässlichen Kälte, die durch seine Gliedmaßen kroch. Doch Andovar gewann etwas von seiner Kraft zurück, als er sah, wie Belexus, sein treuster Freund, verzweifelt die tückischen Schläge von Mitchells Keule parierte und nicht einmal versuchte, eigene Hiebe anzubringen. Andovar packte sein Schwert und drängte die tödliche Kälte zurück.

»Leb wohl, Waldwächter«, schrie Mitchell lachend. »Heute bist du auf einen Feind gestoßen, den du nicht besiegen kannst.« Belexus fand keine Antwort, als er in die Feuerpunkte blickte, die in dem aufgedunsenen grauen Gesicht der lebenden Leiche als Augen dienten.

Die Keule kaum wieder angesaust. Belexus wusste, dass er sich nicht mehr viel länger würde verteidigen können, und schwang sein Schwert mit einem Hieb, in dem jede Unze Kraft lag, die er noch aufbieten konnte.

Seine Schwertklinge zersplitterte und fiel zu Boden.

Noch bevor Mitchell einen schadenfrohen Siegesschrei ausstoßen konnte, sprang Belexus das Gespenst an, packte den keulenschwingenden Arm und warf seinen anderen Arm um Mitchells Hals. Er warf Mitchell aus dem Gleichgewicht und für einen Sekundenbruchteil sah es so aus, als würde ihm seine pure Kraft den Sieg eintragen. Doch als die anfängliche Wucht der Bewegung nachließ, erkannte Belexus seine Torheit.

Mitchells Haut war so eisig, dass jede Berührung brannte. Der Waldwächter spürte, wie der sengende Schmerz die Kraft aus seinen Armen raubte, und als Mitchell seine freie Hand auf Belexus' Rücken legte, fühlte der Krieger, wie die klauenartigen Finger bis in sein Herz vordrangen. Dann lachte Mitchell boshaft und schleuderte Belexus mit einem Ruck auf den Rücken. Der Waldwächter rappelte sich auf Hände und Knie hoch und kämpfte gegen eine Welle von Schwäche und Schwindel an.

»Lauf, mein Freund!«, ertönte ein Schrei. »Nach Avalon! Die Zauberin ist die einzige, die diese Bestie aufhalten kann!«

Als Belexus aufblickte, sah er, wie Andovars Schwertspitze durch Mitchells Brust heraustrat.

Mitchell schaute an sich herab und betrachtete die Waffe, dann lachte er erneut. Er wirbelte in wilder Raserei herum, packte Andovars Schwert am Heft und warf seine Arme um den verdutzten Waldwächter.

»Lauf, Belexus!«, flehte Andovar mit erstickter Stimme, da ihm der Atem fehlte.

»Nein!«, schrie Belexus und zwang sich auf die Beine. Doch während er noch ansetzte, Andovar zu helfen, verrenkte Mitchell seinen Freund mit all seiner untoten Kraft.

Das Bild von Rhiannon und der Liebe, die er nie erleben würde, erschien ein letztes Mal vor Andovars innerem Auge. Und dann war es fort, geraubt in der brennenden Explosion der Qual.

Belexus beobachtete entsetzt, wie Andovars Körper nach hinten gebogen wurde, und hörte schrecklich deutlich, wie das Rückgrat seines Freundes brach. Dann packte das Gespenst die gebrochene Gestalt mit einer dunklen Hand am Hals und hob sie hoch in die Luft.

»Du bist dem Untergang geweiht, du närrischer Sterblicher!«, brüllte das Gespenst. »Dies ist die Nacht deines Todes!« Mitchell schleuderte Andovar mit solcher Gewalt hinter sich, dass der Körper leblos in den großen Fluss fiel.

Trotz seines Wunsches nach Rache wusste Belexus, dass er nichts gegen das Gespenst ausrichten konnte. Er stolperte in die Nacht davon, umfangen von Zorn und Trauer und einem Schrecken, der über alles hinausging, was er bisher erlebt hatte.

Mitchell rief seinen höllischen Hengst herbei und nahm die Verfolgung auf. Die Nacht war nicht dunkel, doch selbst wenn sie mondlos gewesen wäre, hätte das Gespenst ohne Schwierigkeiten seine fliehende Beute aufspüren können. Mitchell war eine Kreatur der Nacht; die Dunkelheit verstärkte seine Kraft nur noch.

Belexus hörte, wie der Hufschlag näher kam. Er konnte unmöglich zum Lager und zu seinem Pferd zurückkehren. Er konnte unmöglich entkommen.

Eine weiße Gestalt schwebte an ihm vorbei. Die

Wucht ihres Luftwirbels warf den geschwächten Waldwächter zu Boden. Doch Belexus war nicht das Ziel dieser Wesenheit, denn deren Wut richtete sich unmittelbar gegen das angreifende Gespenst und dessen Reittier.

Angespornt von der ganzen Kraft Avalons und mit dem Segen von Brielle versehen, traf Calamus, der Pegasus, der geflügelte Herrscher der Pferde, Mitchell mitten im Flug. Es ertönte ein Krachen, wie wenn ein Blitzschlag einen riesigen Baum spaltete, und der Waldwächter wurde für einige Sekunden von dem Aufblitzen geblendet, als die Magie der Zauberin in Morgan Thalasis dunklen Zauber krachte. Als Belexus wieder sehen konnte, erblickte er Mitchell, der auf dem Boden lag und sich abmühte, seine Keule wiederzufinden. Der Rappe war ähnlich betäubt, wanderte im Kreis herum und schüttelte seinen rauchigen Kopf hin und her.

Calamus schwankte, da auch er die Raserei des Zusammenpralls nicht unbeschadet überstanden hatte, und kam auf den verletzten Waldwächter zu. Als der Pegasus Belexus erreichte, sank er auf die Vorderknie und stupste den Waldwächter, er solle aufstehen und sich auf seinen Rücken setzen.

Belexus stieg auf das Flügelross und fasste dessen schneeweiße Mähne mit aller Kraft, die ihm noch verblieben war. Selbst als die Schwärze der Ohnmacht ihn überwältigte, gelang es ihm, sich auf diesem Platz zu halten, und von der anschließenden Jagd bekam er nichts mehr mit.

Calamus stieg in die Luft auf, seine mächtigen Schwingen hoben ihn in die Höhe und trugen ihn schnell zurück nach Norden.

Doch Mitchell und sein Hengst folgten ihm dichtauf und stiegen auf den Schwingen der Zauberei des Schwarzen Hexers in den Nachthimmel empor.

Der große Pegasus flog nach Avalon und achtete darauf, dass er nicht seinen Reiter fallen ließ, wobei er an seinem geraden Kurs fest hielt.

Mitchells Gespenst spornte sein Reittier an und holte immer mehr auf. Wieder erschien dieses boshafte Lächeln auf seinem Gesicht, die Grimasse des Gespenstes, und er hob seine Keule zum Schlag.

Calamus ging plötzlich in einen steilen Sturzflug über, doch Mitchell reagierte schnell und war im Nu wieder dem geflügelten Ross auf den Fersen. Calamus schwenkte zur Seite und wich um Haaresbreite der Keule des Gespensts aus. Die dunkle Silhouette von Avalon war jetzt in der Ferne zu sehen.

Der Pegasus stieg höher und suchte Deckung in einer Wolke, um Zeit zu gewinnen. Mitchell tauchte hinter ihm in den Dunst und drosch um sich. Seine Keule zerriss zischend den Nebel.

Auf der anderen Seite stieg Calamus weiter an, immer höher und höher. Als dann Mitchell stetig näher kam, fing sich der Pegasus ab, senkte den Kopf tief und wurde so schnell, wie er nur konnte. Calamus konnte nur hoffen, das Belexus nicht herabfallen würde.

Genau in dem Moment, als Mitchell seine Keule zu jenem Schlag hob, der gewiss sein Ziel finden würde, ließ sich Calamus in einen fast senkrechten Sturzflug fallen. Belexus öffnete ein Auge halb; als er entsetzt sah, wie sie dem Boden entgegenrasten, riss er beide Augen weit auf. Jetzt konnte er nur noch auf Calamus vertrauen. Er schlang beide Arme um den muskulösen Hals des Rosses und hielt sich mit aller Kraft fest.

Mitchell brüllte wütend auf, als er die Absicht des weißen Pferdes erkannte. Er konnte es Calamus nicht gleichtun; kein fliegendes Wesen, Calamus eingeschlossen, konnte hoffen, aus einem solchen Sturzflug heil hervorzugehen.

Brielle beobachtete Calamus' halsbrecherischen Sturz zum Boden und das Gespenst, das ihn verfolgte, und sie wusste, dass der wackere Pegasus auf sie zählte. Sie schwang ihre Hand in einem weiten Bogen und die Luft um sie herum füllte sich mit Fäden eines schwebenden, klebrigen Gewebes. Sie hängten sich an die Bäume und aneinander und wuchsen zu einem gitterförmigen Netz zusammen.

Calamus drehte sich und fing den Sturz so weit wie möglich ab, doch die plötzliche Bewegung ließ Belexus von seinem Rücken stürzen. Der erschrockene Pegasus bemerkte dies nicht einmal, denn in diesem Augenblick war er zu beschäftigt mit seiner eigenen Landung. Belexus traf als Erster auf, Calamus folgte dicht dahinter und ihr Gewicht zog Brielles Netz bis zum Boden hinab. Doch in den magischen Fäden war die Stärke der Smaragd-Zauberin und das beste Netz, das die Welt je gesehen hatte, hielt der Belastung stand.

Brielle wollte zu dem gestürzten Helden eilen, doch sie musste sich noch um etwas anderes kümmern. Sie rannte zum Rand ihres Herrschaftsbereiches, wo der Rappe gelandet war, und sah sich erneut Mitchells Gespenst gegenüber.

»Also ist einer mir entkommen«, sagte Mitchell lachend.

Seine Anspielung, es seien noch andere zugegen gewesen, als er angegriffen hatte, beunruhigte die Zauberin; soweit sie wusste, war ihre Tochter mit dem Waldwächter unterwegs.

»Andovar hatte nicht so viel Glück«, brüllte Mitchell. »Und den hier werde ich auch noch erwischen. Du kannst nicht immer da sein, um ihn zu beschützen, du tückische Hexe; ich werde Belexus wiederfinden. Nächstes Mal wird er mir nicht entkommen.«

Brielle bebte vor Qual und Zorn. Sie war erleichtert, dass Mitchell ihre Tochter nicht erwähnt hatte, aber sie empfand den Verlust Andovars, des Waldwächters, den sie hatte heranwachsen sehen, so schmerzlich, als wäre er ihr eigenes Kind. Ihre einzige Antwort erfolgte als Ausbruch ihres ungezügelten Zorns, als ein Blitzstrahl mächtiger weißer Energie, der Mitchell aus dem Sattel schleuderte und das böse Reittier in ein Häuflein Asche verwandelte.

Allen Grundes zur Prahlerei beraubt, floh das Gespenst eilends zurück in den Süden. Ihm wurde seine Torheit, Brielle herausgefordert zu haben, schmerzhaft bewusst, und Mitchell hoffte, sein dunkler Meister würde ihm verzeihen.

Trauernd über die Ereignisse der Nacht, strömte der große Fluss Nimmerend unaufhörlich nach Süden, vorbei an bestellten Feldern, vorbei an den Lagern der Talons und der Menschen, unaufhörlich auf seinem Weg zum südlichen Meer.

Und in jener Nacht trugen die Wasser des großen Flusses den Leichnam von Andovar, dem Waldwächter, der gestorben war, um seinen Freund zu retten.

KAPITEL 18

Das Lied des Flusses

Während der Abwesenheit des Schwarzen Hexers waren die Kämpfe an den Vier Brücken beträchtlich abgeflaut und selbst nach seiner Rückkehr hielt Thalasi seine Streitkräfte zurück, da sie viel wirksamer sein würden, sobald ihr neuer Befehlshaber angekommen wäre und sie führte.

In gleicher Weise nahm der Strom der Flüchtlinge ab, die stumm den Fluss überquerten. Den Talons war klar, dass viele mögliche Opfer ihnen durch die kralligen Finger schlüpften, und so begannen sie am Flussufer entlang zu patrouillieren. Auf der Westseite waren nur wenige Menschen am Leben geblieben und die unglücklichen Nachzügler, denen dies gelungen war, stellten fest, dass die Überfahrt ans rettende Ufer nicht mehr leicht zu bewerkstelligen war.

Und so wurden für Rhiannon die Tage länger und öder. Das Flüchtlingslager bei Stromstadt wurde ständig kleiner – je weiter die hilflosen Menschen sich von Thalasis Heer entfernten, desto ungefährdeter würden sie sein –, und die Tochter der Zauberin verbrachte Stunden damit, auf den leeren Horizont zu starren. In gewisser Weise war sie dankbar für die Ruhepausen, denn ohne die Geräusche der Schlacht in den Ohren wallte die besitzergreifende Macht in ihr nicht auf und riss sie nicht hin und her. Und da sie nur wenig heilen musste, fand sie endlich die Ruhe, die sie so dringend brauchte.

Rhiannon überdachte die Ereignisse der letzten Wochen, besonders die Verwüstung, die sie auf dem Feld gegen die Reiterei der Talons und gegen die Erde selbst angerichtet hatte.

In Wahrheit war die junge Zauberin noch nicht bereit, die stillschweigenden Folgerungen ihres Tuns zu erwägen. Und sie war sich auch nicht über die unbekannten Gefühle im Klaren, die der Waldwächter Andovar in ihr geweckt hattet. Rhiannon verstand noch nicht die wahre Tiefe ihrer Zuneigung zu diesem Mann, doch sobald er und Belexus davongeritten waren, hatte er ihr schrecklich gefehlt. Und wann immer das Gewicht der ganzen Welt auf ihre zarten Schultern herabzusinken schien, straffte sie sie und erinnerte sich daran, dass Andovar bald zu ihr zurückkehren würde. Zusammen würden sie und ihr Waldwächter alles bestehen.

Sie fand etwas Erleichterung in den drei neuen Freunden, Siana, Jolsen und Lennard, die mehr über den jungen halbelfischen Helden wusten. Die drei waren fast so alt wie die Tochter der Zauberin und für jede Geschichte, welche Rhiannon ihnen über das wunderbare Avalon erzählte, rückten sie mit einem Bericht über ihre eigenen Abenteuer in Corning und den Baerendel-Bergen heraus. Rhiannon lauschte eifrig jeder neuen, zweifellos übertriebenen Geschichte, war jedoch besonders aufmerksam, wenn es um die Abenteuer ging, die Bryan betrafen, den jungen Mann, der die Herzen des ganzen calvanischen Volkes gewonnen hatte. Mehr als ein Dutzend Flüchtlingsgruppen hatten ihr Entkommen aus den von den Talons besetzten Landstrichen Bryan von Corning zugeschrieben. Wie es bei allen Heldengeschichten geschieht, wurden Bryans Taten bei jedem Erzählen immer bedeutsamer, doch selbst diejenigen, die die Ausschmückungen erkannten, zweifelten nicht daran, dass der junge Krieger sich seinen Ruf verdient hatte. Und da die Talons jetzt hart daran arbeiteten, die Fluchtwege zu versperren, war es allgemeine Überzeugung, dass allen, die jetzt noch den Weg über den Fluss finden würden, dies nur wegen der Bemühungen des jungen Halbelfen gelingen würde.

Rhiannon saß neben dem großen Fluss und beobachtete den Sonnenuntergang, wie sie es allabendlich tat. Sie lauschte dem ruhigen und starken Lied des fließenden Wassers, und genoss die Farbenspiele am westlichen Himmel. Hier gestattete sich die Tochter der Zauberin jeden Abend, all die beunruhigenden Fragen zu überdenken, doch während die Tage verstrichen, entdeckte sie allmählich, wie ihr Verlangen, Andovar wiederzusehen, ihre Ängste vor den magischen Kräften überwand.

Wie lange war der Waldwächter schon fort? Sie hatte die Übersicht über die Tage verloren. Damals, als die Reihe der Verwundeten noch lang war und ihre Arbeit nicht mit dem Tageszyklus begann oder endete, konnten einer oder auch viele vergangen sein.

»Fünf«, entschied sie dann. Andovar war seit fünf Tagen fort. Mit dieser Schätzung konnte sie zufrieden sein, aber die Antwort auf die andere, wichtigere Frage blieb offen. Wann würde Andovar zurückkehren?

»Rhiannon!«, rief Siana und lief auf die einsame Gestalt zu, die am Fluss saß. »Rhiannon!« Sie stürmte zu der jungen Frau heran und ließ sich ins Gras fallen. Sie grinste von einem Ohr zum anderen.

»Warum bist du so aufgeregt?«, fragte Rhiannon und versuchte das Mädchen zu beruhigen. »Ist es vielleicht Lennard? Kann der Junge wieder laufen?«

»Nein, nicht Lennard. Noch nicht!« Siana rang keuchend um Atem.

»Warum dann?«

»Es geht um Bryan!«, rief Siana. »Er lebt!«

»Ist er über den Fluss gekommen?« Rhiannon konnte ihre Erregung nicht verbergen. Wie so viele andere wollte sie unbedingt dem halbelfischen Helden begegnen.

»Nein«, entgegnete Siana. »Aber vor einer halben Stunde ist eine weitere Familie ins Lager gekommen, eine Mutter mit ihren beiden Kindern. Sie haben nach mir gesucht. Die Frau hat mir Nachrichten von Bryan gebracht: er hat sie und ihre Kinder gerettet.«

Rhiannon war zwar enttäuscht, aber keineswegs überrascht. »Gewiss macht er sich einen Namen, der die Jahrhunderte überdauern wird«, bemerkte sie mit einem Funkeln der Bewunderung in den leuchtenden Augen.

»Er macht sich auch bei den Talons einen Namen«, berichtete Siana lachend. »Sie nennen ihn den ›Geisterkämpfer‹ und fürchten ihn sehr.«

»Das sollten sie auch«, erwiderte Rhiannon. »Meine Hoffnungen und mein Herz sind bei dem Jungen; er hat so viel Gutes getan. Komm jetzt, bring mich zu dieser Frau. Ich möchte eine weitere Geschichte über Bryan von Corning hören; deren werde ich nicht überdrüssig.«

Später am Abend kümmerte sich Rhiannon um den kleinen Jungen und seine Schwester, reinigte ihre Kratzer und wusch ihnen den Schmutz von Körper und Gemüt, während die Frau von den Heldentaten ihres Retters berichtete.

»Er hat mich und meine Kinder gerettet«, sagte sie immer wieder und in ihren Augen standen Tränen. »Ich möchte gar nicht daran denken, was die Talons uns angetan hätten, wenn sie …« Die Frau konnte den Satz nicht vollenden und Rhiannon erwartete es auch gar nicht.

»Ruhe dich aus«, sagte die Tochter der Zauberin. »Deinen Kindern geht es gut und die Erinnerungen an ihre Strapazen werden bald vergessen sein. Was ihr alle jetzt braucht, ist Schlaf.« Sie verließ das Zelt mit Siana im Gefolge. Jolsen blieb noch eine Weile, um mit Lennard zu reden.

Siana wollte nach Norden gehen, zum calvanischen Lager, doch Rhiannon nahm sie am Arm und lenkte sie stattdessen zum Flussufer. Rhiannon ging nicht gern ins Heerlager, da sie dort auf bittere Weise daran erinnert wurde, warum die Soldaten hier waren.

»Gehen wir zum Fluss«, sagte sie. »Sein Lied wird uns aufmuntern.«

Siana folgte Rhiannon bereitwillig hinab zum Wassersaum und ließ sich neben ihrer Freundin ins Gras sinken. Rhiannon umschlang die Knie mit den Armen und lauschte den Klängen des fließenden Wassers.

Siana saß schweigend neben Rhiannon und ließ sie ungestört nachdenken. Bald verfiel auch sie dem beruhigenden Plätschern des breiten Flusses und die Zeit verging, ohne dass es die beiden bemerkten oder sich darum kümmerten.

Doch dann sprang Rhiannon plötzlich auf und starrte mit weit aufgerissenen Augen auf den Fluss.

»Was ist los?«, fragte Siana, die sich über die Beunruhigung der Freundin wunderte. Anders als Rhiannon, die auf die Stimmen der natürlichen Welt eingestellt war, hörte Siana den Missklang im Lied des Flusses nicht.

»Ich weiß es nicht«, antwortete Rhiannon verwirrt. Sie hatte die Klage des Flusses gehört, so deutlich und unleugbar, wie sie die Wahrheit über das Talon-Heer und dessen düsteren Anführer damals begriffen hatte, als sie und die Waldwächter in Corning angekommen waren. Sie trat zum Wasser hinab, kniete sich nieder und streckte die Hände in die Flut.

»Stimmt etwas nicht?«, fragte Siana und ließ sich neben ihr nieder. »Was hast du gesehen?«

»Gehört«, verbesserte Rhiannon und prüfte immer noch das Wasser.

»Aber gut, was hast du gehört?«, fragte Siana.

»Traurigkeit«, antwortete Rhiannon, der die Worte fehlten, denn sie verstand es selbst nicht ganz. Der Fluss hatte ihr zugerufen und seine sonst so gleichmütige Stimme war plötzlich von Kummer erfüllt.

Als einen Augenblick später ein Horn in die Hände der jungen Frau gespült wurde, verstand sie. Sie sprang auf und rang um Atem.

»Was ist?«, fragte Siana, die verzweifelt versuchte, ihrer Freundin zu helfen.

Rhiannon stieß einen spitzen Laut aus und hielt das Horn hoch. »Andovars Horn«, brachte sie stammelnd hervor.

»Dein Freund von den Waldhütern?«, fragte Siana. »Aber wie ist es in den Fluss geraten?«

Rhiannon wusste es, der Fluss hatte es ihr gesagt. Jetzt schilderte das Horn, das regelrecht bebte ob des Dramas von Andovars letzten Lebensmomenten und den Spuren der Ausstrahlung des untoten Wesens, das ihn erschlagen hatte, das schreckliche Bild nur allzu deutlich.

»Mein Freund ist tot«, flüsterte Rhiannon, die kaum die Worte glauben konnte, als sie sie aussprach. »Im Fluss.«

»Das kannst du doch nicht wissen«, widersprach Siana und umarmte die zitternde Rhiannon. »Selbst wenn dies Andovars Horn ist…«

»Das ist es«, beharrte Rhiannon.

»Es könnte hundert Gründe dafür geben, dass es jetzt im Fluss treibt«, gab Siana zu bedenken. »Du kannst nicht einfach annehmen, dass er tot ist, nur weil…«

Rhiannon gebot ihr mit einem Blick zu schweigen. Die junge Zauberin blickte Siana direkt in die Augen, mit einem so schmerzerfüllten Ausdruck, dass Siana die restlichen Worte ihres Einwands vergaß.

»Er ist tot«, sagte Rhiannon erneut. »Ich wünschte, es wäre nicht so, aber ich kann nicht…« Sie fand nicht die Kraft, den Satz zu Ende zu sprechen. Alle Energie verließ ihren Leib mit den Tränen, die jetzt ungehemmt über ihre Wangen strömten.

»Darf ich eintreten?«

Das Morgenlicht, das durch die Zeltklappe hereinfiel, traf auf die junge Frau, die auf einem kleinen Schemel saß und immer noch die Knie mit den Armen umschlang, wie sie es am Abend zuvor am Flussufer getan hatte.

Rhiannon zögerte angesichts der unerwarteten Störung, dann nickte sie leicht. Der König schickte sich sowieso schon an, ihr Zelt zu betreten.

»Siana hat mir von deiner Entdeckung erzählt.« Der König blickte sich in dem kleinen Zelt um und sah das Horn, das auf dem Tisch lag. »Ist es das?«

Wieder nickte Rhiannon.

Benador trat näher an den Tisch. »Es scheint Andovars Horn zu sein«, räumte er ein.

»Das war es.« In Rhiannons bebender Stimme war keine Spur eines Zweifels.

»Ich habe viele Jahre in der Gesellschaft von Andovar und den Waldwächtern verbracht«, bemerkte der König. »Als Ungden den Thron besetzt hielt, haben sie mir Zuflucht gewährt und mich auf den Tag vorbereitet, da ich König sein würde.«

»Andovar hat es mir auf dem Ritt nach Süden erzählt«, erwiderte Rhiannon. »In seinem Herzen war er dein Freund.«

»Er ist mein Freund«, verbesserte Benador.

»Er war es«, entgegnete Rhiannon hartnäckig. Wieder begannen ihre Tränen zu fließen.

»Kannst du dir so sicher sein?«, fragte Benador.

Rhiannons Blick sagte ihm, dass sie zumindest aufrichtig an die Wahrheit ihrer Worte glaubte. »Es war Andovars Horn«, sagte sie mit einem Frösteln in der Stimme. »Und Andovar hat es getragen, als er starb.«

»Edle Herrin…«, begann Benador, der immer noch zweifelte.

»Du weißt, wer ich bin?«, fragte Rhiannon, bevor er seinen Einwand vollenden konnte.

»Deine Mutter ist Brielle von Avalon.«

»Dann solltest du wissen, dass du meinen Worten vertrauen kannst«, unterbrach ihn Rhiannon. »Andovar ist im Fluss gestorben und dort wird er für immer bleiben.«

Benador hatte noch den Mund geöffnet, aber er fand keine Worte. Sie war die Tochter der Zauberin und selbst eine Zauberin, falls alles stimmte, was Belexus und Andovar von ihr erzählt hatten. Benador war der König von ganz Calva, aber am Ende war er doch nur ein Sterblicher und verstand nicht das Geringste von den Kräften, über die diese junge Frau verfügte, und so konnte er ihre Behauptung nicht widerlegen.

»Ich hatte vorgehabt, dich schon eher zu besuchen«, wechselte er das Thema. »Doch meine Pflicht hat mich im Lager beschäftigt gehalten.«

»Du musst dich nicht entschuldigen, guter König«, antwortete Rhiannon.

»Wir schulden dir unseren Dank.«

»Nicht mehr, als ich dir selbst schulde«, entgegnete Rhiannon und schaute dem Mann in die Augen. »Ich habe geholfen, so viel ich konnte, aber du und deine Männer halten die Flut der Finsternis auf. Ohne euch wäre die Welt schon längst dem Schwarzen Hexer und seinen Speichelleckern in die Hände gefallen.«

Benador nahm das Kompliment mit einem Lächeln entgegen. »Dein Wirken kann man nicht hoch genug einschätzen«, sagte er. »Du hast manches Leben gerettet und für noch viel mehr Menschen ihr Schicksal erträglicher gemacht. Wenn dies alles beendet ist, dann wird Rhiannon, die Tochter der Smaragd-Zauberin, ihren Platz in den Erzählungen haben.«

»Ach, wenn doch die Erzählungen schon beginnen könnten«, seufzte Rhiannon, »und wenn das Kämpfen und Sterben zu Ende wäre!«

»Wohl wahr«, sagte Benador. »Aber wir haben sie hier aufgehalten, und wir werden sie zurückschlagen. Mein Heer sammelt sich aus allen Provinzen von Calva und es wird Hilfe aus dem Norden kommen, von den Elfen von Illuma und den Waldwächtern von Avalon.«

»Doch Andovar wird nicht bei ihnen sein«, warf Rhiannon ein.

»Bist du dir so sicher?«, fragte Benador leise und trat an ihre Seite. Er legte ihr tröstend eine Hand auf die Schulter. »Vielleicht irrst du dich«, gab er zu bedenken. »Könnte es nicht sein, dass Belexus und Andovar am Fluss gekämpft haben und Andovar nur verwundet wurde? Inzwischen könnte er schon in Avalon in der Obhut deiner Mutter sein.«

Rhiannon schüttelte hilflos den Kopf. »Die Waldwächter werden zurückkehren«, flüsterte sie. »Aber sie werden die Nachricht mitbringen, die ich dir schon vermeldet habe.«

»Dann wird es ein Tag der Trauer sein in Calva«, sagte Benador.

Rhiannon schaute durch die offene Zelttür hinüber zum Lager. Die Calvaner gingen schon geschäftig den morgendlichen Verrichtungen nach und begannen die täglichen Vorbereitungen für die Schlacht.

»Einer von vielen Tagen der Trauer«, gab die junge Zauberin zu bedenken.

Rhiannon verbrachte fast den ganzen Vormittag in qualvoller Einsamkeit und wanderte durch die leeren

Straßen von Stromstadt. Neben ihrer Trauer um Andovar plagten sie beunruhigende Fragen. Sie konnte nicht länger leugnen, wer sie war und was ihre Macht für ihre Verbündeten in dem Krieg bedeutete, den der Schwarze Hexer über sie gebracht hatte.

Sie schöpfte Trost aus ihren Heilungen; hundert Menschen wären ohne ihre Hilfe gestorben. Aber wie viele mehr, so musste sich Rhiannon fragen, wären verschont geblieben und würden in den kommenden Tagen verschont werden, wenn sie dafür gekämpft hätte, die Finsternis von den Gefilden Calvas zu vertreiben?

Rhiannon ertappte sich dabei, wie sie am Flussufer saß und zum ausgedehnten Talon-Lager hinüberschaute. Sie dachte daran, wie sie diese Landschaft zum ersten Mal gesehen hatte, bevor die Düsternis über das Land gekommen war, und wie Andovar ihr von all den fremdartigen Namen und Legenden erzählt hatte. Sie erinnerte sich an die prickelnde Erwartung, die sie und ihre Freunde auf dem Weg nach Corning empfunden hatten.

Dann war der Krieg gekommen. Und jetzt lebte Andovar, ihr teurer Freund, nicht mehr.

Rhiannon hatte noch nie zuvor einen solchen Verlust erlebt, war sich noch nie so hilflos vorgekommen. Sie wollte das Rad der Zeit zurückdrehen und irgendwie den Tod des Mannes verhindern, der ihr so wertvoll geworden war. Sie wollte aufwachen und feststellen, dass es nur ein Albtraum gewesen war. Sie wollte zu jenem schicksalhaften Morgen zurückkehren und mit Andovar und Belexus nach Norden aufbrechen, sie beschirmen und an ihrer Seite kämpfen, wenn die Finsternis kam.

Aber sie konnte nichts tun. Nichts. Sie konnte nur hier sitzen und unmögliche Wünsche hegen.

»Wird es wieder geschehen?«, fragte sie sich. »Wer sonst wird diesen Kummer erleiden? Wieder ich?« Es kam ihr so unvermeidlich, so unaufhaltsam vor. Rhiannon konnte die Wunden einiger heilen, aber die Schwerter der Talons und die Macht des Schwarzen Hexers konnten noch so vielen anderen Menschen Wunden beibringen.

Viel zu vielen.

Man muss sie aufhalten, beschloss Rhiannon. Dieser Irrsinn, dieser Krieg musste zu einem schnellen Ende gebracht werden. Rhiannon blickte nach Norden, auf die Brücken und die tapferen Soldaten, die bereit waren, bei der Verteidigung ihrer Heimat zu sterben. Und dann schweifte ihr Blick über den Fluss hinweg, auf die fernen Gipfel der Baerendel-Berge. Dort draußen befand sich Bryan von Corning und wahrscheinlich noch viele andere Helden, die jeden Tag ihr Leben riskierten und alles taten, was sie konnten, um die bösen Eindringlinge zurückzuschlagen.

Und die ganze Zeit saß sie hier und wartete auf die wenigen Glücklichen, die es geschafft hatten, lange genug zu überleben, um zu ihrem Zelt zu gelangen.

Doch sie konnte nicht leugnen, wie wichtig ihre Rolle für diese Wenigen war.

Rhiannon schloss die Augen und schaute in ihr Inneres. Als sie keine Antworten fand, legte sie sich ins Gras und rief die Erde an. Die Erde hatte ihr vom Kommen Thalasis erzählt und ihr die Kraft gegeben, die Talon-Reiter aufzuhalten und tödliche Wunden zu heilen. Sie hatte ihr vom Tod Andovars erzählt. Jetzt brauchte Rhiannon noch mehr von der Erde.

Als die Sonne den Zenit überschritt, hatte die junge Zauberin ihre Antwort.

»Was beunruhigt dich so sehr?«, fragte Siana, als Rhiannon kurze Zeit später das große Heilungszelt betrat. Sie stand neben einer Pritsche, deren Leinen mit dem Blut des jüngsten Opfers des Krieges befleckt war.

»Ich bin müde, sonst nichts«, erwiderte Rhiannon. Sie betrachtete den Krieger auf der Pritsche.

»Er hat einen Pfeil abbekommen«, erklärte Siana. »Man hat ihn gerade gebracht. Ich habe die Wunde gereinigt und verbunden.« Rhiannon trat näher und begutachtete das Werk des Mädchens.

»Ich hoffe, du bist mit mir zufrieden«, sagte Siana nervös. »Ich habe zugesehen, wie du es machst. Ich konnte ihn einfach nicht da liegen und leiden lassen.«

Als Rhiannon Siana anblickte, tröstete ihr Lächeln das Mädchen. »Du hast gute Arbeit geleistet«, sagte sie. »Du hast es mit dem Herzen getan.«

»Das ist bloß eine kleine Wunde«, sagte der Soldat und beugte den Kopf vor, um etwas von dem Gespräch mitzubekommen. »Ich habe eben Glück gehabt. Mit deiner Hilfe kann ich noch heute aufs Schlachtfeld zurückkehren.«

Rhiannon schaute Siana an. »Du wirst ihn wieder dorthin bringen.«

Siana verzog verwirrt das Gesicht. Der Soldat reagierte ebenso.

»Wirst du mir nicht helfen, Herrin Rhiannon?«, meldete er sich. »So viele haben erzählt, wie…«

Rhiannon gebot ihm mit ausgestreckter Hand und einem ermutigenden Lächeln zu schweigen. »Hab keine Angst«, sagte sie. »Siana wird dich pflegen.« Sie wandte sich an das verdutzte Mädchen und reichte ihr eine Rose, deren Stiel grün schimmerte und deren Blütenblätter in einem sanften Blau leuchteten.

Sianas Augen weiteten sich. »Was ist das?«, fragte sie verblüfft, denn ihr war sofort klar, dass in der scheinbaren Einfachheit dieses Geschenks weit mehr enthalten war; sie spürte die Energie, die in der verzauberten Blume bebte.

»Ein Geschenk«, erklärte Rhiannon. »Von der Erde an mich und von mir an dich. Nimm es und benutze es. Es wird dir die Kraft geben, mehr zu tun als nur die Wunden zu reinigen und zu verbinden.«

Siana nahm die Rose in ihre zitternden Hände, dann trat sie zögernd an die Seite des Soldaten. Sie brauchte keine Anleitung; die Magie der Blume zeigte ihr den Weg. Sie drückte ihre Hand gegen die Wunde in der Schulter des Mannes und spürte, wie der stechende Schmerz aus seinem Leib floh und ihren Arm herauf- wanderte. Siana verzog das Gesicht, aber tapfer ertrug sie den erschreckenden Moment und hielt unerschüt- terlich an ihrem Vorsatz fest. Und dann war der Schmerz verschwunden – aus ihr und aus dem Mann.

Mit großen Augen schickte sich der Mann an auf- zustehen, doch Rhiannon hielt ihn zurück. »Ruhe dich aus«, sagte sie. »Du wirst bald genug die Zeit zum Kampf finden.«

Siana schaute auf Rhiannon, jetzt mehr als nur ein wenig erschrocken. Hinter ihr waren Jolsen und Len- nard herangetreten – letzterer war zum ersten Mal von seinem Bett aufgestanden – und schauten ehrfurchts- voll auf die Tochter der Zauberin.

»Wie ist das geschehen?«, fragte Siana. »Ich bin keine Zauberin.«

»Doch, das bist du jetzt«, bemerkte Lennard, doch in seiner Stimme schwang kein Spott mit, nur Bewunde- rung.

»Die Blume gibt dir die Macht zu heilen«, erklärte Rhiannon. »Aber du musst stark bleiben, Siana, und den Schmerz aus den Wunden annehmen. Dies war nur eine leichte Verletzung, aber andere werden dir den Atem rauben. Halte dich an dein Ziel und vertraue auf dich selbst. Du wirst es durchstehen.«

»Du sprichst, als würdest du nicht hier bleiben, um sie anzuleiten«, warf Lennard ein. »Verlässt du uns?«

»Ich habe andere Pflichten, um die ich mich küm- mern muss.« Rhiannon streichelte ermutigend über

Sianas Wange. »Fürchte dich nicht, Mädchen«, sagte sie. »Du hast die Stärke, um dieses Geschenk zu benutzen.«

Dann verließ Rhiannon das Zelt und die drei jungen Leute schauten einander verdutzt an.

Für den Hochsommer war die Nacht frisch und ungewöhnlich kühl. Rhiannon suchte in ihren Satteltaschen nach dem Gewand aus feinem Gespinst und Seide, das sie vor ihrem Aufbruch in Avalon eingepackt hatte. Als sie es gefunden hatte, hielt sie inne und fragte sich, welcher Antrieb ihr gesagt hatte, sie solle das Kleid hervorholen. Gewiss wären ihre robusten Beinkleider besser für den Weg geeignet gewesen, den sie gewählt hatte.

Auf einmal verstand Rhiannon die Eingebung. Falls sie bereit war, ihre wahre Natur anzunehmen, und jener erschreckenden Macht deren Platz in ihrem Sein einzuräumen, dann musste sie auch dementsprechend aussehen.

Und dann war sie schon draußen unter den Sternen und schwebte wie in einem Traum über die dunklen Felder. Eine Gruppe von Kriegern sah sie, eine geisterhafte Erscheinung, gesäumt vom sanften Licht des Himmels. Sie standen schweigend, ohne sich zu rühren, unfähig, Worte zu finden, um diesen Anblick zu beschreiben.

Rhiannon trat an den Fluss heran. Sie hatte nicht einmal darüber nachgedacht, wie sie ihn überqueren würde, denn sie besaß kein Boot. Doch der Fluss Nimmerend war eine natürliche Barriere und nichts Natürliches würde der Tochter der Smaragd-Zauberin den Weg versperren. Ohne sich bewusst zu sein, was sie da tat, schwebte Rhiannon einfach über den großen Fluss dahin, dessen fließendes Wasser nicht einmal den Saum ihres Gewandes benetzte.

Sie überquerte die westlichen Gefilde und benutzte dabei unbewusst einfache Magie, um sich für die Augen der Talons unsichtbar zu machen. Sie wanderte weiter durch die Nacht, auf die schwarzen Silhouetten der Baerendels zu.

Den Tummelplatz des Bryan von Corning.

KAPITEL 19

Beratung in Avalon

Der Waldwächter wanderte durch dunkle, beklemmende Träume, allein und führungslos in einem sonnenlosen Land. Zum zweiten Mal in einer Woche war er dem Tode nahe, doch diesmal waren die schrecklichen Wunden, die Hollis Mitchells Gespenst ihm zugefügt hatte, viel heimtückischer und ließen die Kälte des Todes direkt in sein Herz strahlen.

Doch diesmal war auch die Zauberin, die Belexus pflegte, viel erfahrener und kundiger bezüglich solcher Leiden, und er war in Avalon, dem reinsten Land der ganzen Welt. Brielle kümmerte sich unermüdlich um ihn und hielt nur dann inne, wenn der Schwarze Hexer wieder einen seiner Stürme auf ihr Reich losließ. Die ersten paar Stunden, nachdem Calamus den Waldwächter Mitchells untoten Klauen entrissen hatte, waren die kritischsten gewesen. Als die Zauberin Belexus' Krankenlager verlassen hatte, war der Himmel im Osten schon längst morgendlich verfärbt. Kalt waren die grausamen Krallen des Totengeistes, doch die zarte Berührung der Smaragd-Zauberin war umso wärmer. Sie versetzte sich in das Herz und die Seele des mächtigen Kriegers und lieh ihm in seinem Ringen ihren eigenen Lebensodem. Und als Brielle in Belexus' geheimste Gedanken schaute und jene Gefühle sah, die sie und ihren Wald betrafen, war sie gerührt. Den Mann zu heilen wurde ihr zu einer zwingenden Idee: sie durfte nicht zulassen, dass ein so edler und treuer Mann wie Belexus starb. Brielle konnte auch nicht die

Gefühle ignorieren, die der Waldwächter für sie hegte und die er so lange für sich behalten hatte.

»Es ist gut, dass du aufgewacht bist«, sagte sie zu ihm, als einige qualvolle Tage vergangen waren.

Als er Brielle sah, die sich mit einem strahlenden Lächeln und freudig glänzenden Augen über ihn beugte, wobei ihre goldene Haarfülle über ihre Schultern wallte und seine Brust streifte, da war dieser erste Anblick die stärkste Medizin für ihn, die sich ein Mann nur vorstellen konnte. Belexus brauchte einige Momente, bis er sich ausreichend gefasst hatte, um die Worte auszusprechen, die er zu sagen hatte.

»Zweimal stand ich an der Schwelle des Jenseits«, flüsterte er und hob die Hand, um Brielles schönes Haar zu streicheln. »Und zweimal hat eine Herrin von Avalon mich in die Welt der Lebenden zurückgeholt. Ich kann dir gar nicht sagen, wie dankbar ich bin, schöne Herrin. Du wirst es nie erfahren…«

»Meine Tochter?«, unterbrach ihn Brielle, durch die Anspielung auf eine frühere Heilung neugierig geworden.

»Ihr geht es gut«, erwiderte Belexus.

»Sie hat ihre Kraft gefunden?«, fragte Brielle hoffnungsvoll.

»Viele bedeutende Taten hat Rhiannon in den ersten Tagen des Krieges vollbracht…«, begann Belexus zu erklären, doch Brielle legte ihm einen Finger auf die Lippen.

»Unsere Seelen sind vereint gewesen«, sagte sie. »Meine Gedanken haben in dein Herz geschaut und ich weiß alles, was dir widerfahren ist.«

»Dann weißt du auch von den Nöten deiner Tochter?«

»Ja, ich weiß, und ich habe dies auch erwartet«, erwiderte Brielle. »Das Erwachen einer solchen Kraft ist nicht leicht, mein Freund; alles hat seinen Preis.«

»Sie ist stark«, versicherte ihr Belexus. »Rhiannon wird ihren Weg gehen.«

»Das hoffe ich«, seufzte Brielle. »Mein Wunsch wäre, in diesen dunklen Tagen an ihrer Seite zu sein, doch ich darf meinen Wald nicht verlassen. Und Rhiannon, das weiß ich jetzt, kann nicht kommen, um sich mir anzuschließen.«

»Vertraue ihr«, sagte Belexus.

Brielle nickte und erwiderte sein Lächeln. »Ruhe dich aus«, sagte sie. »Heute Abend tritt ein Rat zusammen und du sollst dabei sein.«

Belexus ließ sich zurücksinken; er war mehr als bereit, ihr zu gehorchen. Doch dann kam eine andere Erinnerung über ihn und das mit einer solchen Heftigkeit, dass er sich kerzengerade aufrichtete. Brielle kannte seine nächste Frage, bevor er sie noch ausgesprochen hatte. »Andovar?«

Brielle schüttelte den Kopf, sie fand keine passenden Worte, um ihm die Nachricht beizubringen. Sie wusste von der engen Bindung zwischen den beiden Waldwächtern, die seit ihrer Kindheit die besten Freunde gewesen waren. In schwierigen Zeiten hatten sie immer aufeinander zählen können – und waren immer zur Stelle gewesen.

»Ich werde seinen Tod rächen«, verkündete Belexus. »Mitchell wird nicht ungestraft davonkommen.«

»Das ist kaum der Mitchell, den du einst kanntest«, warf Brielle ein. »Ein Untoter, ein Gespenst aus der Unterwelt. Ich fürchte, er geht über deine Kräfte.«

Doch Brielle sah die Entschlossenheit auf dem Gesicht des Waldwächters, als er sie so grimmig anschaute, dass sie unwillkürlich einen Schritt zurücktrat.

»Ich werde einen Weg finden«, versprach Belexus.

»Wir werden einen Weg finden«, korrigierte ihn Brielle. »Andovars Tod schmerzt mich ebenso sehr wie dich. Ich werde nicht zulassen, dass Mitchell noch einen Menschen umbringt, der mir so teuer ist.«

Während sie diese letzten Worte sprach, schaute sie zur Seite; ihre Stimme wurde so leise, dass man sie kaum hören konnte. Verlegenheit? fragte sich Belexus, doch als er dann an Brielles Verschmelzen mit seinem Geist, an diese Vereinigung der Herzen und der Seelen dachte, wurde er seinerseits sehr verlegen.

»Du brauchst Ruhe.« Brielle drückte ihn sanft ins weiche Gras und zog ihm eine warme Decke über die Brust. Sie beugte sich zu ihm herab und küsste ihn auf die Stirn. Dann zog sie sich wieder von ihm zurück.

»Ich bin froh, dass du den Weg zurück gefunden hast, Belexus«, war alles, was sie sagte, als sie sich umwandte und sich in ihren Wald begab.

Mit süßer Wehmut klang das Lied der Elfen durch die Zweige von Avalon, eine passende Ergänzung der Magie der Bäume.

Brielle sah Belexus neben einem Kiefernwäldchen stehen, still und verzaubert von der fernen Harmonie. Sie beobachtete ihn eine Weile aus der Ferne und ließ den Waldwächter den friedlichen Gesang genießen. Die Zauberin wünschte sich, sie könnte ihn die ganze Nacht hindurch seinem Vergnügen überlassen oder hingehen und sich ihm anschließen, aber der Krieg würde keine Ruhepausen gestatten.

»Komm«, bat ihn Brielle. »Heute Abend werden wir uns den Beratungen anschließen.«

Belexus starrte in den dunklen Wald, in Richtung des Elfengesangs. »Sie passen in deinen Wald«, sagte er. »Das Lied der Elfen scheint deinen Bäumen verwandt zu sein.«

Brielle nickte zustimmend. »Freudig und traurig«, sagte sie. »Eine Harmonie der Ausgewogenheit. Gewiss ist mein Wald im Einklang mit den Kindern des Mondes.«

»Dann sind sie wirklich weise«, erwiderte Belexus mit einem Lächeln und sein Blick wanderte zu der schönen Zauberin hinüber.

Brielle schaute ihm lange in die Augen und nahm seine Zuneigung an. »Komm«, sagte sie erneut und führte ihn einen Waldpfad entlang.

Die Klänge des Liedes trugen die beiden mit sich und bald sahen sie den Schein eines großen Feuers inmitten einer weiten Lichtung. Ringsum war die Heerschar von Illuma versammelt, fünfhundert Elfen stark, denen sich die Waldwächter von Avalon angeschlossen hatten. Als Belexus und Brielle näher kamen, wurden die Worte des Gesangs deutlicher vernehmbar. Obwohl die Elfen auf Zauberisch sangen, in der uralten Sprache, die Ardaz sie gelehrt hatte, konnte Belexus den Sinn sofort verstehen. Sie sangen ein Lied auf Andovar.

Belexus' Vater, Bellerian, und Arien Silberblatt, der Eldar von Illuma, kamen der Zauberin und dem Waldwächter am Rand der Lichtung entgegen.

»Bei den Colonnae«, sagte Bellerian, als er seinen Sohn sah. »Niemals hätte ich geglaubt, dass du so schnell genesen würdest. Als ich dich vor drei Tagen sah, schienst du dem Tod näher zu sein als dem Leben. Und obwohl Brielle mir sagte, du würdest dich erholen, waren meine Hoffnungen…« Er ließ den bitteren Gedanken unausgesprochen verklingen.

Belexus fuhr mit der Hand durch Brielles goldene Locken. »Brielle war es, die mir das Leben zurückgab«, sagte er.

»Es war deine eigene Kraft«, erwiderte die Zauberin. »Ein gewöhnlicher Mann hätte es nicht bis zum Wald geschafft.«

»Gewiss habt ihr beide Anteil daran«, sagte Arien Silberblatt. »Solche Stärke und Weisheit werden wir in diesen dunklen Zeiten oft brauchen. Der Gesang auf Andovar wird noch lange andauern, denn zahlreich waren die Heldentaten dieses Waldhüters. Erfreuen wir uns des Liedes bis zum Ende, dann suchen wir uns einen Ort zur Beratung.«

»Hast du etwas von Ardaz gehört?«, fragte Bellerian.

Brielle schüttelte den Kopf. »Billy Shank hat sich heute Morgen auf Calamus' Rücken auf die Suche nach meinem Bruder begeben«, erklärte sie. »Aber ich fürchte, er befindet sich am anderen Ende der Welt und wird noch viele Tage lang verborgen sein.«

»Aber er wird rechtzeitig zu uns zurückkommen«, versicherte Arien ihnen. »Niemand hat gelernt, Ardaz' Wert höher einzuschätzen als die Elfen von Illuma, und wir werden immer darauf vertrauen, dass er in der dunkelsten Stunde zurückkehrt.«

»Das wird er auch«, stimmte ihm Brielle zu, dann schwiegen sie, um dem Gesang zu lauschen. Die Elfen hatten Andovar nur kurz kennen gelernt, aber ihre Melodie fing das Wesen des getöteten Waldwächters so vollständig ein, dass es Belexus vorkam, als wanderte er in Träumen neben seinem verlorenen Freund.

Der Gesang dauerte mehr als eine Stunde, dann zogen sich die vier auf eine abgeschiedene Wiese zurück, um sich zu beraten. Zu ihnen gesellten sich Sylvia, Ariens Tochter, und Ryell, der engste Ratgeber des Herrschers der Elfen.

»Wir haben die Kunde vom Krieg vernommen«, begann Arien. »Und obwohl sie weit aus dem Süden kommt, aus dem Königreich der Menschen, dringt sie ungemindert zu den Bewohnern von Illuma. Wir haben König Benador und sein Volk in diesen letzten zwanzig Jahren als Freunde schätzen gelernt, und wir werden sie in ihrer dunkelsten Stunde nicht im Stich lassen.«

»Jedoch fürchten wir, unsere Heimat zu verlassen«,

fügte Ryell hinzu. »Wenn die Talons marschieren, könnten sie da nicht ebenso gut im Norden zuschlagen? Wer würde das Tal von Illuma beschützen, wenn all unsere Leute sich fern im Südland befinden?«

»Ich kenne deine Befürchtungen«, sagte Brielle, die sich in der Versammlung etwas unbehaglich fühlte. Die Smaragd-Zauberin kümmerte sich für gewöhnlich nicht um die Beziehungen zwischen den Ländern außerhalb des Waldes, aber da Morgan Thalasi hinter dieser Invasion steckte, konnten diese Zeiten nicht als gewöhnlich gelten. »Wir werden darauf zurückkommen, bevor die Beratung zu Ende ist. Aber zuerst sollten wir Belexus anhören, da er im Südland gekämpft hat.«

Belexus berichtete von der wilden Flucht auf den westlichen Feldern, dem wahnwitzigen Wettlauf zum Fluss und der Verteidigung der vier Brücken. Als er vom Schwarzen Hexer erzählte, erbleichten alle. Abscheu war auf ihren Gesichtern zu lesen. Doch Brielle dämpfte ihre Hoffnungen, als sie meinten, der Waldwächter könnte sich vielleicht getäuscht haben.

»Ich habe Thalasis Gespenst mit eigenen Augen gesehen«, versicherte sie ihnen. »In Martin Reinheisers Körper und noch mächtiger, als wir ihn zuletzt erlebten.«

»Aber Reinheiser ist tot«, wandte Ryell ein. »Er ist über die Klippe nach Blackemara hinabgestürzt. Und Anfagdul« – er benutzte Thalasis Namen in der zauberischen Sprache – »wurde auf dem Feld von Bergtor getötet.«

»Einen Zauberer tötet man nicht so leicht«, hielt Brielle den anderen vor Augen. »Der Schwarze Hexer ist zurückgekehrt. Ich habe selbst mit ihm gekämpft.«

»Dann haben die Talons einen mächtigen Anführer«, klagte Arien, der wusste, dass ihre Lage jetzt noch verzweifelter war.

»Zwei Anführer«, verbesserte ihn Brielle. »Noch einer

von den Uralten wandelt auf Aielle.« Als die anderen Brielles Worte überdachten, verstanden sie, wen sie damit meinte, denn es hatte nur vier Uralte gegeben. Billy Shank war unterwegs, um den Zauberer Ardaz zu suchen, und im Leib von Martin Reinheiser hauste jetzt der Schwarze Hexer. Wenn Jeff DelGuidice auf irgendeine Weise nach Aielle zurückgekehrt wäre, dann hätte er gewiss auf ihrer Seite gekämpft. Damit blieb nur einer übrig.

»Mitchell«, knurrte Bellerian. »Der ist gewiss eine Geißel der Welt.«

»Und jetzt noch mehr«, fügte Belexus hinzu. »Er ist kein Mensch mehr, sondern ein Geist der Unterwelt, ein untotes Wesen mit großer Macht. Er hat Andovar und beinahe auch mich getötet.«

Die Worte hingen schicksalsschwer in der Luft und alle waren der Verzweiflung nahe.

»Aber wir sind nicht verloren!«, rief Sylvia, Ariens hitzige Tochter. »Bislang haben sich die Menschen von Calva und die Elfen von Illuma noch nie gegen einen Feind verbündet und auf unserer Seite kämpfen drei Zauberer.«

»Da ist einiges dran«, warf Bellerian ein. »Der Schwarze Hexer hat sich in der Tat einige mächtige Gegner ausgesucht. Ihm wird der Empfang nicht gefallen, den wir ihm bereiten werden, wenn er erneut versucht, die Brücken zu überqueren.«

»Aber können wir wirklich dorthin?«, fragte Ryell, der immer die praktische Seite im Auge hatte. »Welche Streitmacht hat Anfagdul in den Kristallbergen in der Hinterhand, bereit zu einem Ausfall auf die nördlichen Gefilde, wenn die Elfen und Waldwächter im Süden sind?«

»Seine Reserve ist nicht zu fürchten«, sagte Brielle. Sie stand auf und trat in die Mitte der Gruppe. »Istaahl von Pallendara und ich haben viele Tage mit Thalasi gekämpft und wir glauben, dass der Schwarze Hexer einen taktischen Fehler begangen hat. Er gelangte nicht schnell genug auf die andere Seite des Flusses, bevor die ganze Welt von seiner Anwesenheit erfuhr.«

»Vielleicht ein Trick?«, fragte Bellerian.

»Nein, es waren zu viele bei ihm«, erwiderte Brielle. »Thalasi hatte nicht mit der Entschlossenheit der Calvaner gerechnet.«

»Oder mit der Anwesenheit deiner Tochter«, rief Belexus ihr in Erinnerung.

»Ich hoffe, dass der Schwarze Hexer noch nicht ahnt, über welche Kräfte Rhiannon verfügt«, sagte Brielle grimmig. Immerzu fürchtete die Zauberin um ihre Tochter, die in unmittelbarer Nähe des Heeres des Schwarzen Hexers nahezu schutzlos war. »Ich habe das Gefühl, dass Rhiannon in diesem Krieg noch eine wichtige Rolle spielen wird. Immerhin wurden die Brücken gehalten«, fuhr die Zauberin fort, »und das erzürnt den bösen Hexer. Deshalb hat er Mitchells Geist herbeigerufen und sicher wird er noch auf weitere Tricks verfallen. Aber Morgan Thalasi kann nicht nach Norden gehen, nicht in die Nähe meines Herrschaftsbereichs, und auch nicht nach Süden, wo Istaahl über das Meer gebietet. Er hat seine Streitkräfte an den Brücken eingesetzt, im Herzen von Calva, und wenn er vorhat, mit seinen Truppen seitwärts auszuweichen, dann wird er entdecken, dass sie von mir und meinem Freund in Pallendara aufgehalten und niedergemäht werden. Doch ebenso wenig können wir unsere Domänen verlassen«, erklärte sie. »Der Schwarze Hexer ist in der Tat stark und er stellt seine Angriffe auf Avalon und Istaahls Turm nicht ein. Selbst während wir hier beratschlagen, wehrt der Weiße Magus von Pallendara eine von Thalasis Attacken ab.« Die anderen, die gesehen hatten, wie viele seltsame Stürme über der Westgrenze von Avalon wüteten, verstanden den Ernst ihrer Worte.

»Nur weil wir uns so nahe an unseren Kraftplätzen aufhalten, haben wir die Stärke, Morgan Thalasi abzuhalten, und damit sitzen wir fest«, erklärte Brielle.

»Zumindest, bis Ardaz zurückkehrt«, bemerkte Arien. »Der Silber-Magus könnte den Lauf der Schlacht wenden.«

»Das könnte er in der Tat«, stimmte ihm Bellerian zu. »Aber wir müssen ohne diese Hoffnung kämpfen. Ob mit oder ohne Hilfe des Silber-Magus, der Schwarze Hexer und sein schweinsgesichtiges Heer werden wieder in ihre Löcher zurückgetrieben!«

Von der Versammlung war entschlossene Zustimmung zu vernehmen. Sie alle hatten in ihrem Leben große Not gekannt – die Elfen hatten Jahrhunderte lang damit gelebt – und sie würden nicht aufgeben, ganz gleich, wie unterlegen sie zahlenmäßig auch waren. Und niemand auf der Welt genoss es so sehr, Talons zu bekämpfen, wie die grimmigen Waldhüter von Avalon.

»Dann also auf in den Süden!«, rief Ryell. »König Benador ist in Bedrängnis!«

»Ja«, sagte Brielle. »Ihr solltet alle losziehen. Der Winter wird für den Schwarzen Hexer mit seinem Pöbelheer kein Freund sein; die Zeit arbeitet gegen ihn.«

»Also hat er einen neuen Führer geschaffen, der ihn über den Fluss bringen soll«, pflichtete ihr Belexus bei, der sich der Macht des Geistes von Hollis Mitchell schmerzlich bewusst war.

»Seine Hoffnung besteht darin, die Mauern von Pallendara noch vor Einbruch des Winters zu erreichen«, überlegte Brielle. »Er wird in Bälde heftig losschlagen.«

»Dann wird er gegen König Benadors Armee, gegen das Herr von Arien Silberblatt und die Krieger von Fürst Bellerian losschlagen!«, knurrte Sylvia. »Wehe ihm!«

»Auf in den Süden!«, rief Ryell. »An König Benadors Seite!«

Sie alle, Sylvia und Ryell eingeschlossen, hatten Zweifel, ob das Ziel dieser anfeuernden Worte erreicht werden würde. Doch keiner von ihnen hätte diese Zweifel laut ausgesprochen.

Dies war nicht die Zeit, im Herzen schwach zu sein.

Billy Shank beobachtete die aufkommende Morgendämmerung. Neben ihm graste ruhig der große Pegasus. Sie hatten erst vor wenigen Stunden Halt gemacht, um eine notwendige Ruhepause einzulegen. Doch Calamus hatte seine Kraft schon wiedergewonnen und als der Herrscher der Pferde Billy herannahen sah, stampfte er auf und war damit einverstanden, dass es Zeit zum Aufbruch sei.

Dann waren sie wieder oben auf den sanften Brisen und stiegen hoch in den Morgenhimmel hinauf und die einfachen Bauern in Calvas nördlichen Gefilden, die sie in ihrem Flug beobachteten, schauten mit Staunen zu ihnen auf. Sie wussten zwar nichts von der dramatischen Suche, waren sich jedoch bewusst, dass dieses Schauspiel eine Auswirkung des Ringens längs des Flusses war. Die Welt hatte sich verändert.

Billy hielt die südöstliche Kammlinie der Kristallberge zu seiner Linken und strebte auf den Großen Wald zu, den ausgedehntesten Forst auf ganz Aielle, wo er seine Suche nach dem Zauberer beginnen wollte. Seine einzige Hoffnung bestand darin, dass Ardaz den Pegasus hoch am Himmel entdecken und sich zu erkennen geben würde. Der Zauberer hatte nur gesagt, dass er sich jenseits des Flusses Elgard aufhalten würde, draußen in den unerforschten wilden Landen, und so waren Billys Chancen, Ardaz' Aufenthaltsort zu finden, äußerst gering.

Aber er musste es versuchen. Wieder einmal war Ardaz ein entscheidender Teilnehmer in einem Spiel geworden, bei dem es um die Zukunft der Welt ging.

Jenseits des Elgards und des Großen Waldes, in Ländern, die den Calvanern, den Illumanern, je sogar den Zauberern von Aielle unbekannt waren, suchte sich Ardaz seinen Weg zwischen den Trümmern und Stollen einer verlassenen Stadt. Er hatte die ganze Zeit den Verdacht gehegt, dass es in der Welt jenseits der bekannten Grenzen noch andere menschliche Wesen gab, die weder Calvaner noch Illumaner oder Talons waren. Jetzt hatte er den Beweis dafür gefunden.

Der Zauberer hüpfte zufrieden durch die uralten Ruinen und fand es großartig, dass man noch so vieles über die Welt lernen konnte. Er richtete seine Augen nicht zurück nach Westen.

Er hörte nicht Brielles und Istaahls Ruf, daher konnte er nicht wissen, dass der Schwarze Hexer wieder auf Aielle wandelte.

Beim nächsten Sonnenaufgang ritten sie aus Avalon fort. Hörner ertönten, Hufe donnerten. Die Elfen von Illuma rückten aus, fünfhundert Mann stark. Ihre geschmeidigen Rösser waren mit schimmernden Harnischen geschmückt und mit Girlanden klingelnder Glöckchen versehen. Ihr Anführer war Arien Silberblatt. Seine Rüstung und sein Schild glänzten im Morgenlicht und er hielt Fahwayn, sein magisches Schwert, hoch über sich.

Neben dem Eldar von Illuma ritt Bellerian, der Lord der Waldwächter, und führte seine eigene Kolonne grimmig dreinblickender mächtiger Krieger an. Obwohl sie nur achtzig Mann stark waren, würde niemand, der die Waldwächter von Avalon im Kampf gesehen hatte, sie unterschätzen.

Am Rande des Waldes wartete Belexus, als die Kolonne vorüberzog. An seiner Seite stand die blonde Zauberin.

»Dies scheint ein großartiges Vorspiel zu sein«, bemerkte Brielle, doch in ihrer Stimme klang keine Spur von Ehrfurcht an, denn sie kannte das Ziel dieser Streitmacht. Sie hatte schon früher Schlachten gesehen. Schmutz und Blut und Tränen würden den Glanz der Waffen und Rüstungen trüben und der traurige Ruf eines Horns bei der Totenfeier würde die erregten Fanfaren der Herolde überdauern.

»Wir gehen, weil wir müssen«, erwiderte Belexus. »Wir knurren und jubeln und lassen unsere Rösser tänzeln, weil wir noch vor der Begegnung mit unseren Feinden geschlagen wären, wenn wir etwas anderes täten.«

»Doch es ist traurig zu wissen, wohin der Pfad euch führen wird.«

»Ja«, pflichtete Belexus ihr bei und schaute ihr geradewegs in die Augen. Sein Gesichtsausdruck war eine Mischung aus Zärtlichkeit und unnachgiebiger Entschlossenheit. »Aber noch trauriger wäre es, wenn wir diesem Pfad nicht folgten. Ich wünschte, es könnte anders sein, meine Herrin, aber der Schwarze Hexer muss aufgehalten und aus Calva vertrieben werden.«

»Und das soll auch geschehen!« Brielles Gesicht hellte sich etwas auf. Sie streckte ihre weiche Hand aus und strich sanft über das entschlossene Gesicht des Waldwächters. »Du sollst wissen, dass ich mich auf deine Rückkehr freue, Sohn des Bellerian.«

»Und du sollst wissen, dass ich zurückkehren werde«, versicherte ihr Belexus.

Brielles Sorge wurde nicht geringer. Sie wusste, was der Waldwächter im Sinn hatte und dass er Hollis Mitchell nicht besiegen konnte. »Du hast vor, das Gespenst zu suchen?«, fragte sie ihn ohne Umschweife.

Belexus blickte zur Seite, da er die Frage nicht verneinen konnte.

»Ich habe dir schon zuvor gesagt, dass dieses Wesen deine Macht überschreitet«, sagte Brielle zu ihm. »All meine Ängste werden sicherlich wahr, wenn du auf das Gespenst losgehst.«

»Andovar wird gerächt werden«, erwiderte Belexus grimmig.

»Ohne Zweifel«, stimmte ihm Brielle zu. »Aber nicht durch dich und nicht jetzt. Du hast nicht die Waffen, um das Gespenst zu schlagen. Noch nicht.«

»Wann dann?«, versetzte Belexus und in seinen blassblauen Augen loderte ein plötzliches Feuer auf. »Gib mir die Waffen, Brielle. Gewähre mir die Macht, den Tod meines Freundes zu rächen!«

Brielle schüttelte hilflos den Kopf. »Ich kenne sie nicht«, musste sie eingestehen. »Ich weiß nicht einmal, ob es sie überhaupt gibt.« Belexus wollte sich abwenden, doch sie fasste ihn am Ellbogen und zwang ihn, ihr ins Gesicht zu schauen. »Das Gespenst ist nur ein Werkzeug des Schwarzen Hexers«, sagte sie. »Stellt euch Morgan Thalasi entgegen. Zerschlagt sein elendes Heer und treibt ihn zurück in den Westen, dann wirst du deine Rache finden.«

Belexus hatte keine andere Wahl, als ihr einstweilen zuzustimmen. Er hatte gegen das Gespenst gekämpft und die Hoffnungslosigkeit des Unterfangens nur allzu deutlich gesehen. »Suche mir die Waffen«, bat er Brielle erneut, dann schwang er sich in den Sattel seines Pferdes, um sich in die Kolonne einzureihen.

»Der Tag wird kommen«, versprach Brielle. »Aber denke mehr an die Sache, der du dienst, als an deine Rache, Sohn des Bellerian. Es geht um mehr als nur um das Feuer in deinem Blut.«

»Ich kenne meine Pflicht«, antwortete Belexus, »gegenüber den Waldwächtern und den aufrechten Leuten dieser Welt.«

»Komm wieder nach Hause«, sagte Brielle leise. »Nach Avalon, wohin du gehörst.«

»Ich kenne auch meine Pflicht Brielle gegenüber«,

fuhr Belexus fort. »Ich werde zu dir zurückkehren, meine Herrin, und der Gedanke an dich wird mich durch die Prüfungen der Schlacht geleiten.«

Er gab seinem mächtigen Ross die Sporen und galoppierte über das südliche Feld davon.

Brielle schaute ihm nach, wie er davonritt, und hoffte für Belexus und für die ganze Welt.

Dann musste sie wieder gehen, denn aus dem Ödland jenseits der westlichen Grenzen von Avalon hatte sich ein Sturm erhoben. Morgan Thalasi machte sich erneut daran, ihren Wald heimzusuchen.

KAPITEL 20

Zusammenwirken

Als Rhiannon sich ihren Weg durch die scheinbar endlosen Reihen von Talons bahnte, achtete niemand auf sie; allerdings wusste sie nicht, ob ihr unauffälliges Vorwärtskommen eine Folge der Unaufmerksamkeit der Talons oder eines unbewussten Versuchs ihrerseits war, ihre Magie einzusetzen, um sich zu tarnen. Wie auch immer sie es anstellte, die junge Zauberin gelangte schließlich auf die andere Seite des Talon-Lagers und schlug einen südwestlichen Kurs in Richtung der Baerendel-Berge ein, bevor die Nacht halb um war.

Sie hatte eine vage Vorstellung, wo sie Bryan finden würde, aber das Land kam ihr unendlich weit vor und in den Bergen gab es zahllose Verstecke; allmählich machte sich die Tochter der Zauberin Gedanken, ob ihre Entscheidung klug gewesen war. Sie wusste, dass sie gut auf sich allein aufpassen konnte, aber ohne Bryans Ortskenntnisse würde sie für die Flüchtlinge, die allein in den Baerendels herumirrten, kaum von Nutzen sein.

Doch früh am nächsten Morgen fand Rhiannon die Antwort auf ihr Dilemma. Als sie auf einem Bett aus Moos schlief, flatterte ein Elfenblauvogel zu ihr herab, da er sie als Freundin erkannt hatte. Als Rhiannon die Augen öffnete, sah sie den Vogel auf ihrem Arm entlanghüpfen, wobei er den Kopf reckte und ihr ins Gesicht blickte.

»Ich wünsche dir einen guten Morgen«, sagte die junge Zauberin mit einem aufrichtigen Lächeln, da sie von einem so freundlichen Gesicht begrüßt wurde.

Der Vogel zwitscherte eine Antwort und Rhiannon machte große Augen. Sie konnte die Vogelsprache verstehen!

Zu Hause in Avalon hatte sie mit den Vögeln, ja mit allen Tieren gesprochen, doch sie hatte geglaubt, dies sei eine Folge des Zaubers ihrer Mutter und nicht eine Fähigkeit, über die sie selbst verfügte.

»Also ist es meine eigene Magie«, überlegte sie und berührte ihre geschürzten Lippen mit der Fingerspitze. Und dann erschien auf diesen Lippen ein erneutes Lächeln, als Rhiannon klar wurde, welche Auswirkungen diese besondere Fähigkeit hatte. »Flieg los und hole deine Freunde«, flüsterte sie dem Vogel zu. »Ich muss mit euch allen reden.«

Kurz darauf flatterte ein Dutzend Vögel über den Blaubeersträuchern am Berghang, wo Rhiannon ihr Morgenmahl gefunden hatte. Sie wünschte den Vögeln einen guten Morgen, dann schickte sie sie mit ihren Aufgaben fort.

Die Sonne war am östlichen Horizont kaum höher geklettert, da verfügte die junge Zauberin bereits über ein wachsendes Netz von Kundschaftern, die hoch am Himmel über das Land dahinschwebten.

Bryan beobachtete gespannt, wie zwei Talons ihren Karren durch eine enge Schlucht zogen, flankiert von zwei anderen ihres Stammes. Dieser Hinterhalt dürfte wohl einfach sein, einer der leichtesten, den er jemals gelegt hatte. Trotzdem bemerkte der Halbelf, dass er nervös war. Er nahm eine Handvoll Pfeile und kroch über den felsigen Berghang hinab zu der Baumgruppe, die er als Deckung ausgesucht hatte.

Die Talons kamen sorglos daher. Ihre Standarte kennzeichnete sie als eine Gruppe aus dem Süden, aus den Ballendul-Bergen hinter dem Wald von Windigweiden; sie brachten zweifellos Nachschub auf Verlangen des

Schwarzen Hexers. Anscheinend hatten sie noch nichts von den Gefahren gehört, die ihnen in diesem Bereich der Baerendels drohten; Bryans Ruf hatte sich nicht so weit verbreitet, wie er befürchtet hatte. Dass sein Glück anhielt, ließ ihn lächeln. Als der Karren sich dem Stolperdraht näherte, legte er einen Pfeil an die Bogensehne.

Es handelte sich um eine einfache Falle: ein gelockerter Stein auf dem felsigen Weg, an dem eine Kordel befestigt war, die zu einigen Felsbrocken am gegenüberliegenden Abhang führte. Der Karren rumpelte über den präparierten Stein und drückte ihn nach oben, wodurch die Kordel gelöst wurde. Einen Moment später donnerten die Felsbrocken kaskadenartig über den Abhang herab und hüpften bei jedem dröhnenden Aufprall höher.

Bryan erwartete nicht, dass tatsächlich einer der Talons von den Felsen getroffen wurde, aber der Ablenkungseffekt war die Arbeit des Fallenstellens wert. Als die vier Unholde aufschrien und losrannten, um der Gefahr zu entgehen, ließ Bryan seinen Bogen sprechen und gab drei Schüsse ab, bevor die erschrockenen Talons überhaupt bemerkten, dass er da war. Zwei der Pfeile fanden ihre Ziele. Ein Talon wurde getötet, der andere stürzte auf den steinigen Boden und wand sich in Qualen.

Als die übrigen beiden Talons sich umdrehten und überlegten, was sie mit ihren gefallenen Kameraden anfangen sollten, stürzte sich Bryan auf sie.

Der Unhold, der ihm am nächsten war, wandte sich um und stürmte mit dem Speer voran auf Bryan zu, als dieser auf dem Boden aufkam. Doch der Talon war verwirrt und verlor bei seiner Attacke das Gleichgewicht. Bryan fiel nach hinten und sein Schild hob die Schwertspitze in die Luft, sodass sie keinen Schaden anrichtete. Der Talon konnte seine Wucht nicht bremsen und rollte über den Halbelfen hinweg und als Bryan seine Fallrolle vollendete und wieder auf den

Beinen zu stehen kam, musste er innehalten und sich straffen, um sein Schwert herauszuziehen, das bis zum Heft im Bauch der unseligen Bestie stak.

Der letzte Talon schleuderte seinen Speer, doch der schwerfällige Kerl hatte kaum eine Chance, den flinken Halbelfen zu treffen. Bryan wich dem Speer aus und schlug nach dem Talon, der aufschrie und zu dem Karren floh, wo inzwischen die kleine Steinlawine zur Ruhe gekommen war.

»Zu leicht«, murmelte Bryan und seine Worte klangen in seinen Ohren wie eine Warnung. Bevor er darüber nachdenken konnte, wurde ihm deren Wahrheit jedoch schmerzlich bewusst.

Ein Speer traf ihn in der Seite.

Bryan wirbelte herum und packte die Waffe, damit ihre Wucht ihn nicht zu Boden stieß, dann blickte er die Schlucht hinauf. Dort kamen fünf weitere Talons heran, ein Hinterhalt für den Fallensteller. Sie heulten schadenfroh.

Bryan wusste, dass er sorglos geworden war und seine Feinde unterschätzt hatte. Der Talon am Karren war immer noch unbewaffnet, doch Bryan hatte keine Kraft mehr für einen Kampf. Er humpelte hastig zur Bergwand, und lehnte sich mit dem Rücken dagegen.

Die Talons kamen vorsichtig näher. Sie wussten nicht, wie schwer der Halbelf verwundet war. Sie hatten in der Tat von dem ›Geisterkämpfer‹ gehört und waren nicht sonderlich darauf erpicht, auf ihn loszugehen, wie sicher ihnen ihr Sieg auch erscheinen mochte.

Halb ohnmächtig konnte sich Bryan nur Zoll um Zoll an der zerklüfteten Bergwand entlangschieben und wider besseres Wissen hoffen, dass er einen Ausweg finden würde. Er brachte ein kleines Gestrüpp – kaum mehr als einen kniehohen Busch und einen fingerdünnen Schössling – zwischen sich und die Talons, bevor er feststellte, dass er nicht weitergehen konnte.

Die sechs Talons ließen sich immer noch Zeit, schwärmten um den Halbelfen herum aus und bildeten einen Halbkreis. Einer warf einen Speer auf Bryan, doch nicht sonderlich gut gezielt, und es gelang Bryan, den Speer mit seinem Schild abzufangen.

Der größte Talon, der neben dem Speerwerfer stand, schlug seinem Kameraden auf den Kopf, weil er seine Waffe verschwendet hatte. Dann tat der Unhold, offenbar der Anführer, einen kühnen Schritt nach vorn und kam langsam bis auf zehn Schritte an Bryan heran, wobei er den Schweiß und den Schmerz auf dem hübschen Gesicht des Jungen musterte.

Bryan sah seinen Feind kaum. In seinen Augen schwammen Tränen. Er hatte die ganze Zeit über gewusst, dass es schließlich so enden würde, aber er hätte nie geglaubt, dass er solche Qualen oder solchen Schrecken empfinden könnte. Und der Schrecken nahm noch zu, als er seinen Blick auf den großen Talon richtete, dessen grobe Speerspitze warnend vor seinen Augen schwankte.

Dann brüllte der Talon und stürmte über den Speer gebeugt vorwärts. Bryan brachte seinen Schild nicht wieder hoch und selbst wenn ihm dies gelungen wäre, hätte er nicht die Kraft gehabt, einen so schweren Stoß abzuwehren. In vollem Tempo und nur noch zwei Schritte entfernt, stieß der Talon einen Siegesschrei aus.

Doch dann sah Bryan in seiner Benommenheit, wie der Speerschaft zerbrach, als wäre die Waffe auf Stein getroffen, und er hörte, wie der Talon mit dem Gesicht gegen etwas Festes prallte.

Wo der Schössling gewesen war, stand jetzt eine ausgewachsene Eiche.

Der Talon wich einen Schritt zurück und betrachtete verdutzt den Baum. Als reagierte der Baum auf den Angriff, ließ die Eiche einen schweren Ast herabschwingen, der dem Unhold den Schädel spaltete und zwischen die Schultern drückte. Als die anderen Talons sich aus ihrer Erstarrung gelöst hatten, drehten sie sich um und flohen.

Doch die Eiche war noch nicht fertig mit ihnen. Dicke Äste peitschten auf den Talon herab, der am nächsten war, während längere, biegsamere Zweige nach den weiter entfernten griffen.

Irgendwie wusste Bryan, dass der Baum ein Verbündeter war, er hatte keine Angst, war nur verwundert und sogar ein wenig erschrocken, als der Baum fortfuhr, die Talons zu verprügeln. Ein Unhold wurde in die Luft gehoben: ein Zweig hatte sich fest um seinen Hals geschlossen. Der Talon zappelte einige quälende Momente lang mit den Beinen, dann blieb er still hängen und drehte sich langsam in der nachmittäglichen Brise.

Es war so schnell vorbei, wie es begonnen hatte. Kein einziger Talon blieb am Leben, nicht einmal derjenige, den Bryans erster Pfeil verwundet hatte.

Als er erkannte, dass er gerettet war, fand Bryan etwas von seiner Kraft wieder und kam vorsichtig hinter der verzauberten Eiche hervor.

Und dann sah er sie.

Rhiannon stand auf einem kleinen Felsen auf der anderen Seite der Schlucht, in der Nähe der Baumgruppe, von der aus Bryan den Angriff begonnen hatte. Ihr zartes Gewand fing das Sonnenlicht ein und umgab die Zauberin mit einem übernatürlichen Leuchten, welches das Schauspiel der Aufbietung ihrer Macht noch erhöhte. Sie hielt die Augen geschlossen, hatte einen Ausdruck grimmiger Befriedigung im Gesicht und stand vollkommen reglos da. Einen Arm hatte sie aufrecht erhoben und rief damit die Mächte des Himmels und der Erde an. Nur Rhiannons Gewand umflatterte sie in der Brise, dieses schimmernde, geheimnisvolle Gewand, das ein Teil der jungen Zauberin zu sein schien.

Sie war auf die Schlucht gestoßen, als Bryans Hinterhalt gerade zuschnappte, und sie war im Hintergrund geblieben, um den berühmten jungen Helden zu beobachten. Sie hatte nicht vorgehabt, sich in die Ereignisse einzumischen – auf keiner der beiden Seiten.

Doch als die Talons Bryan gegen die Bergwand drängten, wurde Rhiannon von Zorn durchflutet. Sie sah Andovar vor sich, hilflos und dem Tod geweiht, und als sich in ihren Gliedern die Macht sammelte, versuchte sie nicht, sie beiseite zu drängen.

Jetzt war es vorbei und Rhiannon würde früher oder später das Blutbad anschauen müssen, das sie angerichtet hatte. Die grimmige Befriedigung wandelte sich in eine schmerzliche Klage, ein weiterer Schatten auf der Unschuld der Tochter der Zauberin. Als die Macht ihre Aufgabe erfüllt hatte, verließ sie Rhiannon und ließ sie leer und schwach zurück. Nur mit großer Anstrengung und indem sie sich daran erinnerte, dass Bryan schlimm verwundet worden war, konnte sie von den Felsen auf den Grund der Schlucht herabklettern.

Der Halbelf war noch bei Bewusstsein und stand aufrecht, als sie ihn erreichte, doch Rhiannon vermutete, dass er zu Boden gefallen wäre, wenn die Felswand ihn nicht gestützt hätte.

»Wer bist du?«, keuchte Bryan. »Wie…«

»Mein Name ist jetzt nebensächlich«, erwiderte Rhiannon leise. Sie trat heran, um die Wunde zu untersuchen und veranlasste Bryan sanft, sich auf den Boden zu legen. Der Speer war tief eingedrungen; seine Spitze war zweifellos mit Widerhaken versehen. Doch in den letzten paar Wochen hatte sich Rhiannon an einen solchen Anblick gewöhnt und sie ging ruhig und wirkungsvoll ans Werk. Ihr wurde klar, dass sie nicht hoffen durfte, den Speer mit normalen Mitteln zu entfernen, nicht hier im Staub und nicht, solange jede Bewegung des Schafts dem jungen Halbelfen solch unglaubliche Schmerzen zufügte.

Stattdessen raunte sie die Worte eines Zauberspruchs –

sie hatte ihn nicht gelernt, es waren einfach Worte, die ihr im Augenblick der Not in den Sinn kamen – und der Speerschaft wurde unter ihrer Berührung warm. Einen Augenblick später wurde er lebendig, zu einer Schlange, die sich in Rhiannons Händen wand. Auf ihren Ruf hin zog sich das Reptil aus der Wunde zurück und ließ die Speerspitze in dem Halbelfen zurück.

Bryan beobachtete alles mit vom Schmerz verschwommenem Blick. Er konnte kaum seinen Augen trauen und war unfähig, auch nur eine von dem Dutzend Fragen zu stellen, die ihm durch den benommenen Kopf schwirrten. Rhiannon legte sanft ihre Hand auf die offene Wunde, stillte den Schmerz und beobachtete, wie Bryan niedersank und die Augen schloss. Dann stand sie auf und überlegte, wohin sie ihn bringen könnte, um die Heilung zu vollenden.

Doch obwohl ihr Blick die steilen Felshänge der Schlucht abzusuchen begann, kehrte er unausweichlich zu der riesigen Eiche und deren grausigen Opfern zurück. Wieder hatte sie getötet, hatte der von ihr Besitz ergreifenden Macht gestattet, Vernichtung zu bringen. Da sie dachte, Bryan schliefe, trat sie zu dem Baum, streichelte seine Rinde und bat ihn flüsternd um Verzeihung für die Jahrzehnte, die sie seinem Leben geraubt hatte.

Bryan öffnete ein Auge halb und beobachtete die Frau mit dem rabenschwarzen Haar. Jetzt verstand er sie noch weniger als vorhin, als sie aufgetaucht war. Er wusste, dass sie ihm freundlich gesinnt war und dass er unter ihrer Fürsorge in Sicherheit sein würde. Zum ersten Mal seit so langer Zeit vertraute Bryan jemand anderem als sich selbst und ließ sich von einem beruhigenden und heilsamen Schlummer übermannen.

»O verdammt«, flüsterte Bryan, als er die Augen öffnete und entdeckte, dass er kaum eine Handbreit vom

Gesicht eines riesigen Braunbären entfernt war. Er lag in einer Höhle und wenn er sich einen Moment Zeit genommen hätte, um über etwas anderes nachzudenken als über die schnuppernde Nase und die weißen Zähne des Bären, dann hätte er festgestellt, dass der Schmerz völlig aus seiner Seite gewichen war. In diesem Augenblick lag der Halbelf jedoch ganz reglos da und suchte nach einem Weg aus dieser unerwarteten Zwangslage.

»Du bist also wach?«, ertönte eine Stimme auf der anderen Seite der niedrigen Höhle.

Zuerst beachtete Bryan die Frage nicht und konzentrierte sich darauf, den Atem anzuhalten und seine Augen leicht geschlossen zu halten, um sich tot zu stellen. *Bären fressen kein totes Fleisch*, wiederholte er stumm in seinem Kopf, eine Lehre, die ihm sein Vater beigebracht hatte und von der er gehofft hatte, er würde sie nie auf die Probe stellen müssen.

Doch als nichts geschah, gewann Bryans Neugier allmählich die Oberhand. Er lugte wieder hinaus. Der Bär hatte sich auf sein Hinterteil sinken lassen, nagte an einem Leckerbissen und hatte statt seines forschenden Blicks einen Ausdruck angenommen, den Bryan viel angenehmer fand.

Rhiannons dichtes schwarzes Haar hing herab und strich ihm über die Brust und ihre dunklen Augen blickten ihn lange unverwandt an. »Wie fühlst du dich?«, fragte sie.

Ihre Frage erinnerte den Halbelfen an seine Verletzung und seine Hand tastete reflexartig nach seiner Seite. Doch dort fand er weder Blut noch Verband, nur die glatte Haut einer frisch verheilten Wunde.

»Wer bist du?«, stammelte Bryan und schaute ungläubig auf seine Hand. Jetzt fiel ihm alles ein: der Speer, der angreifende Talon, der Baum, der die Attacke abgefangen hatte... es kam ihm alles zu widersinnig vor, als dass es hätte wahr sein können. Doch hier befand sich die Vollbringerin all dieser unmöglichen Dinge – kaum einen Handbreit von seinem Gesicht entfernt.

»Ich heiße Rhiannon«, erwiderte die junge Zauberin. »Und ich kenne dich als Bryan von Corning.«

»Woher weißt du das?«

»Du hast dir einen Namen gemacht.« Rhiannon lächelte. »Viele kommen über den Fluss und schreiben dir den Erfolg dafür zu.«

Bryan nahm das Kompliment ein wenig verlegen entgegen, aber der Name der schönen Frau beschäftigte ihn zu sehr, als dass die Befangenheit hätte lange andauern können. »Rhiannon«, murmelte er. Er war sich sicher, dass er diesen Namen schon einmal gehört hatte. Vielleicht in einer der Geschichten seines Vaters?

»Du hast den größten Teil der Nacht geschlafen«, bemerkte Rhiannon, als sie die Verwirrung auf dem Gesicht des Halbelfen sah.

»Wie viele Nächte?«, fragte Bryan und gab den Versuch auf, sich daran zu erinnern. Er war mehr daran interessiert, diese gegenseitige Vorstellung fortzuführen.

»Nur die eine«, antwortete Rhiannon.

Bryan fiel die Kinnlade herunter. »Ich habe einen Speer abbekommen«, hauchte er überrascht. Er zwang sich hoch und betrachtete die Narbe auf seiner Seite. »Ein tückischer Treffer.«

»In der Tat«, erwiderte Rhiannon. »Aber du bist ein zäher Bursche.«

Während der Heilung war Bryan bewusstlos gewesen, doch selbst in jenem Zustand hatte er die Gegenwart Rhiannons gespürt. Die Zauberin war mit dem Opfer verbunden gewesen, zwei Seelen, die gemeinsam gegen eine Wunde kämpften, und jetzt begann Bryan etwas von dieser seltsamen Verbindung zu enträtseln. »Du hast mich geheilt«, stellt er sachlich fest und blickte ausdruckslos zu ihr empor.

»Das ist eine Gabe meiner Mutter«, wehrte Rhiannon ab. »Zerbrich dir nicht den Kopf darüber. Der Schmerz ist vorbei und jetzt ist kein Grund mehr zur Sorge.«

»Wann kann ich aufstehen?«

Rhiannon blickte zu dem mürrischen Bären hinüber. »Sobald du dich dazu in der Lage fühlst«, erwiderte sie. »Mein Freund will seine Höhle wieder für sich haben und ich möchte mich nicht mit ihm streiten.«

»Ihr beide habt mich hier herauf getragen?«

»Ich konnte es nicht allein«, antwortete Rhiannon. »Er ist durchaus freundlich, wenn wir ihn nicht verärgern.« Sie zwinkerte Bryan zu. »Und er arbeitet für einen Tropfen Honig.«

»Aber wie kannst du mit einem Bären reden?«, musste Bryan fragen.

Bereitwillig beantwortete Rhiannon diese weitere Frage und die nächste und die übernächste, da sie daran dachte, welch unglaubliche Dinge der Halbelf gesehen hatte. Sie achtete jedoch darauf, nicht zu viel von sich zu enthüllen, und sie erinnerte Bryan mit jedem zweiten Satz daran, dass ihr Bärenfreund seine Höhle zurückhaben wollte. Es war eine unbeschwerte Unterhaltung für die beiden, die anscheinend dazu bestimmt waren, enge Freunde zu werden. Doch dann stellte Bryan eine Frage, die den ganzen Ton des Gesprächs veränderte.

»Dieser Baum da!«, rief er aus. »Wie hast du es gemacht, dass er so schnell gewachsen ist?«

Dem Halbelfen entging nicht, wie sich Rhiannons schönes Gesicht verfinsterte.

»Ich…«, begann sie zögernd. »Meine Kräfte… ich konnte dich nicht sterben lassen!« Rhiannon atmete tief aus und schaute zur Seite. In ihren lichten Augen standen Tränen.

Bryan war verständnisvoll genug, es dabei bewenden zu lassen. Er stützte sich auf einem Ellbogen auf und legte einen Arm um Rhiannons Schultern.

Die restliche Nacht sagten sie nichts mehr und als der Morgen kam, verließen sie die Höhle des Bären, der erleichtert grunzte. Gemeinsam traten sie ins Sonnenlicht hinaus.

»Ich habe ein geheimes Lager«, sagte Bryan, nachdem er festgestellt hatte, wo sie sich befanden. »Nicht weit von hier.« Er zeigte auf einen fernen Bergsporn.

»Dann lass uns gehen«, erwiderte Rhiannon und begann dem felsigen Pfad zu folgen.

Bryan blieb einen Moment stehen und beobachtete sie. Rhiannon hatte offen ihre Kräfte hinsichtlich der Heilung erläutert, sogar ihre Fähigkeit, mit den Vögeln zu sprechen, um seinen Aufenthaltsort zu erfahren. Doch als er das Gespräch auf die dunkleren Seiten von Rhiannons Magie gelenkt hatte, auf die mörderische Raserei des belebten Baums, da hatte sie verlegen geschwiegen. Offensichtlich war der jungen Frau diese Seite ihres Wesens unangenehm. Bryan bedauerte sie, denn falls sie vorhatte, längere Zeit diesseits des Flusses Nimmerend zu verbringen, dann würde sie diese zerstörerische Macht sehr oft einsetzen müssen.

Die Vorstellung faszinierte Bryan. Welches Ausmaß, so überlegte er, hatte Rhiannons Kraft? Wie viel konnte er mit ihr an seiner Seite gegen die Talons ausrichten? Oder noch viel wichtiger: welchen Anteil konnte diese Magierin am Ausgang des Krieges haben?

Bryan nahm seinen Bogen und ging hinter Rhiannon den Pfad hinab. Zumindest für eine Weile würde er diese Fragen unbeantwortet auf sich beruhen lassen müssen, denn er hatte nicht die Absicht, Rhiannon deswegen zu bedrängen. Trotz all seiner Neugierde konnte er es nicht ertragen zu sehen, wie eine dunkle Wolke erneut ihr schönes Gesicht umschattete.

KAPITEL 21

Der Totengeist
erscheint

Der Schwarze Hexer ging nervös auf dem Feld hin und her. Seine Augen sprangen von Talon zu Talon und jeder der Unholde fiel schreckensbleich zu Boden. Sie wussten, dass ihr Anführer verärgert war, und sie wussten auch, dass der Schwarze Hexer oft seinen Ärger am Nächstbesten ausließ, sei es nun Freund oder Feind.

Doch Morgan Thalasi empfand mehr als Ärger: er hatte Angst. Vor einigen Tagen war er zurückgekehrt, erpicht auf einen höchst glorreichen Sturm über die Brücken hinweg. Mit seinem Geisterpferd hätte Mitchell schon am folgenden Tag eintreffen sollen, doch der Totengeist war noch nicht erschienen.

»Ich schaffe es nicht allein«, knurrte Thalasi einen in der Nähe stehenden Talon an. Er ballte wütend die knochigen Fäuste und der Talon ließ sich zu Boden sacken und würgte, als spürte er um seinen faltigen Hals die Faust des Schwarzen Hexers.

Ohne sich um den sterbenden Talon zu kümmern, stürmte Thalasi davon. Er brauchte Mitchell. Jeden Tag musste er aufs Neue Avalon und den Weißen Turm angreifen, um seine Erzfeinde in Schach zu halten und zu verhindern, dass sie heftig gegen sein Heer losschlugen. Das allein forderte genug Kräfte, aber da Mitchell sich nicht sehen ließ, musste Thalasi auch weiterhin mit den pöbelhaften Streitkräften der Talons fertig werden, eine Aufgabe, die von dem ständigen Druck, den König Benador und seine gut ausgebildete Armee ausübten, noch schwerer gemacht wurde. Mehrmals am Tag kamen die Calvaner über die Brücken gestürmt, bahnten sich eine Schneise durch die dichtesten Reihen der Talons und zogen sich dann in die Sicherheit ihrer anscheinend uneinnehmbaren Verteidigungsstellungen zurück.

Und der Schwarze Hexer war noch mehr beunruhigt, als Berichte aus den Baerendels eintrafen, dass die Nachschubkarawanen und die Kolonnen mit den Verstärkungen von Partisanen überfallen wurden.

Thalasi konnte einfach nicht alles im Auge behalten. Er fragte sich, wie viele Fehler er noch machen würde, wie viele Gelegenheiten ihm aus Mangel an Zucht in seinem Heer noch entgehen würden. Seine Talons hätten längst vor der Ankunft des Königs und seiner Truppen auf dem Schlachtfeld über die Brücken stürmen sollen.

Doch nun saßen sie hier hoffnungslos in einer Sackgasse.

Am meisten sorgte sich der Schwarze Hexer um seine eigene Kraft. Der Versuch, so viele Dinge zu tun, vereitelte es, dass er sich auf die wichtigste Aufgabe konzentrieren konnte: den Sieg über die anderen Zauberer. Obwohl das anhaltende Band der Harmonie zwischen den beiden Geistern des Schwarzen Hexers seine Kraft hätte erhöhen sollen, wurde er tagtäglich müder und seine Kraft entglitt ihm. Obendrein drohte weiteres Unheil, denn falls der vierte Zauberer, Ardaz, auf dem Feld erschien, würden Thalasi und seine Talons sicherlich zermalmt werden.

Die Beschwörung des Totengeistes hätte dies alles ändern sollen. Wenn Mitchell die alltäglichen Angelegenheiten des Heeres erledigte, wäre der Schwarze Hexer frei, sein magisches Wachstum zu verfolgen. Nur dann konnte er hoffen, seine mächtigeren Feinde zu vernichten, die anderen Zauberer und diese höllische Hexe.

»Wo bleibst du nur?«, schrie Thalasi und starrte auf den leeren schwarzen Horizont des Nordlandes.

Wenn die Sonne am hellsten schien, ruhte er, da er ihre leuchtende Herrlichkeit nicht aushielt. Doch in den dunkelsten Stunden marschierte er unermüdlich und benutzte Energien, die einem sterblichen Körper versagt waren. Mitchell wusste, dass Eile geboten war; er konnte die Lagerfeuer des feindlichen Heers weit im Süden sehen. Doch Brielle hatte den Totengeist seines Reittiers beraubt und die Entfernung von Avalon bis zu den Vier Brücken bedeutete einen tagelangen Fußmarsch.

Schließlich stieß der Geist doch auf das Heer der Talons. Seine erste Begegnung mit den Truppen, die er führen sollte, erfolgte in Form eines geschleuderten Speers. Mitchell sah ihn kommen, blähte lediglich seine Brust auf und empfing den Stoß der Waffe, ohne auch nur im Geringsten zusammenzuzucken.

Drei Talons, die hinter dem Wurf hergestürmt kamen, hielten auf der Stelle an. Das Blut wich ihnen aus den hässlichen Gesichtern, als sie erkannten, dass es sich um einen Totengeist handelte.

»Halt!«, befahl Mitchell. Einer der Unholde floh trotzdem, doch den beiden anderen fehlte die Kraft, ihre Beine zu bewegen.

»Wie heißt du?«, fragte Mitchell gebieterisch den Talon, der den Speer geworfen hatte.

Der Unhold duckte sich, zitterte und gab nicht zu erkennen, dass er antworten wollte.

»Deinen Namen!«, brüllte Mitchell und trat an den bedauernswerten Kerl heran.

Der Talon brabbelte etwas in seiner heimischen gutturalen Mundart, eine Sprache, die Mitchell völlig unbekannt war. Der Totengeist langte hinab, packte den Talon an seinem schäbigen Wams und zog ihn auf die Beine.

»Ein guter Wurf«, sagte er und gab dem Talon seinen Speer zurück. »Ihr alle habt einen wachsamen Vorposten eingerichtet! Es ist viel versprechend, wenn ich meine Krieger so wachsam vorfinde!«

Der Talon tauschte mit seinem Gefährten einen verwirrten Blick.

»Wer bist du?«, wagte er zu fragen.

Mitchells heiseres Lachen jagte ihnen einen Schauder über den Rücken.

»Ein Freund des Meisters«, sagte er. »Ich bin gekommen, um euch zum Sieg über unsere Feinde zu führen.«

»Was bist du?«, fragte der andere.

Wieder stieß der Totengeist dieses unirdische Gelächter aus, einen unheimlichen, höllischen Laut. »Ich bin der General«, beschied Mitchell ihnen. Mit einer Handbewegung stieß er die beiden Talons um und schritt an ihnen vorbei zur Mitte des Lagers.

Fröstelnd ob der Berührung, die einen Tod von unaussprechlichem Schrecken versprach, leisteten die Talons keinen Widerstand mehr und standen erst vom Boden auf, als das Gespenst weit weg war.

Thalasi sah, wie sich das Lager am Nordrand teilte. Talons rannten hin und her und er hörte das erregte und entsetzte Geflüster, das um ihn herum aufkam. Doch mehr als alles andere spürte der Schwarze Hexer die Gegenwart seines Geschöpfes, dieses untoten Wesens, das zu seinen größten Leistungen zählte. Trotz aller Erleichterung, die der Schwarze Hexer bei Hollis Mitchells Auftauchen empfand, blieb seine unbändige Wut das vorherrschende Gefühl, und nach seinem anfänglichen Stolz, als er den Totengeist nahen sah, ging Thalasi sogleich dazu über, sich eine passende Bestrafung für seinen säumigen General auszudenken.

Falls Mitchell ahnte, dass Thalasi wütend sein würde,

so ließ er sich dies äußerlich nicht anmerken. Er schritt durch die Reihen der Talons und trat vor den Schwarzen Hexer.

»Wo bist du gewesen?«, verlangte Thalasi zu wissen. »Du hättest schon vor vier Tagen eintreffen sollen!«

»Die Straße war nicht so verlassen«, erwiderte Mitchell lässig.

Thalasi hielt inne, um die verborgene Andeutung der Antwort abzuwägen und den Totengeist prüfend zu betrachten.

»Wo ist dein Ross?«

»Fort.«

In Thalasis tiefen Augenhöhlen flammte Zorn auf. »Fort?«

»Asche zu Asche«, erwiderte Mitchell sarkastisch.

Nun begann der Schwarze Hexer zu verstehen. Er verscheuchte die neugierigen Talons mit einer Handbewegung und führte Mitchell in die Abgeschiedenheit seines Zeltes, da er den Befehlshaber der Talons nicht in Gegenwart der Kreaturen tadeln wollte.

»Wo hast du gekämpft?«, fragte Thalasi, als er sicher war, dass sie allein waren. »Wer hat das Pferd vernichtet, das ich für dich geschaffen habe?« Als er die Route überdachte, der Mitchell gefolgt war, hatte der Schwarze Hexer schon eine Vermutung und war mehr als nur ein wenig besorgt.

»Das war eine Hexe«, antwortete Mitchell. »Ist sie eine Freundin von dir?«

»Spar dir deinen Sarkasmus«, zischte Thalasi. »Was hattest du in der Nähe von Avalon zu suchen? Bist du ein solcher Narr?«

Mitchell lachte ihm ins Gesicht. »Fürchtest du sie?«

»Ich respektiere ihre Kräfte«, verbesserte ihn Thalasi. »Du solltest das auch tun, besonders in der Nähe ihres Herrschaftsgebietes. Du bist mächtig, Totengeist, aber überschreite nicht die Grenzen deiner Macht. Du kannst dich glücklich schätzen, dass Brielle dich nicht wieder zu dem Nichts gemacht hat, das du einst warst.«

»Bah!«, versetzte Mitchell. »Die Hexe und ihr Wald sollen verdammt sein! Ich hatte ihn schon! Ich hatte Belexus, diesen verfluchten Waldwächter. Aber er gelangte nach Avalon und dann erschien sie, diese bemutternde Hexe.«

»Belexus?«, stammelte Thalasi, der den Namen nur allzu gut von den erfolglosen Angriffen auf die Brücken und von früheren Begegnungen mit dem Wesen her kannte, das einst Martin Reinheiser gewesen war. »Was... warum bist du ihm begegnet? Du hattest deine Befehle!«

»Ich bin auf ihn gestoßen und auf seinen Freund – der jetzt tot ist«, erklärte Mitchell. Sein Glucksen ging selbst dem Schwarzen Hexer auf die Nerven. »Sie hatten am Flussufer kampiert und boten mir eine Gelegenheit zu einem Vergnügen, das ich mir nicht entgehen lassen konnte.«

»Also hast du den Fluss überquert und sie angegriffen.«

»Und ich hätte beide erwischt, wenn nicht die verdammte Hexe und ihr fliegendes Pferd diesen Belexus gerettet hätten.«

Thalasi klatschte in die Hände und löste einen Strahl schwarzer Energie aus, der den Totengeist zu Boden warf. Mitchell blickte zum Meister empor, zum ersten Mal mit ängstlichem Respekt in den flammenden Augen. In diesem Augenblick glaubte er sich dem Untergang geweiht, so sicher, wie er sein Ende gesehen hatte, als vor zwanzig Jahren Reinheiser sich ihm am Fuß der Felsklippe in Blackemara als der neue Schwarze Hexer enthüllt hatte.

»Du hast dich ihnen offenbart«, schalt ihn Thalasi, doch er fasste sich wieder. Seine Wut verflog schnell, als er überlegte, wie er seine Pläne retten könnte. »Brielle weiß, wer du bist, und jetzt wird sie dich gezielt angreifen. Ich wollte dich erst in der letzten Schlacht am Fluss unseren Feinden zeigen, um König Benador und die anderen ihr Verhängnis sehen zu lassen, während es schon über sie kommt.«

Mitchell erhob sich schwebend. »Sie werden uns nicht aufhalten«, erklärte er. »Vielleicht hätte ich den Fluss nicht überqueren sollen, aber der Gedanke faszinierte mich, Belexus zu erwischen und auf diese Weise die Calvaner empfindlich zu schwächen! Ich habe nicht vergessen, was er bei der Schlacht von Bergtor tat. Mit seiner Stärke und seiner Führerschaft kann er eine Schlacht so gewiss wenden wie eine ganze Brigade geübter Krieger.«

»Das mag zutreffen«, räumte der Schwarze Hexer ein. »Die Vier Brücken wären sicher schon beim ersten Ansturm gefallen, wenn er nicht gewesen wäre. Die Calvaner scharen sich um ihn und werfen sich den Speeren entgegen, die auf ihn gezielt sind.«

»Sein Freund, dieser Waldwächter Andovar ist tot«, sagte Mitchell und sein boshaftes Lächeln kehrte zurück. »Und Belexus ist verwundet – vielleicht ist er inzwischen auch tot. Jedenfalls bezweifle ich, dass er sich bald wieder in die Schlacht stürzen wird.«

»Unterschätze nicht die Heilkräfte Brielles und ihres Waldes«, warnte Thalasi grimmig, aber auch er zeigte in seinem Gesicht ein boshaftes Lächeln. Die Vorstellung, dass dieser Totengeist Bellerians mächtigen Sohn hatte furchtsam davonrennen sehen, amüsierte ihn so sehr, dass er sich nicht sicher war, ob der Preis dafür zu hoch gewesen war.

»Ich werde dir ein neues Ross schaffen«, sagte er zu dem Totengeist. »Doch erst später, wenn ich die Zeit dafür habe. Du bist jetzt hier und musst dich sofort mit den Befehlshabern der Talons treffen und auf der Stelle den Befehl über das Heer übernehmen. Der Sommer verstreicht schon und ich habe vor, die Mauern von Pallendara vor dem ersten Schnee zu erreichen.«

»Wir sollten noch in dieser Woche den Fluss überqueren«, stimmte ihm Mitchell zu.

»Vielleicht«, erwiderte Thalasi. »Aber wir haben noch viele Aufgaben vor uns.«

»Wir brauchen Boote«, sagte Mitchell.

Thalasi erwog diese Möglichkeit und nickte. Er freute sich, dass Mitchell so schnell die Pläne entwarf, die er brauchte. »Ich überlasse die Art der Überquerung des Flusses deiner Entscheidung«, erklärte er. »Meine Aufgabe ist es, die Hexe und Istaahl in Pallendara zu besiegen oder sie zumindest in Schach zu halten. Und ich muss die Mittel finden, mit denen du Ardaz besiegen kannst, denn er hat sich noch nicht gezeigt, aber ich zweifle nicht daran, dass er es tun wird.«

»Dann verschaffe mir die Mittel«, erwiderte Mitchell immer noch grinsend. »Und kümmere dich um den Zauberer und um die elende Hexe. Ich werde das Heer in Stellung bringen und an seiner Spitze die calvanische Streitmacht vernichten.«

»Von ihnen kann nur Ardaz dir widerstehen«, erklärte Thalasi mit aller Zuversicht. »Wir werden uns zusammen um ihn kümmern.«

Andovar langte nach ihr und bat sie ohne Hoffnung, ihn zu retten. Und Rhiannon langte zurück, streckte ihre Arme über die neblige Barriere hinweg aus, um den dem Untergang geweihten Mann aufzufangen.

Doch noch während ihre Finger sich dem Waldwächter näherten, fiel die kalte Schwärze des Todes in einem dunklen Schleier so endgültig über ihn, dass Rhiannons Magie diesen nicht durchdringen konnte. Die junge Zauberin schrie und schrie, bar jeder Hoffnung.

Und Andovar erwiderte ihren Schrei mit einem fernen

Ruf, der sich im Sturz immer weiter von Rhiannon ent-
fernte.

Fern von der Welt der Lebenden.

Sie atmete keuchend; der Schweiß auf ihrer Stirn schimmerte im dünnen Mondlicht.

Bryan war an ihrer Seite. »Ein Traum«, flüsterte er ihr ins Ohr. »Nur ein Traum.«

Rhiannon schaute ihn flehentlich an und suchte Trost in seiner Berührung gegen ihre Unfähigkeit, Andovars ausgestreckte Hände zu fassen.

Doch als die junge Zauberin begann, den Traum von der sie umgebenden Wirklichkeit zu scheiden, erkannte sie, dass etwas nicht stimmte. »Unheil«, sagte sie auf Bryans besorgten Blick hin. »In dieser Nacht ist großes Unheil unterwegs.«

Plötzlich wieder wachsam geworden, blickte Bryan um sich. Eine Hand glitt zu seinem Schwert, das in der Scheide stak.

»Nicht hier«, beruhigte ihn Rhiannon. Sie ließ ihr magisches Empfinden ihre Augen zurück nach Osten und Norden führen, zum Lager der Talons.

Bryan entging die Richtung von Rhiannons Blick nicht.

»Was ist geschehen?«, fragte er.

Rhiannon zuckte mit den Schultern. »Ein Verbündeter des Schwarzen Hexers?« Es klang mehr wie eine Frage als wie eine Feststellung. »Ein großes Unheil hat das Schlachtfeld betreten.« Sie suchte nach Worten, um ihre verschwommenen Wahrnehmungen zu erklären. »Mein Herz sieht eine Schwärze.«

Bryan überdachte Rhiannons Worte und ihrer beider Lage. Sie waren tiefer in die Berge eingedrungen, aber der Halbelf kannte Wege, die sie in lediglich zwei oder drei Tagen zu den nordwestlichsten Hängen bringen würden, von denen aus man das Schlachtfeld überblickte. »Möchtest du dorthin zurück?«, fragte er.

Rhiannon war sich nicht sicher, was sie gegen dieses Böse, das diese anhaltende, schreckenerregende Empfindung auslöste, ausrichten könnte, oder worin ihre Rolle in einer Schlacht so großen Ausmaßes bestehen mochte. Aber sie spürte, dass sie auf das Schlachtfeld zurückkehren musste, als verlangte das Schicksal ihre Anwesenheit, wenn der Schwarze Hexer zuschlug.

»Ich muss«, sagte sie zu Bryan.

Bryan widersprach nicht. Auch er fragte sich, wo sein endgültiger Platz in all dem sein mochte. Bis jetzt hatte er sich eine schöne Nische geschaffen, doch wenn alles vorbei war, würde sein Beitrag zu der gesamten Leistung eher unwesentlich sein, besonders, wenn der Schwarze Hexer sich als siegreich erweisen sollte.

»Wir werden am Morgen aufbrechen«, stimmte er ihr zu. »Aber einstweilen musst du dich ausruhen. Die Pfade, die vor uns liegen, sind beschwerlich.«

Rhiannon drückte ihm dankbar den Arm, dann schlüpfte sie unter ihre Schlafdecke. Aber in dieser Nacht sollte sie keinen Schlaf mehr finden, denn das Bild, wie Andovar in die Finsternis stürzte, stand ihr deutlich vor ihrem geistigen Auge.

Und sie hegte den Verdacht, dass dieses Unheil, das sie jetzt spürte, mit Andovars Tod in Verbindung stand.

In der Gegenwart von Mitchells Gespenst fühlten sich die Talons nicht behaglicher, als wenn der Schwarze Hexer selbst zugegen war. Wie Thalasi weckte Mitchell in den Unholden solchen Schrecken, dass sie jedem seiner Befehle bereitwillig folgten. Er traf sich noch in der Nacht mit den Anführern und legte das Fundament für die Bemühungen, die notwendig waren, um sie über den Fluss zu bringen.

Als am nächsten Morgen die helle Sommersonne am Himmel emporstieg, suchte der Totengeist Zuflucht unter den dicken Planen eines Zeltes. Die Talons gingen an die Arbeit, teilten ihre Truppen in Einheiten auf und machten sich an die Aufgaben, die General Mitchell ihnen zugewiesen hatte.

Jenseits des Flusses beobachteten König Benador und seine Befehlshaber mit wachsender Besorgnis, wie alles Holz, das die Talons einsammeln konnten – verlassene Wagen, Dachstühle von Gebäuden, sogar entwurzelte Bäume –, zur nördlichen Ecke des Lagers gebracht wurde.

»Es scheint, dass unsere Feinde jemand gefunden haben, der sie nach dem heillosen Durcheinander anführt«, bemerkte der König zu einem Berater an seiner Seite.

Der Mann suchte das gesamte Lager mit den Augen ab und erblickte Schlachtformationen, die einige der Talon-Gruppen übten. »Das ist der Keil«, bemerkte er und war überrascht, dass die ungeübten Kreaturen von solch fortschrittlicher Taktik überhaupt etwas wussten. »Wenn sie nächstes Mal beschließen, die Brücken zu stürmen, könnten wir sie besser vorbereitet vorfinden.«

»Ein paar Tage der Übung.« Benador zuckte mit den Achseln. »Das wird gegen die jahrelange Hingabe der Wächter der Weißen Mauern nicht standhalten. Bedauerlich für die Talons, denn das Ergebnis wird das Gleiche sein.«

Benadors Zuversicht hob die Stimmung der Leute, die ihn umgaben, beträchtlich, aber selbst der entschlossene König musste kurz darauf besorgt innehalten. Denn gegen Ende des Tages waren schon viele Boote gebaut worden.

KAPITEL 22

Glocken und Hörner

Tag um Tag beobachtete König Benador mit wachsender Besorgnis die Geschäftigkeit am anderen Ufer des Flusses. Die Talons wirkten jetzt wie eine Armee, nicht bloß wie eine Ansammlung blutgieriger Mordgesellen. Irgendwer brachte sie auf Vordermann und gab ihnen die Disziplin, die sie brauchten, um wirksam gegen das calvanische Heer loszuschlagen. Und während die Zahl der Männer in Benadors Lager weiterhin täglich anwuchs, da Freiwillige aus ganz Ost-Calva eintrafen, schwoll das Heer der Talons noch mehr an. An einem einzigen Tag ergoss sich eine mehrere tausend Mann starke Truppe aus den Baerendels herab, alle begierig, dem Schwarzer Hexer bei seiner glorreichen Eroberung zu folgen.

Benador und seine Truppen hielten den Druck auf die Talons weiterhin aufrecht. Einige Male am Tag stürmten Reiterbrigaden über die Brücken, trampelten alle Verteidigungsanlagen nieder, welche die Talons hastig errichtet hatten, und mähten so viele von den elenden Kreaturen nieder, wie sie nur konnten, bevor sie zum Rückzug gezwungen waren. Neuerdings hatten die Talons jedoch Mittel und Wege gefunden, um die Angriffe abzuwehren, und der Blutzoll an Soldaten stieg bei diesen Ausfällen ständig an. Und da Rhiannon fort war, musste Siana den ganzen Tag über die Verwundeten pflegen.

Doch falls die Hoffnungen des Königs gegen Ende der dritten Woche am Fluss zu schwinden begonnen hatten, so wurden sie an einem strahlenden Morgen wieder aufgerichtet.

»Lasst unseren Ritt stark und stolz erscheinen«, sagte Arien zu Bellerian und Belexus an seiner Seite. »Lasst das Erbeben der Erde und den Klang unserer Hörner an diesem Morgen unsere Ankunft verkünden. Lasst die Calvaner Mut fassen und die Talons vor Angst erbleichen!«

Bellerian ergriff die ausgestreckte Hand des Eldars der Elfen, während Belexus sein großes Horn hervorzog und den ersten Ruf blies. Mit diesem klaren, starken Ton begann der Sturm der Elfen und Waldwächter.

Der plötzliche Schall aus hundert Hörnern weckte das calvanische Lager aus dem Schlaf und ließ Benador zur Tür seines Zeltes eilen, da er dachte, die Talons hätten ihren erwarteten Angriff begonnen. Aber als der König nach draußen trat, begriff er den wahren Grund des Lärms, denn die Trompeter des calvanischen Lagers bliesen eine freudig schallende Antwort.

Dann kam das Glockenlied der elfischen Rosse, die mit Hufstampfen zu der freudigen Melodie tanzten. Benador ballte die Fäuste und machte ein entschlossenes Gesicht, als er sie vom nördlichen Horizont her näher rücken sah: ein halbes Tausend Elfen und deren Eskorte aus mächtigen Waldwächtern. Um den König herum brach das calvanische Lager in Hochrufe aus. Soldaten stürzten herbei, um die Neuankömmlinge zu begrüßen.

Unter der Herrschaft eines unrechtmäßigen Königs in Pallendara waren diese Völker, Elfen und Menschen, einst Todfeinde gewesen, aber jetzt betrachteten die Calvaner Ariel Silberblatt und seine Leute als Retter in der Not. Viele der älteren calvanischen Soldaten hatten die Elfen kämpfen sehen und deren Geschick mit Pferd, Schwert und Bogen war legendär.

Jenseits des Flusses beobachteten die Talons die Ankunft der Kinder von Lochsilinilume und im Schatten eines Zeltes blickten rote Feuerpunkte hinaus, um das Schauspiel zu verfolgen. Hollis Mitchells Geist lächelte nur, als er erkannte, dass Arien Silberblatt auf dem Schauplatz erschienen war, ein weiterer Feind aus seiner früheren Reise durch die Welt von Aielle.

Im Vertrauen darauf, dass die Elfen bei der bevorstehenden Schlacht das Blatt nicht wenden würden, betrachtete Mitchell ihre Ankunft als eine günstige Gelegenheit, die es ihm erlaubte, mit einem einzigen Schlag noch mehr seiner Feinde zu besiegen.

Das boshafte Grinsen des Totengeistes wurde nur noch breiter, als er erfuhr, dass die Waldwächter – Belexus eingeschlossen – die Elfen begleiteten.

»Ich freue mich, dass ihr gekommen seid«, sagte Benador kurz darauf zu Arien und Bellerian, als die anfängliche Unruhe sich gelegt hatte. Der König und die beiden Führer hatten sich ins Zelt zurückgezogen, um Pläne zu schmieden. »Im Lager der Talons hat es Veränderungen gegeben – ihre Bewegungen sind jetzt organisierter und zielgerichteter. Ich fürchte, sie könnten bald zuschlagen.«

»Der Schwarze Hexer hat einen neuen Befehlshaber«, erklärte Bellerian. »Ein Monstrum ist das, ein Totengeist aus der Unterwelt, der gekommen ist, um die Horden der Talons gegen uns zu führen.«

Der König nahm die Nachricht gelassen auf. »Das hatte ich schon vermutet«, sagte er. »Denn kein Talon könnte so schnell solche Veränderungen im Lager durchführen und der Schwarze Hexer hat bislang wenig Verständnis für Taktik an den Tag gelegt.«

»Der Totengeist wird ein fürchterlicher Gegner sein«, sagte Arien. »In seinem früheren Leben wurde er Hollis Mitchell genannt, einer der Uralten, der bald nach der Schlacht von Bergtor fiel. Einst war er in seiner eigenen Welt ein Befehlshaber und sehr beschlagen in der Kriegführung, weit über unsere Erfahrung hinaus. Ich fürchte, in seiner Taktik wird man keine offensichtlichen Fehler entdecken.«

Ein grimmiger Ausdruck erschien auf Benadors Gesicht, aber er verflog schnell wieder. »Auch Mitchell wird in unserer Verteidigung nur wenige Lücken finden«, erwiderte der König. Das Lächeln über dem entschlossenen Kinn war echt. »Mit der Verstärkung durch die Elfen und Waldwächter haben wir die Stärke und das Geschick, die Talons zurückzutreiben. Die Verteidigung der Brücken wird nicht wanken.«

»Ja«, pflichtete ihm Bellerian bei und nahm die Hand des Königs, der so lange für ihn wie ein Sohn gewesen war. Dann wandte er seinen Blick zusammen mit Arien und Benador auf die Zelttür, als sein leiblicher Sohn mit grimmigem Gesicht eintrat.

»Die Tochter der Zauberin ist fort«, sagte Belexus ohne Umschweife. Aller Augen wandten sich Benador zu und erwarteten eine Erklärung.

»Sie ist in Sicherheit«, versicherte Benador ihnen, »allerdings fürchte ich, dass es lange dauern wird, bis ihr Herz heilt.«

»Andovar«, überlegte Belexus. »Sie wusste von Andovar.«

»Dann stimmt es also«, bemerkte Benador.

»Es ist wahr«, erwiderte Belexus. »Auf unserer Reise in den Norden fiel er dem Totengeist zum Opfer.«

»Dann sind meine Ängste berechtigt«, sagte der König leise. »Ich wusste, dass es nicht klug sein würde, an Rhiannons Worten zu zweifeln, aber ich hatte in meinem Herzen die Hoffnung gehegt, dass sie sich irrte.«

»Ein großer Verlust für uns alle«, warf Bellerian ein. »Aber wo befindet sich Brielles Tochter? Ihre Bedeutung für unsere Sache ist nicht zu unterschätzen.«

»Ich weiß nicht, wohin sie gegangen ist«, gestand Benador. »Ich konnte sie nicht zurückhalten, aber ich weiß ganz gewiss, dass Rhiannon in diesem Krieg noch Bedeutsames vollbringen wird. Sie hat eine Heilerin ausgebildet, ein junges Mädchen, das sich in den letzten Tagen bewundernswert geschlagen hat.«

»Siana aus Corning«, sagte Belexus. »Ich habe mit dem Mädchen gesprochen und ihr bei der Arbeit zugesehen. Aber sie wollte mir nicht sagen, wohin Rhiannon gegangen ist.«

»Auch mir wollte Siana es nicht sagen«, bemerkte Benador. »Und ich habe sie nicht dazu gedrängt. Ich beanspruche keinen Vorrang vor Brielles Tochter und werde sie nicht an ihrer Entscheidung hindern, wie auch immer sie ausfallen mag.«

»Ein kluges Vorgehen«, sagte Bellerian. »Ich und meine Leute vertrauen schon seit vielen Jahren der Smaragd-Zauberin und ich bin sicher, dass ihre Tochter dieses Vertrauen ebenfalls verdient. Wohin auch immer Rhiannon sich begeben hat, es gibt keinen Zweifel, dass sie uns helfen wird, so gut sie kann.«

Mehr war dazu nicht zu sagen, doch Belexus, der sich gegenüber der Tochter der Zauberin fast wie ein Vater vorkam, konnte in bloßen Worten keinen Trost finden. Er hatte selbst Rhiannons eindrucksvolle Macht erlebt, doch er hatte auch die Verletzlichkeit der jungen Frau gesehen. Andovars Verlust würde schwer auf ihren unschuldigen Schultern lasten und sie vielleicht zur Verzweiflung treiben.

Doch wie die anderen konnte Belexus nur hoffen und auf die Weisheit der jungen Zauberin vertrauen.

Sie verbrachten viele Stunden in Benadors Zelt, entwarfen Verteidigungsstrategien und spielten mit Papier und Tinte mögliche Szenarien eines Talon-Angriffs auf die Brücken durch. Sie waren einhellig der Meinung, dass der nächste Schritt Thalasi gehörte. Da sich der Sommer seinem Ende näherte, war die Zeit auf ihrer Seite und sie hatten kein Verlangen, mit einem eigenen Angriffsschlag eine Niederlage zu riskieren. Sie würden ihre Taktik der Nadelstiche fortsetzen, doch wenn eine größere Schlacht gekämpft werden sollte, dann würde der Schwarze Hexer sie beginnen müssen.

Was den Schwarzen Hexer und seinen untoten Befehlshaber anlangte, so konnten die Anführer der calvanischen Seite ihre Hoffnung nur auf ihre eigenen Magier setzen, auf Brielle und Istaahl – und auf Ardaz, falls er rechtzeitig gefunden würde.

Und auf Rhiannon, erinnerte Belexus sie alle, falls die junge Zauberin tatsächlich schon in den Besitz ihrer Macht gelangt war.

Die Sorge der vier Befehlshaber auf dem Schlachtfeld hatte dem Standhalten der gewaltigen Talon-Streitkräfte zu gelten. Falls es Morgan Thalasi gelänge, ihre Zauberer zu besiegen, wäre ihr ganzes Hörnergeblase und Schwertgeschwinge – so tapfer es auch sein mochte – völlig vergebens.

Doch im Rat herrschte keine düstere Stimmung. Ihre Heere waren gut ausgebildet und furchtlos und sie kämpften unter einem Bündnis von Führern – Benador, Belexus, Arien Silberblatt und Bellerian –, wie es bislang in der langen Geschichte von Aielle noch nicht dagewesen war. Jeder dieser Helden vertraute den anderen und sie glaubten, dass sie zusammen Thalasis Flut, so düster sie auch sein mochte, trotzen konnten.

»Die Elfen haben sich ihnen angeschlossen«, sagte Thalasi zu Mitchell, als kurz vor Sonnenuntergang der Totengeist aus seinem Zelt heraustrat.

»Ich habe es beobachtet«, erwiderte Mitchell. »Hast du Angst?«

Thalasis grässliches gackerndes Lachen verscheuchte einige Talons, die in der Nähe gestanden waren. »Damit wandern nur alle Tauben in ein und denselben Topf«, antwortete er. »Ich fürchte keine Sterblichen; sie können mich nicht besiegen.«

»Aber Talons spüren den Biss des Schwertes«, erinnerte Mitchell ihn. »Du hast einen Irrtum begangen, mein Meister. Du hättest gleich am Anfang mit einer Streitmacht im Norden zuschlagen sollen, um Arien Silberblatt und sein Elfenvolk in ihrem Tal einzuschließen.«

Thalasis finsterer Gesichtsausdruck zeigte, dass er es nicht schätzte, wenn er von seinem Untergebenen getadelt wurde. »Es ist einerlei«, erklärte er. »Die Welt wird mir gehören, wo immer auch Arien und seine Leute sich gegen uns stellen mögen, wo immer sie auch vor uns fallen mögen! Am Ende werden sie sich als unbedeutend erweisen.«

»Wir werden sie besiegen«, pflichtete ihm Mitchell bei. »Aber es wäre ein doppeltes Vergnügen gewesen, sie in ihrem geschützten Tal zu überwältigen und die silbrigen Bäume und verzauberten Berghänge mit Elfenblut zu besudeln. Ich glaube, wenn ich der Herr des ganzen Landes bin, dann kann ich Illuma vielleicht als einen ruhigen Ort zur Erholung von meinen Pflichten in Pallendara benutzen.«

Trotz aller Arroganz, die Mitchell an den Tag legte, gefiel Thalasi die Art, wie sein General dachte. »Wir werden von der Weißen Stadt aus regieren«, stimmte er ihm zu. »Und du kannst dir aus der ganzen Welt etwas aussuchen. Alles – außer einem Ort, den ich mir für mich vorbehalte.«

»Und das wäre?«

»Avalon«, erwiderte der Schwarze Hexer und bei der bloßen Erwähnung des Waldes kam ein leises Knurren über seine Lippen. »Von allen Orten, von allen Bollwerken in der ganzen Welt kann mir keiner so machtvoll widerstehen wie Brielles Wald. Doch das wird sich sehr bald ändern. Ich werde stärker, mein Gespenst. Wenn du die Talons befehligst, kann ich meine Energien bündeln und größere Tiefen meiner magischen Macht suchen. Bald werden Brielle und Istaahl meiner Kraft nicht mehr gewachsen sein; meine Stürme werden ihre Heimstätten verwüsten und ich werde sie aus der Welt verbannen!«

»Und was ist mit dem dritten Zauberer?«, fragte Mitchell. Seine feurigen Augen glühten bei dem Gedanken, sich mit dem Silber-Magus zu befassen.

»Wir werden Ardaz besiegen«, versprach Thalasi. »Ich werde dir eine Finsternis verleihen, die seinem Licht ebenbürtig ist, um seine Macht vor unserem Ansturm zurückzuhalten. Und wenn unsere Talons den Fluss überquert haben, wenn die Heere von Calva und Illuma zerschmettert sind und Brielle und Istaahl nicht mehr sind, steht Ardaz ganz allein gegen uns.«

»Er tut mir fast Leid«, bemerkte Mitchell kichernd. Doch in seiner heiseren Stimme war auch nicht eine Spur von Mitleid.

Thalasi stieß wieder sein gackerndes Lachen aus und fiel damit für einige genüssliche Momente in Mitchells Gegluckse ein. »Wann sind wir bereit?«, fragte der Schwarze Hexer und rieb sich unbewusst die knochigen Hände.

»Wir sind bereit«, versicherte ihm Mitchell. »Und jeden Tag werden wir noch stärker. Wir könnten schon morgen den Sieg erringen, aber es bleiben da noch zwei Unwägbarkeiten.«

»Ardaz hat sich noch nicht gezeigt?«, überlegte Thalasi.

Mitchell nickte. »Und ich merke, dass das Sonnenlicht meine Macht mindert. Wir könnten im Dunkel der Nacht auf sie losgehen, aber ich weiß nicht, wie die Ordnung der Talons das durchhalten würde. Die dummen Tröpfe würden sich wahrscheinlich verirren und mit ihren Booten meilenweit im Süden landen und ihre Kameraden auf den Brücken sitzen lassen.«

Thalasi überdachte das Dilemma eine Weile, dann kehrte ein Lächeln auf sein Gesicht zurück. »Ich habe eine passende Lösung«, erklärte er. »Ich werde deine beiden Probleme mit einem Streich lösen. Ich werde Ardaz eine Einladung schicken und gleichzeitig werde ich dein Unbehagen mit dem Tageslicht beseitigen.«

Am nächsten Morgen begann die Sonne ihren Aufstieg über den östlichen Horizont und erhob sich mit all ihrer Herrlichkeit in den blauen Sommerhimmel.

Doch im Westen stieg eine Finsternis empor, der Sonne entgegen, eine graue Düsternis, die über der westlichen Ebene unheimlich in das Firmament eindrang.

Der Mittag war noch hell und klar, doch als die Sonne ihren unvermeidlichen Abstieg begann, verschwand sie hinter dem zauberischen Schleier Morgan Thalasis und düsteres Zwielicht kam über das Land.

Und immer noch drang das graue Leichentuch vor, breitete sich endlos von Westen her aus, von Talas-dun und den Kored-dul her, den Bastionen von Thalasis böser Macht.

In Avalon beobachtete Brielle das Geschehen voller Schrecken. Auf dem Weißen Turm in Pallendara legte Istaahl den Kopf in die Hände und stöhnte. Und auf dem Feld bei den Vier Brücken teilten die Anführer der Elfen und Menschen diese Sorge.

»Ist er stark genug geworden, um schon das Licht der Sonne auszulöschen?«, fragte Benador.

Belexus erinnerte sich an die Schwärze von Mitchells Totengeist und wusste die Antwort. »So sieht es aus«, murmelte er grimmig.

Weit im Osten, jenseits der Ufer des Flusses Elgard und jenseits der Grenzen des Großen Waldes, kletterte der Zauberer Ardaz aus einem Stollen, den er erforscht hatte. Er spürte, dass in der Welt über dem Erdboden etwas Unnatürliches vor sich ging. Eine Weile starrte er auf die herannahende Front von trostlosem Grau und die verschwommen leuchtende Scheibe der Sonne. Instinktiv wusste er, dass es sich hier um mehr handelte als nur um eine einfache Sturmfront.

»Höchst seltsam«, murmelte der verwirrte Zauberer und kratzte sich am bärtigen Kinn. »Höchst seltsam, in der Tat.«

KAPITEL 23

Wolken von Pfeilen

»Was spürst du?«, fragte Bryan, als er Rhiannons tranceähnlichen Zustand bemerkte. Im Laufe der vergangenen Tage hatte er einige Male die Zauberin beim Meditieren beobachtet, wenn Rhiannon in die Ferne schaute, um von Talons zu berichten, die in Scharen zu Thalasi strömten. »Eine weitere Gruppe?«

Rhiannon nickte und stützte sich auf den Halbelfen. »Eine weitere große Gruppe«, erwiderte sie leise. »Sie haben Karren dabei und reiten auf Eseln.«

Bryan brauchte seinerseits ihre Unterstützung. Wie viele Talons waren gekommen, um in den Kampf einzugreifen? fragte er sich. Zehntausend? Zwanzigtausend? Der Ruf des Schwarzen Hexers hatte sich in der Tat weit verbreitet, denn die Kolonnen neuer Krieger, die sich seinem Heer anschlossen, schienen kein Ende zu nehmen.

Rhiannon wappnete sich gegen die Verzweiflung, die sie zu verschlingen drohte, und rutschte von Bryan weg. Stunden zuvor war die junge Zauberin Zeugin von Thalasis größter Perversion geworden: dem Grau, das die Sonne verhüllte. Als sie nun erneut die Macht der Erde in sich prickeln spürte, verlangte es sie, mit ganzem Herzen zurückzuschlagen.

»Diesmal noch nicht«, knurrte sie den Halbelfen an und Bryan trat erschrocken einen Schritt zurück vor der Macht, die sich in ihrer Stimme offenbarte. Aus sicherer Entfernung beobachtete er, wie die geheimnisvolle junge Frau zu einem Baumstumpf in der

Nähe trat, der ausgehöhlt und mit Regenwasser angefüllt war.

»Komm«, forderte Rhiannon ihn auf, winkte mit der Hand und stimmte über dem stillen Wasser einen Singsang an. Allmählich nahm die Dunkelheit in dem Baumstumpf ab und wo das Wasser zuerst nur Rhiannons und Bryans Spiegelbild gezeigt hatte, erschien jetzt das Abbild eines nahen Pfades.

»Hunderte«, entfuhr es Bryan. Entlang des Weges zog eine Karawane von Talons, von denen einige marschierten, andere auf Eseln ritten oder Vieh führten, das an Dutzende von Wagen angebunden war, die mit Proviant beladen waren.

»Die müssen von Windigweiden sein«, überlegte der Halbelf, als er die Esel sah. »Der Schwarze Hexer langt bis in die fernsten Winkel seines westlichen Herrschaftsbereichs.«

»Sie sind nicht weit entfernt«, bemerkte Rhiannon. »Wir können zu ihnen gelangen.«

»Warum sollten wir das tun?«, fragte Bryan ungläubig. »Gegen so viele können wir wenig ausrichten. Es sei denn…« Er verstummte, als er das grimmige Gesicht der jungen Zauberin eingehender betrachtete. »Was für Tricks«, fragte er verschmitzt, »hast du jetzt auf Lager?«

Rhiannon wollte ihn nicht in ihr Geheimnis einweihen. »Komm«, war alles, was sie antwortete, als sie in Richtung des Weges loslief. Bryan grinste breit, als er mit ihr Schritt hielt. Er hatte schon einmal das Ergebnis von Rhiannons Zorn gesehen und mit ihr auf seiner Seite hatte er keine Furcht. Erpicht auf den Kampf zog er sein Elfenschwert aus der Scheide. Das sollte ein Spaß werden.

Rhiannon sang über jedem einzelnen Pfeil einen Zauberspruch, dann reichte sie den ganzen Köcher Bryan zurück. »Schieße auf die größten Gruppen«, wies sie ihn an.

Bryan nahm den Köcher ehrfürchtig entgegen, unsicher, ob er die Zauberin fragen sollte, welchen Zauber sie in die Waffen gebannt hatte, oder ob er sie einfach fliegen lassen und dann abwarten sollte, wie die Magie ihre Raserei auf die Talons losließ. Rhiannon gebot ihm jedoch zu schweigen, denn etwas am Rand des Pfades hatte ihre Aufmerksamkeit erregt.

In der Ferne wurde ein Baum zitternd lebendig und ließ einen schweren Ast auf den Kopf eines kauernden Talons fallen.

»Ein Talon-Kundschafter«, erklärte Rhiannon nüchtern. Sie ging durch ein Dickicht, um ihren Platz vor der herannahenden Karawane einzunehmen. Bryan folgte ihr ein paar Schritte und beobachtete jede ihrer Bewegungen.

Ohne nachzudenken, winkte die junge Zauberin mit der Hand und ein anderer Baum, der etwas weiter vor ihnen stand, rauschte, packte mit einem biegsamen Ast einen Talon um den Hals und hob ihn vom Boden hoch. Der Talon trat um sich und rang keuchend nach Luft.

Bryan hielt den Atem an. Noch nie hatte er Rhiannon so grimmig und gefühllos erlebt, selbst damals nicht, als sie ihm in der felsigen Schlucht zu Hilfe gekommen war. Sie ließ den Schauplatz ihrer zweiten Tötung hinter sich, stark und ungerührt, eine Löwin auf der Jagd.

Die Talon-Karawane wälzte sich über den breiten Weg hinab und dachte nicht an drohendes Unheil. Die Talons kamen, um Morgan Thalasis Ruf zu folgen, den Ruf des Vaters ihrer Rasse, dass sie bei dem Augenblick seines Triumphs über die verhassten Menschen dabei sein sollten. Sie konnten nichts von der Macht wissen, die vorhatte, sie aufzuhalten.

Rhiannon spürte sie, bevor sie in Sicht kamen. Sie blieb hinter einem Felskamm in Deckung und winkte Bryan, er solle seinen Bogen bereithalten. Dann bewegte sich die junge Zauberin ein wenig zur Seite und setzte sich ruhig hin, da sie wusste, dass die Magie, die sie in ihren Körper eingelassen hatte, ihren Platz in der bevorstehenden Auseinandersetzung fordern würde.

Bryan spannte die Sehne und wartete, während die Karawane in Sicht kam. Er wusste immer noch nicht um das Ausmaß der Macht in seinen Pfeilen, aber von dem einen, den er angelegt hatte, spürte er ein Prickeln, als sei der Pfeil begierig auf den bevorstehenden Flug.

»Die größten Gruppen«, sagte Rhiannon erneut und so zielte der Halbelf auf den ersten Schwarm Talons, die sich um einen Wagen drängten und sich um die Fetzen Nahrung stritten, die sie im Laufen davon herunterziehen konnten.

»Jetzt«, flüsterte Rhiannon. Bryan ließ die Sehne los. Der Pfeil stieg in die Nacht hoch und zog eine glühende Spur hinter sich her. Und dann musste Bryan blinzeln, um sicher zu sein, dass ihm seine Augen keinen Streich spielten, denn der Pfeil spaltete sich in zwei, und diese zwei spalteten sich in vier, und aus denen wurden acht, und wieder und wieder teilten sie sich, bis zweiunddreißig Pfeile auf die Talon-Horde niedergingen. Fast zwei Dutzend Talons fielen tödlich getroffen zu Boden und die ganze Karawane begann jaulend und johlend vor dem Angriff zu warnen.

Bryan schoss schnell noch einige weitere der verzauberten Pfeile ab und überschüttete die verwirrten Talons mit einem Pfeilregen, bevor sie Deckung finden konnten. Trotzdem rissen die Angriffe des Halbelfen kaum ein Loch in die große Streitmacht, denn diese Talons waren den ganzen Weg von den Ballendul-Bergen hermarschiert auf der Suche nach einer Schlacht. Die

Nachrückenden ignorierten die Schreie der Verwundeten, scharten sich zusammen und stürmten auf den Angreifer zu.

Doch da begann die junge Zauberin zu singen.

Rhiannons Stimme klang stark und lieblich durch die Nacht, erfüllte Bryan mit Mut und ließ das Blut aus den Gesichtern der Talons weichen.

Entlang des Weges tanzten Bäume zur Melodie der Zauberin und schlugen und würgten jene Talons, die versuchten, sich vom steinigen Weg zu entfernen. Immer noch stürmte die Menge voran, doch Bryan metzelte sie nieder. Gleichmäßig verteilt über die Breite des Weges feuerte er vier Schüsse ab, die zu hundertachtundzwanzig Pfeilen wurden und die vordersten Reihen der Talons dezimierten.

Immer noch sang die junge Zauberin und jetzt hörten die Esel ihren Ruf. Sie bockten und drehten sich im Kreis, warfen ihre Reiter ab und trampelten sie nieder, bevor diese noch richtig begriffen, was überhaupt geschah. Jene Esel, die Wagen zogen, stürmten wild umher, warfen die Wagen um und zerstreuten die Kolonnen der Talons.

Rhiannon trat ins Freie hinaus, vor Macht leuchtend. Sie warf die Hände in die Luft. Flammenströme sprangen daraus hervor, flossen auf den Weg und umhüllten jene Talons, die mutig oder dumm genug gewesen waren, ihren Angriff fortzusetzen.

»Rhiannon!«, keuchte Bryan erschrocken und zugleich begeistert. Doch die Zauberin hörte ihn nicht, sie war zu sehr von der Macht ergriffen, die sie auf ihre Feinde losließ.

Für die Talons waren schon die Bäume schlimm genug gewesen, doch diese offene Darbietung von Hexerei war einfach zu viel für sie. Sie zerstreuten sich und flohen den Weg zurück, über den Pass hinweg in Richtung ihrer dunklen Höhlen in den Ballendul-Bergen.

Diese Gruppe würde keinen ruhmvollen Patz an der Seite des Schwarzen Hexers finden.

Bryan wollte ihrem Rückzug mit einigen Pfeilhageln folgen, um sie grimmig daran zu erinnern, was sie erwartete, falls sie zurückkehren sollten, doch der Halbelf konnte nicht. Seine Augen blieben auf Rhiannon geheftet und musterten deren Gesichtsausdruck, als sie ihr magisches Werk vollendete.

Während der kurzen Schlacht hatte er Scheu vor ihr empfunden, doch nun fühlte er nur Mitleid, als der Kampf zu Ende war. Rhiannon schaute ihn an. Tränen rannen ihr übers Gesicht. Sie wirkte so zerbrechlich, dass Bryan kaum glauben konnte, es handle sich bei ihr um dasselbe Wesen, das soeben solche Vernichtung bewirkt hatte.

»Hilf mir«, flüsterte sie, dann sank sie völlig erschöpft in Bryans Arme.

Falls der Schwarze Hexer aufmerksam gewesen wäre, hätte er gewiss in jener Nacht den Einsatz von Magie in den Baerendel-Bergen gespürt. Aber Thalasi war mit seiner eigenen Ausübung von Magie beschäftigt, indem er seinem Heer den letzten Schliff gab.

Er ging zu einer breiten Grube hinter dem ausgedehnten Talon-Lager, einem offenen Grab für die vielen Talons und Menschen, die in den vorangegangenen Tagen auf dem Schlachtfeld gefallen waren.

»*Beigen kaimen di*«, sang der Schwarze Hexer und schwenkte sein mächtigstes Instrument, den Stab des Todes, über der Grube. Einen Moment lang geschah nichts.

»*Beigen kaimen di*«, knurrte Thalasi erneut und spürte, wie der Zauber zu wirken begann. In der Grube rührte sich etwas und dann erhoben sich einige der Leichen und krochen auf den Ruf des Schwarzen Hexers hin heraus. Thalasi lachte leise, als die elenden

Kreaturen auf seinen Befehl hin sich aufrappelten, und die ganze Zeit hindurch dachte er, es sei großartig, dass er so leicht aus dem Reich des Todes stehlen konnte.

Der Schwarze Hexer wiederholte den Zauberspruch einige Male, bis er spürte, dass seine Heerschar aus Untoten die Grenze seiner Beherrschung erreicht hatte. Sie waren nicht wie Hollis Mitchell, keine Gespenster, die den Geist und das Bewusstsein der Wesen enthielten, die sie einst gewesen waren. Es handelte sich bei ihnen vielmehr um willenlose Untote, die sich langsam bewegten und nur einfachen Befehlen folgen konnten.

Doch Thalasi sah ihren Wert in der bevorstehenden Schlacht. Wie würden die Menschen vor dem Schreckensbild seiner untoten Brigade fliehen!

»Ruht euch aus, meine Lieblinge«, wies er sie an und wie ein Mann ließ sich die Armee der Untoten auf den Boden fallen und blieb still liegen. Thalasi wusste, dass er mit ihnen sehr vorsichtig würde umgehen müssen. Selbst seine Talons würden beim Erscheinen so schrecklicher Kameraden aus dem Lager fliehen. Der Schwarze Hexer würde sie Mitchells Befehl übergeben und es dem Totengeist überlassen, sie zurückzuhalten, bis die Schlacht voll entbrannt war.

»Ganz Calva soll zittern«, murmelte Thalasi in die leere Nacht. »Alle sollen um Morgan Thalasis Macht wissen und spüren, dass ihr Untergang nahe ist.«

Rhiannon schnellte aus den Decken empor, die Bryan ihr als Lager hergerichtet hatte. In ihrem Gesicht stand nacktes Entsetzen.

»Was ist los?«, fragte Bryan und eilte zu ihr.

Rhiannon schüttelte bloß den Kopf und barg ihr Gesicht an der Brust des Halbelfen. Bryan legte ihr eine Hand auf den Rücken, um ihr Zittern zu beruhigen. »Noch ein Albtraum?«, fragte er.

Rhiannon schaute zu ihm empor, unfähig, Worte zu

finden. Doch Bryan spürte das Dilemma der jungen Zauberin; in den paar Tagen, die sie miteinander verbracht hatten, hatte er gelernt, sie ziemlich gut zu verstehen, daher wusste er von ihrem Gesichtsausdruck, dass die Freisetzung ihrer Macht sie fast zerrissen hatte.

»Du hast getan, was du tun musstest«, sagte er beschwichtigend.

»Du kannst es nicht verstehen«, erwiderte Rhiannon. »Es nimmt mich, raubt mich mir selbst.«

»Aber das vergeht«, wandte Bryan ein.

»Und lässt nichts als Zerstörung hinter sich zurück.«

»Das stimmt nicht!«, widersprach Bryan schnell. »Du hast mir das Leben gerettet! Und vielen anderen, nach allem, was du mir über dein Wirken auf dem Feld bei Stromstadt erzählt hast.«

»Gewiss ist es doppelgesichtig«, gab Rhiannon zu. »Aber das Heilen und Schauen entspricht meinem Wunsch. Das andere, dieser Zorn, den du erlebt hast, kommt von selbst und geht, wenn er mit mir fertig ist.«

»Nimm ihn als das, was er ist«, drängte Bryan sie. »Wie viele Leben hast du heute Nacht gerettet, liebe Rhiannon? Wie viele Männer wären auf den Brücken gestorben im Kampf gegen die Talons, die du erledigt hast?«

Irgendwie erschien die Antwort der jungen Zauberin unangemessen. »Ich habe die Erde verunstaltet«, sagte sie. »Ich habe getötet – Talons und Tiere.« Das Bild ihres schwarz-weißen Pferdes, wie es tot auf dem nördlichen Feld lag, nachdem es die Erde mit seinem verzauberten Ritt gespalten hatte, suchte ihre Gedanken heim.

»Du hast getan, wozu du gezwungen warst«, sagte Bryan eigensinnig. »Brielles Tochter gebührt Dank, doch sie selbst macht sich nur Vorwürfe.«

»Du kannst es nicht verstehen«, flüsterte die junge

Zauberin erneut und sie ließ ihr Gesicht wieder in die Sicherheit der Falten von Bryans Hemd fallen.

Bryan erwiderte nichts; trotz all seiner hübschen Worte hegte er den Verdacht, dass Rhiannon mit ihrer Einschätzung Recht hatte. Er hatte die Kälte in ihren Augen gesehen, als sie den Zauber der Vernichtung über der Talon-Karawane gewirkt hatte, eine kochende Wut, die dem sanften Wesen der jungen Frau so fremd war. Solche Empfindungen verlangten einen hohen Tribut, wie Bryan aus eigener bitterer Erfahrung wusste. Er versuchte sich daran zu erinnern, wann er zum letzten Mal ein sorgenfreies Lächeln gezeigt hatte, und er fragte sich, ob er jemals wieder so lächeln würde.

»Und für dich muss es noch schlimmer sein«, flüsterte er, doch seine Stimme war so leise, dass die Zauberin, die im Schlummer Trost gefunden hatte, sich nicht rührte. Während seine Stärke seinen Fertigkeiten entsprang, verstand er, dass die Macht, die Rhiannon benutzte, sich in ihr Sein drängte, sie in Besitz nahm und beherrschte.

Jenes Bild der jungen Zauberin, wie sie kühl neben ihm stand, während ihre Feuer die Besudelung durch die Talons verbrannten, verharrte die ganze restliche Nacht vor Bryans Augen. Er wollte ihr sagen, dass sie diese zerstörerische Kraft nie wieder würde benützen müssen, dass ihre Welt der Schöpfung und dem Heilen gewidmet sein würde. Er wollte ihr helfen, die sich eindrängende Macht abzuwehren und ihrem sanften Geist treu zu bleiben.

Aber der Gedanke an die Heere auf den Feldern bei den Vier Brücken fegte Bryans Hoffnungen beiseite. Wie sehr es ihn auch verlangte, Rhiannon abzuschirmen, die schreckliche Wirklichkeit verlangte etwas anderes.

Bryan wusste, dass Rhiannon in diesem Krieg nicht abseits stehen konnte. Ihre Macht war da, ob sie dies

akzeptierte oder nicht, und wo der Blutgeruch des
Krieges die Luft so sehr erfüllte, konnte man sich dieser Macht nicht verweigern.

»Ich werde dir helfen«, versprach Bryan, als Rhiannon am nächsten Morgen erwachte – am ersten sonnenlosen Morgen.

Rhiannon betrachtete den grauen Schleier von Thalasis dunkler Magie, der sich jetzt von Horizont zu Horizont erstreckte, und sie wusste, dass sie diese Hilfe
brauchen würde.

KAPITEL 24

Sterblichkeit

Hätte Morgan Thalasi zu den Kored-dul zurückgeblickt, zu seiner schwarzen Festung von Talas-dun, so hätte er sich vielleicht Sorgen gemacht. In den Wochen, nachdem er die Harmonie seiner Zwillingsgeister gefunden hatte und bevor er mit seinem Talon-Heer losmaschiert war, hatte er die eiserne Festung wieder in ihren früheren Zustand der Macht versetzt.

Doch nun, da Thalasi sich draußen in den calvanischen Gefilden befand und mit all seiner machthungrigen Verzweiflung die magische Ebene anzapfte, waren einige der alten Mauersprünge wieder in Talas-dun erschienen, und wenn die schwere Meeresbrise über die hohe Klippe wehte, schwankte der höchste der Türme der schwarzen Burg unter der Gewalt des Windes.

Der Schwarze Hexer war ganz mit seinem derzeitigen Vorhaben beschäftigt. Seine Augen schauten auf die Eroberung im Osten, nicht zurück zu jenen Ländern, die er schon für sich beanspruchte. Er bemerkte nicht, welche Belastung sein beherrschender Wille und die Gegenwehr seiner magischen Widersacher auf diese gemeinsame magische Ebene darstellten.

Brielle ging langsam durch Avalon und nutzte die unerwartete Atempause in Thalasis Angriffen, um ihre Bäume mit tröstlichen Versprechungen einer helleren Zeit zu besänftigen. Aber während die Smaragd-Zauberin fest daran glaubte, dass Morgan Thalasi erneut besiegt und in seine schwarze Festung zurückgetrieben werden würde, fragte sie sich beklommen, ob Ynis Aielle jemals wieder so sein würde, wie es gewesen war.

Avalon, das glänzende Licht der ganzen Welt, war in den Wochen von Thalasis Angriffen geschwächt worden und mehr als nur die Grenzlande des Waldes waren davon betroffen. Selbst im Herzen des Waldes, auf den Wiesen und in den Gehölzen, die Brielle am liebsten hatte, wirkten die Farben der Pflanzen weniger kraftvoll und der durchdringende Duft der Wildblumen konnte sich nicht gegen den stechenden Gestank von Verfall und Verwüstung durchsetzen. Denn Thalasis Angriffe waren mehr als physische Manifestationen einer zerstörerischen Macht. Die Abwehr der Attacken des Schwarzen Hexers forderte einen schweren Tribut von der Zauberin, der bis zum Kern ihrer Magie selbst reichte. In den vergangenen Wochen war Brielle mehr gealtert als in einem Dutzend Jahrhunderten und ihre zunehmende Müdigkeit spiegelte nur die Erschöpfung ihrer magischen Energie wider.

Und es war die gleiche magische Energie, mit der die Smaragd-Zauberin den Wald von Avalon in seiner andauernden Verzauberung der Schönheit hielt.

»Was wird sein, wenn die letzten Klänge der Schlacht über die Felder hallen?«, fragte sie ihren Wald. In der Ferne ertönte der Schrei eines Seetauchers; seine traurige Klage klang in den Ohren der Zauberin wie ein Grabgesang. Brielle stimmte dieser Klage ganz und gar bei. Sie lehnte sich an den Stamm eines großen Baumes und suchte Trost in seiner geduldigen Stärke.

Doch die Zweige von Avalon, die sich in stumme Traurigkeit gehüllt hatten, konnten ihr keine Hoffnung schenken.

Auch Istaahl verbrachte diese Stunden willkommener Ruhe damit, den Schaden zu untersuchen und abzuschätzen, wie er seine Heimstatt wiederherstellen könnte. Der Weiße Magus blieb zwischen seinen Pflichten hin- und hergerissen; er meinte, er solle in Verbindung mit König Benador, seinem Lehensherrn, bleiben und sich auf den unausweichlichen Konflikt vorbereiten, der jeden Tag ausbrechen konnte. Doch nach einem kurzen Rundgang durch den Weißen Turm wusste Istaahl, dass er keine Wahl hatte.

Thalasis Angriffe hatten ihn sehr geschwächt und auch seinem verzauberten Heim vernichtende Schläge beigebracht. Große Sprünge durchzogen die Mauer und liefen von der Turmspitze bis hinunter zum Fundament. Wenn er nicht sofort etwas unternahm, um das Bauwerk mit Zaubersprüchen der Kraft und der Abwehr zu verstärken, dann würde es beim nächsten Angriff des Schwarzen Hexers zu Staub zusammenfallen.

Und wie seine Genossin in Avalon begann der Weiße Magus zu ahnen, dass die Narben dieses Krieges andauern würden.

»Wehe den Zauberern von Aielle«, murmelte er an jenem grauen Tag vor sich hin. »Unsere Zeit vergeht und das Geschlecht der sterblichen Menschen wird vielleicht bald auf sich allein gestellt sein.«

Alle Zauberer hatten von Anfang an gewusst, dass dieser Tag einmal kommen würde. Aber nachdem sie Jahrhunderte hindurch den Völkern von Aielle als Wächter und Berater gedient hatten, waren sie über die plötzlich offenbar werdende Veränderung äußerst bestürzt.

Brielle kniete über dem klaren Wasser eines Teichs. Seine glasige Fläche zeigte nur den stumpfen Schleier von Thalasis düsterem Himmel, doch die Zauberin ignorierte den Schrecken, den dieser Anblick in ihr auslöste. Sie winkte mit der Hand und wirkte einen einfachen Zauber. Dabei hoffte sie, dass Istaahl nicht zu sehr mit einem weiteren Kampf gegen den Schwarzen Hexer beschäftigt war, um ihren Ruf zu beantworten.

Im selben Augenblick hegte auch Istaahl den Gedanken, mit Brielle Verbindung aufzunehmen, und er befand sich schon in der Nähe seiner Kristallkugel, als die Smaragd-Zauberin sich an ihn wandte. Er nahm den magischen Kontakt bereitwillig auf, denn in dieser dunklen Stunde brauchte er den Trost eines freundlichen Gesichts.

»Also hat dir der Schwarze Hexer ebenfalls eine Ruhepause gewährt?«, fragte er mit einem gequälten Lächeln.

»Ich glaube, er braucht selber eine«, erwiderte Brielle. »Gewiss hat er in diesen Tagen seine Macht bis zu ihren Grenzen beansprucht – wie viel mehr kann er noch gegen uns schleudern?«

»Ich fürchte die Antwort auf diese Frage«, sagte Istaahl.

»Mir geht es genauso«, stimmte ihm Brielle zu. »Aber ich stand dem Finsteren vor einigen Nächten an meiner Westgrenze gegenüber. Er ist nicht Thalasi, wie wir ihn kannten. Er hat sich mit dem Uralten, mit Martin Reinheiser, im Geist und im Denken vereinigt.«

»Ein zwiefaches Wesen?«, fragte Istaahl, der diese Neuigkeit kaum glauben konnte. »Ist das möglich?«

»So sieht es aus«, erwiderte Brielle grimmig. »Sie haben eine Harmonie gefunden...«

»Im Hass.«

»Ja, im Hass gebündelt«, bestätigte Brielle. »Und das Ergebnis ist in der Tat mächtig, wie du zweifellos erlebt hast.«

»Der Schwarze Hexer hat mich tief verwundet«, räumte Istaahl ein. Er verzog sein faltiges Gesicht und suchte nach den rechten Worten, um das andauernde Gefühl des Schreckens zu erklären. »Allerdings nicht körperlich. Mein Turm ist heimgesucht worden, aber er bestand nur aus unbehauenen Blöcken, als ich ihn baute.«

»Aber du weißt nicht, ob du ihn jemals wieder herstellen kannst?«, fragte Brielle, da sie die Befürchtungen des Weißen Magus teilte.

»Ja!« Istaahl war erleichtert, dass sie so schnell verstand. Doch als er sich einen Moment Zeit nahm, darüber nachzudenken, wurde Istaahl klar, dass Brielles Begreifen eine größere Tragödie vorhersagte.

»Du siehst müde aus«, bemerkte Brielle.

»Erschöpft ist das bessere Wort«, entgegnete Istaahl. »Ich verstehe es nicht, meine liebe Freundin.« Wieder rang er um die richtigen Worte. »Ich fühle mich sterblich. Zum ersten Mal in meinen Zeiten als Zauberer sehe ich meine Magie als einen endlichen Teich, nicht als eine unendliche Quelle der Macht.«

»Mein Herz sagt mir das Gleiche«, gestand Brielle. »Ich fürchte, wir haben es zu weit getrieben und die Achse der Macht so sehr gekrümmt, dass sie nicht mehr gerade werden wird.«

»Ja«, stimmte ihr Istaahl zu. »Ganz gleich, wie dieser Krieg ausgeht, bin ich zu dem Schluss gekommen, dass Ynis Aielle nicht mehr so sein wird wie früher.«

»Ein Zeitalter vergeht«, sinnierte Brielle.

»Vielleicht auch nicht«, erwiderte Istaahl mit einem Anflug von Hoffnung. »Dein Bruder hat noch nicht in den Kampf eingegriffen und auch Brisen-ballas, sein Silberner Turm…« Istaahl blieben die Worte im Hals stecken. Bei all dem, was in Avalon und Pallendara geschehen war, hatte keiner von beiden einen Gedanken an das Schicksal von Ardaz' Turm auf der Felswand oberhalb des Illuma-Tals vergeudet. Hatte Thalasi in der Abwesenheit des Silber-Magus einen Schlag gegen dessen Heimstatt geführt? Aus dem Ausdruck des Schreckens auf Istaahls Gesicht las Brielle seine Gedanken.

»Nein!«, beharrte die Zauberin. »Das hat er nicht. Vor wenigen Tagen sind die Elfen durch meinen Wald gezogen und sie haben nichts von Angriffen erzählt. Die Macht von Lochsilinilume ist stark, mein Freund, und der Schwarze Hexer hat die Abwesenheit meines Bruders als einen Segen genommen; er durfte Brisen-ballas nicht angreifen, da dieser Schlag Rudy auf den Krieg aufmerksam machen würde.«

»Aber wie viel Schaden könnte Thalasi Brisen-ballas während der Abwesenheit deines Bruders zufügen?«, überlegte Istaahl. »Könnte er den Silbernen Turm zerschmettern und viel von Ardaz' Kraft rauben, bevor der einträfe, um seine Heimstatt zu verteidigen?«

»Um welchem Preis?«, fragte Brielle. »Ich habe selbst mit ihm gekämpft und ich kann dir von Herzen sagen, dass er stark ist, aber nicht närrisch. Falls Thalasi gegen das Heim meines Bruders vorgeht, werde ich auf der Lauer liegen. Der Schwarze Hexer wird wissen, dass er sich selbst geschlagen hat, wenn meine Magie ihn im Nacken packt und wenn mein Bruder das Gerumpel in seinem Turm vernimmt und zurückeilt, um ihn zu verteidigen!«

»Dann wird Thalasi gegen drei kämpfen«, versicherte Istaahl, dessen Stimmung sich angesichts der Entschlossenheit der Zauberin wieder hob. »Doch was ist mit deinem Bruder? Hört man überhaupt etwas von ihm?«

»Gar nichts«, erwiderte Brielle. »Rudy hat nur eines im Sinn, fürchte ich. Er ist losgezogen, um zu erforschen, und richtet wahrscheinlich seinen Blick nicht zurück auf uns. Ich hätte ihn schon selbst gesucht, aber ich fürchte mich davor, meinen Wald zu verlassen.«

»Auch ich verlasse ungern meinen Turm«, stimmte ihr Istaahl zu. »Gewiss wird er bald zu uns zurückkehren – selbst deinem Bruder, der nur eines im Sinn hat, werden nicht die Auswirkungen von Thalasis verdunkeltem Himmel entgehen.«

»Das vermute ich auch«, räumte Brielle ein. »Aber das macht mir auch Furcht. Thalasi weiß es auch; er würde die Sonne nicht verdunkeln, wenn er nicht auf Rudys Rückkehr vorbereitet wäre. Ich fürchte, dass der Zeitpunkt der Schlacht näher rückt.«

»Hab keine Angst«, sagte Istaahl, der wusste, dass es jetzt an ihm war, der anderen etwas Kraft zu schenken. »Denn wenn Thalasi zuschlägt, wird er entdecken, dass drei Zauberer gegen ihn stehen.«

Brielle nickte zustimmend und ließ ihre Hoffnung unerwähnt, dass ihre Tochter inzwischen ihre eigene Macht gefunden hatte.

»Leb wohl, meine liebe Brielle«, sagte Istaahl. »Und kämpfe gut. Ich bin froh, dass wir heute miteinander gesprochen haben, auch wenn ich befürchte, dass unser gemeinsamer Glaube an das Vorübergehen eines Zeitalters wohlbegründet ist.«

»Auch ich bin froh«, erwiderte Brielle. »Fasse Mut, Istaahl von Pallendara. Wenn der Rauch sich von den Feldern verzogen hat und die Schreie der Gequälten und der Sterbenden nicht mehr zu hören sind, dann werden wir übrig bleiben.«

In der Kristallkugel und dem klaren Teich verblassten die Bilder. Der Zauberer und die Zauberin entspannten sich und überdachten, was sie heute Nacht erfahren hatten. Beide fühlten, dass Brielles Abschiedsworte der Wahrheit entsprachen, doch beide zogen die Folgerungen in Zweifel, die sich daraus ergaben. Die göttergleichen Kräfte der vier Zauberer hatten Aielles Schicksal Jahrhunderte lang gelenkt; welche Macht würde sich erheben und die Lücke füllen, wenn diese Kräfte vergingen?

KAPITEL 25

Angespannte Stille

»Sieh nach, was los ist«, sagte Ardaz schnurrend zu Desdemona, der schwarzen Katze, die bequem über seine Schultern drapiert lag. Desdemona machte einen Buckel gegen den Hals des Zauberers und tat so, als hörte sie nicht.

Doch Ardaz, der den Verdacht hegte, dass der düstere Himmel etwas Wichtiges anzeigte, blieb hartnäckig. »Genug davon, du närrische Mietzekatze!«, schalt er sie, zog die Katze von ihrem Platz und schüttelte sie vor seinen Augen. »Wach jetzt auf! Wir haben keine Zeit für deine Faulheit; das Nickerchen wird warten müssen!«

Desdemona knurrte protestierend.

»Also, so etwas möchte ich nicht hören«, tadelte Ardaz. »Du gehst jetzt und findest heraus, was da vor sich geht. Und mach schnell, du närrische Mietze!« Als Ardaz sie einen Moment später in den Himmel hinaufwarf, stieß die Katze einen Schrei aus. Während sie herabfiel, verwandelte Desdemona sich in einen Raben und breitete die Flügel aus. Dann stieg sie in den grauen Himmel hinauf, wenn auch widerwillig.

»So ist es besser«, murmelte Ardaz bei sich, als Desdemona zu einem schwarzen Punkt in der Ferne wurde. »Schläft den ganzen Tag, die närrische Mietze! Die würde so ihr ganzes Leben zubringen!«

Einen Moment später hatte der freudig erregte Ardaz Desdemona schon wieder vergessen. »Oh, meine Entdeckung!«, rief er erregt, rieb sich eifrig die Hände und wandte sich wieder dem Stollen in dem letzten Teil der

Ruine zu, die er gefunden hatte. Der verdunkelte Himmel mochte etwas zu bedeuten haben, doch genauso gut mochte er unwichtig sein. Ardaz glaubte aufrichtig, dass dieser Fund, der eine völlig unbekannte Kultur in Ynis Aielle enthüllte, das Gesicht der Welt verändern könnte. Der Zauberer schlüpfte in den Stollen und hielt verwirrt inne. Er kratzte sich am Bart und versuchte sich zu erinnern, in welcher Richtung das von ihm Erforschte lag.

Desdemona ließ sich von den Aufwinden hoch in den Himmel tragen und war jetzt, da ihr der Wind ins Gesicht pfiff, fast froh, dass Ardaz ihren trägen Schlummer gestört hatte. Sie wusste nicht so recht, wo sie mit ihrer Suche beginnen sollte, um mehr über die unnatürliche Düsternis zu erfahren, welche die Welt verhüllte. Doch falls es Neuigkeiten gab, so würden sie wahrscheinlich in der bewohnten Welt zu finden sein. Der Rabe vertraute sich einer Windströmung an, breitete die Flügel aus und ließ sich zurück zum Fluss Elgard gleiten, der in der Ferne nur als eine silberne Schlange zu sehen war.

Doch dann stieg eine andere Gestalt in den Himmel empor, die viel größer und unverkennbar war. Desdemona schoss auf ihren unerwarteten Begleiter zu, denn sie hielt es für großartig, dass Calamus, der Pegasus, zum Spielen gekommen war.

Billy Shank bemerkte, wie der große Rabe näher kam, und griff an das Heft seines Schwertes, da er dachte, der Vogel sei vielleicht eine Manifestation Morgan Thalasis oder eines seiner finsteren Diener. Calamus erkannte jedoch Ardaz' Schutzwesen und die offenkundige Freude des Pegasus, als der Rabe näher kam, erinnerte Billy an die wahre Identität der Kreatur.

»Desdemona!«, rief er und machte Platz für den Raben, damit dieser vor ihm auf dem Rücken des Pegasus landen konnte. Als antwortete sie damit auf seinen Ruf, wurde Desdemona erneut zu einer Katze und kuschelte sich behaglich an Billys Bauch.

»Nein, nein«, schalt Billy sie, denn er erinnerte sich an die Vorliebe der Katze für ein Nickerchen zum falschen Zeitpunkt. »Du kannst dich jetzt nicht ausruhen, Kätzchen; du musst uns zu deinem Herrn führen.«

Desdemonas einzige Antwort bestand in einem beständigen Schnurren, während sie sich auf den Rücken rollte, ihre Pfoten in den Himmel streckte und die Augen schloss. Billy stupste sie an und rief ihr zu, doch das ließ sie nur umso lauter schnurren. Er wusste, was Ardaz jetzt tun würde, hatte jedoch einige Bedenken gegen ein solches Vorgehen. Doch als die Katze weiterhin schlummerte, kam Billy Shank zu dem Schluss, dass er keine andere Wahl hatte.

»Es ist zu deinem eigenen Besten«, erklärte er, nahm die scheinbar schlaffe Katze hoch und warf sie von Calamus' Rücken. Zum zweiten Mal an diesem Morgen stieß Desdemona einen Schrei aus. Billy hielt den Atem an, bis die Katze wieder zu einem Raben geworden war, ihren Sturz abfing und sich mit den Flügeln von der Luft tragen ließ.

»Führe uns zu Ardaz!«, rief Billy. »Es ist überaus wichtig!«

Für Desdemona gab es natürlich nichts Wichtigeres als ihren Schlummer, doch wenn sie in der Luft schwebte, konnte sie nicht viel Schlaf finden. Sie wandte sich wieder nach Osten und flog los. Wenig später landete sie neben dem Stollen in der Ruine.

»Endlich«, flüsterte Billy. Er sprang vom Rücken seines Reittiers, stürzte zu dem Loch im Boden und steckte den Kopf in die Finsternis. »Ardaz!«, rief er. »Ardaz, bist du da drinnen?«

Ein paar Augenblicke später, gerade als Billy sich anschickte, in den Stollen hinabzurutschen und sich auf die Suche nach dem Zauberer zu machen, erschien in einem der kurvenreichen Gänge das ruhige Leuchten eines magischen Lichts und Billy hörte die vertraute Stimme.

»Oh, wie großartig, wie großartig, wie großartig!«, plapperte der Zauberer und eilte auf den Ausgang zu. »Desdemona, mein Liebling, du hast endlich gelernt zu sprechen! Wie höchst großartig! So viele Jahre…« Billy zuckte zusammen, als er einen dumpfen Schlag hörte und das Licht fallen sah, während der Zauberer stolperte und hinfiel.

»Wer hat denn das…«, rief Ardaz verärgert. »Oh, wie töricht von mir«, antwortete der Zauberer sich selbst. »Das ist ja mein eigenes Bündel. Ha ha. Dachte, ich hätte es verloren.«

»Ardaz«, rief Billy erneut.

»Ich komme schon, Desdemona«, erwiderte der Zauberer. Er hüpfte und stolperte auf den Ausgang zu, die Gewänder und das Gesicht mit Staub bedeckt, und blieb beim unerwarteten Anblick von Billy Shank abrupt stehen.

»Endlich«, murmelte Billy aufs Neue. »Ich habe schon…«

»Oh, Billy!«, unterbrach ihn Ardaz. »Natürlich war es nicht Desdemona«, tadelte er sich selbst. »Ich freue mich, dich zu sehen, mein Junge, das kann ich wohl sagen. Weit weg von zu Hause – was führt dich hierher? Aber ich werde dafür sorgen, dass die Reise den Aufwand wert ist, ja, das werde ich!«

Billy hielt die flache Hand hoch und versuchte den Zauberer, der aufgeregt hin und her ging, zum Stehenbleiben zu bewegen. »Ich habe nicht…«, begann er erneut.

»Hast du sie gesehen?«, rief Ardaz. »Natürlich hast du das. Ruinen, mein Junge, Ruinen! Weißt du, was das bedeutet? Kannst du dir das vorstellen? Nein, natürlich kannst du das nicht wissen. Ha ha!«

»Aber…«

»Andere Menschen, natürlich!«, rief Ardaz. »Es gab – oh, ich hoffe, es gibt sie noch, ich möchte ihnen schließlich unbedingt begegnen.« Er blieb stehen, vom eigenen Geplapper verwirrt. »Aber wo bin ich stehen geblieben?«, fragte er. Billy allerdings wusste, dass der Zauberer nicht auf eine Antwort warten würde. »O ja, o ja. Andere Menschen! Eine ganze Zivilisation hat hier an unserer Hintertür existiert.«

Billy war klar, dass er irgendeinen Weg finden musste, um den Zauberer zu bremsen, sonst konnte Ardaz' Selbstgespräch eine ganze Stunde andauern, und er kannte nur ein Wort, das schockierend genug war, um Ardaz mitten im Redeschwall innehalten zu lassen.

»Thalasi«, sagte er mit aller Grimmigkeit, die diesem Namen gebührte.

»Natürlich, sie sind nicht…« Ardaz traten plötzlich die Augen hervor und es war, als hätte sich seine Zunge verknotet. Er stürzte auf Billy zu und wollte ihm die Hand auf den Mund legen, wie immer, wenn jemand den Namen des Schwarzen Hexers aussprach. Doch Billy hatte das schon erwartet und zog sich aus dem Stollen zurück, als der Zauberer auf ihn losging.

Wie ein Blitz kam Ardaz aus dem Loch geschossen. »Sprich diesen Namen nicht aus!«, schrie er und lief weiter mit ausgestreckten Händen hinter Billy her. Als er ihn endlich eingeholt hatte, schien es für seine Maßnahme keinen Grund mehr zu geben.

»Sprich diesen Namen nicht aus«, wiederholte Ardaz flüsternd. Wie immer hatte Morgan Thalasis Name Ardaz' Redeschwall ein Ende bereitet. Er blickte um sich, als erwartete er, dass zur Strafe für Billys Torheit an Ort und Stelle ein Dämon über sie herfiele. »Du bringst damit nur das Böse über uns, jawohl.«

Billys Augen lenkten den Blick des Zauberers hinauf zu dem bedeckten Himmel und Ardaz begann zu verstehen.

»Aber weshalb bist den ganzen Weg…«, begann der Zauberer. »Und was ist mit Calamus, warum ist er nicht in Avalon?« Ardaz riss die Augen weit auf. »Du meinst doch nicht…«

Billy nickte. »Ich bin gekommen, dich zu suchen. Der Schwarze Hexer ist zurückgekehrt.«

Das Blut wich aus dem Gesicht des Zauberers. »Aber er ist gestorben! Er wurde erschossen, ja wirklich – auf dem Schlachtfeld.«

»Seine Talons stürmten über die westlichen Gefilde und kampieren am großen Fluss, gegenüber dem vereinten Heer von Calvanern, Elfen und Waldwächtern.«

»Verflucht sei er«, flüsterte Ardaz.

»Wir wissen nicht, wie viele Tausende schon gestorben sind«, fuhr Billy fort. »Aber wir waren uns sicher, dass ohne deine Hilfe allen bekannten Ländern der Untergang droht.« Er winkte Calamus zu. »Die letzte Schlacht könnte schon im Gange sein«, erklärte er. »Wir müssen uns beeilen. Ich werde versuchen, deine Fragen zu beantworten, während wir fliegen.«

»Natürlich«, stimmte Ardaz ruhig zu. »Wenn ich mich doch nur an den richtigen Zauberspruch erinnern könnte«, lamentierte er und kratzte sich am Bart. »Ich könnte schnell wie der Blitz dort sein. Aber diese Art zu reisen gefällt mir nicht – mir entgehen zu viele Sehenswürdigkeiten entlang des Weges, weißt du. Oh, verflixt, nun, es spielt keine Rolle.« Er hüpfte zu dem Pegasus hinüber und sprang auf seinen Rücken. »Ich werde Calamus helfen, schneller zu sein – kommst du mit? Wir haben schließlich keine Zeit zu verplempern.«

Billy machte sich nicht die Mühe zu antworten – vertieft in die Nachricht von Thalasis Auftauchen und beschäftigt damit, einen Plan zu entwerfen, hätte ihn Ardaz sowieso nicht gehört.

Der Pegasus stieg in den stumpf gewordenen Himmel von Aielle auf. Ardaz flüsterte einige Worte magischer Aufmunterung in das Ohr des Flügelrosses und Calamus' Flug wurde doppelt so schnell. Während die Welt unter ihnen vorüberzog, beruhigte sich Ardaz und machte es sich schweigend auf seinem Sitz bequem. Billy erzählte ihm von den Ereignissen des Krieges, von dem seltsamen zwiefachen Wesen, das der Schwarze Hexer jetzt war, und von dem Totengeist, der über das Land gekommen war und Andovar, den tapferen Waldwächter, aus dem Reich der Lebenden gerissen hatte.

Ardaz, der den Ernst der Lage begriff, unterbrach Billy nicht ein einziges Mal. Er saß ganz still und warf nur hin und wieder ein: »Wie höchst tückisch!« oder: »Schrecklich, einfach schrecklich!«

An jenem Tag gab es keine Gefechte an den Brücken, da beide Seiten erwartungsvoll still hielten. Die Spannung wurde so bedrückend wie Thalasis grauer Himmel. Der König von Calva ritt mit Arien, Belexus und Bellerian an seiner Seite über das Feld und überprüfte die Verteidigungsanlagen und die Verfassung seiner Truppen.

»Morgen werden sie losschlagen«, sagte er voraus.

Die anderen widersprachen ihm nicht. Sie spürten die aufgestaute Erregung am anderen Ufer des Flusses und sahen die Talons, die herumliefen und sich mit schwitzenden Händen an ihren Waffen zu schaffen machten.

»Wir werden für sie bereit sein«, versprach Arien Silberblatt. Der Eldar hatte schon gegen eine größere Übermacht gekämpft und wenn es hinter seinen edlen Augen Furcht gab, dann war sie für die anderen nicht zu erkennen. König Benador wurde von Arien und den beiden Waldwächtern unterstützt, die vor langer Zeit gelobt hatten, dass ihre Ideale wichtiger seien als ihre sterblichen Körper. Ein Waldwächter fürchtete den Tod durch das Schwert nicht und ließ seine Hoffnung nicht sinken, ganz gleich, wie schwarz die Finsternis war.

»Ich habe heute mit Istaahl gesprochen«, verkündete Benador beiläufig. »Thalasi hat mit seinen Attacken auf den Weißen Turm und auf Avalon aufgehört; allerdings ist ungewiss, ob der Grund dafür Erschöpfung oder Klugheit ist.«

»Ich vermute Letzteres«, sagte Arien. »Er sammelt seine Kraft wie auch sein Heer.«

»Dann lasst uns, wenn morgen früh der dunkle Tag heraufdämmert, zu den Colonnae um die Kraft beten, die wir brauchen werden«, sagte Belexus. »Edel und gerecht ist unsere Sache; die Wahrheit wird uns den Sieg bringen.«

»Und den Schwarzen Hexer in die Hölle verdammen, die er verdient«, pflichtete ihm eine junge Frau bei, die hinter ihnen stand. Sie wandten sich um und sahen Siana, Jolsen Schmiedsohn und Lennard, die stolz und voll gerüstet zur Schlacht bereit standen.

»Dein Platz ist bei den Verwundeten«, sagte Benador zu dem Mädchen, doch es klang nicht wie ein Tadel.

»Sie sind so gut gepflegt worden, wie es nur möglich ist«, antwortete Siana ihrem König. »Und jene, die reisen können, sind unterwegs auf der Straße nach Pallendara.«

»Geht mit ihnen«, gebot ihnen Benador und in seiner Stimme klang aufrichtiges Mitgefühl an. »Ihr alle drei. Ihr hattet euren Anteil am Kriegsgeschehen, ja, mehr als das. Von euch können wir keine Opfer mehr verlangen.«

»Dann nehmt, was nicht verlangt wird«, erwiderte Lennard entschlossen. »Wir werden neben den Verwundeten stehen, die nicht transportiert werden können.«

»Thalasi wird über unsere leblosen Körper steigen müssen, um auf die Hilflosen loszuschlagen!«, stimmte ihm Jolsen zu.

»Gewiss habe ich sie nicht geheilt, um sie dem Feind auszuliefern«, überlegte Siana laut. »Du wirst sehen, mein König, dass ich mit dem Schwert ebenso wertvoll bin wie mit den Heilkräften, die Rhiannon mir übertragen hat.«

Benador konnte über den trotzigen Mut der jungen Leute nur lächeln. »Ich zweifle nicht an euren Worten«, sagte er. »Aber lasst uns hoffen, dass ihr die Schlacht nicht erleben müsst und dass die Talons nicht bis zu den Zelten der Heilung vordringen.«

Die drei jungen Krieger nickten zustimmend, doch als Benador und sein Gefolge weiterritten, schweiften ihre Blicke über den Fluss zu dem wimmelnden Lager der Talons. Sie hegten den Verdacht, dass die Hoffnungen ihres Anführers sich nicht erfüllen würden.

Vom anderen Ufer des Flusses schauten andere, dunklere Augen herüber.

»Hat der dumme Zauberer schon auf deine Herausforderung geantwortet?«, fragte Mitchell ungeduldig.

»Die Vernunft sagt mir, dass er unterwegs ist«, erwiderte Thalasi. »Allerdings verlasse ich mich nicht gern auf die Vernunft, wenn es um Rudy Glendower geht.«

»Wir müssen bald losschlagen«, erklärte der Totengeist. »Ich habe sie in eine Raserei gepeitscht und jeder weitere Aufschub vermindert nur ihre Erregung.«

»Ich will, dass dieser Zauberer auf dem Schlachtfeld ist«, erwiderte Thalasi. »Ich möchte, dass er dort ist, wo wir jeden seiner Schritte beobachten können. Der hat immer noch ein As im Ärmel!«

Mitchell blickte auf die knochigen Hände des Schwarzen Hexers herab, die zu Fäusten geballt waren.

»Du hast Recht«, fuhr Thalasi fort und beruhigte sich wieder. »Und du hast gute Arbeit mit den Talons geleistet.«

»Wir werden die Calvaner von den Brücken fegen«, versprach Mitchell, »und sie den ganzen Weg bis nach Pallendara zurückjagen.«

»Du verstehst den Zweck deiner untoten Legionen?«, fragte Thalasi.

Das Gespenst nickte, ein boshaftes Grinsen erschien auf seinen dunklen Zügen. »Ich werde sie in Reserve halten«, erwiderte Mitchell. »Und wenn die Schlacht einen ungünstigen Verlauf nimmt, werde ich sie einsetzen.«

»Die nördlichste Brücke«, sagte Thalasi, »ist jene, die ich in jenem vergangenen Zeitalter verzaubert habe. Dieser Zauber ist stark; er wird nicht zerstört werden.«

Mitchell nickte zustimmend. »Und wenn der Zauberer Ardaz erscheint, um mich aufzuhalten? Hast du meine Waffe vorbereitet?«

Thalasi langte in sein schwarzes Gewand und holte die Keule mit dem Totenschädel heraus. Mitchell spürte, wie der Gegenstand vor dunkler Macht vibrierte, als sein Herr ihm die Keule überreichte.

»Sie fühlt sich jetzt anders an«, bemerkte er ein wenig verwirrt, denn die schwere Balance der Waffe hatte sich verändert, war geringer geworden; jetzt wirkte sie weniger wie eine Hiebwaffe und der mächtige Schädel, der Keulenkolben, der Felsbrocken zersplittert hatte, war jetzt mit winzigen Löchern überzogen.

Thalasi lachte über Mitchells Zögern. »Immer noch hast du die wahre Bedeutung von Macht nicht gelernt«, bemerkte er. »Sieh in deiner Waffe nicht eine Keule zum Zuschlagen, mein Freund, sondern dein

Szepter. Schlage damit zu, wenn du möchtest – sie hat nichts von ihrer Schlagkraft eingebüßt.«

Mitchell entspannte sich sichtlich.

»Aber die Waffe hat noch eine weitere Eigenheit, eine dunklere Eigenschaft, die das Licht von Ardaz oder jedes anderen Narren trüben soll, der versucht, dir zu widerstehen.« Thalasi rief einen unglücklichen Talon, er solle herbeikommen und sich vor ihn hinstellen, dann nahm er Mitchell das Szepter ab.

Der Talon zitterte und rieb sich die Hände.

Er glaubte die schrecklichen Folgen zu kennen, die es mit sich brachte, das Versuchsobjekt für die Kräfte des Schwarzen Hexers zu sein, aber die elende Kreatur war einfach zu erschrocken, um wegzulaufen.

Doch trotz all seiner Ängste hätte der Talon nicht auf das äußerste Unheil vorbereitet sein können, das über ihn kam, als Morgan Thalasi das Szepter in seine Richtung schwang. Schwarze Flocken stoben aus dem Kopf der Waffe hervor und fielen wie Schnee auf den Talon. Dessen Augen weiteten sich in nacktem Schrecken, als er spürte, wie die Kälte des Verderbens ihn umgab und ihm die Seele raubte. So schrecklich war die innere Qual, dass der Talon nicht einmal das Brennen der Flocken auf seinem Körper spürte, bevor er starb. Aber sie brannten und binnen Sekunden war das erste Opfer des Szepters nur noch eine blubbernde formlose Masse aus schwelendem Schlamm.

Ein Zischen purer Begeisterung kam aus dem Mund des Totengeistes.

»Du wirst noch lernen, Macht zu verstehen«, versprach Thalasi. »Und du wirst dich an deinem neuen Spielzeug erfreuen. Wir werden am Morgen zuschlagen, ganz gleich, ob Ardaz aufgetaucht ist oder nicht. Soll doch der Silber-Magus zu spät kommen, wenn er will. Soll er doch Zeuge werden, wie das ganze Heer von Calva eine Schlappe erleidet.« Der strenge Blick,

den Thalasi auf den Totengeist richtete, schien zwie-
spältig zu sein: er versprach höchste Ehre, falls sie siegten, und äußerstes Ungemach, falls sie scheiterten.

»Das Heer steht dir ganz zur Verfügung«, erklärte
Thalasi. »Ich muss mich auf meine Schläge gegen die
Hexe und den Zauberer vorbereiten. Morgen verbrennt
Avalon zu Asche und der Weiße Turm zerbröckelt zu
Staub.«

Mitchell hob das todbringende Szepter vor seine feurigen Augen. »Und wenn Ardaz sein Gesicht zeigt...«
Der Totengeist grinste boshaft vor Vergnügen.

KAPITEL 26

Der Sturm

Ein Knäuel aus Finsternis ruhte auf dem Feld hinter dem wimmelnden Talon-Heer, eine verderbte schwarze Kugel, die das Gras verbrannte, während sie sich bewegte. In der Mitte dieser tückischen Sphäre ragte eine Gestalt auf, groß und schrecklich. Morgan Thalasi nahm nun den Stab des Todes zur Hand, klopfte mit dessen schwarzem Ende auf die weiche Erde und sprach geheime Worte der Macht. Der Stab reagierte auf die Befehle seines Herrn, seine schreckliche Magie zog die Lebenskraft aus dem Boden und übergab sie Thalasi.

»Was ist das?«, keuchte Bryan, als er das düstere Schauspiel bemerkte. Er und Rhiannon waren soeben vor der grauen Dämmerung zu den nordwestlichsten Hängen der Baerendels gekommen und befanden sich noch einige Meilen vom Talon-Lager entfernt, doch selbst aus dieser Entfernung sahen sie deutlich das Schimmern der schwarzen Kugel.

»Morgan Thalasi«, flüsterte Rhiannon, als würde der Schwarze Hexer auf sie beide aufmerksam, wenn sie diesen Namen ausspräche.

»Angfagdul«, murmelte Bryan und sprach dabei den Namen aus, den sein Vater für Thalasi benutzt hatte, als er von der sagenhaften Schlacht von Bergtor erzählte.

»Er sammelt seine Macht«, erklärte Rhiannon, doch sie hatte keine Ahnung, warum sie sich ihrer Beobachtung so sicher war.

»Dann sind wir gerade rechtzeitig gekommen«, überlegte Bryan. »Die Schlacht wird bald beginnen.«

»Gerade rechtzeitig?« Rhiannon schreckte hoch. »Um zuzuschauen? Was können wir denn gegen diese Übermacht ausrichten?«

Bryan machte eine ärgerliches Gesicht. »Worte des Verhängnisses«, schalt er. »Du ergibst dich, bevor der erste Pfeil losgeschickt ist!«

Rhiannon senkte den Blick und nahm seine Rüge hin. Bryan hatte Recht: sie wusste, dass sie bei den Ereignissen des Tages eine entscheidende Rolle spielen würde. Trotz all ihrer äußeren Hilflosigkeit spürte die junge Zauberin schon den Ruf der Macht, die in ihrem Leib prickelte.

Thalasis schwarze Kugel saugte Leben und Energie aus dem Boden und tötete unter ihrer verderbten Finsternis die Erde auf ewig. Mehr und mehr Macht floss in den Körper des Schwarzen Hexers und folterte ihn mit zunehmender Qual. Doch er fuhr unvermindert fort und nahm alles in sich auf, was er aus der Erde unter seinen Füßen rauben konnte.

In Avalon und Pallendara und hoch in der Luft auf dem Rücken eines dahinstürmenden Pegasus spürten die anderen drei erfahrenen Zauberer von Ynis Aielle, wie der Schwarze Hexer am Gewebe ihrer Magie zog und den Strang der universalen Energien seinen fehlgeleiteten Befehlen beugte.

»Zu viel«, keuchte Ardaz und es kam ihm vor, als würden die Bindeglieder der natürlichen Harmonie zerreißen und die ganze Welt in ein Chaos stürzen. Auf ihren fernen Sitzen der Macht wiederholten Brielle und Istaahl die bitteren Worte des Silber-Magus.

Thalasi lachte glucksend vor wahnsinnigem Vergnügen, buchstäblich trunken von dem Übermaß an Energien, die ihm zuflossen. »Ich bin der Gott!«, erklärte er, seine unirdische Stimme dröhnte über die Ebene hinweg, über den Fluss hinüber und über ganz Aielle hin, und sie hallte in jedem Ohr der ganzen Welt wider.

Dann ließ der Schwarze Hexer seiner Macht freien Lauf.

Er warf die Arme hoch, seine Finger langten nach dem Himmel und aus seinen Gliedmaßen schossen knisternde Blitze schwarzer Energie hervor, die zischend emporstürmten, um den grauen Wolken Kraft zu verleihen. Donner antwortete grollend auf den Ruf des Schwarzen Hexers. Die Wolken wälzten sich dahin, von Raserei gepeitscht, ein heftiger Regen brach hervor, den die mächtigen westlichen Winde in die ausdruckslosen Gesichter der verdutzten calvanischen Krieger trieb.

Immer noch mehr schwarze Blitze zuckten aus den Fingern des Hexers gen Himmel; zwei besonders dunkle Wolken stürmten davon, eine nach Norden und die andere nach Osten.

Brielle und Istaahl wappneten sich, als sie spürten, wie die mächtigen Stürme näher kamen, denn wie alle, die der Freisetzung der Stürme zugesehen hatten, wussten auch sie, dass Avalon und der Weiße Turm erneut Ziele des Schwarzen Hexers waren.

Und diesmal hatte er vor, sie zu vernichten.

Der Regen prasselte auf die Soldaten an den Brücken nieder und der Wind blies stark und drängend im Rücken von Mitchell und den Talons. Aber der Totengeist war sich bewusst, dass Thalasi das Schlachtfeld seinem Befehl überlassen hatte.

»Ihr habt den Meister gehört!«, brüllte Mitchell seinen Sturmspitzen zu. »Erobert die Welt für ihn! Lasst alle Menschen vor unseren tückischen Klingen fliehen!«

Der Angriff von dreißigtausend Talons, vom Spektakel ihres Götzen und dessen finsterem General zu einer mörderischen Raserei aufgepeitscht, war in vollem Gange.

Sie rannten im Laufschritt zu den Brücken und achteten nicht auf die gekreuzten Pfähle, welche die Calvaner errichtet hatten. Die vorderen ließen sich bereitwillig aufspießen, damit ihre hässlichen Genossen sich über ihre Leichen kopfüber in die nächsten Verteidigungslinien stürzen konnten.

Die Anführer der Verteidiger hatten keine derart ungezügelte Raserei erwartet, doch König Benador bezog Kraft aus der erfahrenen Weisheit seiner Befehlshaber, aus den ruhigen Anweisungen von Arien Silberblatt und Bellerian und aus dem unbeugsamen Mut des Belexus. Der mächtige Prinz der Waldwächter und seine Kameraden aus Avalon stürmten an der ganzen Verteidigungslinie entlang und feuerten die Soldaten an.

Der Wert ihrer Anstrengungen war nicht zu unterschätzen, denn der Schrecken auf dem Gesicht eines jeden calvanischen Soldaten wandelte sich in grimmige Entschlossenheit, als die Waldwächter vorüberritten, und als die Talons sich schließlich ihren Weg durch die Verteidgungsbarrieren bahnten, wurden sie von einem calvanischen Angriff empfangen, dessen Heftigkeit dem ihren gleichkam. Die Calvaner kämpften für alle, die gestorben waren, und für all jene, die sicher sterben würden, wenn sie nicht hier und jetzt die schwarze Flut aufhalten konnten.

Dann brach auf den Brücken ein Chaos aus, ein Wirbel des Hauens und Stechens von Talon und Mensch. Es wurde nicht um Gnade gebeten und keine Gnade gewährt; zu verlieren bedeutete zu sterben. Wenn die Talons verloren, setzten sie sich der Wut des Morgan Thalasi aus. Wenn die Calvaner verloren, bedeutete es die Zerstörung der ganzen Welt.

Schwarze Galle stieg in Rhiannons Kehle hoch, blankes Entsetzen und Abscheu über den Anblick des Kampfes. Die Schreie der Qual und der Raserei drangen über die Entfernung hinweg an ihre Ohren. Selbst Bryan, der mit kleineren Gefechten vertraut war, spürte, wie seine Knie weich wurden angesichts der puren Gemeinheit der Schlacht, und er zuckte jedesmal zusammen, wenn sich ein Todesschrei klagend über das allgemeine Gebrüll erhob.

Doch er wappnete sich bald gegen seine Abscheu und erinnerte sich an die Bedeutung der Szene, die sich da vor ihm entwickelte. Er wandte sich Rhiannon zu, um sich mit ihr zu beraten, doch er bemerkte, dass die junge Zauberin völlig überwältigt war von dem andauernden Spektakel des Morgan Thalasi, als könnte sie jetzt die tödlichen Auswirkungen seiner düsteren Anstrengungen besser verstehen.

Aus den schwarzen Blitzen, die von den Armen des Schwarzen Hexers in den Himmel hinaufschossen, waren jetzt endlose Ströme geworden, einer zielte nach Norden, der andere nach Osten, und sie heizten den Wahnsinn der Stürme an, während sie auf ihre Ziele losrasten.

Blitzstrahl um Blitzstrahl krachte in die verteidigende Hülle über Avalon, eine Blase aus Energie, die Brielle geschaffen hatte, um ihren Wald zu schützen. Die ersten Blitzstöße zerstoben in einem Schauer aus bunten Funken. Doch jeder nachfolgende Strahl schüttelte die Smaragd-Zauberin und beanspruchte ihre Kräfte bis an die Grenzen und sie wusste, dass ihre schützende Hülle bald zusammenbrechen würde.

»Das ist zu viel!«, schrie sie, ein Echo der Worte ihres Bruders, und sie schickte diesen Gedanken durch die Verbindung ihrer magischen Energien in den Geist des Schwarzen Hexers. »Du wirst alles zerbrechen, du Narr!«

Thalasis Antwort war eine weitere Blitzexplosion, ein wütender Strahl, der die Erde am Rand von Brielles Waldfestung spaltete.

Orkanartige Stürme schüttelten Istaahls Turm und ließen das große Gebäude hin und her schwanken. Der verzweifelte Zauberer rief magische Arme herbei, die das Bauwerk umfingen und in seinem wilden Wanken zusammenhielten.

»Die Hölle soll dich verschlingen, Thalasi!«, knurrte Istaahl, denn auch er begriff, dass der Schwarze Hexer alle Grenzen der Vernunft gesprengt und nach den Mächten des Universums gegriffen hatte und sie mit einer so unverhüllten Wildheit seinem bösen Willen unterwarf, dass sich alles vor seinen Füßen auflösen konnte. Die ganze Welt würde die Zerstörung spüren.

Doch wenn der Schwarze Hexer sich darum Sorgen machte, so zeigte er dies nicht. Die Winde rings um den Weißen Turm droschen auf den Stein und wirbelten um ihn herum, Blitzstrahlen verbrannten seine Mauern und spalteten den Boden vor seinem Sockel.

Und obwohl Istaahl die Folgen fürchtete, konnte er sich nur wehren, indem er seine eigene Magie weiter ausdehnte und die universellen Mächte mit gleicher Heftigkeit anzapfte wie Thalasi.

»Ich bin der Gott!«, brüllte Thalasi und seine Stimme ließ meilenweit im Umkreis den Boden erbeben. »Die ganze Welt ist mein! Seht Morgan Thalasi und wisst, dass ihr dem Untergang geweiht seid!«

Die Energie floss weiterhin durch den Stab des Todes und durch Thalasis Gliedmaßen, wodurch die natürliche Kraft der Welt umgelenkt wurde, damit sie den bösen Absichten des Schwarzen Hexers entsprach. Thalasi war trunken von ihr, völlig entrückt in der Ekstase unvorstellbarer Macht. Er hatte seine eigene

Erwartung übertroffen, hatte nach dem Innersten der Welt gegriffen und es in seine Hände gezerrt. Seine schwarze Kugel knisterte und ließ den Boden unter ihr zu Haufen unfruchtbaren Staubs zerbröckeln. Und dann ging Thalasi zu einer anderen Stelle weiter, denn der Stab des Todes forderte noch mehr.

»Ich bin der Gott!«, schrie Thalasi erneut. Eine Gruppe von Talons stürmte vorbei, angespornt von den Ausrufen ihres ruchlosen Anführers.

Zu nah.

Thalasis schwarze Kugel saugte sie in ihren Wirbel und die unglücklichen Kreaturen wurden zu bloßen Energiestößen in den schwarzen Blitzstrahlen, die der Hexer gen Himmel schickte.

»Was ist los?«, fragte Bryan. Er schüttelte Rhiannon heftig, doch die junge Zauberin zeigte kein Anzeichen von Bewusstsein. Ihre Gedanken waren völlig nach innen gerichtet, während Thalasis böses Spektakel weiterhin in ihren Ohren dröhnte. Immer noch wuchs die Magie in der jungen Zauberin an, trotz ihrer halbherzigen Bemühungen, sie zu vertreiben.

Bryan verstand das Dilemma seiner Gefährtin. Er hatte sie zögern sehen, als sie die zerstörerischsten Seiten ihrer Macht herbeirief, und er begriff, dass die Macht jetzt von ihr mehr forderte als jemals zuvor, noch mehr, als Rhiannon eingesetzt hatte, als sie beide vor zwei Tagen die Talon-Karawane in den Bergen in die Flucht geschlagen hatten.

Rhiannon zuckte mit keiner Wimper. Jeder ihrer Instinkte kämpfte gegen die schreckliche Inbesitznahme, die vollkommene Unterwerfung unter eine Macht, die sie vielleicht niemals mehr loslassen würde.

Die Fronten auf den Brücken schoben sich hin und her. Jede Seite gewann an Boden, um dann nur wieder zum

Ausgangspunkt zurückgetrieben zu werden. In jeder Minute starben ein Dutzend Menschen und zwei Dutzend Talons. Ihr Blut mischte sich mit dem Regenwasser, rann von den Brücken und verfärbte den großen Fluss mit grellem Rot.

Arien hielt seine Elfenkrieger immer noch zurück. Sie waren zu Reserven des Heeres bestimmt und würden zweifellos noch mehr Kampfhandlungen erleben, als ihnen lieb war, bevor alles zu Ende wäre. Und nach all dem, was in den letzten paar Tagen im Talon-Lager vor sich gegangen war, fürchtete der Eldar etwas anderes, eine andere Art des Angriffs. Gewiss war dieser neue General von Thalasis Heer erfahren genug, um zu wissen, dass er die Verteidigung der Brücken nicht so leicht durchbrechen konnte.

Als Ariens Tochter kurz darauf einen Ruf ausstieß, wusste der Eldar, dass es klug gewesen war, seine Leute zurückzuhalten.

»Boote auf dem Fluss!«, schrie Sylvia. Vom westlichen Ufer lösten sich hundert Fahrzeuge, die unter dem Gewicht der Talons tief im Wasser lagen.

Arien schickte seine Bogenschützen ins Gefecht und rief nach allen Reserven, die Benador erübrigen konnte. Die Überquerung des Flusses Nimmerend würde für Thalasis Gefolgsleute nicht leicht werden.

Doch einen Moment später wurde die Aufmerksamkeit des Eldars wieder auf die Brücken gelenkt, genauer gesagt, auf die nördlichste Brücke. Die Reihen der calvanischen Verteidiger rissen plötzlich auf und die tapferen Männer flohen erschrocken.

Der Totengeist und seine Legionen von Untoten waren erschienen.

Nur die Waldwächter von Avalon, angespornt von Belexus Backavars unerschütterlichem Mut, eilten auf die Brücke, um die Bresche zu füllen.

Mitchell blieb neben der Brücke stehen und ließ

seine Untoten-Krieger passieren. Sie fielen zu Dutzenden unter den blitzenden Schwertern der Waldwächter, aber sie waren den tapferen Kriegern von Avalon um mehr als fünf zu eins überlegen und allmählich bahnte sich der Druck von verwesendem Fleisch seinen unausweichlichen Weg in Richtung auf den östlichen Ausgang der Brücke.

Belexus hielt in ihrer Mitte aus und hieb mit jedem mächtigen Streich Arme und Köpfe ab, doch bald zuckte er gar nicht mehr zusammen, wenn er eine Kreatur köpfte, um dann nur zu sehen, wie sie wieder mit ihren schmutzigen, knochig-klauenartigen Händen nach ihm griff.

Und dann konzentrierten sich viele Untote auf den einzelnen Reiter, sie schlugen auf Belexus' Pferd ein und begruben das Tier schier unter ihrem bloßen Gewicht.

Arien musste einen großen Teil seiner Streitmacht mit Sylvia zurücklassen, damit sie sich mit den näher kommenden Booten befassten, aber die Elfen, die ein tieferes Verständnis der Sterblichkeit und Erfahrungen über dieses Leben hinaus hatten, fürchteten die wiederbelebten Leichen nicht so wie die Menschen, und ihr Angriff erwischte die Horde der Untoten am östlichen Sockel der nördlichsten Brücke.

Arien trieb seinen Hengst mit den Sporen mitten durch die Reihen der Untoten und trampelte die Kreaturen auf seinem Weg nieder. Er hatte Belexus fallen sehen und wollte den Tod des mutigen Waldwächters nicht hinnehmen.

Doch Belexus war noch nicht am Ende. Er merkte, dass er kniete, kämpfte dann gegen den Druck auf seine Füße und schwang sein riesiges Schwert in einem tödlichen Bogen, der drei seiner Gegner mittendurch hieb. Blut aus zwei Dutzend von Klauen gerissenen Wunden rann an den Armen und der Brust des Waldwächters herab, aber er schlug mit Schwert und Faust um sich und schmetterte die Untoten fort.

Doch schon allein ihre Überzahl hätte ihn an Ort und Stelle unter sich begraben. Doch dann zogen sich die Zombies aus einem unbekannten Grund von ihm zurück und marschierten an ihm vorbei, ohne sich überhaupt um ihn zu kümmern.

Arien, der schließlich bei seinem Versuch, zu dem Waldwächter zu gelangen, aufgehalten wurde, war froh, als er sah, wie das Meer der Leichen von Belexus wegflutete, als er wie auch der Waldwächter endlich verstand, warum die Untoten plötzlich von dem Krieger abließen.

Denn nahe der Mitte der Bogenbrücke standen jetzt nur zwei Gestalten, Belexus aus Avalon und Hollis Mitchell, der Totengeist, dessen bloße Gedanken das Untoten-Heer lenkten.

»Ich konnte nicht zulassen, dass sie dich töten«, erklärte Mitchell mit seiner heiseren Stimme. »Das ist allein mein Vergnügen!«

»Deine Prahlereien sind bloße Worte«, gab Belexus zurück und musterte seinen neuesten Gegner. Brielle hatte ihn davor gewarnt, noch einmal dem Totengeist gegenüberzutreten, doch der Waldwächter konnte seinen Zorn nicht zügeln, der von ihm verlangte, er solle den Tod seines liebsten Freundes rächen und diese verderbte Kreatur und deren schreckliche Gefolgsleute aus der Welt der Lebenden verbannen.

»Komm und schau selbst, du Narr«, lachte Mitchell ihn aus und neckte ihn mit einem leichten Schwung seines Szepters mit dem Totenkopf.

Belexus wusste nichts von dem dunklen Unheil, das in dieser Waffe verborgen war. Er packte sein großes Schwert mit beiden Händen und bahnte sich seinen Weg.

Das Untoten-Heer setzte seinen Angriff auf die Ostseite der Brücken fort und sprengte die Linien der Verteidiger, wohin auch immer es kam. Und auf dem großen Fluss kam die Reihe der Boote beständig näher, ohne sich um den Pfeilhagel zu kümmern. Was immer Arien Silberblatt in diesem Augenblick gern getan hätte, er musste ein Heer befehligen und konnte nicht an die Seite des Waldwächters gelangen.

Von dem fernen Berghang aus beobachtete Bryan die entsetzliche Szene. Nur auf den südlichen Brücken, wo König Benador und die Wächter der Weißen Mauern gegen bloße Talons standen, hielt die Verteidigung stand. Auf der nördlichsten Brücke und mit der riesigen Flotte auf dem Fluss stand Thalasis Heer kurz vor dem Durchbruch. Wenn sie weiterhin herüberströmten, würden gewiss bald alle Anstrengungen von König Benador und seinen Männern vergebens sein.

Wenn Bryans Hoffnungen schon erschüttert wurden, als er den Verlauf der Schlacht bemerkte, so wurden sie völlig weggefegt, als er auf Morgan Thalasis ruchlose Kugel schaute. Die Raserei des bösen Hexers ließ nicht nach; die Blitzstrahlen aus schwarzer Energie schossen mit andauernder Macht in den Himmel.

Es war deutlich, dass die Sache der Calvaner verloren war, wenn ihnen niemand half. Bryan wandte sich Rhiannon zu, die zitterte und in ihrem vom Regen durchnässten Gewand so zerbrechlich erschien. Wie konnte er ihr Kraft leihen?

Der Fluss der Macht tauchte den Schwarzen Hexer in Ekstase. »Noch mehr!«, verlangte er und stampfte mit dem Ende des Stabes des Todes auf einen frischen Flecken Erde. Eine neue Woge schoss nach oben und riss fast den sterblichen Körper des Schwarzen Hexers auseinander. Doch Thalasi bändigte sie und lenkte sie um, schleuderte sie hinaus nach Avalon und Pallendara.

Diese Woge kam mit der Wucht eines einzigen Blitzstrahls über den verzauberten Wald. Brielles geschwächter Schild aus schützender Magie versperrte ihr den Weg und die darauffolgende Explosion zerriss den Blitz in eine Fontäne aus Funken.

Aber nun war auch der Schild fort und der nächste Blitzstrahl, der auf das Gebiet der Zauberin herabfuhr, spaltete einen Baum.

Die Raserei einer Sturmfront kam über den Weißen Turm Istaahls herab und bog das Bauwerk weit auf die Seite. Die Bewohner von Pallendara, die das Schauspiel verfolgten, schrien vor Schrecken auf, als Istaahls gigantische Zauberarme den Turm umklammerten wie eine gefährdete Mutter, die ihr Kind hielt. Doch um die verzauberten Gliedmaßen herum zersplitterten die Steine.

Der Weiße Turm stürzte zerbröckelnd zu Boden.

KAPITEL 27

Das Gewebe zerreißt

»Bei den Colonnae!«, keuchte Brielle, als die Flammen an ihrem Wald züngelten. Thalasis Sturm blitzte und grollte weiterhin, aber jener einzigartige, massive Blitzstrahl hatte ebenso den Schwung aus seinem gewittrigen Wüten genommen, wie er Brielles Schutzschild zerschmettert hatte.

Brielle ging in sich und rief die Erdmacht an, die ihre Magie nährte. Sie vertrat die erste Schule der Magie, die Wächterschule, bei der die Energien die Zauberin als leitende Hand benutzten, um das zu bekämpfen, was gegen die natürliche Ordnung des Universums verstieß.

»Du hast überzogen«, stöhnte die Zauberin, als sie schließlich mit dem Gewebe ihrer Kraft in Berührung kam. Harmonie war die Norm für die universalen Mächte, die ganze Energie wirkte im Einklang zugunsten der Vervollkommnung der natürlichen Ordnung. Doch Morgan Thalasi hatte mit seinen verderbten Klauen nach jener Harmonie gegriffen und das Innerste der Mächte über deren Grenzen hinaus beansprucht.

Brielle hatte keine Zeit, um innezuhalten und die bitteren Folgen des Frevels zu bedenken. Die Schlacht war noch keineswegs vorbei, obwohl keiner die Energie finden würde, die notwendig war, um diesen zerstörerischen Krieg über solch große Entfernung hin fortzusetzen. Jetzt wurde die Auseinandersetzung persönlicher, eine Willensprobe außerhalb der materiellen Welt.

Brielle zuckte nicht zusammen, als der Geist des Schwarzen Hexers das graue Feld betrat, das ihre Gedanken umgab. Sie zauberte eine geisterhafte Manifestation ihrer selbst herbei und schritt ruhig auf den Bösen zu.

»Die ganze Welt gehört mir«, krächzte Thalasi sie an. »Sei Zeugin, wie die Magie sich meiner Herrschaft beugt.«

»Du bist ein Narr«, zischte Brielle zurück. »Was für eine Magie lässt du hinter dir zurück? Die Colonnae haben uns mit den Kräften des ganzen Universums gesegnet, aber du hast diesen Segen zunichte gemacht, Morgan Thalasi. Du hast zu unser aller Verderben das Herz unserer Macht herausgerissen.«

»Nein!«, gab Thalasi zornig zurück. »Ich habe jene Harmonie geraubt, die dir Stärke gibt, du tückische Hexe! Istaahl von Pallendara ist nicht mehr, begraben unter den Trümmern seines eigenen Turms. Wer wird sich mir widersetzen, wenn Brielle fort ist? Dein bemitleidenswerter Bruder? Der Hanswurst, der mit Elfen spielt?«

Brielle antwortete nicht. Jahrhundertelang hatte sie als die erste Wächterin der natürlichen Welt gelebt und jetzt wurde dieser Welt mehr zugesetzt als jemals zuvor seit jener großen Katastrophe, die das ursprüngliche Menschengeschlecht vernichtet hatte. Die Smaragd-Zauberin kannte ihre Pflicht.

»All deine großartigen Worte«, erwiderte sie lachend. »Zuerst musst du mich schlagen!« Ihre Manifestation schritt in die Schlacht, aber als sie die Manifestationen des Schwarzen Hexers erreichte, spaltete sich dieses Wesen in zwei Personen: Morgan Thalasi, wie er vor der Schlacht von Bergtor gewesen war, und Martin Reinheiser. Sie gingen auseinander, um die überraschte Zauberin von den Seiten her anzugreifen, und verspotteten sie lachend.

»Großartig?«, fragten sie wie aus einem Mund. »Geringe Behauptungen gegenüber der Wahrheit unseres Seins.«

Dann stürzten die beiden auf sie los. Brielle schlug tapfer auf sie sein, doch binnen weniger Augenblicke packten eisige Hände sie an der Kehle.

Istaahl kletterte durch die letzten Trümmer nach draußen. Er bot einen abstoßenden Anblick: die Kleider zerrissen, der Körper mit blauen Flecken übersät und blutend. Tausend neugierige Gaffer schüttelten in Pallendara nahezu einmütig den Kopf, aufs Neue verblüfft über die Macht ihres Zauberers, denn den Einsturz des Turms hätte wohl kein Sterblicher überlebt.

Istaahl ging um den Ort der Verwüstung herum und ignorierte die neugierigen und erschrockenen Blicke der Umstehenden.

»Du Narr!«, schalt sich der Weiße Magus selbst, dem plötzlich aufging, worum es bei der Fortsetzung der magischen Kampagne des Schwarzen Hexers ging. Wie lange hatte er getrödelt und sich seinem eigenen Kummer hingegeben? Sekunden? Doch in einer solchen Auseinandersetzung konnten selbst Sekunden zu lang sein. Ohne weiteren Aufschub stürzte sich Istaahl in das graue Nichts der magischen Ebene des Seins und warf sich todesmutig in den Kampf gegen die Zwillingswesen, die den Schwarzen Hexer bildeten.

»Ich habe dich…«, begannen Thalasi und Reinheiser in zweistimmigem Unisono zu verkünden. Doch dann sprang die Manifestation des Weißen Magus auf den Rücken von Reinheisers Geist und riss dessen Hände von Brielles Kehle.

Das Kräfteverhältnis hatte sich plötzlich gewandelt.

»Hast du geglaubt, einer der Vier sei so leicht zu töten?«, fragte Brielle Thalasi. »Aber einer von uns ist tatsächlich gestorben, Morgan Thalasi. Du selbst. Schon vor Jahrhunderten, als du unser Ziel vergaßest, als du es auf dich nahmst, die Güte der Colonnae herauszufordern.«

»Schwächling«, entgegnete Thalasi. »Alle Mächte der Welt stehen dir zu Gebote und du spielst Kindermädchen für eine Baumschule. Wir könnten Götter sein! Es ist unsere Bestimmung, über die Welt zu herrschen.«

»Die Welt gehört nicht uns!«, widersprach Brielle. »Niemals ist sie unser! Du missachtest deine Stellung und deine Gier wird die ganze Welt zugrunde richten!«

Neben ihnen rollten die Geister von Reinheiser und Istaahl im Nebel in einem Kampf herum, der so brutal und verzweifelt war wie irgendein Gefecht, das man auf den Vier Brücken austrug. Thalasi sprang wie ein Tier auf Brielle los und seine Klauen langten nach ihrem schönen Hals. Doch Brielles Erscheinung, so unschuldig und schön sie auch aussehen mochte, verbarg die wahre Kraft dieser Frau. Sie nahm die Attacke des Schwarzen Hexers an und reagierte darauf mit einem eigenen Angriff, der tückisch und machtvoll war.

Der verehrungswürdige Bellerian war der Nachhut zugewiesen worden; von seinem fernen, umfassenderen Aussichtspunkt aus gab er wichtige Nachrichten an die Befehlshaber im Kampf weiter. Doch als der Lord der Waldwächter sah, wie sein Sohn auf der nördlichsten Brücke jenem entsetzlichen Totengeist gegenüberstand, konnte er nicht auf seinem Posten bleiben. Er war jetzt in seinen Achtzigern, nicht alt für einen Mann, der im verwunschenen Avalon aufgewachsen war und nach Brielles Worten erwarten durfte, hundertzwanzig Jahre alt zu werden. Doch Bellerians Zeiten als Kämpfer waren vor vielen Jahren abrupt zu Ende gegangen. Er ging tief gebeugt am Stock wegen einer Wunde, die er im Sumpf von Blackmara abbekommen hatte und die so tückisch war, dass selbst Brielles Kräfte sie nicht völlig heilen konnten.

Der Lord der Waldwächter spürte keinen Schmerz, als er jetzt sein Reittier hinab zu den Brücken lenkte, dort aus dem Sattel sprang und so schnell sein krummer Rücken es erlaubte an die Seite seines Sohnes eilte.

»Du hättest nicht kommen sollen, Vater«, sagte Belexus aufrichtig besorgt.

»Glaubst du, ich würde dich gegen diesen Gegner allein kämpfen lassen?«, erwiderte Bellerian mit einem Lächeln auf den Lippen.

»Ja«, stimmte ihm der Totengeist zu. »Ja, alter Mann, schließ dich unserem Spiel an.«

»Spiel nennt er das«, höhnte Bellerian. »Wir werden sehen, wie er es nennt, wenn wir ihn wieder dorthin bringen, wo er hingehört!« Und dann schlug der Lord der Waldwächter tückisch und listig zu, mit einem schwungvollen Schwerthieb, der Mitchell stolpern ließ, sodass er fast das Gleichgewicht verlor. Als der Totengeist sich so weit wieder aufgerichtet hatte, dass er den Hieb erwidern konnte, war Bellerian schon außerhalb seiner Reichweite.

Selbst Belexus blickte mit ehrlicher Überraschung auf seinen Vater.

»Das hättest du meinen alten Knochen wohl nicht zugetraut«, sagte Bellerian glucksend zu seinem verblüfften Sohn. »Ich hätte dich im Kampf öfter peitschen sollen, um deine Gedanken am richtigen Ort zu halten.«

Belexus schüttelte bloß den Kopf und trat einen Schritt zur Seite. Jetzt war er sehr froh, dass Bellerian neben ihm kämpfte.

Auf Ardaz' Befehl hin stieg Calamus über den Ostrand des Schlachtfeldes empor. Im Westen, vom hohen Aussichtspunkt des Zauberers aus sichtbar, blieb das körperliche Wesen des Schwarzen Hexers fest an Ort und Stelle hinter seinen Leuten, in seiner Kugel aus verderbter Finsternis, während diese schrecklichen schwarzen Energieblitze immer noch am Gewebe der Welt zerrten und in den Himmel schossen, um die unnatürliche Düsternis zu stärken.

In diesem Augenblick erkannte Ardaz die Gefahr, der sich seine Schwester und Istaahl gegenübersahen, und er suchte nach einem Zufluchtsort, wo er landen und sich dem magischen Krieg gegen Thalasi anschließen konnte.

Doch als der Pegasus sich den Vier Brücken näherte, gab eine andere Finsternis Ardaz ein Zeichen, das so voller Verhängnis war, dass der Zauberer es nicht ignorieren konnte.

»Ja, Ardaz«, zischte Mitchells Gespenst. »Komm her und mach bei dem Spaß mit!«

Belexus und Bellerian mussten nicht über die Schulter schauen, um festzustellen, dass der Silber-Magus gekommen war. Rufe der Hoffnung erschollen auf dem Schlachtfeld hinter ihnen. Auch der Totengeist schien sich mit dem herannahenden Zauberer zu beschäftigen und die beiden Waldwächter waren klug genug, diese Gelegenheit zu ergreifen. Mit einer plötzlichen Wildheit, die Mitchell nicht erwartet hatte, hieb Belexus auf ihn ein. Das riesige Schwert des Waldwächters stieß ihn tief in den Bauch und zielte direkt auf sein Herz.

Schwarze Energie schoss durch die Klinge, ein Feuer lief auf Belexus' Hände über. Der mächtige Waldwächter achtete nicht auf den sengenden Schmerz und hielt das Heft des Schwertes fest gepackt, darauf vertrauend, dass er einen tödlichen Schlag geführt hatte. Er schloss die Augen und verstärkte den Druck.

Doch dann löste sich unglaublicherweise das Schwert

von dem Gespenst. Mit offenem Mund blickte Belexus auf die Waffe. Die Klinge war weggeschmolzen.

Noch im Flug beobachtete Ardaz entsetzt, wie die Keule mit dem Totenschädel auf den Waldwächter niederfuhr. Belexus' Kopf wäre sicher zerschmettert worden, wenn nicht sein Vater eingegriffen hätte. Bellerian hatte gerade zu einem Hieb auf Mitchell angesetzt, doch als er das plötzliche Unheil sah, das über Belexus gekommen war, kehrte er sein Schwert zu einer abwehrenden Parade um. Mitchells Waffe sauste schwer herab, zerschmetterte Bellerians Schwert bis zum Heft und betäubte die Arme des Lords der Waldwächter mit eisiger Kälte.

Das Schwert lenkte den Schlag so weit ab, dass Belexus von dem Hieb nur gestreift wurde. Doch die pure Macht der furchtbaren Waffe versetzte dem Waldwächter einen Stoß und schleuderte ihn die ganze Brücke entlang, bis er schließlich in Dunkelheit zusammensackte.

Blinder Zorn verzerrte Bellerians schöne Züge. »Du Mistkerl!«, fuhr er Mitchell an und schleuderte das Heft seines Schwertes Mitchell heftig ins Gesicht, womit er das zufriedene Grinsen des Totengeists zerschlug.

Ardaz fühlte sich hin- und hergerissen. Er spürte, dass er sich auf die magische Ebene begeben müsste, um seinen Gefährten zu Hilfe zu kommen, aber er wusste auch, dass diese entscheidende Schlacht auf den Brücken ohne seine Hilfe nicht gewonnen werden konnte. Selbst wenn es ihm und den anderen beiden Magiern gelang, Thalasi zu schlagen, würde dieses entsetzliche Gespenst gewiss die dunklen Gewalten zum Sieg führen.

Auch Ardaz hatte seine vorherbestimmte Pflicht. Er war ein Meister der zweiten Schule der Magie, einer

Disziplin, die ihre Energie von den universellen Mächten bezog, um in den Angelegenheiten der Völker guten Willens zu helfen. Der Silbermagus konnte diesen Ruf jetzt nicht ignorieren. Seine Schwester und Istaahl würden durchhalten müssen; Ardaz konnte nicht die Calvaner und die Elfen im Stich lassen.

Er ließ Calamus in einem halsbrecherischen Sturzflug hinuntergehen und landete in einem wilden Galopp, der ihn direkt zu Bellerian brachte, der langsam vor dem Totengeist zurückwich. Der Zauberer sprang herunter und Billy Shank lenkte den Pegasus in Richtung auf die noch regungslose Gestalt des jüngeren Waldwächters.

Als der Totengeist den Zauberer erblickte, verlor er alles Interesse an Bellerian. »Komm und spiel mit«, zischte Mitchell Ardaz zu und schwang dabei das schreckliche Szepter der Finsternis. Ardaz antwortete, indem er eine Kugel aus sonnengleichem Licht an der Spitze seines Eichenstabs erscheinen ließ.

»Geh zu deinem Sohn«, sagte der Zauberer zum Lord der Waldwächter.

»Nein, ich werde dich in deiner Bedrängnis nicht verlassen«, erwiderte Bellerian, der trotz seiner Gefühle stets wachsam blieb.

»Du kannst hier nichts tun«, versicherte ihm Ardaz. »Diese Kreatur geht über unsere Welt und deine Macht hinaus. Geh zu deinem Sohn, Bellerian, ich bitte dich. Du wirst mich nur vom Kampf ablenken, wenn du hier so verletzlich zurückbleibst.«

Bellerian legte eine Hand auf die Schulter des Zauberers.

»Kämpfe gut, mein Freund«, flüsterte er und dann eilte er zurück zu Billy, der sich um Belexus bemühte.

»Das ist unser Kampf, Zauberer«, erklärte der Totengeist. »Aber wenn ich mit dir fertig bin, werden deine armseligen Freunde drankommen.«

Ardaz reagierte darauf nicht einmal mit einem Wimpernzucken. Er hielt seinen Stab stolz und entschlossen hoch und schritt zum Kampf. Sie begegneten sich auf der Mitte der Brücke, Finsternis und Licht.

Bryan weinte unverhüllt, als er den inneren Kampf der jungen Zauberin beobachtete. Er wiederholte seine Bitte immer wieder, mit allem, was er an Stimme aufbieten konnte.

Rhiannon hörte ihn nicht einmal, denn sie war zu sehr vertieft in das Drama, das sich in ihrer Seele abspielte. Ekstase und Qual durchfluteten sie zugleich, freudiges Prickeln magischer Energie, das sie mehr erregte und erschreckte als alles, was sie bisher erlebt hatte. Sie hätte sich nicht vorstellen können, dass eine solche Lust und Kraft in ihrem sterblichen Körper hausen konnten. Doch es gab noch eine dunklere Seite, eine Besitzergreifung, die Rhiannons Identität bedrohte.

Bryan umarmte sie fest und kämpfte gegen ihren bebenden Schrecken an. Rhiannon jedoch empfand keinen Trost in der Berührung des Halbelfen, denn sie war nicht länger ein Teil ihres körperlichen Seins; sie fiel in einen Abgrund der Finsternis, der bodenlos war.

Zum ersten Mal in seinem Leben kämpfte König Benador an vorderster Front und alle, die nahe genug waren, um Zeuge der Tapferkeit und Stärke dieses Mannes zu werden, hätten seinem Anspruch auf den Thron nicht widersprochen. Er war unter den Waldwächtern von Avalon aufgewachsen und von Belexus selbst in den Kampfkünsten ausgebildet worden und es dauerte nicht lange, bis die Talons erkannten, dass man ihm besser auswich. Mit den Wächtern der Weißen Mauern an seiner Seite stürmte Benador zwischen den beiden südlichen Brücken hin und her, trieb viele Talons zurück und sicherte die südlichen Verteidigungslinien, welche Stromstadt und die Zelte der Heilung schützten.

Doch mit dem Erscheinen des Totengeists und Thalasis untoter Brigaden waren die beiden anderen Brücken vollständig überrannt worden. Tausende von Talons strömten über die zweite Brücke; keiner wollte die nördlichste überqueren, auf der sich jetzt der Totengeist und der Silber-Magus gegenüber standen. Die meisten der calvanischen Verteidiger waren von der dunklen Flut fortgespült worden, zurück nach Osten getrieben, fernab vom Schutz von Benador und seiner Eliteeinheit.

Binnen kurzem hielten nur noch Arien und seine Elfenkrieger stand, um sich gegen den Strom zu stemmen. Ihre Hauptsorge musste den Untoten gelten und sie fielen zu Dutzenden unter den Klingen der geschickten Elfen. Aber der erste Ansturm der Untoten war so überraschend erfolgt, dass Arien nicht hoffen konnte, jene Talons in Schach zu halten, die schon über den Fluss gekommen waren. Stattdessen spalteten der Eldar der Elfen und seine Krieger die Talon-Streitkräfte in der Mitte auf und stießen durch die Menge zur überrannten Brücke vor und bahnten sich dann ihren Weg hinauf auf das Bauwerk. Sie waren von allen Seiten umringt und kämpften Rücken an Rücken, aber sie hatten den Schrecken der Untoten bezwungen und die Flut der Talons aufgehalten.

»Unser Schicksal liegt in den Händen der Calvaner«, bemerkte Arien zu Ryell, der an seiner Seite kämpfte. »Wir haben ihnen die Gelegenheit gegeben, sich umzugruppieren und zur Brücke zurückzukommen, doch wenn ihr Angriff nicht schnell genug erfolgt, dann werden wir heute untergehen.«

»Wenn das Schicksal es denn bestimmt«, erwiderte Ryell in unbeugsamer Entschlossenheit. Arien schaute seinen Freund mit aufrichtiger Bewunderung an. Ryell, der einst Illumas berüchtigtster Menschenhasser gewesen war, hatte sich sehr verändert.

Als König Benador das Schlachtfeld überschaute, kam ihn Verzweiflung an. Er und seine Krieger konnten die beiden Brücken halten und jene calvanischen Streitkräfte, die zurückgedrängt worden waren, hatten schon ihren Gegenangriff in Richtung der zweiten Brücke begonnen. Aber zu viele Talons hatten den Fluss überquert, als dass man sie noch völlig in Schach halten konnte. Noch während der König einer Einheit befahl, sie solle nach Süden und Osten gehen, sah er einige Banden von Talons, die auf die Zelte der Verwundeten zustürmten.

»Wir wollten unseren Kampf haben«, bemerkte Jolsen zu Siana und Lennard. »Es sieht so aus, als hätten wir ihn jetzt!« Wie aufs Stichwort stürmte ein Talon durch die Zelttür auf den stämmigen Burschen zu. In seiner Überraschung wäre Jolsen nie in der Lage gewesen, den Angriff abzuwehren, aber Siana wurde nicht überrumpelt. Eine schnelle Bewegung ihres Handgelenks jagte einen Dolch in den Hals des angreifenden Unholds und als er vor Schmerz taumelte, hieb ihn Lennard nieder.

»Zusammenarbeit!«, schrie Lennard.

Doch dann drang ein Dutzend weiterer Talons von allen Seiten in das Zelt und die Zusammenarbeit der drei, wie sehr sie sich auch ergänzten und wie großartig sie auch kämpften, wäre wohl kaum ausreichend erschienen. Doch die jungen Krieger konnten sich nicht beschweren, befriedigt darüber, dass sie ihre toten Verwandten mehr als gerächt hatten und in den Anstrengungen dieses schrecklichen, doch zweifellos notwendigen Abwehrkampfes mehr als ihren Anteil geleistet hatten.

Die meisten ihrer Angehörigen waren beim Fall von Corning und dem nachfolgenden Rückzug zum Fluss gestorben und als jetzt die Talons über sie kamen, glaubten sie, dass jene, die ihnen vorangegangen waren, auf sie warten würden, um sie nach ihrer letzten Reise zu begrüßen.

Weiter im Norden, jenseits der Brücken, erschienen die Kräfteverhältnisse gleichermaßen beunruhigend. Sylvia, Arien Silberblatts Tochter, führte eine Einheit von hundert elfischen und doppelt so vielen calvanischen Bogenschützen gegen die Flottille, die Mitchells Untergebene gebaut hatten. Die Menschen und Elfen überschütteten die Talon-Boote mit einem Pfeilhagel, während sie sich langsam, aber zielbewusst über den Fluss bewegten.

Die landenden Boote wurden von wirbelnden Schwertern und Speeren empfangen, aber jedes Kontingent an Menschen und Elfen, das zum Ufer hinab musste, um in den Nahkampf einzugreifen, verringerte den Pfeilhagel auf die näher kommenden Boote. Und es waren immer mehr Boote unterwegs, einige legten gerade erst vom gegenüberliegenden Ufer ab – eine ununterbrochene, anscheinend endlose Kette.

Sylvia war kampferfahren genug, um zu erkennen, dass sie und ihre Leute zwar noch eine Weile durchhalten konnten, aber keine Hoffnung hatten zu gewinnen, wenn nicht Hilfe vom Heer an den Brücken herüber kam, das, wie das Elfenmädchen betreten feststellte, als sie in diese Richtung schaute, in noch größerer Bedrängnis war als ihre eigenen Krieger.

Doch Sylvia und die hundert Elfen waren schon einer größeren Übermacht gegenüber gestanden als dieser; wie ein Krieger hatten sie in der Schlacht von Bergtor gekämpft und ihre unerschütterliche Zuversicht verlieh den furchtsamen Calvanern Stärke.

»Die Talons mögen an dieser Stelle durchkommen«, bemerkte Ariens Tochter grimmig, »aber ihr Sieg wird sie einen hohen Preis kosten.« Um ihre Worte zu unterstreichen, schickte sie einen weiteren Pfeil auf ein näher kommendes Boot ab. Er pfiff über das Wasser und traf den feindlichen Kommandanten direkt zwischen den Augen.

»Schau zu, Zauberer!«, höhnte der Totengeist. »Schau zu, wie die ganze Welt zerstört wird!«

»Große Worte, du Nichtwesen«, entgegnete Ardaz. Er stieß seinen Stab voran, Lichtstrahlen schossen auf Mitchells finstere Gestalt und brannten Löcher ein, wo sie auftrafen.

Mitchell erwiderte den Angriff, schüttelte sein Szepter über dem Kopf und ließ schwarze Flocken über Ardaz herabregnen.

Ardaz spürte die widernatürliche Gefahr und zog schnell sein Licht wieder zu sich. Er tanzte hektisch umher und verbrannte mit seinem Stab so viele der Flocken, wie er konnte. Doch viele fanden ihr Ziel und Mitchell schlug erneut zu.

Ardaz stampfte mit seinem Stab auf den Boden und schickte einen blendenden blauen Blitzstrahl los, der den Totengeist zu Boden schleuderte.

Doch der Zauberer war sehr bestürzt, denn als er sich an jene größere Ebene magischer Energie gewandt hatte, war ihm klar geworden, wie tief die Bresche war, die der Schwarze Hexer in die Harmonie geschlagen hatte.

»So geht ein Zeitalter zu Ende«, klagte der Zauberer. Ihm war der Gedanke zuwider, diese magische Ebene noch weiter anzuzapfen.

Doch Mitchell setzte schon zu einem neuen Angriff an, das tückische Szepter hoch erhoben.

Über Bryans Lippen kamen keine zärtlichen Worte mehr. Rhiannon fiel schlaff in seine Arme, aber er wollte sie nicht auf dem Boden liegen lassen. »Widerstehe!«, befahl er und schlug der jungen Zauberin mit solcher Heftigkeit ins Gesicht, dass eine Strieme auf ihrer bleichen Wange erschien.

Rhiannon versuchte um sich zu greifen und etwas zu finden, um ihren Abstieg zu verlangsamen, doch die Wände des Abgrunds waren viel zu weit weg. Sie rief nach ihrer Mutter, die immer ihre Quelle der Kraft und des Schutzes gewesen war.

Dann wurde ihr die wahre tiefe des Schreckens klar.

Der Ruf schickte ihren Geist auf die magische Ebene, wo sie die mentale Schlacht in ihrer ganzen Raserei schaute. Brielle und Istaahl kämpften tapfer und wild, aber die Zwillingsgespenster des Schwarzen Hexers taten dies ebenfalls. Und während Rhiannons Mutter und der Weiße Magus müde wirkten, wurden Thalasi und Reinheiser ständig stärker, denn der Schwarze Hexer zehrte von dem Chaos, das er angerichtet hatte.

Rhiannons Aufenthalt auf dieser Ebene war nur von kurzer Dauer, denn bald fand sie sich wieder in dem hoffnungslosen Abgrund, wo sie immer tiefer fiel. Ein einziges Wort entschlüpfte ihren Lippen, ein Wort, das vielleicht ganz Aielle gerettet haben mochte.

»Bryan.«

Von ihrem Ruf angespornt, verdoppelte der Halbelf seine Anstrengungen.

Er zog Rhiannon hoch und zwang sie, auf den Füßen zu stehen. »Besiege es!«, schrie er. »Ergib dich nicht!« Er hatte keine Ahnung, was der jungen Zauberin widerfahren war, aber er verstand gut genug, dass das einzige, was er tun konnte, darin bestand, ihr zu helfen, dass sie ihre Orientierung bewahrte.

»Rhiannon!«

Der Ruf kam aus großer Entfernung, aber Rhiannon

hörte ihn deutlich. Sie konzentrierte sich auf den Laut und schickte ihre Gedanken in einer Spirale zurück zu ihm.

»Rhiannon!«

Jetzt schon näher, aber immer noch außerhalb ihrer Reichweite. Die Zauberin vergaß den Schmerz, streifte die Verzweiflung ab. Jetzt zählte nur noch, dass sie den Ursprung dieses Rufs fand.

»Rhiannon!«

Der Ruck, mit dem die junge Zauberin das Bewusstsein wiedererlangte, schleuderte Bryan durch die Luft. Er landete schwer auf dem Rücken. Sein erster Gedanke war, zu Rhiannon zurückzukehren, aber dann erkannte er, dass sie ihn nicht mehr brauchte.

Ein Leuchten der Macht ging von ihrer Gestalt aus, die nicht mehr winzig und zerbrechlich wirkte. Ihre hellen Augen funkelten wie blasse Saphire in einer strahlenden Sonne und ihr Gesicht wurde zu einer Miene von machtvoller Befriedigung.

Rhiannon spürte, wie alle Macht, die die Welt noch zu geben übrig hatte, auf ihren Ruf hin ihr zuströmte und deren Reinheit brannte süß in ihren Adern. Sie wartete einen Augenblick und ließ die Kräfte sich sammeln, bis sie meinte, sie würde zerbersten. Dann hob sie die Arme in die Luft und schickte einen mächtigen Energiestrahl von leuchtendem Grün aus, der an jener Stelle der Wolkendecke auftraf, wo die Sonne verborgen war. Zischend und knisternd schoß der Strahl in Thalasis Wolke.

Von allen Enden des Himmels stürmte Dunkelheit herbei, um sich gegen diesen Strahl zu sammeln, doch Rhiannon gab nicht nach. Ihr Mund öffnete sich zu einem stummen Schrei unbeugsamen Zorns, sie ließ ihre Hände noch höher schnellen und schickte jede Unze ihrer Kraft in die Schlacht.

Donner grollte, der Regen, der den Pfad des grünen

Strahls kreuzte, zischte und verdampfte, und als die schwarzen Wolken sich heranwälzten, wurden sie verschlungen. Der ganze Himmel hellte sich auf, obwohl die Wolkendecke ungebrochen blieb.

Doch Thalasis Anstrengungen waren anderswo gebunden, im tödlichen Zweikampf gegen Brielle und Istaahl, und so konnte er seine Düsternis nicht verstärken. Rhiannon dachte, der Aufwand an Kraft würde sie gewiss umbringen, doch darüber machte sie sich jetzt keine Sorgen.

»Dann soll es so sein«, murmelte sie und schickte einen weiteren Energiestoß gen Himmel. Unnachgiebig brannte sich der grüne Blitz seinen Weg. Die junge Zauberin, die genau in die Mitte ihres Energiestrahls blickte, kniff die Augen zusammen vor der größeren Helligkeit, als sie zum Blau über der Wolke durchstieß.

Jetzt weitete der grüne Strahl die Lücke in den Wolken und Rhiannon rief die Sonne an, sie solle ihr helfen. Ein einziger Sonnenstrahl drang hindurch. Er war nicht auf Rhiannon gerichtet, sondern schien nach Norden und brannte sich in die Kugel aus Finsternis ein, die den Schwarzen Hexer umgab.

Brielle und Istaahl spürten sofort, wie ihre jeweiligen Gegner schwächer wurden, doch bevor sie noch weiter vorstürmen und die Zwillingsgeister niederhalten konnten, verschmolzen die Manifestationen des Schwarzen Hexers wieder zu einer, die vom Schauplatz der mentalen Schlacht verschwand.

Brielle hielt einen Moment lang inne, um den Wechsel im Geschehen zu überdenken, dann verkündete sie Istaahl: »Das ist meine Tochter!«

»Wir müssen sofort zu ihr!«, erwiderte der Weiße Magus, aber dann erscholl ein anderer Ruf, den sie nicht ignorieren konnten.

»Die ganze Welt!«, schrie Ardaz.

»Meine Tochter!«, keuchte Brielle.

Ardaz konnte die Schlacht im Westen deutlich sehen. Der Schwarze Hexer hatte wieder seine Stellung gewonnen und antwortete auf den Sonnenstrahl mit einem Blitz mitternächtlicher Schwärze. Er hatte den Sonnenstrahl halben Wegs zurück zu den Wolken gedrängt und die böse Front seiner Schwärze stieg weiter an.

Doch die Ereignisse am Fluss waren noch verzweifelter, zu viele Talons waren herübergekommen. Arien und seine Krieger würden bald scheitern und die Verteidigung am Nordufer war drauf und dran, vor der endlosen Flottille völlig zu zerfallen.

Brielle verstand. Jeder ihrer Instinkte sagte ihr, sie solle ihrer Tochter zu Hilfe kommen, doch Rhiannon würde noch eine Weile länger durchhalten müssen.

»Es wird nie wieder so sein wie früher«, klagte Istaahl.

»Wir haben keine Wahl«, sagte Brielle. »Rufe dein Meer zu Hilfe, mein Freund. Zieh es mit all deiner Kraft herbei.« Dann machte sich die Zauberin ans Werk. Sie ließ sich zurück auf die magische Ebene sinken und streckte ihre Arme weit aus, um alle Macht aufzusammeln, die sie finden konnte. Und dann langte sie nach dem Fluss.

Istaahl schickte seinen Ruf über die Wogen hinaus und rief von den Ruinen des Weißen Turms aus den Ozean. Von weit draußen, doch sich schnell erhebend und auf die Mündung des großen Flusses zustürzend, kam eine Wand aus Wasser.

Brielle zog gegen die Flut, trieb das Wasser mit einer unsichtbaren Mauer aus Energie zurück. Binnen Sekunden war der große Fluss unter den Vier Brücken eine leere Schlammbank. Die Talons in ihren Booten, die jetzt auf weichem Boden saßen, hielten dies für ein Geschenk ihres gottgleichen Meisters, um ihre Überquerung zu beschleunigen. Johlend und schreiend sprangen sie aus ihren Booten und stapften durch den dicken Schlamm.

»Schau unsere Macht!«, zischte Mitchell Ardaz zu. »Wir herrschen sogar über den Fluss selbst!«

Doch Ardaz erkannte, was wirklich geschehen war. Er schickte einen magisch verstärkten Ruf, der in die Ohren all seiner Kameraden drang. »Zieht euch vom Fluss zurück!«

Am Ende der Brücke bekamen Billy und Bellerian mit vereinten Kräften Belexus auf die Beine. Obwohl er von der brennenden Kälte von Mitchells Szepter verwundet worden war, wollte sich der Waldwächter nicht zurückziehen. Billy schob ihn und versuchte ihn vom Fluss wegzubekommen, wie Ardaz angewiesen hatte. Doch Bellerian verstand das Feuer, das seinen Sohn antrieb.

»Überlasse ihn seiner Pflicht«, wies der Lord der Waldwächter Billy an.

»Kommt ihr mit mir?« Belexus wusste die Antwort, als er sich einen Moment Zeit nahm, um seinen Vater zu betrachten, der wieder unter dem Schmerz jener alten Wunde gebeugt ging.

»Nein, mein Sohn«, sagte Bellerian mit einem Lächeln. »Mein Kämpfen ist zu Ende.«

Belexus küsste ihn auf die Stirn, dann half er seinem Vater auf den Rücken des geflügelten Rosses, während Billy Calamus in Richtung des sicheren Landes lenkte.

Danach schritt Belexus auf die Brücke und stellte sich neben den tapferen Zauberer.

Benador und seine Krieger brauchten keine Ermutigung, um den Ruf des Zauberers zu befolgen. Sie drängten die Talons auf den beiden südlichen Brücken ein letztes Mal zurück nach Westen, dann zogen sie sich auf die Felder zurück, wo sie sicheres Gebiet hätten erreichen können. Doch der König und seine Eliteeinheit wollten nicht die tapferen Elfen um ihrer Sache willen sterben lassen, nicht, solange sie noch Kraft in ihren Leibern hatten. Benador führte eine kleine Gruppe an und trieb sie wie einen Keil durch die Reihen der Talons, um zu Arien und seiner Truppe zu gelangen.

»Flieht!«, rief Arien seinen Kriegern zu, während er und Ryell als Nachhut kämpften.

Oben im Norden wollten Sylvia und ihre Mitstreiter Ardaz' Ruf Folge leisten, aber viele Talons hatten in den ersten Augenblicken nach der Trockenlegung des Flusses das Ostufer erreicht. Das Elfenmädchen eilte von Gruppe zu Gruppe, entließ Menschen und Elfen und schickte sie auf ihren Rückzug, aber sie blieb auf dem schlammigen Ufer und weigerte sich zu gehen, bevor nicht alle anderen in Sicherheit waren.

»Der Schwächling von Waldwächter kehrt zurück«, höhnte der Totengeist. »Ich bin froh, dass du noch lebst, Belexus, denn ich wollte nicht, dass dir dieses Schauspiel der Glorie meines Meisters entgeht.«

Belexus warf Ardaz ein wissendes Lächeln zu. Nur ein einziges Wesen in ganz Aielle konnte so etwas vom Fluss Nimmerend fordern: die Smaragd-Zauberin.

»Du bist immer ein Narr gewesen«, versetzte er. »Du glaubst, dies sei das Werk deines Meisters?«

»Wer...«, setzte Mitchell an, doch der selbstsichere Ausdruck im Gesicht des Waldwächters ließ den Totengeist einen Blick über seine Schulter werfen; dann sah er das anhaltende Ringen zwischen dem Schwarzen Hexer und dem Sonnenstrahl. Das Gespenst wandte sich wieder Ardaz und dem Waldwächter zu, ungezügelte Wut zeichnete sich in seinem grotesken Gesicht ab.

»Du wirst dem Untergang nicht entgehen!«, versprach Ardaz und er stieß seinen Stab so kräftig auf den Stein, dass er zerbrach und dabei genug Kraft ausschickte, um die Brücke selbst bersten zu lassen.

Der Brückenbogen stürzte in Trümmern hinab in den Schlamm und mit ihm fielen der Totengeist, Ardaz und Belexus.

Brielle und Istaahl konnten nichts von den Geschehnissen auf dem Schlachtfeld wissen und auch nicht die Flut ihrer Handlungen umkehren. Als Brielle spürte, wie sich Istaahls Wasserwand näherte, ließ die Smaragd-Zauberin die angestauten Wasser des großen Flusses frei.

»Nein!«, schrie der Schwarze Hexer und wandte sich nur für einen Moment zurück zu der katastrophalen Schlacht an den Brücken.

Und in diesem Augenblick wuchs Thalasis Verzweiflung nur, denn Rhiannon und ihr Sonnenstrahl ließen diesen Moment nicht ungenutzt verstreichen. Eine Explosion aus Licht brannte die finstere Kugel des Schwarzen Hexers vollständig weg und schleuderte Thalasi auf den Boden.

In Windeseile war die ganze Wolkendecke des Schwarzen Hexers verzehrt und der Himmel leuchtete erneut hell und blau.

Immer noch setzte Rhiannon ihren Angriff fort, entschlossen wie die Magie, die durch sie floss, Aielle ein für alle Mal vom Schwarzen Hexer zu befreien.

Die dummen Talons, die über die Brücken stürmten und im Schlamm des leeren Flussufers standen, konnten nur mit offenem Mund auf das Unheil gaffen, das von beiden Seiten auf sie zukam, und als Brielles Magie sich mit der von Istaahl traf, wurde nahezu die Hälfte der bösen Streitmacht hinweggespült. Eine weitere Gruppe saß auf dem Ostufer in der Falle, hilflos angesichts des Zorns des Kriegerkönigs und seiner Gefolgsleute, die schon zu einem neuen Ansturm Aufstellung nahmen.

Doch viele Helden, Menschen und Elfen gleichermaßen, gingen in diesem feuchten Grab unter.

Die Welt würde tatsächlich nie mehr so sein wie zuvor.

KAPITEL 28

Die Klage des Zauberers

Der Himmel zeigte sich in einem hellen frischen Blau und überall auf Aielle schien die Sonne. Doch ein noch hellerer Sonnenstrahl war unablässig auf den Schwarzen Hexer gerichtet und heftete ihn gnadenlos an den Boden. Thalasi dachte, er würde unter der unbarmherzigen Hitze der Sonne gewiss umkommen; er spürte, wie sein Inneres blubberte und brodelte und fand bei sich keine magische Kraft mehr übrig, um zurückzuschlagen.

Doch auf den Hängen der Baerendels nahm Rhiannon als einzige Warnung eine subtile Veränderung im Fluss der Macht wahr. Sie spürte Vibrationen in ihrem Körper, einen dissonanten Klang, der sie mit schmerzvollen elektrischen Entladungen peinigte.

Dann brach alles auseinander. Mit einem heftigen Schauder verlor Rhiannon das Bewusstsein und fiel hin.

Wachsam wie immer fing Bryan sie auf.

Von dem magischen Angriff befreit, glitt der Schwarze Hexer nach Westen. Seine Zeit war vorbei; alle Talons auf dieser Seite des Flusses suchten ihr Heil in der Flucht und jene auf dem anderen Ufer würden bald von den calvanischen Streitkräften ausgelöscht werden. So bald würde niemand mehr den Fluss überqueren: alle vier Brücken waren hinweggeschwemmt worden.

Thalasi hatte nur einen Gedanken: Nach Talas-dun zurückzukehren, wo er seine Wunden lecken konnte.

Der Schwarze Hexer hegte nur noch wenig Zuversicht, denn selbst wenn er die Reise zum Bollwerk seiner Macht schaffen sollte, so wusste er doch, dass Brielle Recht gehabt hatte, als sie ihn tadelte: Er und daraufhin auch die anderen Zauberer hatten unmittelbar am Herzen der magischen Energien gezerrt, die ihnen ihre Kräfte schenkte. Und dieses Herz, das fürchtete Thalasi jetzt zum ersten Mal, würde sich nie wieder erholen.

Brielle lehnte sich schwer an eine uralte Eiche. Ihre Beine waren zu erschöpft, um sie zu tragen. »Morgan Thalasi, du Idiot«, keuchte sie, kaum fähig, die Worte auszusprechen. So müde wie sie war, wusste die Smaragd-Zauberin doch, dass sie ihre Kraft und ihre Entschlossenheit sehr bald zurückgewinnen musste, denn wenn auch Thalasis Sturmwolken und ihre eigenen Zauber aufgelöst worden waren, so brannten doch die Feuer, die jetzt einige Gebiete von Avalon heimsuchten, immer noch mit voller Gewalt.

Brielle würde einen Teil des Waldes retten und der Rest würde im Laufe der Zeit wieder nachwachsen. Doch die zauberische Herrschaft der Smaragd-Zauberin über Avalon hatte ihren Zenit erreicht. Brielle war entschlossen, an einem Teil dessen, was gewesen war, hartnäckig festzuhalten; sie würde für viele kommende Jahrhunderte ein strahlendes Licht im Herzen des Waldes brennen lassen. Aber der Rest des weiten Avalon würde nur als gewöhnlicher Wald überleben. Die Zauberin wusste bereits, was der Rest der Welt bald herausfinden würde: dass Avalon seine besten Tage hinter sich hatte.

Die Magie des Waldes und der Smaragd-Zauberin war im Schwinden.

Noch katastrophaler war die Lage in Pallendara, denn Istaahl, der sich erst allmählich von den drei Jahrzehnten als Gefangener des Schwarzen Hexers erholte hatte, war es in der Auseinandersetzung übel ergangen. Sein Turm war zerstört und er wusste, dass er niemals die Kraft finden würde, ihn wieder aufzubauen. Zweifellos würden ihm Steinmetze zu Hilfe eilen, aber der neue Turm Istaahls des Weißen würde wie der größere Teil des neuen Avalon, der wieder nachwachsen mochte, ein gewöhnliches und kein zauberisches Werk sein.

Gegenüber den vielen Heilern, die seine gefährlichen und für einen sterblichen Menschen gewiss tödlichen Wunden behandelten, zeigte Istaahl keinerlei Gefühls-bewegung.

Er saß stumm und ungerührt da; seine Gedanken waren ein Abgesang auf die vergangenen Zeiten und voller Sorgen für die Tage, die kommen würden. Denn während die Minderung der Magie auch die Bedro-hung durch den Schwarzen Hexer verringern würde, so würden die Völker von Aielle, die Menschen und Elfen, jetzt zum ersten Mal ohne fremde Hilfe auskom-men müssen.

Angesichts der Tragödie der Schlacht um die Brü-cken und der Zerstörung der westlichen Gefilde wür-den sie ihre einzigartige Herrschaft mit einem düsteren Vorspiel beginnen.

Benador und seine Krieger hatten bald die Haupt-masse der Talons auf dem Ostufer überwältigt. Klei-nere Banden der elenden Kreaturen liefen davon und flohen in alle Richtungen; man würde sie aufspüren müssen, doch der entschlossene König blieb zuver-sichtlich, dass die Schlacht sich ihrem Ende näherte. Er richtete seine Gedanken auf die Zukunft seines König-reichs, auf den Wiederaufbau, den man würde in An-griff nehmen müssen, beginnend mit dem Bau einer neuen Brücke über den großen Fluss.

Er beobachtete nun, wie der angeschwollene Fluss

auf seinen normalen Stand zurückging, und fragte sich, wie viele seiner eigenen Krieger von der Flut davongespült worden waren. Von den Vier Brücken waren nur noch das östliche und westliche Drittel der nördlichsten Brücke übrig geblieben, aber sie wirkten so rissig, dass man sie wahrscheinlich würde abtragen müssen.

Arien Silberblatt trieb sein Ross am Nordrand des Schlachtfeldes hin und her und suchte verzweifelt. Ryell, sein liebster Freund, ritt neben ihm, aber er hatte sich schon mit der bitteren Nachricht abgefunden: Sylvia, Ariens tapfere Tochter, war in der Flut umgekommen.

»Ihr Tod war nicht vergebens«, hatte ein calvanischer Bogenschütze zu ihnen gesagt. »Viele sind noch am Leben, weil sie uns so mutig vom Flussufer weggeholt hat.«

Zu diesem Zeitpunkt hatten die Worte des Bogenschützen in den Ohren des Eldars der Elfen hohl geklungen, aber in den späteren Jahren sollte Arien sie oft als eine Litanei gegen seinen unaufhörlichen Kummer benutzen.

Er hätte den ganzen Tag damit zugebracht, hin und her zu reiten und in den Lagern nach seiner Tochter zu suchen, aber als er in die Nähe der eingestürzten Brücken kam, bestürmte ihn ein Anblick, den er nicht ignorieren konnte, ganz gleich, wie tief seine eigene Trauer sein mochte.

Dort hingen zwei Gestalten am Rand des geborstenen Vorsprungs der nördlichsten Brücke: Ein Mann klammerte sich mit einer Hand an einem vorstehenden Stein fest, mit der anderen hielt er seinen schlaff herabhängenden Gefährten gepackt.

Arien und Ryell stürmten das Ufer empor und schwenkten zur Brücke herum. »Überlebende auf der

Brücke!«, schrie Ryell den beiden Männern zu, die dem Bauwerk am nächsten waren – Bellerian und Billy Shank.

Billy, der den Lord der Waldwächter in seinem Kummer stützte, wurde fast zu Boden gestoßen, als Bellerian den Ruf hörte. Sie beide hatten erst kurz zuvor voller Schrecken beobachtet, wie der Silber-Magus die Brücke zerstörte, und dann, wie die Fluten hereingebrochen waren und Belexus und den Zauberer scheinbar mit sich gerissen hatten.

Und nun hatte Billy Shank alle Hände voll zu tun, um den Lord der Waldwächter von dem Bauwerk zurückzuhalten.

»Das ist zu gefährlich!«, schrie Billy.

»Mein Sohn!«, war alles, was Bellerian erwiderte.

»Wenn du dorthin stürmst, bringst du vielleicht den ganzen Bau zum Einsturz«, schalt ihn Billy. »Dann gibt es überhaupt keine Überlebenden mehr!«

Als Bellerian erkannte, wie Recht Billy hatte, beruhigte er sich.

König Benador bemerkte die Aufregung und galoppierte in dem Moment zum Sockel des Bauwerks, als Arien und Ryell eintrafen. Die beiden Elfen sprangen aus den Sätteln und traten vorsichtig auf die ersten Steine des Mauersporns. Billy und Bellerian waren direkt neben ihnen.

»Gebt auf die Brücke Acht!«, warnte der König.

Arien hielt die Arme hoch, um seinen Kameraden Einhalt zu gebieten. »Ich gehe allein«, beharrte er. »Wir wissen nicht, wie viel Gewicht das Bauwerk noch tragen kann.«

»Dann gehe ich«, widersprach Ryell. »Du bist der Eldar unseres Volkes. Es ist besser, dass ich umkomme, falls die Brücke einstürzt.«

Arien warf Ryell einen kühlen Blick zu. »Ich gehe«, sagte er mit bitterer Endgültigkeit. »Ich habe heute meine Tochter verloren und werde nicht auch noch das Leben meines engsten Freundes aufs Spiel setzen.« Er wandte sich um und tat einen langen Schritt hinaus auf die Brücke. Ryell schickte sich an, ihn aufzuhalten.

Doch Benador, der den Kummer in Ariens Gesicht verstand, war auch der Meinung, dass der Eldar dies tun musste; er packte Ryell an der Schulter und hielt ihn zurück.

Arien gelangte zum Ende des Brückenstumpfs und ließ sich auf die Knie sinken. Belexus – Arien hatte die ganze Zeit gewusst, dass es nur Belexus sein konnte – hing unter ihm, anscheinend bewusstlos. Aber selbst in dieser Schwärze hatte der mächtige Waldwächter nicht versagt. Seine linke Hand umklammerte den Stein der Brücke mit genug Kraft, um dem Sog der Flut zu widerstehen. Schon diese Tat allein würde Stoff für Legenden abgeben, doch noch erstaunlicher war, dass die rechte Hand des Waldwächters mit gleicher Kraft den dicken Saum von Ardaz' blauem Gewand hielt.

»Es ist dein Sohn, Lord der Waldwächter«, rief Arien über die Schulter. »Und der Silber-Magus.« Auf diese Bestätigung hin mussten jetzt Billy, Benador und Ryell mit vereinten Kräften Bellerian zurückhalten.

Arien holte rasch ein Seil aus seinem Bündel und kroch an den Blendsteinen der geborstenen Brücke zu einer Stelle hinab, wo er ein Seilende um den Zauberer schlingen konnte. Ardaz öffnete ein Auge, beobachtete Ariens Bemühungen und lächelte seinem Retter hoffnungsvoll zu. Aber der Zauberer wagte nicht, sich zu bewegen, denn er hatte bemerkt, dass sein Gewand an verschiedenen Stellen schon zu reißen begonnen hatte.

Arien zwinkerte ermutigend, dann kletterte er wieder nach oben und fasste mit einer Hand Belexus fest für den Fall, dass der Griff des Waldwächters sich lockern sollte.

Obwohl Bellerian schlimm verwundet und erschöpft war, entwand er sich doch den Händen von Billy und Ryell, als er sah, wie Arien wieder hochkam und das Seil hinter sich herzog.

»Als euer König«, sagte Benador zu Billy und Ryell, »befehle ich euch, hier zu bleiben!« Ungeachtet der erschrockenen Aufschreie seines Gefolges eilte Benador auf die Brücke.

»Du solltest nicht hier draußen sein«, schalt Arien ihn. Als wollte der Brückenvorsprung die Worte des Eldars unterstreichen, knirschte er bedenklich unter dem zusätzlichen Gewicht.

»Er ist mein Sohn«, erwiderte der Lord der Waldwächter unnachgiebig.

Benador ging an den beiden vorbei, bevor sie noch richtig merkten, dass er auf die Brücke gekommen war. »Holt den Zauberer hoch«, wies er Arien und Bellerian an, dann packte er Belexus an der Vorderseite seiner Jacke.

Die beiden anderen hatten keine andere Wahl, als sich zu fügen, und als Benador überzeugt war, dass sie Ardaz sicher am Seil hatten, zog er mit beträchtlicher Kraft Belexus in die Sicherheit herauf.

Arien nickte beifällig. »Ziehen wir uns von diesem brüchigen Ort zurück«, riet er und hievte sich Ardaz über die Schulter. Benador tat das Gleiche mit Belexus und Bellerian führte sie von der Brücke herunter. Die ziemlich große Menge, die sich inzwischen versammelt hatte, klatschte und schrie Beifall.

Die Dramatik des Geschehens wurde nur wenige Augenblicke später noch erhöht, als dieser ganze Abschnitt der Brücke donnernd in den Fluss stürzte.

»Als hätte sie auf uns gewartet«, sagte Benador nachdenklich. »Als wollte die Brücke nicht, dass wir heute sterben.«

»Das bezweifle ich«, brabbelte Ardaz und spie dabei

mit jedem Wort Wasser aus. »Das war die nördlichste Brücke. Thalasis Brücke.«

»Dann dankt unserem Glück«, lachte Ryell.

Doch Arien, der über die sich windende Strömung des großen Flusses hinwegschaute, nahm an der Fröhlichkeit keinen Anteil. Er hatte an diesem Tag wenig Grund, dem Glück zu danken.

Rhiannon ging in den trüben Nebel hinein und stieg einen gewundenen Pfad hinab, der in eine noch tiefere Schwärze führte. Die junge Zauberin war jedoch nicht allein – hunderte, vielleicht Tausende machten jetzt diese beständige Pilgerschaft. Rhiannon ging viele Stufen weiter, doch dann blieb sie abrupt stehen, da sie eine gewisse Verwandtschaft mit einer anderen Gestalt empfand, die sich in der Reihe weiter vorn bewegte.

»Siana!«, schrie sie. Allerdings kam kein Laut über ihre Lippen. Das junge Mädchen, das langsam dahinschritt und ausdruckslos nach vorne starrte, schien Rhiannon nicht einmal zu sehen. Siana schien auch Lennard und Jolsen Schmiedsohn nicht zu bemerken, die neben ihr in der Reihe gingen.

Rhiannon wollte noch etwas sagen, aber ein überwältigender Drang ließ sie sich wieder in die Kolonne einreihen und schweigen. Jetzt verstand sie, was um sie herum vorging. Dies waren die Toten, die in die Unterwelt hinabstiegen, und obwohl der Tod sie weniger fest gepackt hielt als die anderen, konnte sie nicht anders, als ihren Abstieg fortzusetzen. Es gab nichts, was man anfassen konnte, nichts, was sie aus dem nebligen Land herausführen würde.

Doch noch einmal drang eine einzigartige Stimme durch die Verwirrung und rief nach ihr.

»Rhiannon«, flüsterte Bryan immer wieder ins Ohr der bleichen Frau. Er konnte sie nicht sterben lassen.

Er würde sein eigenes Leben hingeben, wenn es nur Rhiannon zurückbringen würde. Er schaute sie nicht an, zerbrechlich wie sie war. Er hielt nur ihren Kopf eng an sich gebettet, rief unablässig nach ihr und flehte sie an, nicht zu sterben.

Für die verirrte Zauberin klang die Stimme wie ein Trompetenstoß. Sie stürzte auf ihn zu, konzentrierte all ihre Gedanken auf ihn. Und als sie ihre blauen Augen erneut öffnete, begrüßte sie als erster Anblick die strahlende Sonne; der zweite war das Lächeln Bryans aus Corning, das noch heller war als der Sonnenschein.

Bryan wusste sofort, dass sie sich erholen würde. Sie hatte keine Wunden, zumindest keine, die er sehen konnte, und die tödliche Blässe, die über ihre schöne Haut gekommen war, hatte sich schon aufgelöst, war verschwunden wie die düstere Wolkendecke Morgan Thalasis.

»Du konntest nicht sterben«, sagte er zu ihr. »Nicht jetzt, nicht nach allem, was du getan hast.«

Doch das Lächeln in Rhiannons Gesicht, das ihm antwortete, war nur von kurzer Dauer. »Deine Freunde«, sagte sie und ihr bitterer Ton dämpfte die Freude des Halbelfen. »Siana, Lennard und Jolsen.«

»Sind sie tot?«, fragte Bryan und stellte dabei die Quelle von Rhiannons Erkenntnis nicht in Zweifel.

Rhiannon nickte. »Ich habe sie selbst gesehen, wie sie in das dunkle Reich wanderten.« Bryan schaute zur Seite, und nun war es an Rhiannon, Trost zu spenden. Sie legte ihren Arm um seinen schlanken Hals und zog ihn eng an sich.

»Du weißt, dass sie furchtlos gestorben sind«, tröstete sie ihn. Sie erinnerte sich an den bitteren Anblick der Kolonne der Toten. »Wie so viele andere. Du weißt, dass ihr Tod einen Sinn hatte, denn jetzt ist die ganze Welt gerettet.«

»Dann muss ich hoffen, dass mein eigener Tod ebenso heldenhaft sein wird«, erwiderte Bryan leise, aber die Worte klangen – wie jene des Bogenschützen zu Arien Silberblatt – hohl in seinen eigenen Ohren; einfache Willenserklärungen hatten angesichts der schrecklichen Wirklichkeit keine Kraft.

Zusammen schauten sie wieder hinaus auf die nördlichen Gefilde, auf die Masse der Leichen und die Zerstörung, welche die Flut, die Magie und das Getrampel tausender Soldaten angerichtet hatten.

Rhiannon erwog Bryans letzte Worte im Licht der Szene, die sich ihren Augen bot. »Ich hoffe, du wirst keine Notwendigkeit dafür finden«, sagte sie.

»Ein Sieg, der schwer errungen wurde«, bemerkte Benador zu Ardaz, als sie später am Tag allein waren. Der König hatte sich bei dem Zauberer nach Istaahl erkundigt, da der Weiße Magier viele Stunden lang sich nicht bemüht hatte, mit ihm in Verbindung zu treten.

»Schwerer errungen, als du dir vielleicht vorstellst«, erwiderte der Silber-Magus. Seine Stimme klang nüchtern und beherrscht. »In der Tat.«

»Hast du etwas über Istaahls Schicksal erfahren?«

Arien Silberblatt betrat das Zelt. Als er sah, dass der König eine Audienz hielt, verbeugte er sich und wandte sich zum Gehen.

»Bitte bleib, Eldar von Illuma«, forderte ihn Benador auf. »Die Neuigkeiten des Zauberers betreffen uns alle, wenn ich richtig vermute.«

»Gewiss, oh, ganz sicher«, stimmte ihm Ardaz zu. »Ariens Volk letztlich noch mehr als dein eigenes.«

»Das Tal von Illuma, Lochsilinilume, bleibt, wie es war«, fuhr Ardaz fort, als er sah, dass er ihre volle Aufmerksamkeit hatte. »Aber das Zeitalter der Zauberer nähert sich seinem Ende – es kann gut sein, dass es schon zu Ende ist.« Er schaute Benador direkt ins Gesicht.

»Der Weiße Turm existiert nicht mehr«, sagte er, »Istaahl hat allerdings überlebt.« Benador stieß einen hörbaren Seufzer der Erleichterung aus und Ardaz zwinkerte ihm hoffnungsvoll zu. »Wir Zauberer sind eine zähe Bande, weißt du.«

»Sobald ich nach Pallendara zurückkehre, werden wir den Turm wieder aufbauen«, verkündete Benador. »Schon eher! Ich werde sofort Männer an die Aufgabe schicken. Noch herrlicher…«

»Nein«, unterbrach ihn Ardaz und machte ihn mit dem einfachen Wort verstummen. »Du kannst einen Turm wieder aufbauen, aber nicht den Weißen Turm«, erklärte der Zauberer. »Er wurde vor Jahrhunderten von Istaahls Magie erschaffen. Maurer, so geschickt sie auch sein mögen, werden nicht ersetzen, was verloren ist.«

»Dann wird Istaahl…«, begann Benador erneut zu überlegen.

Ardaz fiel ihm wieder ins Wort. »Nein«, wiederholte der Zauberer. »Istaahl wird nicht die Kraft für eine solche Aufgabe finden. Und weder ich noch Brielle können ihm die Kraft leihen«, fügte er schnell hinzu, da er Benadors nächste Frage schon erriet, bevor der König sie aussprechen konnte.

»Aber woher weißt du das?«, fragte Arien, der nicht nur um den Weißen Turm, sondern um sein eigenes Heimatland besorgt war, das ganz und gar eine Schöpfung der Magie war.

»Wir benutzen dieselben Quellen der Macht«, versuchte Ardaz zu erklären. »Unsere Magie kommt nicht von innen, sondern von einem fernen Ort, von einem Vorrat an Energie, den wir anzapfen und für unsere eigenen Bedürfnisse und Fähigkeiten bündeln können.« Der Zauberer ließ sichtlich den Kopf sinken, als er über die Möglichkeiten sinnierte und bei den beiden Zuhörern noch mehr Verzweiflung weckte.

»Aber jener Ort ist auch ein Opfer geworden, ja-wohl…«

Seine Stimme brach und er brauchte eine Weile, bis er sich genug gefasst hatte, um fortzufahren. »Wir werden die Vorkommen für geringere Magie finden und wir werden uns in der Welt immer noch einen Namen machen. Doch der Weiße Turm ist dahin. Avalon hat gebrannt, doch ein Teil davon wird vielleicht über-dauern.«

»Und Lochsilinilume?«, wagte Arien zu fragen.

»Es ist am besten davongekommen«, erwiderte Ardaz hoffnungsvoll.

»Doch auch Illuma wird schwinden«, überlegte Arien. »Denn ohne Ardaz' Macht wird der Zauber sicher bald schwach werden.«

»Aber die Stärke des Schwarzen Hexers ist ebenfalls dahingeschwunden«, beharrte Beandor und versuchte etwas Licht in die Düsternis zu bringen. »Selbst wenn der Schwarze Hexer den Angriff auf dem Schlachtfeld überlebt hat, so wird er nie mehr für Calva und die ganze Welt eine so große Bedrohung darstellen.«

Ardaz nickte und schaute zur Seite. »Werdet Zeugen des Heraufdämmerns des Zeitalters der Sterblichen«, sagte er. »Die Zeit der Zauberer ist vorbei.«

Arien und Benador schauten einander hoffnungs-voll als auch ein wenig erschrocken an. Sie konnten den Sieg über die Talons vollenden und schließlich die westlichen Gefilde zurückgewinnen. Ohne die Füh-rung des Schwarzen Hexers erschien es zweifelhaft, dass die chaotischen Kreaturen jemals wieder in sol-cher Anzahl in den Krieg ziehen würden. Gewiss wür-den alle friedlichen Völker der Welt sicherer sein, wenn nicht mehr das Gespenst Morgan Thalasis über ihnen schwebte.

Doch die beiden Führer dachten auch an das wunder-bare Avalon, den Wald des Frühlings, und an Lochsilinilume, das verzauberte Tal der Elfen, und an Istaahls Weißen Turm, den Gipfel von Pallendaras Stärke. Und keiner von ihnen war sich in diesem Augenblick sicher, dass der Preis den Sieg wert gewesen war.

»Seid stark«, bat Ardaz sie, besonders den König von Calva. »Jetzt gehört die Welt euch.«

Und so begann in Ynis Aielle das Zeitalter der Menschen.

Im Laufe der nächsten beiden Tage wurden die Überreste des zerstreuten Talon-Heers am Ostufer des großen Flusses aufgespürt und vernichtet. Und als die Planung für den Bau der neuen Brücke begann, kamen der Eldar von Illuma und der Lord der Waldwächter zu dem Schluss, dass es Zeit für sie sei, heimwärts zu ziehen.

»Man wird euch schmerzlich vermissen«, sagte König Benador an einem regnerischen Morgen zu ihnen. »Ich hatte diesen Abschied gefürchtet, doch ich hoffte, ihr würdet weiter an meiner Seite kämpfen, wenn wir in die westlichen Gefilde übersetzen.«

»Ich wünschte, wir könnten es, mein König«, erwiderte Arien – der Elf, der vergessen hatte, wie man lächelt. »Aber mein Volk hat in diesem Krieg schlimm gelitten. Ich glaube, es ist Zeit, dass wir in unser Tal heimkehren und unsere Toten betrauern.«

Benador konnte der Einschätzung des Eldars nicht widersprechen. Mit ihrem Einsatz gegen die untote Brigade und dem schieren Mut ihres Widerstands auf der zurückeroberten Brücke hatten Arien und seine Leute eine so entscheidende Rolle gespielt wie nur irgendwer beim Sieg am Fluss. Doch der Preis war beklemmend gewesen. Fünfhundert Mann stark waren die Elfen aus dem Nordland herabgestürmt, um Calva zu helfen, doch nur wenig mehr als zweihundert hatten überlebt und konnten die Reise zurück nach Lochsilinilume antreten.

»Und auch wir müssen unseres Weges ziehen«, fügte Belexus hinzu, der an der Seite seines Vaters stand.

»Eure Kämpfe im Westen werdet ihr gewinnen, das weiß ich, aber wir müssen bei einem anderen Kampf dabeisein.«

»Avalon«, überlegte der König. Ardaz hatte Benador von den Zerstörungen erzählt, die dem wundersamen Wald zugefügt worden waren, und von Brielles Anstrengungen, etwas von der Herrlichkeit Avalons zu erhalten.

»Ja«, erwiderte Bellerian. »Die Zauberin braucht unsere Hilfe. Gewiss schulden wir sie ihr.«

»Und noch mehr«, pflichtete ihm Benador bei. »Und niemand weiß das besser als ich. Dann geht also, meine Freunde. Geht zurück in eure Heimat und seid versichert, dass Calva sich am Ende behaupten wird und dass ihr erneut meinem ganzen Volk den unschätzbaren Wert eurer Freundschaft gezeigt habt. Meinen Dank!« Und dann verneigte sich Benador, der König von Calva, tief vor ihnen.

Der feierliche Zug setzte sich am selben trüben Morgen in Bewegung und irgendwie klang das Geklingel der Glocken an den Elfenrossen nicht so fröhlich wie sonst.

»Mein Kopf tut mir weh«, brummte Rhiannon. Bryan fuhr auf bei diesen Worten, den ersten, welche die junge Zauberin in den zwei Tagen seit der Schlacht gesprochen hatte. Sie war in tiefstem Schlaf gelegen – zu tief, befürchtete Bryan – und der Halbelf fragte sich, ob sie wohl jemals erwachen würde. Er eilte an ihr Lager und kniete nieder, dann strich er ihr das dichte Haar aus dem schönen Gesicht.

»Gut, dass du wieder da bist«, bemerkte er mit einem breiten Lächeln.

»Mein Kopf…«, begann Rhiannon sich erneut zu beklagen, aber Bryan brachte sie zum Schweigen, indem er ihr einen Finger auf die weichen Lippen legte.

Doch dann wurde die Zufriedenheit des Halbelfen davongespült von einer Flut des Schreckens, als er feststellte, worüber Rhiannon sprach: über eine pochende Beule mitten auf ihrer Stirn.

»Was ist das?«, fragte er erschrocken und sein nacktes Entsetzen ängstigte die junge Zauberin. Sie legte eine Hand auf die Beule und ihre Augen weiteten sich, als sich die Haut zu teilen begann.

Doch dann war ihr Schmerz verflogen und als Rhiannon die geschliffene Härte betastete, verstand sie und hatte keine Angst mehr.

»Das Zaubererzeichen«, erkannte Bryan mit einem Seufzer. Er hatte genug Geschichten über die vier Zauberer von Ynis Aielle gehört, um die Bedeutung des Edelsteins zu erkennen, der jetzt Rhiannons Stirn schmückte.

»Das Zauberinnenzeichen«, korrigierte Rhiannon ihn. »Gibt es hier einen Teich oder eine Schale aus glänzendem Silber?«, fragte sie ein wenig befangen. »Hat es…«

»Es ist schön«, versicherte ihr Bryan und niemand hätte an der Aufrichtigkeit in seiner Stimme zweifeln können. Denn in der Tat, Rhiannons Juwel, ein Diamant, der mit dem gleichen inneren Funkeln glitzerte, das auch aus den Augen der jungen Zauberin leuchtete, überglänzte die Zeichen aller anderen Zauberer: den schwarzen Saphir Thalasis, die weiße Perle Istaahls, den silbrigen Mondstein von Ardaz und sogar den Smaragd ihrer Mutter.

Das Erröten ihrer Wangen ließ sie in diesem Augenblick nur noch schöner erscheinen und Bryan umschlang den Kopf der Zauberin und drückte ihn an seine Brust. »Ruhe nun«, sagte er zu ihr. »Du hast die Welt gerettet und jetzt werde ich dich beschützen.«

Rhiannon drückte Bryan auf Armeslänge von sich, um ihn von oben bis unten zu betrachten und die stillschweigenden Folgerungen seiner Zärtlichkeiten zu verstehen.

»Bei meinem Leben«, schwor Bryan, »ich werde nicht zulassen, dass dich jemals wieder etwas verletzt.«

Rhiannon stellte nicht das Durcheinander verwirrender Gefühle in Frage, das jetzt in ihr brodelte. Sie nahm einfach hin, dass Bryan sie erneut tröstend umarmte, schloss die Augen und sank in den weichen Nebel eines friedlichen Schlummers.

Ein fünftes Zaubererzeichen hatte seinen Platz in der Welt gefunden, aber diese Tatsache verringerte den Schaden nicht, der jenem besonderen Ort zugefügt worden war, wo die Zauberer ihre Macht speicherten. Ynis Aielles Zeitalter der Magie war schnell im Schwinden.

Er konnte daher nicht wissen, dass mit der Schwächung der Zauberer nun er das mächtigste Wesen von ganz Aielle war. Alles, was er wusste, war, dass er Hass empfand – und einen unersättlichen Hunger nach Rache.

Der Totengeist Hollis Mitchells zog sich aus dem Fluss.

HEYNE BÜCHER

Das Rad der Zeit

Robert Jordans großartiger
Fantasy-Zyklus!

06/5531

HEYNE-TASCHENBÜCHER